Elya: Der weiße Drache

Dana Müller-Braun wurde Silvester '89 in Bad Soden im Taunus geboren. Geschichten erfunden hat sie schon immer – Mit 14 Jahren fing sie schließlich an, ihre Phantasie in Worte zu fassen. Als das Schreiben immer mehr zur Leidenschaft wurde, begann sie Germanistik, Geschichte und Philosophie zu studieren. Wenn sie mal nicht schreibt, baut sie Möbel aus alten Bohlen, spielt Gitarre oder verbringt Zeit mit Freunden und ihrem Hund.

Dana Müller-Braun

DER WEISSE DRACHE

Von Dana Müller-Braun außerdem als E-Book bei Impress erschienen:
Elya 2: Das Bündnis der Welten
Elya 3: Das Licht der Finsternis
Die Königlich-Reihe
Die Nyxa-Reihe
Die Schattenorden-Reihe

Ein *Impress*-Titel im Carlsen Verlag
Oktober 2019
Copyright © 2018, 2019 Carlsen Verlag GmbH, Hamburg
Text © Dana Müller-Braun 2018
Umschlagbild: shutterstock.com © Nina Buday / Lana B /
Carlos Amarillo; pixabay.com © BubbleJuice
Umschlaggestaltung: Dana Müller-Braun, formlabor
Corporate Design Taschenbuch: bell étage
ISBN 978-3-551-31856-5

www.impress-books.de
CARLSEN-Newsletter: Tolle Lesetipps kostenlos per E-Mail!
Unsere Bücher gibt es überall im Buchhandel und auf carlsen.de.

Wenn das Licht kommt und die Finsternis vertreibt,
denk daran, dass du nicht besser siehst.
Denn das, was wirklich zählt, kann dein Herz auch in
der Dunkelheit verstehen.

Für all diejenigen, die mit dem Herzen sehen.
Die sich nicht von Rasse, Hautfarbe oder Religion
leiten lassen.
Für diejenigen, die den Menschen sehen und
sein Schweigen hören.

Prolog

Mit laut pochendem Herzen wache ich auf. Dunkelheit umgibt mich. Erdrückende Finsternis, die mir Angst mit hundert Nadelstichen in die Haut und hinein in meine Nervenstränge rammt. Alles, was ich höre, ist dieses rhythmische Schlagen. Mein Puls. Mein Herz. Dessen alles verzehrende Hiebe, die meinen Körper beben lassen.

Wo bin ich?

Ich blinzle und bemühe mich, gegen die Schwärze um mich herum anzukämpfen. Etwas zu sehen. Mich zu erinnern.

Ein seltsamer Geruch erfüllt meine Nase. Lässt mich einatmen, als wäre dieser Duft mein Lebenselixier.

Zitternd stehe ich auf und versuche den Lichtschalter zu finden. Aber ich bin nicht in meinem Zimmer. Ich habe auch nicht auf meinem Bett, sondern auf Moos gelegen.

Ich stocke, als mir bewusst wird, dass ich in einem Wald bin. Angst klettert meine Kehle hinauf. Normalerweise habe ich keine Ängste. Ja, normalerweise bin ich ein Mensch, der sich in alles hineinstürzt, ohne über die Folgen nachzudenken. Aber jetzt ...

Die Luft ist kühl und warm zugleich und dann spüre ich einen leichten Windhauch auf meiner Haut. In meinem Nacken.

»Du bist es wirklich.«

Ich atme erleichtert aus, als ich begreife, dass jemand hinter mir steht und die Stimme in mein Bewusstsein vordringt. Sie klingt nicht bedrohlich. Beinahe vertraut. So vertraut, dass sich die Angst ein wenig legt und mir die dunklen Schatten plötzlich wie ein warmer Mantel erscheinen.

»Wer bin ich?«

Ich schreie innerlich, als er nicht antwortet. Ich brauche etwas. Jemanden, der mir hilft, in dieser Dunkelheit zu sehen. Ihn zu sehen. Ein Licht. Ein …

Vor mir flackert die Luft. Ein leichtes Glitzern bewegt sich auf mich zu. Ein Leuchten. Es redet mit mir. In einer wunderschönen Sprache, die ich nicht verstehe. Als es bei mir ankommt, erhellt sich der dunkle Wald um mich herum ein wenig. Wie ein großes Glühwürmchen schwebt es vor mir, aber etwas in mir begreift, dass es aus einer anderen Welt stammt. Aus einer Welt, in die auch ich gehöre.

Ich beiße die Zähne zusammen und drehe mich um. Starre in dunkle Augen. Schwarze Augen, die von Schatten umgeben sind. Sie reflektieren kaum das Licht. Er ist ein junger Mann und trotzdem zieren schwarze Schuppen sein Gesicht wie eine Maske.

»Was mache ich hier?«, frage ich tonlos. Ängstlich.

Der Kerl starrt mich weiter an, so als würde er nicht glauben, dass ich vor ihm stehe. Dabei sollte ich doch die Verwunderte hier sein.

Dann, ganz plötzlich, weiten sich seine Augen. Er sieht sich unruhig um. »Du musst von hier verschwinden!«

Es ist ein Befehl. Aber selbst wenn ich wollte, ich kann ihm nicht Folge leisten. Meine Beine sind durch Furcht, die sie mit brennender Säure füllt, wie festgenagelt. Umgeben von schweren Ketten der Bewegungslosigkeit, die es mir schier unmöglich machen, zu fliehen.

»Warum?«

Meine Stimme mischt sich in der Luft mit einem silbrigen Nebel und schwirrt vor mir herum. Vor diesem Glimmen. Vor seinen dunklen Augen. Ich will nicht weg von hier, denn etwas in mir weiß, dass ich hierhergehöre. Zu ihm und in diese Welt der Finsternis.

»Die Anguis kommen!«, flüstert er rau. »Ich hätte dich niemals hierherholen dürfen. Niemals!«

Seine Stimme bricht, und bevor ich antworten kann, bevor ich es begreifen kann, stößt er mich mit voller Wucht nach hinten. Mein Körper gehorcht mir nicht und fällt zu Boden, als würde er nicht mehr zu mir gehören.

»Renn weg!«, schreit er mich an.

Und endlich gehorche ich. Meine Beine zwingen mich wieder nach oben und dann hinein in den Wald. Ich renne und renne. Der Wind peitscht mir ins Gesicht. Tränen verlassen meine Augen. Tränen der Angst, aber auch ausgelöst von der schneidenden Luft. Meine panischen Schritte werden durch den weichen moosbedeckten Boden gedämpft und lassen mich beinahe taub zurück, bis ich einen markerschütternden Schrei höre. Die Luft in meiner Lunge weicht, presst sich hinaus und ich kann keine neue erreichen. Sie nicht in mich aufsaugen. Ich schlucke bittere Galle, während ich an meinem Hals herumdrücke, an der Haut reiße. Ihn anflehe, wieder Luft zu holen. Das hier ist kein Traum. Er ist nicht so wie all die anderen Träume. Dieser hier ist real und tödlich.

Als ich endlich wieder Luft bekomme, renne ich weiter. Laufe um mein Leben, bis ich einen dunklen Schatten erkenne, der sich über den Boden schlängelt. Zu mir. Er sieht aus wie eine Schlange. Eine riesige Schlange, mit etwas Menschlichem in ihren Augen.

Ich weiche zurück. Stoße gegen etwas Hartes. Etwas Vertrautes.

Ich kenne ihn so gut. Aber als ich mich umdrehe und ihn mit diesen hasserfüllten Augen, den schwarzen Schuppen und dem verformten Gesicht sehe, schrecke ich zurück.

»Geh weg von ihr!«, knurrt er.

Der reptilienartige schwarze Schatten richtet sich auf. Er ist ein Mensch. Ein Mensch mit Schlangenaugen. Ein Anguis.

»Du bist nicht mein Herrscher! Sie ist es!«, faucht das Ding. Seine gespaltene Zunge schnellt hervor, während er redet.

»Du bist hier in meiner Welt!«

Die Stimme, die mir sonst so vertraut ist, wirkt plötzlich fremd. Düster. Rau. Böse. Aber sie gibt mir das Gefühl, in Sicherheit zu sein.

»Sie muss sterben!«

Mit diesen Worten explodiert die Wut hinter mir und sie stürmen aufeinander zu. Das Leuchten, das immer noch neben mir in der Luft flackert, lässt eine Sicht auf die beiden schwarzen Gestalten zu. Die Stärke ihres Kampfes ist unmenschlich. Lässt den Wald und die Erde erzittern. Ein weiteres Beben zwingt mich zurückzuweichen. Direkt in die Arme eines Menschen. Meine Brust platzt fast vor Schreck und Angst, bis ich mich umdrehe und ihn erkenne.

»Jason!«

Erleichtert sehe ich in die dunkelgrünen Augen meines besten Freundes. Sein Haus ist nicht weit von meinem entfernt, die beide am Waldrand liegen. Er muss gekommen sein, um mir zu helfen.

»Lya«, haucht er bedrohlich.

Ich befreie mich aus seinem Griff und weiche einen Schritt zurück, als seine Augen aufleuchten und sich rote Schuppen darum bilden. Mein Körper stirbt beinahe vor Angst. Jede Faser in ihm reißt an mir. Will weg von hier. Weg von mir.

»Du musst sterben!«

Ich erschaudere. Schreie innerlich. Aber ich bin wie erstarrt. Bin nicht in der Lage, mich zu wehren. Diesen Beschützer zu rufen, der gerade mit dem Schlangenwesen kämpft.

Jason zieht ein Schwert. Es glänzt goldgrün und nimmt mir beinahe die Sicht. Er legt das kalte Metall an meinen Hals.

»Warum?«, bringe ich endlich zitternd hervor. Wieder bin ich erstarrt. Wieder kann ich nichts tun. Aber etwas in mir weiß, dass ich nicht in Gefahr bin.

»Weil du das Gleichgewicht herstellst und ihm seinen Tod bringen wirst. Du wirst ihn Stück für Stück umbringen. Weil dein Überleben ihn seines kosten wird.«

»Ich —«

Er wartet nicht auf meine Erwiderung. Ein leiser Schnitt. Ein ohrenbetäubendes Geräusch, das meinen Kopf beinahe platzen lässt. Ich spüre mein warmes Blut und falle wie schwerelos zu Boden. Ich weiß, dass ich sterbe. Ersticke. Verblute. Ich weiß es, aber ich fühle es nicht.

Alles, was ich höre, ist dieses immer wiederkehrende Surren der Klinge und dann das Geräusch eines Körpers, der zu Boden fällt. Meine Glieder verkrampfen sich, aber ich selbst habe keine Kontrolle mehr über sie. Ich muss tot sein. Ja, ich bin tot. Ich bin wie schwerelos zu Boden gesunken und habe den dumpfen Aufprall meines Körpers gehört, als wäre es ein schönes Geräusch.

Meine Augen sind wässrig. Das und die Tatsache, dass ich die markerschütternden Schreie höre, ist das Einzige, was mich daran erinnert, dass ich noch lebe. Aber wie ist das möglich? Ich sollte tot sein. Nichts mehr spüren, außer der Schwerelosigkeit des Todes.

Ganz langsam, als würde mein Körper sich selbstständig machen, zucken meine Finger. Mein Herz beginnt wieder zu schlagen. Meine starre Sicht wandelt sich. Und als ich endlich wieder einatme, ziehe ich nicht nur Luft in meine Lungen. Es ist, als würde ich etwas Warmes, Vertrautes mit einatmen, das meinen Körper und meinen Geist erfüllt. Mich vollständig macht. Meine Seele heilt. Das Leuchten um mich herum wird stärker.

Bilder blitzen vor mir auf. Uralte Bilder. Bilder von ihm und …

Sein Gesicht taucht über mir auf. Seine Augen weiten sich, als er etwas zu begreifen scheint. Etwas in mir zu sehen scheint. Sein Atem geht schnell. Seine Ausstrahlung ist immer noch gefährlich. Und obwohl er mir vertraut vorkommt, spüre ich die Angst in mir kitzeln. Sie warnt mich.

Er öffnet seinen Mund. Seine Stimme ist belegt und rau. Umgeben von warmen Schatten und einer Vergangenheit, die ich nicht begreifen kann.

»Lyria?!«

1. Kapitel

»Elya?«

Ich schlage meine Augen auf und starre in die meiner Mutter. Sie sieht mich nachdenklich an, beinahe mitleidig, aber seit dem Vorfall im Wald vor sechs Monaten hat ihr Blick immer diesen Beigeschmack. Sie sieht mich mit anderen Augen an. So als wäre ich zerbrechlich oder verrückt. Eins von beidem.

»Du hast schon wieder geschrien, Schatz«, murmelt sie und streicht mir behutsam über meine nasse Stirn. Ich nicke einfach nur, um nicht auf meine Albträume eingehen zu müssen. Denn sie alle verstehen nicht, was der wirkliche Grund dafür ist.

Natürlich war es grausam. Jason und ich wurden morgens in einem Wald gefunden. Ich hatte mich zusammengekauert und war nicht ansprechbar, während Jason ... Jason neben mir lag. Tot. Von einem wilden Tier zerfetzt. Dass ich dann ohne einen Kratzer in der Notaufnahme wach wurde, ist das, was mir Angst bereitet. Und die Tatsache, dass sie alle nicht verstehen wollen, was wirklich passiert ist. Dass uns kein wildes Tier angegriffen und mich verschont hat, weil Jason mich beschützt hat. Nein. Jason hat mir die Kehle durchgeschnitten. Das ist alles, woran ich mich erinnere. Und diese Erinnerung ist so tief in mir verankert, dass ich es weiß. Mir sicher bin, dass es passiert ist. Aber wahrscheinlich würde ich nicht einmal mir selbst glauben. Also muss ich wohl damit leben.

Mit brennender Brust denke ich an meine blutverschmierten Hände. Daran, wie ich wach wurde und ... Ich muss es gewesen sein. Ich muss ihn umgebracht, ihn zerfetzt haben. Denn dort war kein wildes Tier.

»Hast du alles gepackt?«

»Mom!«, nörgle ich und ziehe die Decke über meinen Kopf. Verscheuche damit all die Gedanken und sperre sie zurück in den dunklen Teil meines Herzens, wo ich sie schon die ganze Zeit aufbewahre. »Denkst du wirklich, dass ich wieder normal werde, wenn wir umziehen?«

»Es ist ein Anfang, Schätzchen. An diesem Ort sind zu viele schreckliche Dinge passiert. Deine Freunde sind tot.«

Ich presse meine Lippen aufeinander und bemühe mich, ruhig zu atmen. In dieser Nacht sind noch drei weitere Mitschüler im Wald gefunden worden. Meine Mutter ist der Meinung, dass ich nicht begriffen habe, dass sie tot sind. Wahrscheinlich denkt sie so, weil ich nicht trauere. Ihre Strategie ist es, mich immer wieder daran zu erinnern, damit ich meinen Schock überwinde. Aber ich weiß, dass sie tot sind. Ich kann es nur nicht fühlen.

»Dir wird es gut gehen. Du wirst neue Freunde finden. Eine andere Umgebung. Eine andere –«

»Ja. Ich habe alles gepackt«, gebe ich nach und beantworte ihre Frage. Gegen sie habe ich sowieso keine Chance.

»Dann lass uns losfahren. Die Möbelpacker bringen den Rest. Ed kümmert sich darum.«

Wieder nicke ich einfach nur, wühle mich aus meinem Bett und ziehe mir einen Pulli über. Lustlos greife ich nach meiner

Tasche und sehe meine Mutter auffordernd an. Sie verzieht den Mund. Wahrscheinlich hätte sie liebend gern noch weiter über meine Gefühle und Ängste gesprochen, aber dafür bin ich einfach noch nicht bereit. Und vielleicht werde ich es nie sein, solange niemand begreifen will, dass ich es war, die als Erste getötet wurde.

Nachdem auch Mom ihre Tasche geholt hat und ich mir Schuhe übergezogen habe, verfrachten wir die letzten Sachen ins Auto. Mom verabschiedet sich noch von Ed, unserem Nachbarn, während ich bereits im Auto sitze. Ich kann keinen mitleidigen Blick mehr ertragen. Vielleicht hat Mom recht und eine neue Stadt wird mir guttun. Zumindest wird dort niemand wissen, was geschehen ist. Für sie werde ich nur ein normales Mädchen sein.

»Du wirst es in June Lake lieben, Schatz. Deine Großeltern und ich haben dort immer Urlaub gemacht. Es ist traumhaft schön«, sagt Mom, als sie sich hinter das Steuer setzt und den Motor startet.

Wieder nicke ich nur. Ich kenne die alten Geschichten vom Haus am See, das mein Großvater für meine Großmutter gebaut hat. Mom hat als Kind die Ferien dort verbracht und jetzt werden wir genau dort wohnen.

Nachdem meine Mutter sich mit meinen Großeltern zerstritten hatte, waren wir nie wieder in ihrem Haus gewesen. Das letzte Mal war ich so klein, dass ich mich nicht einmal mehr daran erinnern kann. Den Streit haben sie zwar nicht beendet, aber da meine Großeltern zu alt zum Reisen sind und Angst haben, dass ich mich umbringe, wenn ich in der Stadt bleibe, in der »das Unheil« geschehen ist, haben sie uns das Haus angeboten. Mom hätte es wahrscheinlich niemals angenommen, wenn nicht auch sie der Meinung wäre, dass ich kurz vorm Suizid stehe.

»Schlaf noch ein bisschen«, murmelt sie mir zu, während wir durch dichte Wälder fahren. Ich habe zwar keine Lust, ihren Anweisungen Folge zu leisten, als wäre ich ein kleines Kind, aber allein um nicht reden zu müssen, schließe ich die Augen und tue eine Weile so, als würde ich wirklich schlafen, bis mich die Müdigkeit in einen traumlosen Schlaf zerrt.

* * *

Als ich wach werde, brennt die Sonne glühend in unser Auto. Gähnend strecke ich meine Arme und sehe mich um. Immer noch Wälder, überall, wo ich hinsehe. Nur dass sie jetzt trockener wirken.

»Ich brauche einen Kaffee.«

»In zwanzig Minuten gibt es eine Raststätte, da halten wir an und frühstücken etwas. Wir wollen ja nicht, dass du uns umkippst.«

Ich verdrehe genervt die Augen. Ich hasse es, dass sie jeden meiner Schritte bis ins kleinste Detail verfolgt. Was und wie viel ich esse, wie viel ich rede, wie oft ich duschen gehe und an wie vielen Tagen ich einfach gar nicht aus dem Bett komme.

Nachdem ich endlich meinen ersehnten Kaffee bekommen und mir ein wenig Ei hineingezwängt habe, fahren wir weiter.

»In einer halben Stunde sind wir da«, murmelt Mom irgendwann neben mir und sieht sich nervös um. Sie wird wahrscheinlich einige Menschen wiedertreffen, die sie kennt. Ich hingegen werde dort niemanden kennen. Und Freunde habe ich auch noch nie sonderlich leicht gefunden. Nicht einmal meine Klassenkameraden, die in diesem Wald gestorben sind, waren wirklich meine Freunde. Bis auf Jason.

Als Mom noch aufgeregter wird, sehe ich mich nachdenklich um. Durch die Bäume kann ich Wasser glitzern sehen. Sie lichten sich nach und nach, bis ein See mit einer riesigen Holzhütte und einem Steg auf der anderen Seite sichtbar wird. Auf dem aufgeschütteten Sand und der Wiese um den See herum stehen Menschen, hören Musik, feiern oder springen ins Wasser. Motorboote fahren über das wunderschöne Gewässer und ziehen schreiende Jugendliche auf einer Gummibanane hinter sich her.

»Sieh nur, Schätzchen, sie haben einen solchen Spaß«, sagt Mom aufgeregt und deutet auf den See, als könnte ich das übersehen. »Das ist das Bootshaus«, erklärt sie mit einem Deut auf die Holzhütte.

Ich atme schwer. Warum müssen wir ausgerechnet in den Sommerferien hierherziehen? Warum genau dann, wenn es hier nur so von feierlustigen Jugendlichen wimmelt?

»Dieses Mal gibst du dir Mühe, nicht wahr? Das haben wir so abgemacht.«

»Abgemacht?«, schnaube ich wütend. Viel eher war es so, dass Mom das abgemacht hat und ich sie einfach nur angestarrt habe. Sie denkt zwar, dass ich nicht auf Menschen zugehe, dass ich mich in mich selbst zurückziehe, niemanden an mich heranlasse und deshalb keine Freunde habe. Aber so ist das nicht. Ich habe es mehr als einmal probiert und bin immer wieder zum selben Entschluss gekommen: Die Jugendlichen in meinem Alter sind einfach anders. Sie verstehen mich nicht. Und bisher war es immer so, dass eher sie mich nicht als ihre Freundin haben wollten.

Und dann kam diese Nacht, diese schwarze Nacht, und hat einen Teil in mir zerbrochen. Den Teil, den ich in diesen Jugendlichen am See sehe. Die Freude am Leben.

»Glaub mir, Schätzchen, dieser Ort wird dein Leben verändern. Du wirst sehen, dass hier Menschen sind, die genauso sind wie du.«

»Und wie bin ich, Mom?«, entgegne ich resigniert, während wir jetzt so nah am Bootshaus vorbeifahren, dass ich einige Gesichter erkennen kann. Sie sehen so gar nicht aus, als wären sie auch nur ansatzweise so wie ich.

»Anders, Schätzchen. Aber gut anders.«

»Nenn mich nicht immer so«, brumme ich und lasse mich im Sitz nach unten sinken, um diesen dämlichen Kindern nicht bei ihren Spielchen zusehen zu müssen.

»Lya, bitte!«, ermahnt sie mich.

Eigentlich sagt sie damit nur, dass sie mich zwingen wird, mit diesem Haufen da herumzuhängen. Komme, was wolle.

Das kann ja heiter werden.

»Wir machen noch einen kleinen Abstecher zum Bootshaus. Ich habe eine Überraschung für dich!«

»O nein. Nein. Nein. NEIN!«, schreie ich sie aufgebracht an und rutsche noch weiter hinunter. »So gehe ich da nicht rein, Mom! Ich habe noch meine Schlafanzughose an!«

»Du siehst wunderschön aus, so wie immer!«

»Tu mir das nicht an! Bitte!«, flehe ich und spitze meine Lippen. Das wirkt eigentlich immer.

»Na gut, wir fahren erst ins Haus und dann zum Bootshaus. Du hast da nämlich einen Job!«

Sie sagt es, als wäre es wirklich eine Überraschung, während ich mit einem schrecklichen Würgereiz kämpfe. Das kann unmöglich ihr Ernst sein.

»Was für einen Job?!«

»Sie brauchten leider keine Kellnerinnen mehr. Die Sommerjobs im Bootshaus sind sehr beliebt. Aber die Wasserskianlage brauchte noch eine … ähm …«

»Mom!«

»Na ja, die kleineren Kinder, die es noch nicht so gut können, muss jemand aus dem Wasser holen, wenn sie den Start nicht schaffen, und sie wieder … hinstellen.«

»Ich soll kleine Kinder wieder … hinstellen? Ist das wirklich dein Ernst?!«

Ich kann kaum fassen, was sie da sagt. Eine bescheuertere Aufgabe hätte sie mir nicht zuteilen können. Ich hasse Kinder. Ich hasse sie sogar noch mehr, als ich Menschen an sich hasse. Wie kann sie mir das antun?

»Ach, Lya, versuch es wenigstens. Ich habe Earl sehr lange überreden müssen, damit er dir diesen Job gibt.«

»Na super, jetzt bin ich auch noch unerwünscht!«, fauche ich zornig. Sie ist wirklich drauf und dran, mein Leben noch mehr zu versauen.

»Das hat rein gar nichts damit zu tun«, brummt sie und schüttelt genervt den Kopf. Dass sie sich überhaupt anmaßt, genervt zu sein, macht mich noch wütender. »Earl stellt normalerweise nur Kids ein, die er schon sein Leben lang kennt. Das ist hier nun einmal so. Man unterstützt sich gegenseitig.«

19

»Kids?« Ich hebe vorwurfsvoll meine Augenbrauen.

»Hör auf, so zickig zu sein, Lya!«

»Zickig?!«, empöre ich mich gereizt. »Du zerstörst mein Leben, Mom! Und du bestimmst einfach, wie ich es zu leben habe. Das ist ... ungerecht!«

»Du brauchst das, glaub mir!«

»Ach so, hab fast vergessen, dass du ein abgeschlossenes Psychologiestudium hast und deshalb genau weißt, was eine Jugendliche in meiner Situation braucht!«, gifte ich sie an.

Sie schnalzt aufgebracht mit der Zunge. Das macht sie immer, wenn ich lauter werde, und ich hasse es. »Entschuldige, dass eine Mutter, die Architektin und keine Psychologin ist, die Gabe verliert, zu wissen, was gut für ihr Kind ist«, schnaubt sie sarkastisch.

»Keine Mutter weiß das. Du verstehst einfach nicht ...«

»Was? Wie es ist, achtzehn zu sein? Wie es ist, wenn man immer nur der Außenseiter ist? Wenn man etwas erlebt, das das ganze Leben auf den Kopf stellt? Glaub mir, Lya, ich weiß besser, wie sich das anfühlt, als du denkst!«

Ich funkle sie zornig an, sage aber nichts mehr. Wenn ich ihr jetzt vorwerfe, dass sie keine Ahnung hat, wie es ist, getötet zu werden oder zu wissen, dass direkt in meiner Nähe weitere Menschen gestorben sind, gebe ich ihr nur die perfekte Vorlage, um über diesen Vorfall zu sprechen. Und das ist das Letzte, was ich will. Außerdem weiß ich tief in meinem Inneren und hinter dieser giftigen Fassade, die ich über die letzten Jahre und Monate aufgebaut habe, dass sie es nur gut meint. Also schweige ich und sehe dabei zu, wie Mom einen holprigen Waldweg entlangfährt, bis sich vor uns das Holzhaus meiner Großeltern auftut. Eigentlich ist es jetzt mein Haus. Grams wollte es uns zwar überlassen, aber da der Streit mit meiner Mutter zu tief sitzt, haben sie es auf meinen Namen überschrieben. Für mich spielt es keine Rolle, denn egal wie oft wir uns streiten oder unterschiedlicher Meinung sind, wir gehören zusammen und es ist nur ein dummer Name auf einem Papier, der rein gar nichts aussagt.

»Was meinst du?«, fragt Mom, bringt das Auto zum Stehen und schnallt sich ab, während sie mich erwartungsvoll mustert.

Ich starre wie in Trance auf das riesige dunkle Holzhaus vor mir. Es wird von einer großzügigen Veranda umgeben, umrahmt mit einem spielerisch verzierten Geländer. Kleine Erker mit Sprossenfenstern setzen sich von dem alten Haus und seinem in der Sonne glitzernden Dach ab. Den Berg hinunter steht ein weiteres kleines Holzhaus, wahrscheinlich der Bootsschuppen des Anwesens. Ein riesiger Steg führt daneben entlang, hinein in den See.

»Wow. Mom, das ist wunderschön.«

»Und es gehört dir«, feixt sie und zwinkert mir belustigt zu. Sie macht sich ständig über Grams Aktion lustig, das Haus auf mich zu überschreiben und nicht auf sie. Aber ich weiß, dass es sie verletzt. Auch wenn sie das gern zu überspielen versucht.

Ich schüttle lachend den Kopf und steige aus. Mom und ich konnten Streitigkeiten schon immer gut fallen lassen.

Der Weg zum Eingang ist mit weißen Kieselsteinen bedeckt. Er sieht so edel aus, dass ich mich frage, ob meine Schuhe sauber genug sind, um ihn entlangzugehen. Als ich am Eingang angekommen bin, entdecke ich ein weiteres Holzhaus, nur ein paar Meter von unserem entfernt.

»Nachbarn?«, erkundige ich mich und deute Mom mit meinem Blick, was ich meine.

Sie lächelt mich wissend an. »Das gehört auch dir, Schätzchen.«

»Uns«, verbessere ich sie und mustere das Haus, das nur ein wenig kleiner ist als unseres.

»Es ist in den Ferien immer vermietet. Die Einnahmen gehen zur Hälfte auf ein Konto, das dafür gedacht ist, Geld bereit zu haben, falls mal etwas an dem Haus gemacht werden muss, und zur anderen auf ein Sparkonto, das auf deinen Namen läuft.«

»Ich finde, dass du das Geld bekommen solltest«, beschwere ich mich und verziehe genervt den Mund.

»Sieh es so, Lya: Je mehr Geld du selbst zusammensammelst, desto weniger muss deine arme Mutter für dein College ausgeben.«

Ich schweige. Das Thema College ist nicht gerade mein liebstes. Vor allem die Tatsache, dass Mom immer noch davon ausgeht, ich würde schon noch zur Vernunft kommen und mich bewerben. Aber ich gehöre dort nicht hin.

Sie lacht herzhaft, während sie den Schlüssel aus ihrer Tasche kramt und die schwere Holztür aufschließt.

Eigentlich habe ich mir vorgenommen, alles hier zu hassen, und zumindest was die Jugendlichen angeht, habe ich das bisher auch sehr gut hinbekommen, aber als ich den langen Flur erblicke, der mit der Fensterfront des Wohnzimmers endet, von wo aus man den See sehen kann, kann ich nicht anders, als es einfach nur wunderschön zu finden. Und obwohl es ziemlich urig eingerichtet ist, vor allem im Gegensatz zu unserem alten Haus, das Mom selbst geplant und eingerichtet hat, fühle ich mich irgendwie heimisch. Als würde ich schon immer hierher-gehören.

»Komm, ich zeige dir dein Zimmer!«, sagt sie aufgeregt, greift nach meiner Hand und zieht mich die offene Holztreppe hinauf. Etwas, an das ich mich mit meiner Höhenangst definitiv gewöhnen muss. Sie läuft den Flur entlang und öffnet eine Tür ganz am Ende des Ganges.

Das Erste, was ich erspähe, ist der See. Auch hier gibt es eine riesige Fensterfront, die auf einen kleinen Balkon führt.

»Wow!«, entfährt es mir, woraufhin Moms Augen vor Glück strahlen. So sehr, dass ich es nicht einmal bereuen kann, meinem Erstaunen freien Lauf gelassen zu haben. »Willst du das Zimmer nicht?«

»Ich habe meine gesamte Kindheit hier gewohnt. Jetzt ist es deins!«, quietscht sie stolz und schiebt mich an meinen Schul-tern in das wunderschöne große Zimmer. Durch ein weiteres Fenster an der linken Seite kann ich das Nachbarhaus sehen. Mein Haus. Das ist alles so surreal.

Ansonsten ist das Zimmer mit allem ausgestattet, was man braucht, und ich beginne mich zu fragen, wo meine Möbel noch Platz finden sollen.

»Alles, was du nicht haben willst, tauschen wir durch deine Möbel aus. Ansonsten lagern wir sie in der Stadt.«

»Mir gefällt es so«, flüstere ich und berühre ehrfürchtig das Holzbett, das mit wunderschönen Schnitzereien verziert ist.

»Zieh dir was an, dann fahren wir ins Bootshaus«, sagt Mom schuldbewusst und stellt meine Tasche neben mir ab. Ich habe gar nicht bemerkt, dass sie sie mitgenommen hat. Mom ist wirklich immer vorbereitet.

Widerwillig nicke ich, während sie den Raum verlässt und meine Tür schließt. Ich schlucke schwer und öffne die Glastüren, die auf den Balkon führen. Ein warmer Wind bläst mir entgegen und meine Lider schließen sich wie automatisch, bevor ich wieder auf den See hinabsehe. Als ich begreife, dass mein Körper anfängt sich hier wohlzufühlen, wende ich meinen Blick ab und starre auf einen jungen Mann, vielleicht ein wenig älter als ich, der auf dem Balkon des Nachbarhauses steht und telefoniert. Aufgebracht geht er hin und her und brummt irgendetwas in sein Handy. Er redet so leise, dass ich nicht hören kann, was er sagt. Nervös streicht er sich das dunkle Haar zurück und stemmt sich mit seinen Armen auf das Geländer, seinen Blick auf den See gerichtet. Ich gehe einen Schritt zurück, damit er mich nicht entdeckt, bin aber nicht in der Lage, wieder hineinzugehen und ihn sein Telefonat allein zu Ende bringen zu lassen. Als würde sein Anblick mich magisch anziehen. Als wäre er mir auf eine seltsame Art vertraut.

Ich neige meinen Kopf ein wenig.

»Nein, das werde ich nicht!«, schreit er plötzlich in sein Telefon.

Ich zucke zusammen und stoße unbeholfen gegen einen kleinen Klapptisch, der zusammen mit zwei Stühlen in der Ecke des Balkons steht. Als mich sein Blick trifft, raubt er mir den Atem. Beinahe so als würde er alles aus mir herausziehen. Meine Seele und mein Herz zerquetschen. Angst kriecht in jede Faser meines Körpers und lässt ihn erstarren. Rote Augen funkeln mich an. So bösartig, dass ich am liebsten vom Balkon springen würde. Es ist, als würde die Luft um mich herum flimmern und dunkler werden. Wie Schatten, die mich ummanteln und zu sich locken.

Er steht einfach nur da und starrt mich an. Eine halbe Ewigkeit. Und ich drohe jede Sekunde zu ersticken oder vor Angst an einem Herzinfarkt zu sterben.

Dann endlich wendet er seinen Blick ab, schmeißt sein Handy in den See und stürmt zurück in sein Haus. Das Klatschen des Telefons im Wasser hallt in meinen Ohren nach.

Ich schnappe nach Luft. Wie automatisch sinke ich auf meine Knie und keuche. Was zum Teufel war das? Diese roten Augen. Als würde er jegliches Leben aus mir herausziehen. Und dieser Zorn. Dieser unbändige Hass, den ich gespürt habe.

Langsam befreit sich meine Seele wieder und die leichte Dunkelheit um mich herum verschwindet. Ich werde ganz eindeutig verrückt. Rot leuchtende Augen gibt es nicht. Es muss irgendeine logische Erklärung dafür geben. Oder ich bin durch die lange Fahrt so durch den Wind, dass ich es mir wirklich nur eingebildet habe.

Ich schüttle den Kopf und bemühe mich, wieder ruhig zu atmen, bevor ich mich aufrichte und in mein Zimmer gehe, um mich umzuziehen. Hoffentlich sehe ich diesen Kerl nie wieder. Nicht einmal vor Jason hatte ich solch eine Angst – und das, obwohl er mich getötet hat.

»Lya!«, schreit meine Mutter von unten, als ich gerade meine Hose überziehe. Ich fasse mich und laufe die offene Holztreppe zu ihr hinunter. Sie steht bereits an der geöffneten Haustür und lässt genervt ihren Schlüssel von der einen zur anderen Hand wandern. Ohne darauf zu achten, gehe ich hinaus an die frische Luft und werfe noch einen kurzen Blick zu dem Nachbarhaus.

»Wer wohnt da zurzeit?«, frage ich beiläufig, während ich in das Auto einsteige und Mom auf dem Fahrersitz Platz nimmt.

»Eine Familie, die das Haus immer in den Sommerferien mietet. Ich kenne sie nicht, aber wir können sie ja mal zum Essen einladen.«

»Bitte nicht«, seufze ich und schnalle mich an, während meine Mutter mir merkwürdige Blicke zuwirft, aber nicht nach meiner Reaktion fragt. Etwas, das so ganz und gar nicht zu ihr passt. Aber ich schweige, weil ich keine Lust habe, ihr am Ende doch von meinen Halluzinationen berichten zu müssen.

* * *

Als wir am Bootshaus ankommen und ich aus dem Auto aussteigen will, hält Mom mich am Arm fest und sieht mir tief in die Augen. »Bitte sei nett«, fleht sie beinahe.

Ich verenge meinen Blick. Will sie mir damit etwa sagen, dass ich unhöflich bin? Genervt verziehe ich den Mund, nicke und steige aus dem Auto. Musik und freudige Schreie dröhnen an meine Ohren. Und obwohl ich den Spaß darin erkenne, machen sie mir Angst und lassen all meine Körperzellen auf Alarm springen.

»Lya? Schätzchen?«

Wie in Trance nicke ich meiner Mutter zu, während mich ein Aufprall auf dem Wasser zusammenzucken lässt. Na super, offensichtlich hat meine Mom recht und ich bin wirklich nicht mehr gesellschaftsfähig.

»Ist alles in Ordnung?«

»Jaja«, murmle ich und starre auf den Jungen, der nach seinem Sprung ins Wasser gerade wieder auftaucht. Sein Körper ist beinahe unmenschlich schön. Seine Muskeln sind so definiert, dass man sie selbst aus der Entfernung in jedem Detail bewundern kann. Elegant wirft er sein nasses dunkelblondes Haar zurück und mir einen selbstsicheren Blick zu. Seine grünen Augen sehen genauso unmenschlich schön aus wie der Rest an ihm. Und auch die anderen Jugendlichen, die ich von hier erkennen kann, sind wirklich hübsch. Was ist das hier? Eine Schmiede für schöne Menschen?

»Lya!«

Die Stimme meiner Mutter klingt wütend. Unschuldig drehe ich mich zu ihr um und entdecke einen großen Mann neben ihr. Seine Haut ist ein wenig dunkler als meine und sein graues Haar ist zu einem Pferdeschwanz gebunden. Unwillkürlich werfe ich einen Blick auf meine eigenen Haare, die ungebürstet über meine Schultern hängen und mir bis zum Bauch reichen. Genauso wie seine sind sie grau, fast weiß. Meine Mutter sagt zwar immer, sie wären silbern, aber wahrscheinlich will sie mich damit nur beruhigen und davon abhalten, sie wieder zu färben. Sie hat gut reden, mit ihren wunderschönen gewellten blonden Haaren. Meine hängen einfach nur von meinem Kopf hinunter. Und zu allem Überfluss haben sie auch noch die gleiche Farbe wie die meiner Grams. Schlimmer geht es nicht.

»Das ist meine Tochter Elya. Lya, das ist Earl«, stellt sie uns vor. Ich gehe einen Schritt auf ihn zu und ergreife seine Hand. Auf irgendeine Weise wirkt Earl vertraut. So als würde ich ihn schon ewig kennen. Seine dunkelgrünen Augen ruhen voller Wärme auf mir.

»Es freut mich, dich wiederzusehen«, haucht er und schenkt mir ein liebevolles Lächeln, während ich die Schwielen an seinen Händen spüren kann.

»Äh«, mache ich verwirrt, während er meine Hand wieder loslässt.

»Earl hat dich als Kind gesehen, Lya«, erklärt Mom.

Ich nicke irritiert. Das letzte Mal, als ich hier war, bin ich zwei Jahre alt gewesen. Ob man das als ein Wiedersehen bezeichnen kann, wage ich zu bezweifeln.

»Bist du bereit?«, fragt Earl und sieht mich erwartungsvoll an.

Ich runzle irritiert die Stirn.

»Für dein Probearbeiten«, erklärt er, als er meinen verdutzten Gesichtsausdruck sieht.

»Ja, ist sie«, antwortet Mom für mich und für einen kleinen Moment hasse ich sie.

»Jackson!«, ruft Earl nach unten zum Wasser. »Er wird dich einarbeiten«, fügt er an mich gerichtet hinzu.

Mit zusammengebissenen Zähnen starre ich hinunter zum See – und als wäre ich verflucht, kommt der dunkelblonde Schönling auf mich zu. O bitte nicht!

Ich schließe einen Moment lang die Augen, in der Hoffnung, dass das alles nur ein dummer Traum ist, bis ich seine Wärme spüre.

»Hey. Ich bin Ayron. Aber nenn mich Jackson. Das machen sowieso alle hier.« Er streckt mir lachend seine Hand entgegen, wie zuvor Earl. Nur dieses Mal fällt es mir um einiges schwerer, sie zu ergreifen. Am liebsten würde ich im Erdboden versinken. Hätte ich gewusst, dass ich heute schon arbeiten muss – und dann auch noch zusammen mit einem Halbgott –, hätte ich mir zumindest die Haare gekämmt. Und vielleicht sogar ein wenig Schminke aufgelegt. Jetzt ist der erste Eindruck dahin und er wird mich für genauso gestört halten wie all die anderen.

»Ayron Jackson«, erklärt Earl und lächelt mich wieder aufmunternd an. »Dann macht ihr mal. Cynthia und ich trinken einen auf alte Zeiten.«

»Ja, alter Kerl, trink mal auf längst vergangene Jugenderinnerungen«, feixt Jackson und schlägt ihm liebevoll auf die Schulter, bevor er wieder mich ansieht. »Komm mit!«

Ich folge ihm den Weg hinunter zum See. Die Blicke der anderen verfolgen mich. Wenn ich vorher gedacht habe, es könne nicht schlimmer werden, werde ich jetzt eines Besseren belehrt.

Als meine Schuhe im Sand versinken und der See direkt vor mir die Sonnenstrahlen glitzernd tanzen lässt, greift sich Jackson ein Shirt aus einer kleinen Holzhütte und zieht es sich über. »Wie heißt du eigentlich?«

»Lya«, antworte ich knapp.

Er presst die Lippen aufeinander. Wahrscheinlich um ein Lachen zu überdecken. Wie immer benehme ich mich einfach nur bescheuert. Aber so bin ich nun einmal.

»Hast du einen Badeanzug oder Bikini dabei, Lya?«

Ich schüttle den Kopf und beiße mir auf die Unterlippe. Mein Leben ist wirklich das beschissenste von allen. Wie konnte Mom mich nur derart ins kalte Wasser werfen?

»Kein Problem«, winkt er ab, sieht sich um und pfeift dann laut. »Perce!«, ruft er und innerhalb von ein paar Sekunden kommt ein blondes Mädchen in einem gelben Bikini angerannt und berührt erfreut meine Schulter. Jackson allerdings wirft sie einen seltsamen Blick zu, ohne dass er es bemerkt.

»Du musst Elya sein!«

»Ähm ...«, stammle ich.

»Sie bevorzugt Lya«, mischt sich Jackson ein und wirft mir ein kleines Lächeln zu. »Hast du noch einen Bikini für sie? Ihre Klamotten werden sonst ... ziemlich nass.«

»Klar!«, quietscht Perce und stürmt in die kleine Hütte, während ich ihr stumm nachstarre und versuche, die unangenehme Stille zwischen Jackson und mir zu verdrängen. Zurück kommt sie mit einem wirklich sehr knappen Bikini und streckt ihn mir freudestrahlend entgegen. »Ich bin übrigens Percy. Meine Eltern haben mich wahrscheinlich schon gehasst, bevor ich überhaupt geboren wurde.«

Sie lacht herzhaft und auch ich ringe mir ein Lachen ab. Ich wäre gern eine von ihnen. Ein Mädchen, das lacht und Spaß hat. Sich keine Sorgen macht. Aber das bin ich nicht. Und auch sie werden es bemerken und spätestens dann nichts mehr mit mir zu tun haben wollen. Ich habe mein Leben lang gelernt, was passiert, wenn ich Menschen an mich heranlasse. Es gab nie wirklich jemanden, dem ich etwas bedeutet habe. Dem ich wichtig war. Der mich wirklich hätte lieben können. Abgesehen natürlich von meiner Mom, aber bei der Geburt wurde sie durch die Natur nur so mit Oxytocin und Endorphinen vollgestopft, dass sie gar nicht anders konnte, als mich zu lieben. Zumindest war die Wahrscheinlichkeit sehr hoch. Mein Vater hingegen ... Er schreibt mir Pflichtkarten zum Geburtstag und ganz selten besucht er uns sogar. Aber Liebe empfindet er für mich nicht.

»Ich ... ähm ...«, murmle ich, als mir bewusst wird, wie lange ich in Gedanken versunken war, deute auf den Bikini in meiner Hand und dann auf die kleine Hütte.

»Ja, zieh dich um und dann geht es los«, stimmt mir Jackson

zu und erklärt Perce, dass wir sie nicht länger brauchen und sie ihren freien Tag genießen soll.

Als ich den Bikini anhabe, ist das einzig Positive an der Situation, dass es keinen Spiegel gibt, in dem ich das Unheil auch noch sehen könnte. Ich ziehe mein Shirt darüber und trete wieder hinaus zu Jackson.

»Super, komm mit.«

Er geht auf dem kleinen Strand vor dem Wasser entlang, bis wir zum Start der Wasserskianlage kommen. Auch hier gibt es einen kleinen Holzschuppen und weiter oben einen Laden, in dem man sich Wasserskier oder Waveboards ausleihen kann.

»Deine Aufgabe ist eigentlich leicht. Du musst nur da unten stehen und den Kindern helfen sich aufzurichten. Ihnen erklären, dass sie ihr gesamtes Gewicht nach hinten verlagern sollen, und sie aus dem Wasser ziehen, wenn sie es nicht geschafft haben. Weiter hinten um den See stehen ein paar Bademeister. Also musst du die Kinder nur retten, wenn sie direkt hier umfallen«, feixt er und deutet auf ein paar Jungs in roten Badehosen, die am Ufer stehen und wachsam den Kindern beim Wasserskifahren zusehen.

»Was machst du?«, frage ich plump. Viel zu plump. Wie immer.

»Ich mache vorher einen kleinen Kurs mit den Kindern, Übungen im Trockenen, und dann stehe ich hier bei dir. Wenn du willst, zeige ich dir, wie es geht.«

»Ich mag Wasser nicht«, antworte ich und werfe einen Blick auf das kalte Nass. Ich mochte es noch nie. Etwas, das meine Mutter genau weiß, und trotzdem hat sie mich in diesen Job gezwungen.

»Na, da seid ihr ja an den richtigen Ort gezogen«, lacht er und berührt meine Schulter, um mich an den Startpunkt zu führen.

Etwas Seltsames zuckt durch meinen Körper. Etwas flimmert vor mir in der Luft. Doch bevor ich es wirklich realisieren kann, sind das Gefühl und dieses Leuchten wieder verschwunden.

»Ich zeige dir, wie es geht«, reißt er mich wieder in die Realität und kniet sich zu dem Kind, das gerade von einem anderen Jungen meines Alters eingewiesen wird. »Hey, kleiner Mann. Hast du Angst?«, fragt er liebevoll.

Der Junge schüttelt nervös den Kopf.

»Wow, ziemlich mutig. Ich muss zugeben, dass ich jedes Mal eine tierische Angst habe.«

»Wirklich?«, hakt der Junge mit zittriger Stimme nach.

»Klar, aber sag das auf keinen Fall den Mädchen hier am See«, raunt Jackson und wirft mir ein Lächeln zu. Und tatsächlich spüre auch ich, wie sich ein Lächeln auf meinen Lippen breitmacht. »Hör zu. Du siehst mir wie ein ziemlich starker Junge aus. Kannst du deine ganze Kraft aufwenden und dich nach hinten legen, wenn es losgeht?«

Der Junge nickt wieder.

»Wenn du die Schnalle in die Hand bekommst, wird sie dich mit einem Schwung nach vorn ziehen. Aber wir wollen ja nicht, dass nur dein Oberkörper nach vorn gezogen wird, sondern auch deine Beine. Also musst du deinen ganzen Körper einsetzen. In Ordnung?«

»Ja«, sagt der Junge entschlossen.

»Ach, und noch eins. Beim ersten Mal klappt es eigentlich

nie. Aber dann weißt du genau, was ich meine, und danach wird es einfacher.«

Er legt dem Jungen die Schlaufe in die Hand und sagt ihm Bescheid, als es losgeht. Für einen kurzen Moment wird der Junge auf den Skiern die kleine Rampe entlanggezogen, doch kaum berührt er das Wasser, klatscht sein Oberkörper wie der einer Puppe vornüber ins Wasser. Ich atme erschrocken aus, während Jackson zu ihm ins Wasser geht und ihn herausfischt. Und obwohl der Junge ziemlich erschrocken und atemlos aussieht, stellt er sich sofort wieder hinten an.

»Jetzt du«, fordert Jackson mich auf und hält mir seine Hand entgegen, um mich zu sich zu ziehen.

Ich weite panisch meine Augen. »So was kann ich nicht.«

»Was genau? Schwimmen? Du kannst hier stehen«, lacht er und verzieht belustigt die Lippen.

»Nein ... so mit Kindern reden«, murmle ich schüchtern.

Eigentlich gehöre ich nicht zu der Sorte Mädchen, die bei einem Kerl zu einem unsicheren Püppchen mutieren. Bei Jackson ist das etwas anderes. Er schüchtert mich ein. Nicht nur, weil er hübsch ist. Da ist noch etwas anderes.

»Komm schon.«

Widerwillig sauge ich die heiße Luft um mich ein und knie mich zu ihm. Der andere Helfer hat sich mittlerweile nach oben verzogen und raucht eine Zigarette.

»Hey, du«, murmle ich dem Jungen zu, der jetzt an der Reihe ist. Er sieht mich ängstlich an. »Du musst deinen Körper ganz doll anspannen und dein Gewicht nach hinten legen. So wie ihr es gelernt habt. In Ordnung?«

Der Blick des Jungen wird skeptisch, beinahe belustigt. Die

Angst, die ich gerade noch zu sehen glaubte, ist verschwunden.

»Das ist meine zehnte Runde, Ma'am.«

»Ma'am?!«, wiederhole ich schockiert.

Jackson presst seine Lippen aufeinander und lacht tonlos.

»Sie haben graue Haare«, verteidigt sich der Junge, während ich die Schnalle packe und sie ihm in die Hand drücke. Ein Teil von mir wünscht sich wirklich, dass er auf die Schnauze fällt. Aber der kleine Dreckskerl beherrscht es natürlich perfekt.

»Das ist ein kleiner Junge, mach dir nichts draus. Er weiß nicht, dass es bei euch Mädels jetzt in ist, sich graue Haare zu färben.«

Na super. Jetzt auch noch Jackson.

»Das ist meine Naturhaarfarbe«, brumme ich, während ich provokativ auf meine Haare deute.

Jackson hebt die Brauen und stellt sich zu mir. Hätte er nicht einfach hocken bleiben können? Jetzt überragt er mich um eineinhalb Köpfe. »Gefällt mir«, murmelt er und geht dann an mir vorbei.

2. Kapitel

Nachdem Jackson mir den Übungsraum und den Shop gezeigt hatte, musste ich noch ein paar Kindern aus dem Wasser helfen, bis die Wasserskianlage abends endlich zumachte. Ich half ihm, die Technik zu überprüfen, auch wenn ich eigentlich nur danebenstand und so tat, als würde ich alles verstehen. Als wir dann noch die Matte gesäubert, uns umgezogen und ein paar Stühle und die Schaumstoff-Boards, mit denen die Jüngeren üben, im Schuppen verstaut hatten, machten wir uns auf den Weg zum Bootshaus.

»Bleibst du heute?«

»Was?«, erwidere ich verwirrt, während ich mich über den matschigen Weg kämpfe, ohne auszurutschen.

»Das Spring-Break-Fest«, erklärt er und lächelt schadenfroh, als er meinen holprigen Gang beobachtet.

»Spring Break?«, erwidere ich erschrocken. Auf nackte Frauen und saufende Teenies habe ich recht wenig Lust.

»Das nennen wir hier nur so. Ist alles ein wenig harmloser. Wir feiern einfach den Sommeranfang. Und dass die Urlauber da sind. Die meisten kennen wir schon, seit wir klein waren.«

»Also bist du kein Urlauber?«, erkundige ich mich gespielt desinteressiert. Nicht etwa, weil ich mich von seinem gottähnlichen Aussehen blenden lasse. Nein. Es wäre nett, ein paar Leute hier zu kennen, wenn ich ab jetzt hier wohnen soll. Urlauber kennenzulernen bringt mir dabei recht wenig.

Er nickt und sieht dann auffordernd zwischen dem Bootshaus und mir hin und her.

»Ich bin nass«, antworte ich knapp. Ziemlich arme Ausrede, aber etwas Besseres fällt mir nicht ein.

»Ich könnte dich nach Hause bringen, draußen warten und dann wieder hierher mitnehmen.«

Skeptisch mustere ich seine vor Freude strahlenden Augen.

»Earl hat mich gebeten, dich unter meine Fittiche zu nehmen. Und jetzt, da ich dich wirklich leiden kann, fällt es mir sogar ausgesprochen leicht.«

»Meine Mom fährt mich heim«, nuschle ich, während ich auf einem Stein ausrutsche, Jackson mich aber mit Leichtigkeit am Arm festhält und am Stürzen hindert.

»Zurück wird sie wohl kaum fahren«, sagt er und deutet auf das Bootshaus vor uns. Auf der Stegterrasse erkenne ich meine Mutter, die trunken mit Earl tanzt und singt, ein Sektglas in ihrer Hand.

»O Mom«, murmle ich beschämt und schlage mir die Hand vor die Stirn. »Aber ich gehe trotzdem.«

Ich laufe am Bootshaus vorbei, um durch den Wald nach Hause zu laufen.

»Nach Hause fahre ich dich auf jeden Fall. Ich warte dann genau zehn Minuten vor deiner Tür. Wenn du nicht kommst, fahre ich wieder.«

Ich verziehe den Mund, nicke aber. Wenn ich es mir recht überlege, war die Fahrt ziemlich lang und der Weg ganz schön dunkel. Woher Jackson weiß, dass ich keinen Führerschein habe, ist mir allerdings ein Rätsel.

Ich folge ihm zu einem roten Pick-up und steige ein. Das zum Thema, man solle nicht mit Fremden mitfahren. Vielen Dank, Mom!

Jackson schweigt die ganze Fahrt über. Irgendwann scheint auch er zu bemerken, wie unangenehm das ist, und dreht die Musik lauter.

Als wir endlich mein Haus erreichen, stürme ich aus dem Wagen.

»Bis gleich, Lya«, ruft er mir durch sein geöffnetes Fenster zu.

Ich drehe mich um, eigentlich um ihm zu sagen, dass ich ins Bett gehen werde. Dann aber fällt mein Blick auf seine glänzenden grünen Augen und seine Lippen, die zu einem freudigen Lächeln verzogen sind.

»Beeilung!«, weist er mich feixend an und spätestens jetzt gehorcht mir mein Verstand nicht mehr.

Eilig krame ich den Schlüssel heraus und sprinte in mein Zimmer. Zehn Minuten. Wie zum Teufel soll ich das schaffen? Ich sehe aus wie ein Zombie!

Ich krame unruhig die Schminke aus meiner Tasche und klatsche sie mir ins Gesicht, bevor ich mein Gepäck nach etwas zum Anziehen durchforste. Die Männer mit den Möbeln und unseren Kartons werden wohl erst morgen auftauchen, also habe ich keine Wahl. Ich greife mir ein weißes Sommerkleid und werfe es mir über, nachdem ich Perces Bikini durch einen von mir ausgetauscht habe. Meine noch etwas nassen Haare binde ich mir zu einem Knoten nach oben und mustere mich im

Spiegel. Mein Blick fällt auf meinen Hals. Da, wo eigentlich ein Schnitt prangen sollte. Da, wo meine Haut weicher und schöner ist als an jeder anderen Stelle meines Körpers. Die Stelle, die mir Jasons Verrat deutlich zeigen sollte, jetzt aber nur in meinem Herzen existiert. In meinem gebrochenen Herzen. Denn auch Jason war ganz offensichtlich nicht in der Lage, mich zu lieben. Und trotz allem ... Obwohl ich mich genau erinnere, dass er mich getötet hat, vermisse ich ihn. Vermisse ihn, so wie ich mein Leben lang meinen Vater vermisst habe.

Mit zusammengepressten Lippen schließe ich meine Augen, sammle mich kurz und eile dann die Treppe wieder hinunter. Als ich die Haustür hinter mir schließe, höre ich ein wütendes Knurren.

»Ich will, dass du dich von ihr fernhältst, Levyn! Also wirst du heute Abend nicht dort auftauchen! Sie braucht normale Menschen um sich. Freunde. Nicht so kranke Spinner wie dich!«

Jacksons Stimme klingt bedrohlich. Ganz anders, als ich sie bisher wahrgenommen habe. Als ich einen weiteren Schritt auf seinen Truck zugehe, erkenne ich auch den Grund. Levyn ist der Junge mit den roten Augen vom Balkon.

Unsicher zucke ich zusammen und stoße dabei gegen eine seltsame Topfpflanze. Na super. Sobald dieser Grusel-Dämon in meiner Nähe ist, werde ich zu einem anderen Menschen. Einem tollpatschigen Menschen.

Als ich aufblicke, treffen mich seine Augen wie ein Stromschlag. Aber dieses Mal ist es etwas anderes. Dieses Mal habe ich keine Angst und seine Augen sind auch nicht mehr rot, sondern dunkelgrün, fast schwarz. Also habe ich mir dieses Glühen heute Mittag wirklich nur eingebildet.

»Lya, steig ein«, sagt Jackson in einem herrischen Ton und kommt auf mich zu. Er greift nach meinem Arm, zieht mich zum Auto, öffnet die Tür und drückt mich förmlich auf den Sitz, während ich einfach nur diesen Jungen anstarren kann. Levyn. Wie kann er plötzlich wie ein normaler Mensch aussehen? Wie ein fast schon netter Mensch, wäre da nicht dieses grausame Glitzern in seinen Augen.

Er lächelt mich selbstsicher an und kommt um das Auto herum. »Hab gehört, du bist meine neue Vermieterin. Darauf müssen wir gleich unbedingt einen trinken.«

»Du bleibst zu Hause, Levyn!«, knurrt Jackson und setzt sich neben mich. Der Motor heult wütend auf.

»Süß, Jackson, wie du meinen Vater spielst. Aber nicht einmal der könnte mich davon abhalten. Also bis gleich, Elya«, richtet er sich an mich, dreht sich um und steigt ein paar Meter weiter in sein eigenes Angeber-Auto – einen schwarzen Lamborghini. Als wäre er Batman in seinem Batmobil.

»Könnt ihr euch irgendwie nicht leiden?«, frage ich mit belegter Stimme. Auch wenn dieser Levyn dieses Mal weniger angsteinflößend war, habe ich in seiner Nähe wieder keine Luft bekommen und eine Dunkelheit gespürt.

»Weißt du, was Jungs wie er mit Mädchen wie dir machen, Lya? Sie reißen euch das Herz raus und lassen es in ihren Fingern zu Staub zerbröseln, während ihr dabei zuseht. Und sie – sie lachen über eure Naivität.«

Ich hebe erschrocken meine Brauen. »Wow. Du scheinst ihn wirklich zu hassen.«

»Es ist viel mehr als Hass, Lya. Tu mir einfach den Gefallen und halte dich von ihm fern.«

»In zwei Monaten ist er doch sowieso wieder weg«, versuche ich ihn zu beruhigen.

»Levyn lebt hier. Nicht genau am See, deshalb mieten seine Eltern für die Ferien immer euer Haus, aber er ist auch nach dem Sommer noch da.«

Ich verziehe den Mund. Meine Gefühle verwirren mich. Etwas in mir hat Angst vor ihm. Ein anderer Teil ist froh über das, was Jackson sagt. Warum auch immer. Und ein weiterer, ziemlich verborgener Teil in mir zweifelt alles an, was Jackson mir sagt. Als wäre an alldem hier etwas falsch.

»Ich freue mich auf jeden Fall, dass du dich entschieden hast mitzukommen.«

»Klar«, nuschle ich, werfe einen Blick in den Rückspiegel und bemerke, dass Levyn uns verdächtig nah auffährt.

»Der ist echt so ein Penner. Unfassbar.«

»Lass ihn. Wenn er Spaß daran hat«, murmle ich.

Als wir endlich am Bootshaus angekommen sind, schert Levyn aus, überholt uns und fährt in die Parklücke, die Jackson angesteuert hat. Jackson hat recht. Er ist wirklich ein Penner.

Wir steigen aus und gehen zusammen ins Bootshaus. Levyn bleibt seltsamerweise in seinem Auto sitzen. Dafür hatte er es aber ziemlich eilig.

Ich schüttle den Kopf und werfe einen Blick auf die gefüllte Bar. Es wirkt heimisch hier. Fast gemütlich. Und irgendwie erinnert es mich an Hawaii. Das Strohdach über der Bar, die mit Bambus verziert ist, die hölzernen Säulen, in die mir unbekannte Symbole eingeritzt sind, und die bunten Lampions, die kreuz und quer an der Decke hängen und den Raum in ein warmes Licht tauchen. Meine Augen wandern über die behangenen

Wände. Ich erkenne Schilder, Bilder und sogar Waveboards, die auf die Reiselust des Besitzers hindeuten.

Perce, die gerade auf mich und Jackson zustürmt, reißt mich mit ihrem freudigen Gequietsche aus meinen Gedanken. »Ach, wie schön, du bist mitgekommen!«, jubelt sie, nimmt meine Hand und zieht mich zu einer Gruppe Jugendlicher, die um einen Tisch herumsitzen. »Das ist Lya«, stellt sie mich vor.

Ich winke unbeholfen, anstatt jedem die Hand zu geben, wie es sich gehört.

»Das ist Kyra.«

Sie deutet auf ein hübsches blondes Mädchen. So wie die Augen aller anderen am Tisch sind ihre grün.

Sind die etwa alle irgendwie verwandt? Und was ist nur mit ihren Namen schiefgelaufen? Wobei ich mich am wenigsten beschweren kann. Wahrscheinlich hatten unsere Eltern früher einen Geheimclub. Der Club der verbitterten Gestörten, dessen Mitglieder ihren Kindern Scheißnamen geben.

»Das sind Arya und Tym.«

Mir winken zwei ebenfalls blonde und grünäugige Jugendliche zu. Arya, das Mädchen, hat eine ganz spezielle Aura. Sie wirkt zurückhaltend, aber trotzdem stark. Beinahe wie jemand, der bereits viel Lebenserfahrung gesammelt hat. Tym sieht Arya noch ähnlicher, weshalb ich der festen Überzeugung bin, dass die beiden wirklich verwandt sind.

»And last but not least ...«

Die Stimme jagt mir einen unangenehmen Schauer über den Rücken.

»Levyn, ich habe dir gesagt, dass du dich verpissen sollst«, stöhnt Jackson neben mir.

»Lass ihn doch. Er gehört nun einmal dazu«, flüstert Perce und bietet Levyn den Platz neben sich an.

Siegessicher lässt er sich sinken und sieht abwechselnd mich und Jackson an. »Jackson, lass die Kleine einfach selbst entscheiden, was sie will.«

»Nenn mich nicht Kleine!«, gifte ich ihn an und danke Gott dafür, dass ich endlich in der Lage bin, etwas vor ihm herauszubekommen.

»Wie denn sonst?«, raunt er, steht auf und beugt sich verdächtig nah zu mir. Sein Geruch betäubt mich. Ich bin drauf und dran, mich ihm noch ein wenig zu nähern, um mehr von diesem Duft einatmen zu können, als Levyn einen Satz nach hinten macht und mich anstarrt, als wäre ich giftig. In seinen Augen blitzt für den Bruchteil einer Sekunde ein roter Schimmer auf. Der, den ich bereits auf dem Balkon in ihnen gesehen habe. Also doch keine Einbildung. Was ist das?

Ich keuche. Vor Panik und vor Scham.

»Was ist los mit dir, Levyn?«, fragt Arya, deren Stimme so samtig ist, dass ich mich am liebsten in sie reinlegen würde. Trotzdem ist sie auch hart und undurchsichtig. Stark.

»Ich habe ganz vergessen, dass ich an einem anderen Tisch erwartet werde«, knurrt er zwischen zusammengepressten Zähnen. Seine vor Zorn funkelnden Augen sind auf mich gerichtet.

»Gut«, brummt Jackson neben mir.

Levyn kommt auf mich zu und läuft mit starrenden Augen an mir vorbei, dann dreht er sich noch einmal um. »Pass mit diesem Drecksack Jackson auf. Er ist gefährlich für dich. Und ich würde mich ungern in deiner Nähe aufhalten, um dich zu beschützen.«

»Bitte was?!«, stoße ich hervor. Ich habe Gemeinheiten von ihm erwartet. Jackson hat mich gewarnt. Aber das? Und vor allem wirkt eher Levyn gefährlich, nicht Jackson.

Von meiner Neugier gelenkt gehe ich einen Schritt auf ihn zu. Er weicht augenblicklich zurück. Eigentlich wollte ich etwas Cooles, Selbstbewusstes sagen. Aber da kommt nichts.

Stattdessen ergreift Levyn das Wort: »Halt dich bloß von mir fern!«, zischt er und verengt seinen düsteren Blick noch weiter. Angst klettert meine Wirbelsäule hinauf und schnürt mir die Kehle zu. Für einen kurzen Moment ist es, als würde das Licht gedimmt werden.

»Ich bin dafür, dass sie dich anfasst. Vielleicht fällst du dann tot um«, mischt sich Jackson ein.

Er also auch noch? Was bitte soll meine Nähe Schreckliches mit ihm machen?

»Versuch's doch mal, Lya. Du wärst meine Heldin.«

»Kein Bedarf«, knurre ich und lasse mich neben Perce auf Levyns frei gewordenen Platz sinken. »Ist das normal? Oder dreht der vollkommen durch?«, frage ich sie, als Levyn sich zu einer anderen Gruppe Jugendlicher gesetzt hat.

»Der hat nen leichten Knall«, murmelt Perce wenig überzeugt. »Aber wir kennen ihn, seit wir klein waren. Unsere Eltern sind zusammen im ... also, sie arbeiten zusammen. So ist das unter uns Einheimischen. Keiner wird ausgeschlossen.« Sie wirft Jackson einen mahnenden Blick zu. »Keiner!«

»Du kennst meine Meinung dazu. Und nicht nur meine. Du weißt, was das heißt.«

Auch wenn er es heimlich macht, sehe ich genau, dass er mit seinen Augen auf mich deutet. Was habe ich zu bedeuten?

»Was hat das alles mit mir zu tun?«

»Ach, Jackson macht sich Sorgen, weil Levyn immer Ärger macht, wenn hier neue Mädchen auftauchen. Er zieht dann seine Macho-Herzensbrecher-Nummer ab. Nur verschwinden die meisten Mädels nach dem Sommer wieder. Du wirst bleiben. Und das bereitet ihm Kopfzerbrechen.«

»Warum? Weil du denkst, dass ich nicht stark genug bin, mich nicht in einen Vollidioten zu verlieben?«, richte ich mich an Jackson. Mein Blick fällt kurz auf Aryas Hand, die sich unruhig zu einer Faust ballt, aber sofort wieder entspannt, als sie meinen Blick sieht.

»Kein Mädchen ist das«, brummt er und setzt sich endlich.

»Ich bin kein normales Mädchen«, zische ich. Dabei war ich bis jetzt schon dreimal nicht in der Lage, mich auch nur ansatzweise gegen die Gefühle zu wehren, die er in mir ausgelöst hat. Ob es Angst oder Faszination war, wehren konnte ich mich nicht.

»Glaub mir, Lya, das weiß ich.«

»Schätzchen!«, ertönt die trunkene Stimme meiner Mutter.

»O Gott!«, murmle ich und verstecke mich hinter meinen Händen – ohne Erfolg. Mom stürzt sich auf mich, legt ihr gesamtes Gewicht auf meine Schultern und küsst mich auf die Schläfe. Angewidert und wütend wische ich mir ihren nassen Kuss aus dem Gesicht. »Mom! Verschwinde!«, raune ich ihr zu. Die anderen kichern bereits.

»Ooooooh! Du bist hier mit Freunden. Sorry! Vor denen soll ich dich ja nicht *Schätzchen* nennen!«

Okay, es kann definitiv doch noch schlimmer werden.

Ich schließe benommen meine Augen und lasse meine Stirn

langsam gegen meine Handfläche sinken. Zum ersten Mal in meinem Leben sitze ich abends mit Menschen in meinem Alter zusammen und fühle mich nicht ganz so fehl am Platz wie sonst, und schon kommt meine verrückte Mutter und zerstört alles. Fehlt nur noch, dass sie ihnen erzählt, was ich durchgemacht habe, und mein Leben ist beendet.

»Dann lasse ich euch mal allein!«, singt sie vor sich hin, steht auf und tanzt davon.

»Das ist unmöglich gerade wirklich passiert«, nuschle ich und vergrabe mein Gesicht noch weiter in meinen Händen.

»Doch, ist es«, haucht Arya mit einem kühlen Lachen in der Stimme. »Aber es war doch süß. Sie wirkt nett.«

»Nett?!«, stoße ich hervor und starre sie durch meine Finger hindurch an. Sie hebt lächelnd die Schultern.

»Und du kommst woher?«, erkundigt sich Tym, der gerade dem Kellner die Getränke abnimmt.

»Aus Montana ... Livingston«, murmle ich in der Hoffnung, dass sie nichts damit anzufangen wissen.

»Ist das nicht da, wo dieser Junge ...«, beginnt Kyra, bevor Perce sie durch ein kaum merkliches Kopfschütteln zum Schweigen bringt.

Etwas stimmt mit dieser Gruppe nicht. Es ist fast so, als wüssten sie mehr über mich.

Ich mustere Kyra und ihre hellblonden Haare einen Moment. Sie ist wirklich hübsch, aber etwas Falsches geht von ihr aus.

»Ja, da, wo der Junge und die anderen Jugendlichen von einem Tier getötet wurden«, bestätige ich ihre Frage nüchtern.

Sie verzieht entschuldigend den Mund.

»Hast du Freunde verloren?«, erkundigt sich Tym mitfühlend.

Ich schüttle den Kopf und nehme einen Schluck Bier, um meine Gedanken an Jason zu verdrängen. Ich will nicht an ihn denken – nicht daran, dass ich dachte, er wäre mein bester Freund, und auch nicht daran, dass ich ihn für meinen Mörder halte, obwohl ich hier ganz offensichtlich ziemlich lebendig sitze.

Ich stelle das Bier wieder vor mir ab. Kaum zu fassen, dass wir in Kalifornien so offen Alkohol trinken dürfen. In unserem Alter. »Das war nicht in meiner Gegend.«

Ich habe keine Ahnung, warum ich lüge. Vielleicht, weil ich die Fragen nicht beantworten will oder weil ich nicht mit diesen Blicken angesehen werden will, die sich allmählich auf ihren Gesichtern breitgemacht haben.

Ein lautes Lachen zieht unsere Aufmerksamkeit auf sich und unterbricht Gott sei Dank die erdrückende Stille. Als ich aber entdecke, woher das Lachen stammt, bin ich mir nicht mehr so sicher, ob ich mich wirklich darüber freuen soll.

Ich beobachte das dunkelhaarige Mädchen, das neben Levyn sitzt und sich köstlich über irgendetwas amüsiert. Als ich meinen Blick weiterschweifen lasse, ziehe ich skeptisch die Brauen zusammen. Die Leute bei Levyn sind dunkelhaarig und auch sie haben grüne Augen. So langsam kann man wirklich nicht mehr von Zufall sprechen.

»Was stellt ihr hier nur mit euren Genen an?«, frage ich abwesend und starre weiter auf das dunkelhaarige Mädchen. Zumindest rede ich mir das ein, denn eigentlich schaffe ich mir nur einen Weg, Levyn aus dem Augenwinkel zu beobachten. Es ist, als würde sich ein Teil meiner Seele nach ihm sehnen.

»Hier gibt es eben die Clans. Das ist ein ungeschriebenes Gesetz«, holt mich Jackson aus meinen Gedanken. »Irgendwann bei unseren Vorfahren fing es an, dass sich immer ähnlich aussehende Menschen zusammentaten. Das hat bis heute angehalten«, erklärt er, als wäre es das Normalste der Welt und nicht total rassistisch.

»Und warum habt ihr dann gesagt, Levyn würde zu euch gehören?«

»Ich habe das nicht gesagt. Aber Perce meinte, dass Levyn schon seit seiner Kindheit sehr oft bei uns war. Seine Eltern sind etwas anders. Offener.«

Ich mustere erst Levyn, bevor ich in Jacksons grüne Augen sehe. Meine Haut kribbelt ungewohnt.

Er scheint zu bemerken, dass mein Körper seltsam auf ihn reagiert, denn ein überlegenes Lächeln stiehlt sich auf seine Lippen. Nur dass das keine positive Reaktion ist. Nein – es ist viel eher eine Warnung, Levyns Worte über ihn ernst zu nehmen.

»Offener wofür? Deine Sache?«

Aryas Stimme schneidet die Luft. Selbst Jackson erstarrt. Wahrscheinlich könnte dieses zarte Mädchen Armeen zum Stillstand bringen – mit nur einem Wort.

»Ary ...«, mahnt Tym sie mit einem finsteren Blick, doch sie fixiert weiter Jackson, der sie nur herablassend ansieht.

Ich muss herausfinden, was das zwischen ihnen ist. Aber jetzt ist nicht der richtige Zeitpunkt.

»Also hatte ich gar keine andere Wahl, als mich zu euch zu gesellen?«, lenke ich ab.

Perce legt belustigt den Arm um mich. »Nur diese hellblauen Augen sind nicht ganz normal für unsere Clique. Aber ich denke, darüber können wir Rassisten hinwegsehen.«

Ich stimme in ihr Lachen ein. Froh darüber, dass die Situation sich wieder lockert und sie mein Äußeres beschreibt, als wäre es normal. Ich bin mir ziemlich sicher, dass meine Mutter mich nach der Geburt für einen Albino gehalten hat. Oder ein Baby, das schon als Oma zur Welt kam. Die einzige Tatsache, die mich von einem Albino unterscheidet, ist, dass meine Haut nicht ganz so blass ist. Als braun würde ich sie aber auch nicht bezeichnen.

Sobald ich alt genug bin, um selbst zu entscheiden, werde ich mir meine Haare färben. Einmal habe ich es heimlich gemacht, was zu einem halben Jahr Ärger geführt hat. Warum Mom nicht versteht, dass ein Mädchen mit achtzehn Jahren keine Lust hat, mit grauen Haaren herumzulaufen, ist mir wirklich ein Rätsel. Sie hat echt null Einfühlvermögen.

»Lya!«

Blinzelnd starre ich auf Perces Finger, die vor meinen Augen herumschnipsen. Ich verziehe den Mund und befreie mich aus meinen Gedanken.

»Wir gehen jetzt ans Wasser. Lagerfeuer und so. Aber vor allem weg von den Alten, damit wir das harte Zeug auspacken können«, flüstert sie und deutet auf Tym, der geheimnisvoll eine Flasche Hochprozentigen aus seinem Rucksack hervorlugen lässt, bevor er ihn wieder hineinschiebt und aufsteht.

»Auf geht's!« Er winkt den Kellner zu sich. »Hier, zieh sie durch. Ich hole sie nachher ab.« Er reicht ihm eine schwarze Karte, grinst ihn spitzbübisch an und greift dann nach meinem Arm, um mich mit sich zu ziehen. Ganz offensichtlich stehen die hier alle ziemlich auf Berührungen.

»Hey, Mama Lya. Wir entführen Ihre Tochter. Jackson bringt

sie anschließend nach Hause«, ruft Tym meiner Mutter zu und lächelt sie an, als sei er der perfekte Schwiegersohn und nicht ein Kerl mit Hochprozentigem im Rucksack. »Soll Jackson Sie auch hier abholen?«

»Ich fahre sie heim«, ruft Earl hinter der Bar und wirft Tym einen vielsagenden Blick zu, bevor er ihn zu seinem Rucksack schweifen lässt.

Tym hebt breit grinsend den Daumen und zieht mich hinaus auf den Steg. Am Ende angekommen springt er hinunter in den weichen Sand und streckt mir auffordernd seine Arme entgegen.

»Da soll ich runterspringen?! Das sind mindestens vier Meter!«, wispere ich und starre in den Abgrund, der in meinem Kopf immer größer wird.

»Das ist gerade mal ein Meter, Lya. Ich fang dich!« Tym zwinkert mir zu.

Jackson tritt neben mich und legt mir eine Hand auf die Schulter. »Du hast doch keine Höhenangst, oder?«

»Doch!«, flüstere ich ängstlich.

Er sieht mich an, als wäre das völlig abwegig. »Höhenangst, Angst vor Wasser ... Sag mir nicht, dass du dich auch vor Feuer fürchtest«, feixt er.

Mein Blick hingegen wird nicht amüsierter, sondern noch ängstlicher. Feuer ist schlimmer als all die anderen Dinge zusammen. Aber all diese Ängste habe ich erst seit der Nacht im Wald.

Ich verscheuche den Gedanken.

»Ooookay«, macht er irritiert und schlägt mir vor, außen herumzugehen.

»Sie soll mal was Mutiges machen, Jackson. Hör auf, sie wie ein rohes Ei zu behandeln!«, schreit Tym aus gefühlt hundert Meter Entfernung.

»Etwas Mutiges? Das ist *ein* Meter, Tym.«

»Es sind zwei, und Lya entscheidet das selbst!«, mischt sich Perce ein und springt neben mir elegant in den Sand.

Wenn sie das kann, kann ich das auch.

Ich nehme all meinen Mut zusammen und springe in die Tiefe, die doch ziemlich nah ist, als ich in Tyms Armen lande.

»Mutiger kleiner Neuling«, flüstert er in mein Ohr, woraufhin sich meine Nackenhaare aufstellen und ein seltsam kribbelndes Gefühl meine Wirbelsäule hinaufklettert. Seit Neuestem spielt mein Körper wirklich verrückt. Ich war definitiv zu lange nicht mehr unter Menschen.

»Komm, Lya!«, quietscht Perce neben mir, greift nach meiner Hand und zieht mich über den Sand, bis wir an einer Stelle zum Halten kommen, an der bereits einige Feuer gebrannt haben müssen.

»Aber Lagerfeuer geht?«, fragt Jackson hinter mir und setzt sich auf einen Baumstamm neben dem Feuerplatz, bevor er begeistert auf den Platz neben sich klopft.

»Ja, das geht«, brumme ich leicht beleidigt. Dabei bin ich selbst schuld, dass sie mich für eine Memme halten, oder viel eher wissen, dass ich eine bin.

»Keine Sorge, wir urteilen nicht!«, ermahnt Arya ihn und setzt sich neben Tym. Auf irgendeine Weise wirkt sie magisch. Beinahe wie eine Göttin oder eine Königin. Als hätte sie selbst etwas Göttliches in ihrer engelsgleichen, ruhigen Stimme. Und zusätzlich zu dieser beruhigenden Stille, die sie umhüllt, tobt in ihren Augen ein Krieg. Aber sie alle wirken irgendwie unmenschlich.

»O nein«, brummt Kyra, die sich gerade auf den Platz neben Arya niederlässt, und wirft Jackson einen vielsagenden Blick zu.

Ich folge der Bewegung, bis ich Levyn und zwei weitere seiner Freunde erkenne. Sie kommen lachend auf uns zu, in Levyns Hand eine Flasche Alkohol, die er sich immer wieder genüsslich an den Mund hält.

»Du musst fahren, du Vollidiot«, begrüßt Jackson ihn.

»Warum? Du Schleimscheißer bringst Lya doch nach Hause. Dann kann ich ja hinten auf deinen alten Schrotthaufen springen«, entgegnet er. Seine Augen sind dauerhaft auf mich gerichtet.

Langsam, aber sicher kehrt die Angst in meinen Körper zurück – vor dieser Dunkelheit in ihnen und vor allem davor, dass sie wieder rot werden. Ganz gesund kann das nicht sein.

»Bestimmt nicht«, antwortet Jackson knapp und schüttelt belustigt den Kopf. Aber ich kann den Zorn in seinen Augen sehen.

»Wie auch immer«, sagt Levyn und lässt sich in den Sand sinken.

»Levyn!«, ermahnt Arya ihn. Sie tauschen einen merkwürdigen Blick.

»Was ist los? Bin ich jetzt unerwünscht, weil das Prinzesschen hier aufgetaucht ist?«

Ich atme tief ein, um mich zu beruhigen. Mich jetzt zu verteidigen, würde recht wenig bringen. Wahrscheinlich würde ich nur drei Worte meiner vorher zurechtgelegten Antwort herausbekommen. Auf die Peinlichkeit kann ich wirklich verzichten.

»Das hat nichts mit ihr zu tun, sondern mit deiner Beglei-tung«, erläutert Tym, als könnte er Aryas Gedanken hören.

»Ach so, meine Freunde sind jetzt unerwünscht. Wieso? Weil sie –«

»Halt den Mund, Levyn!«, flucht Perce zorniger, als ich sie vorher je gehört habe.

»Was?«, fragt er mit einem solch schäbigen Grinsen, dass ich mir sicher bin, dass er weiß, worum es hier geht. Ich hingegen stehe vollkommen auf dem Schlauch.

»Vergiss dich selbst nicht, Levyn!«, zischt Arya, hebt ihre Brauen und wirft dann einen Blick auf die Flasche in seiner Hand. Levyns Mund verzieht sich, als würde er seine Zähne mit all seiner Kraft aufeinanderbeißen.

»Meinetwegen können sie bleiben«, murmle ich, nur damit Levyn mir nicht vorwerfen kann, ich wäre schuld daran, dass er seine beiden Groupies heimschicken muss.

»Wie großzügig von dir, kleiner Albino«, knurrt er belustigt.

Mein Kiefer knackt unruhig. Er ist nicht der Erste, der mich so nennt. Die Kids im Kindergarten, in der Junior High und der Highschool hatten immer einen riesigen Spaß daran. Aber in seinem Alter? Und vor allem aus seinem Mund? Gerade das macht mich so zornig, dass ich meine Hände zu Fäusten balle.

»Was? Hab ich dich verletzt?«

»Lass sie einfach in Ruhe, Levyn. Spiel deine Spielchen mit deinesgleichen«, brummt Jackson und deutet auf das Mädchen, das mit ihm herkam.

»Langweilig«, ist alles, was Levyn zum Besten gibt, während er mich beobachtet wie ein Raubtier seine Beute.

»Du bist langweilig«, mischt sich Tym ein und zieht die Flasche Alkohol aus seinem Rucksack. »Schick deine Anhängsel nach Hause oder verabschiede dich von deinem neuen Spielzeug.« Er wirft einen Blick auf mich. »Nicht ernst nehmen, Lya.«

Ich nicke einfach nur. Ich mag Tym. Aber Levyn muss ich nicht hier haben.

»Verzieht euch«, raunt Levyn zu seinen beiden Begleiterinnen. Sie stöhnen zwar zornig auf, verschwinden dann aber.

»Gehst du immer so mit Menschen um?«, frage ich bissig und beginne an einem kleinen Stock herumzuknibbeln, um meine Wut loszuwerden.

»Mit Menschen?« Er lacht kalt. »Mit denen gehe ich überhaupt nicht um!«

Ich kneife irritiert die Augen zusammen. So einen seltsamen Kerl wie ihn habe ich noch nie kennengelernt. Was soll das heißen, dass er mit Menschen überhaupt nicht umgeht? Er sitzt doch ganz offensichtlich bei uns.

»Reiß dich zusammen, Levyn. Sonst kannst du direkt denselben Weg wie deine Freunde einschlagen«, knurrt Jackson neben mir und berührt behutsam meine Schulter. »Lass dich nicht ärgern.«

Levyns spöttisches Lachen macht es mir nicht gerade leichter, Jackson nicht für seine Aussage zu hassen. Warum tut er so, als wäre ich ein kleines Kind? Ja, Levyn scheint wirklich genauso beschissen zu sein, wie er gesagt hat. Aber ich bin immer noch selbst in der Lage, mich gegen ihn zu wehren.

Levyns Blick wird noch finsterer, als er Jacksons Berührung an meiner Schulter bemerkt. »Ihre Nähe bereitet mir sowieso Übelkeit. Gib dir keine Mühe, mich ihr auszureden«, flüstert er neben mir.

Wütend verdrehe ich die Augen und stampfe wie ein kleines Kind in den Sand. Bin ich denn nicht ein Mal in der Lage, mich selbstsicher und cool zu benehmen? Verdammt, Elya!

»Noch besser wäre es, wenn du nicht mit mir reden könntest«, fauche ich und werfe ihm einen zornigen Blick zu. In seinen Augen blitzt der Schalk auf.

»Entschuldige, kleiner Albino. Habe ich dir das Gefühl gegeben, ich würde mit dir reden? Ist das so üblich bei euch? Dass man in der dritten Person mit Menschen spricht?«

Mein Mund öffnet sich wie automatisch. Ich kann wirklich nicht fassen, wie der Kerl es schafft, mich so sprachlos zurückzulassen.

»Mach dir nichts draus. Jetzt rede ich ja kurz mit dir.«

»Halt einfach dein dummes Maul!«, gifte ich und ärgere mich einige Sekunden später darüber, dass er mich so schnell meine Fassung hat verlieren lassen. An Aryas Reaktion bemerke ich sofort, dass sie meine Wortwahl nicht tolerieren. Ihre Brauen schießen förmlich in die Höhe und ich meine sogar, ein kleines Naserümpfen zu erkennen.

»Levyn, entweder hältst du jetzt deinen Mund, so wie Lya das sagt, oder du verschwindest. Und wenn es nötig ist, transportiere ich dich selbst bis zu deinem Auto.«

Jackson legt schützend seinen Arm um meine Schultern. Levyns Kiefer verkrampft sich.

»Weil du ja auch nur im Geringsten in der Lage wärst, mich irgendwo hinzutransportieren, Jackson. Aber heute ist dein Glückstag. Ich habe das Interesse sowieso schon verloren.«

Er erhebt sich und setzt sich neben Perce auf den Holzstamm. Und obwohl sie sauer auf ihn ist, besteht eine Verbindung zwischen ihnen, eine Freundschaft, denn sie lässt es zu. Lächelt ihn sogar kopfschüttelnd an, während er ihr etwas ins Ohr flüstert.

»Hier, Kleine«, weckt mich Tym aus meiner Starre und hält mir die Flasche entgegen. Ohne nachzudenken, nehme ich einen riesigen Schluck von dem giftigen Zeug und unterdrücke ein Husten. Ich muss Levyn jetzt nicht unbedingt noch mehr Gelegenheit geben, sich über mich lustig zu machen.

* * *

Wir sitzen noch ein paar Stunden am Feuer, trinken und ich unterhalte mich vor allem mit Jackson, Tym und Arya, während Levyn mir immer wieder finstere Blicke zuwirft. Auch wenn er zwischendurch zweideutig mit mir geredet hat, das, was jetzt noch in seinem Blick übrig ist, ist einfach nur Hass. Böser, schrecklicher Hass.

Vielleicht liegt es an seinem üblen Charakter, aber er ist nicht so unmenschlich schön wie die anderen. Und trotzdem ist er für mich hübscher als sie. Echter. Seine Haare liegen verwüstet wie ein Nest auf seinem Kopf und eine leichte Narbe zieht sich über sein Kinn, wo ein paar Bartstoppeln sie fast ganz verdecken.

Jackson und ich sind die Ersten, die gehen. Mit einem kleinen schlechten Gewissen frage ich mich, ob er getrunken hätte, wenn er mich nicht nach Hause fahren müsste.

»Danke«, murmele ich nach der Autofahrt, die Jackson damit verbracht hat, mir von der Arbeit zu erzählen. Mir dreht sich jetzt schon der Magen um, wenn ich daran denke, dass ich morgen wieder ins Wasser springen muss, um Kinder herauszuziehen.

Ich verabschiede mich und laufe hoch in mein Zimmer. Von der anderen Seite des Flurs kann ich meine Mom laut schnarchen hören. Kopfschüttelnd schließe ich die Tür hinter mir und lasse mich auf mein Bett fallen. Ohne es zu wollen, fällt mein Blick auf Levyns Fenster. Ich brauche unbedingt Vorhänge. Kaum zu fassen, dass dieser Kerl freien Blick auf mein Bett hat.

Als ich mir gerade überlege, wie ich mein Fenster verhüllen kann, fällt mir eine zweite dünne Decke ins Auge. Ich erhebe mich, stelle mich unbeholfen auf mein Bett und versuche die Decke irgendwie zu befestigen, als in Levyns Zimmer ein Licht angeht.

Ich erstarre. O bitte! Bitte möge er mich nicht sehen!

Unruhig blicke ich in den Vorgarten, der diesmal wirklich nicht nur einen Meter entfernt ist. Ein mulmiges Gefühl ergreift Besitz von mir. Als ich wieder zu Levyns Fenster sehe, starren mich dunkle Augen an. Er sieht so belustigt aus, dass mir brennende Galle meine Kehle hinaufklettert.

Levyn öffnet sein Fenster und lehnt sich gelassen auf sein Fensterbrett. Fehlt nur noch, dass er sich Popcorn holt, um mir bei meinem kläglichen Verschleierungsversuch zuzusehen. Nie zuvor habe ich einen Menschen so sehr gehasst.

»Was zum Teufel tust du da?«, ruft er so laut, dass ich es durch den Spalt meines leicht geöffneten Fensters hören kann. Ich beiße die Zähne zusammen. Dieser dumme Vollidiot. Und ich dumme Vollidiotin. Warum benehme ich mich wie ein kleines Kind, anstatt einfach diese blöde Decke zu befestigen?

Ich entscheide mich, erst das Fenster zuzumachen, bücke

mich und ziehe an dem alten Ding herum. Bis es plötzlich so schnell nach unten segelt, dass ich mir den Finger einklemme. Vor Schmerz schreie ich auf, während Levyn amüsiert lacht.

»Verpiss dich!«, keife ich. Jetzt ist mir sogar egal, ob ich Mom wecke. Aber sie befindet sich sowieso im Koma.

»Warum? Mir gefällt der Anblick von dir in Boxershorts«, ruft er hinüber. Kaum zu glauben, dass selbst jetzt das Fenster noch nicht geschlossen ist.

Ich sehe an mir hinab auf die alte, ausgeleierte Boxershorts. Was habe ich den Göttern eigentlich getan, dass sie mich derart bestrafen?

»Ich kündige euren Mietvertrag«, ist das Einzige, was mir einfällt. Wieder ernte ich nur ein spöttisches Lachen.

»Dabei könntest du das Geld gut gebrauchen, um dir neue Schlafsachen zu kaufen. Vielleicht ein paar Dessous, um Jackson bei der Stange zu halten.«

Wütend schnaufend beginne ich wieder an dem bösartigen Fenster herumzuziehen, bis es sich endlich und mit einem lauten Knall schließt.

Mit schnell pumpendem Herzen lasse ich mich auf mein Bett sinken und stecke meinen Kopf in das muffig riechende Kissen. Als ich nach ein paar Minuten all meinen Mut zusammengenommen habe, um wieder hochzusehen, ist Levyn verschwunden und das Licht erloschen.

Dieser Kerl wird mir noch meinen letzten Nerv rauben.

3. Kapitel

Schwer atmend werde ich wach. Meine Augen und Stirn sind nass und mein Puls ist so beschleunigt, als wäre ich gerade meilenweit gerannt. Ich erinnere mich nicht an meinen Traum, aber ich weiß genau, was mich in diesen Zustand versetzt. Wobei ich Levyn jetzt wahrscheinlich dazuzählen muss.

Seufzend stehe ich auf und gehe hinaus auf den Balkon, um frische Luft zu schnappen. Die Hitze, die mir entgegenströmt, ist aber alles andere als hilfreich, also konzentriere ich mich auf die Ruhe des Sees. Bis ein seltsames Geräusch meine Aufmerksamkeit auf sich zieht.

Mein Kopf bewegt sich wie automatisch nach links, wo Levyns Oberkörper aus dem Wasser auftaucht. Selbst beim Springen in den See macht dieser Kerl komische Geräusche. Mit dem stimmt doch irgendetwas nicht.

»Guten Morgen, Sonnenschein«, ruft er mir zu und steigt elegant am Steg seines Hauses aus dem Wasser, das rötlich in der Morgensonne glitzert.

Ich bemühe mich, ihn nicht anzustarren. Wirklich. Aber es gelingt mir nicht im Geringsten. Vor allem zieht die Tätowierung an seinem Arm meine Aufmerksamkeit auf sich. Ein Drache, um den sich eine Schlange windet. Der Kopf des Drachen reicht bis zu seiner Brust.

»Nicht sabbern, kleiner Albino!«, lacht er und legt sich genüsslich auf den Steg, um sich zu sonnen. »Musst du nicht arbeiten?!«

Hä? Was ist der? Mein persönlicher Hass-Stalker?

Genervt drehe ich mich um und gehe zurück in mein Zimmer. Jeglicher Kontakt zur Außenwelt ist hier mit diesem Kotzbrocken verbunden. Vielleicht sollte ich ihn wirklich aus dem Haus schmeißen. Verdient hat er es.

»Schätzchen!«

Die Stimme meiner Mutter dröhnt wie jeden Morgen brennend in meinen Ohren. Ich bin mir schon immer sicher, dass sie die hohen Oktaven streift, wenn sie mich ruft. Wahrscheinlich auch ein Streich der Götter, einfach nur um mein Leben noch beschissener zu machen.

»Mom!«, quengle ich und setze mich zu ihr an die Küchentheke, während sie etwas brät, das wahrscheinlich Pancakes sein sollen.

»Freust du dich auf deinen ersten Arbeitstag?«

»Hast du dir das Hirn weggesoffen, Mom? Ich war gestern schon arbeiten.«

»Du sollst nicht solche Worte benutzen. Und schon gar nicht mir gegenüber, Elya!«, ermahnt sie mich.

»Jaja«, murmle ich und stopfe mir augenrollend eine Traube in den Mund. Hoffentlich erwartet sie nicht, dass ich eins von diesen missratenen Dingern esse. Es ist sowieso fraglich, warum sie das tut. Kochen. Das macht sie sonst nie. »Mom ... Was ist das?«, wage ich mich vor und mustere die stinkenden Klumpen mit Argwohn.

»Pancakes!«, sagt sie erfreut.

»Ha!«, mache ich, als ich feststelle, dass ich dieses unlösbare Rätsel bereits gelöst habe.

Mom scheint meinen Ausruf nicht ganz zu verstehen. »Ich habe unseren Nachbarn eingeladen und da dachte ich, ich koche etwas«, nuschelt sie verträumt. »Stellst du den Sirup auf den Tisch?«

»Was? Moment. Noch mal zurückspulen. Du hast wen eingeladen?!« Diesmal bin ich mir sicher, dass ich mich verhört haben muss. Es gibt keine andere Möglichkeit. So unfair kann kein Leben sein.

»Den Nachbarsjungen. Ein Schnittchen, sag ich dir!«

Sie zwinkert mir lasziv zu, während ich einen Würgereiz vortäusche und mir theatralisch den Finger in den Mund stecke.

»Du hast wirklich gar nichts von mir geerbt. Nicht einmal den Männergeschmack.«

»Du kannst ihn haben«, brumme ich zornig und ziehe den Morgenmantel enger um mich.

Als ich in Moms Augen etwas aufblitzen sehe, kämpfe ich wirklich mit einem Würgereiz. Klar, sie ist eine junge Mutter. Als sie siebzehn wurde, hat ein Junge namens Fylix sie geschwängert, sein Basketballstipendium angenommen und ist abgehauen. Während Mom die Schule abgebrochen, mich großgezogen und dann den Abschluss nachgeholt hat. So gut, dass sie danach in der Zeit, in der ich im Kindergarten war, Architektur studierte. Aber selbst wenn sie erst fünfunddreißig ist, bringt mich die Vorstellung von ihr und Levyn zusammen fast um. Widerlicher geht es nicht. Soll sie sich doch an den alten Knacker Earl ranmachen. Besser, als sie mit einem in meinem Alter zu sehen.

»Lad ihn wieder aus, Mom.«

»Das werde ich natürlich nicht!«, blafft sie mich entsetzt an und dreht wieder einen der mittlerweile schwarzen Klumpen.

»Und du willst ihm das Zeug da vorsetzen? Wenigstens sehen wir ihn dann nie wieder!«

»Wer sagt, dass ihm das nicht schmeckt?!«, fragt sie empört, während sie unbeholfen versucht den Gasherd auszustellen. Kaum auszumalen, wie sie das Ding anbekommen hat, ohne das Haus in die Luft zu jagen.

»Wer das sagt? Hast du dein Augenlicht verloren?«

Sie schnalzt zornig mit der Zunge. Mein Zeichen, ihr ihren Willen zu lassen.

»Ms Pelling?«

Ich erkenne Levyns Stimme sofort. Der Ton in ihr ist allerdings ein ganz anderer. Ist er wirklich einer von der Sorte, die sich wie ein kompletter Arsch benehmen, aber vor Mommy so tun, als wären sie der nette Schwiegersohn?

»Hier, Levyn!«, ruft Mom aufgeregt und wieder in diesem gläserzerfetzenden Ton. Kann ja heiter werden, wenn sie schon seinen Namen kennt. »Nenn mich Cynthia!«, haucht sie und eilt auf ihn zu.

Ich weiß, dass er mittlerweile genau hinter mir steht. Ich weiß es nicht nur – ich kann es förmlich spüren. Mein Körper sendet mir mal wieder völlig unterschiedliche Signale. Genau das, was Levyn in mir auslöst. Zornig atme ich ein, balle meine Hände zu Fäusten und warte nur auf Moms Aufforderung. Allein würde ich ihn nicht begrüßen.

»Sag unserem Gast Hallo, Lya!«, ermahnt sie mich.

Vorbereitet setze ich ein falsches Grinsen auf und drehe mich zusammen mit dem Stuhl um. »Hallo, Arschloch!«, sage ich lieblich und halte ihm meine Hand entgegen.

»Lya! Wasch dir gefälligst den Mund!«

»Er ist eins!«, verteidige ich mich.

»Lya!«, faucht sie.

»O mein Gott!«, brumme ich und lächle ihn wieder falsch an.

»Du darfst mich Levyn nennen«, haucht er feixend.

Wieder öffnet sich mein Mund wie automatisch. Meine Gesichtszüge entgleiten mir ständig bei diesem Idioten. Diese Anspielung, ich hätte ihn meinen Gott genannt, macht mich nur noch wütender.

»Mom, bitte schick ihn nach Hause. Jackson mag ihn auch nicht!«

»Jackson habe ich eine Sekunde gesehen, während Levyn mich heute Morgen zu meinem Auto gefahren und mir den Bagelshop gezeigt hat. Erstaunlich. Den gab es früher nicht.«

»Seltsam finde ich eher, dass er überhaupt ein Auto hier hatte, um dich zu fahren!«, zische ich mit einem wissenden Blick zu Levyn. Er hat gestern zwar nicht betrunken gewirkt, aber genug getrunken hat er auf jeden Fall.

Levyn schenkt mir ein liebevolles Lächeln und ich würde ihm am liebsten an die Gurgel gehen. Mein Blick fällt auf seine nassen Haare. Wenigstens hat er es fertiggebracht, sich ein Shirt über seinen verbotenen Oberkörper zu ziehen.

»Ich habe Pancakes gemacht. Aber Lya sagt, sie seien missglückt«, meckert Mom mit einem traurigen Blick auf die verkohlten Dinger, die kein Mensch mit auch nur einem Fünkchen Zurechnungsfähigkeit als Pancakes bezeichnen würde.

»Also, ich finde ...«

»Wag es!«, unterbreche ich ihn so voller Bitterkeit, dass ich meine eigene Stimme kaum erkenne.

Levyn presst die Lippen aufeinander. »Ich finde, wir sollten ein paar Eier machen«, fügt er hinzu und wieder öffnet sich mein Mund. Habe ich ihn gerade wirklich dazu gebracht, mir recht zu geben? Zumindest durch die Blume? »Ich kann welche machen«, schlägt er vor und geht wie selbstverständlich an den Kühlschrank, während meine Mom erfreut in die Hände klatscht und mir seltsame Morsezeichen mit ihren Augenbrauen zu geben versucht.

Genervt stehe ich auf und gehe auf Levyn zu. »Das mache ICH!«

Forsch greife ich nach den Eiern in seiner Hand und erwische seine Finger. Schmerz flammt in seinen Augen auf. Etwas zischt und die Eier fallen klatschend zu Boden. Levyns Mund verzerrt sich, während er seine Hand zurückzieht. Wie in Trance sehe ich auf seine Finger. Dort, wo ich ihn gerade berührt habe, bilden sich für ein paar Sekunden kleine Bläschen, bis seine Haut rot wird und die Male schließlich gänzlich verschwinden.

»Was ...?«, stottere ich ungläubig.

»Du bist wirklich ziemlich tollpatschig«, lenkt er ab und beginnt die Eier aufzusammeln, die noch ganz geblieben sind.

»Ich? Du hast sie fallen lassen! Und du ... du bist verbrannt ...«

»Wenn du das sagst.«

Ich weiß nicht, was ich schlimmer finde: seine Arschloch-Art oder diese gespielte Nettigkeit.

»Lya war schon immer ein Tollpatsch«, singt meine Mutter hinter uns.

»Wie bitte?!« Ich starre sie fassungslos an.

»Man soll Jungs nicht zeigen, dass sie sich tollpatschig benehmen!«, flüstert sie so laut, dass Levyn es natürlich hört. Er gluckst beinahe lautlos neben mir, ich kann es aber hören.

»Nette Erziehungsmethode«, raunt er mir zu.

Unsere Blicke treffen sich und da schafft dieser Arsch es doch wirklich, dass ich über das, was er sagt, lächeln muss. So schnell ich kann, reiße ich mich wieder zusammen und setze erneut meine kühle Miene auf. »Mach die Eier, ich mach deine Sauerei weg.«

»Deine, meinst du wohl«, sagt er und erhebt sich siegessicher. Er geht einen Schritt auf den Herd zu und beginnt die Knöpfe hin und her zu drehen.

»Hey, Levyn!«, flüstere ich. Er sieht zu mir hinab. »Verbrenn dich nicht.«

Ich beobachte seine Reaktion ganz genau, doch wie immer bringt ihn auch das nicht aus der Fassung. Er beugt sich ein Stück zu mir runter und zeigt mir sein weißes Lächeln. »Ich kann ganz gut mit Feuer, weißt du?!«, raunt er, richtet sich wieder auf und entzündet die Flammen innerhalb von einer Sekunde. Offensichtlich kann er wirklich gut mit Feuer. Aber nicht mit meiner Haut. Hat meine Berührung ihn wirklich verbrannt? Oder habe ich mir das nur eingebildet? Aber was soll ich mir eigentlich noch alles einbilden? Rote Augen, seltsame Blicke … meine Berührungen, die Levyn verbrennen. Ganz so verrückt bin ich nun auch nicht.

Unsicher verziehe ich den Mund und wische den letzten Rest Ei vom Boden. »Ich muss jetzt arbeiten.«

»Du musst wohl oder übel auf mich warten. Und glaub mir,

ich bin nicht zu ertragen, wenn ich hungrig bin«, sagt er lachend, während er das Rührei gekonnt auf die Teller verteilt.

»Mom!«, ist alles, was mir dazu einfällt. Wie kann sie es zulassen, dass der Idiot mich zum Bootshaus fährt? »Und du!«, fahre ich Levyn an, während ich mich widerwillig auf meinen Platz setze. »Du bist auch nicht-hungrig unausstehlich!«

* * *

Nachdem Levyn in gefühlter Schneckengeschwindigkeit gegessen hat, fahren wir endlich los. Ich habe sein Auto schon vorher gehasst, aber jetzt, da ich auf diesen tiefen Sitzen in dem komischen Sportwagen sitze, hasse ich es noch mehr. Ich konnte Prolls nie leiden. Wenn sie dann auch noch so bescheuert und arrogant wie Levyn sind, ist das genau das Gesamtpaket eines Menschen, den ich unbedingt nicht in meinem Leben haben will.

»Was ist jetzt schon wieder?«, fragt er, als er meinen angewiderten Blick bemerkt. Dass ihm so etwas überhaupt auffällt, ist mein Wunder des Tages.

»Dieses Auto ist wirklich ne Schnecken-aufreiß-Kiste.«

»Du bezeichnest dich selbst als Schnecke?«, entgegnet er schief grinsend und startet den brummenden Motor.

»Mich könnte mit diesem Ding keiner aufreißen, also bin ich auch keine Schnecke.«

»Na dann, Nicht-Schnecke.«

»Schön, dass du wieder das Arschloch raushängen lässt, das du bist, jetzt, da meine Mom nicht mehr anwesend ist«, brumme ich und verschränke meine Arme. Wie eine waschechte Zicke. Sehr toll, Elya!

»Willst du was Bestimmtes hören?«, fragt er und drückt an seinem Radio herum.

»Viel lieber würde ich *sehen*, wie du dich auf die Straße konzentrierst.«

»Nett bist du aber auch nicht«, stellt er fest.

»Du hast es nicht gerade verdient, dass man nett zu dir ist. Der einzige Grund, warum ich dich nicht schon bestimmt fünfzigmal geschlagen habe, ist, weil ich keinen Bock habe, dass du schon wieder dein Rote-Augen-Ding abziehst. *Du* Albino!«

Sein Blick landet scharf auf mir. Wieder bleibt mein Atem stehen. Ich zwinge mich, nachzusehen, ob er wieder diesen Rote-Augen-Gruselblick draufhat, doch alles ist normal. So normal, wie Levyn eben sein kann. Also eine Stufe normaler als rot glühende Augen, die einem die Kehle zuschnüren. Auf der Freak-Skala wohl ziemlich weit oben.

»Rote Augen?«, hakt er nach, als wäre ich nicht ganz bei Sinnen.

»Ja, Levyn, *deine* roten Augen!«

»Ich habe dunkelgrüne Augen«, raunt er lässig.

Hätte mir auch klar sein können, dass er dieses Monsterzeug nicht zugibt. Anstatt mich hineinzusteigern, ignoriere ich ihn die übrige Fahrt. Er riecht zu gut, spricht zu schön und sieht zu gut, zu besonders aus, als dass ich länger als eine Minute gegen ihn standhalten könnte. Da soll noch einmal jemand erzählen, Weibchen würden irgendeinen Geruch ausströmen, um ihre Männchen zu verwirren. Hier ist das genau umgekehrt.

»Viel Spaß bei der Arbeit«, haucht er, als er den Wagen zum Stehen bringt, oder das Tempo zumindest so herunterdrosselt, dass ich aussteigen kann. Ich halte es keine Sekunde länger mit ihm in diesem Auto aus.

»Jaja. Du mich auch!«, murmle ich und gehe los – natürlich nicht, ohne die Tür seines geliebten Sportwagens mehr als nötig zuzuknallen.

»Ach, und, Lya!«, ruft er mir hinterher, nachdem ich bereits das unheilankündigende Geräusch des herunterfahrenden Fensters gehört habe.

»Was?!«, pflaume ich ihn an und drehe mich um. Warum gehe ich nicht einfach weiter? Wie dumm bin ich eigentlich?

»Wenn du mal darüber reden willst ... darüber, was dich so hat werden lassen ... ich stehe zur Verfügung!«

Mit dieser aussagekräftigen Ansage schließt er das Fenster wieder und fährt. Was für ein Arsch. Als ob ich diejenige wäre, die über ihr Verhalten reden muss. Ich bin im Gegensatz zu ihm kein Leute beleidigender Arsch. Zumindest bin ich nicht ganz so schlimm wie er.

Widerwillig laufe ich zum Wasserskistand hinunter, wo mich Jackson bereits mit einer Gruppe kleiner Jungs erwartet.

»Lya!«, sagt er erfreut und berührt meine Schulter, als ich an ihm vorbei auf den Schuppen zugehe.

»Entschuldige die Verspätung. Ich wurde ... aufgehalten«, murmle ich nervös.

»Alles gut. Wir haben auf dich gewartet. Lust, am Unterricht teilzunehmen?«

* * *

Als wir nach gefühlten Stunden endlich den Unterricht und Tausende Starts hinter uns gebracht haben, setzen wir uns im Bootshaus an einen Tisch, um etwas zu essen.

»Du hast dich gut gemacht«, murmelt Jackson, während er die Karte studiert. Aber er sieht eher gelangweilt aus. Ich weiß, dass er sie nur liest, um mich nicht dumm dastehen zu lassen. Er kennt diese Karte wahrscheinlich in- und auswendig.

»Ich empfehle das pochierte Ei«, erklingt Tyms Stimme neben mir.

Ich starre auf die Schürze des Bootshauses, die gestern noch der Kellner getragen hat. »Sexy«, quittiere ich sein Outfit, woraufhin er sich modelmäßig ein paarmal hin und her bewegt und mich zum Lachen bringt. Das erste Mal heute, nachdem Levyn mir den Morgen versaut hat.

»Was möchtest du trinken, Kleines?«, fragt er dann liebevoll und blättert meine Karte auf die Getränkeseite. Unsere Hände berühren sich für den Bruchteil einer Sekunde und etwas in mir wünscht sich, es wäre länger gewesen. Nicht, weil ich ihn toll finde. Einfach nur, weil es mir manchmal fehlt, jemanden bei mir zu haben. Nähe zuzulassen.

»Einen Kaffee. Einen großen. Mit ganz viel Koffein!«, stöhne ich wie eine Süchtige.

»Kommt sofort. Jackyjack?« Er grinst Jackson belustigt an. Beinahe herablassend. Hier hat ganz offensichtlich jeder eine Geschichte mit jedem. Und vor allem Jackson scheint nicht so beliebt zu sein, wie er im ersten Moment wirkt.

»Einen etwas kleineren Kaffee«, lacht er und gibt Tym seine Karte.

»Und zu essen, die Herrschaften?«

»Ich hätte gern ein Thunfischsandwich«, nuschle ich mit einem letzten Blick auf die Karte, bevor ich sie Tym überlasse, der sie mit einer immensen Kraft an sich zieht.

»Verstehe, also ein Truthahnsandwich.«

»Thunfisch!«, sage ich lachend.

»Glaub mir, Kleine, Thunfisch willst du hier nicht essen.«

»Wir sind in einem Bootshaus!«, beschwere ich mich.

»In einem Bootshaus eines Sees – und dort leben keine ...?«

»Thunfische«, vervollständige ich resigniert. »Aber ganz viele schwimmende Truthähne natürlich.«

Tym lacht herzhaft, nimmt Jacksons Bestellung auf und verzieht sich dann zurück an die Bar.

»Arbeitet ihr alle hier?«

»In den Sommerferien schon. Danach meist nur am Wochenende.«

»Ist hier dann zu wenig los oder arbeitet ihr dann woanders?«, frage ich, während ich meinen Kaffee von einer weiblichen Bedienung entgegennehme.

»Nichts los. Sind eben nur die Einheimischen da. Die gehen eher am Wochenende ins Bootshaus. Und wir arbeiten natürlich auch woanders, ja.«

Ich nicke und folge Tym mit meinen Augen, der gerade ein paar weibliche Touristen bedient. Ich spare mir die Frage, was genau sie arbeiten, denn schon gestern am Lagerfeuer wollte es mir keiner so recht beantworten. Alles, was ich erfahren habe, ist, dass sie wohl alle in derselben Firma angestellt sind. Bis auf Levyn. Aber soviel sie auch schweigen, ich werde es herausfinden, denn irgendetwas stimmt hier nicht.

»Sind Tym und Arya eigentlich Geschwister?«

»Zwillinge!«, brummt Jackson über seinem Kaffee. »Tym hat's dir angetan, oder?«

Ich starre ihn erschrocken an. Und wahrscheinlich sehe ich total ertappt aus. Was aber nur daran liegt, dass ich Tym gerade wirklich beobachtet habe.

»Ich mag Tym. Mehr nicht«, lache ich und werfe erneut einen Blick auf ihn. Würde ich gerade nur ein Foto von ihm sehen, wäre ich definitiv der Überzeugung, er befände sich in der Karibik. Diese Bar und dazu seine braun gebrannte Haut und seine mittelblonden leichten Locken, die mit hellen Strähnen durchzogen sind. Das Schönste an Tym sind aber seine Augen. Nicht nur, weil sie atemberaubend hellgrün sind, sondern weil sie so ehrlich und warm sind wie keine zweiten.

»Ah ja«, macht Jackson belustigt und schnipst wie gestern Perce vor meinem Gesicht herum. »Du bist ziemlich oft abwesend. Als hätte dir jemand den Kopf weggeballert«, feixt er und mit einem Mal wird alles still um mich herum.

Meine Kehle schnürt sich immer weiter zu, während ich nach Luft schnappe. Jason hat mich zwar nicht erschossen, aber die Bilder tauchen trotzdem vor mir auf. Lassen mich zusammenzucken.

»Es tut mir leid, Lya«, höre ich Jacksons dumpfe Stimme.

Warum entschuldigt er sich? Weiß er etwa, dass ich damals dabei war? Wissen sie es alle? Hat Mom es herumerzählt? Mein Puls beschleunigt sich und ich versuche mich auf ihn zu konzentrieren, bis ich endlich wieder Luft holen kann.

»Wie einfühlsam, Jackson.«

Levyns Stimme reißt mich endgültig zurück in die Gegenwart. Aber in eine dunkle Gegenwart. Ungläubig sehe ich dabei zu, wie er sich lässig über die Banklehne gegenüber von mir schwingt und Platz nimmt.

»Sei still«, raunt Jackson ihm zu.

»Alles in Ordnung?«, wendet sich Levyn an mich, ohne Jackson auch nur eines Blickes zu würdigen.

Ich nicke nur und entscheide mich, nicht zu fragen, ob sie wissen, was geschehen ist. Das Beste ist, ich ignoriere es einfach. Das hat bisher ganz gut geklappt. So wie ich auch meine Gedanken an Jason ignoriere.

»Was will der hier?«, richte ich meine Frage an Jackson, der nur mit den Schultern zuckt und weiter an seinem Kaffee nippt. Wirklich gesprächig ist er heute auch nicht.

»Ich sehe nach dem Rechten.«

»Oh, entschuldige, habe ich dir das Gefühl gegeben, mit dir zu reden? Macht man das hier so?«

»Chapeau, kleiner Albino.«

Ich verziehe den Mund zu einer Schnute und sehe ihn provozierend an.

»Ein schwimmender Truthahn für das schönste Mädchen der Stadt«, ertönt Tyms Stimme und ein Teller wird vor mich gestellt. Ich spüre förmlich, wie mein Gesicht anfängt zu glühen und rot anläuft.

»Das – ist definitiv ekelhaft«, mischt sich Levyn mal wieder ein und sieht zwischen Tym und mir hin und her.

»Ja, kaum zu glauben, dass man auch nett zu anderen sein kann.« Tym stellt auch Jacksons Ei vor ihm ab und legt seine Hand auf meine Schulter. »Möchtest du, dass ich ihn rausschmeiße?«

»Als ob du das könntest, Tymothy«, knurrt Levyn bedrohlich.

»Egal wer du bist, Levyn, hier gelten andere Regeln. War deine Idee. Schon vergessen?«

»Ich benehme mich, wie ich will. Danke, Tym!«

Jackson und Tym werfen sich genervte Blicke zu. Tym wirkt aber irgendwie nicht ganz ehrlich und Jackson bleibt wie schon zuvor stumm.

Was ist nur los mit ihm? Und welche Regeln sollen hier gelten, die Levyn aufgestellt hat? Mein Kopf brummt allmählich von all diesen zweideutigen Gesprächen.

Als Tym gerade den Rückweg antritt, greife ich nach seinem Arm. Diese Begrapsch-Kultur hier überträgt sich wohl schon auf mich. Als hätte ich mich verbrannt, lasse ich ihn wieder los und starre in seine fragenden Augen. »Könnte ich noch so einen Kaffee bekommen?« Ich hebe meine leere Tasse.

»So ganz normal bist du auch nicht«, lacht er, nimmt meine Tasse und verschwindet.

Unbeholfen mustere ich das Sandwich vor mir. Ich hasse es, vor anderen zu essen. Und jetzt muss auch noch ausgerechnet Levyn vor mir sitzen. Reicht ja nicht, dass ich das Ei heute Morgen direkt neben ihm gegessen habe. Wüsste ich es nicht besser, würde ich behaupten, er verfolgt mich. Aber das ist unmöglich. Schließlich hasst er mich.

»Ich muss jetzt los. Viel Spaß bei eurem seltsamen Schweigen.«

Er springt wieder zurück über die Lehne und läuft lässig auf zwei Mädchen zu, die gerade in Bikinis das Bootshaus betreten.

»Der ist echt so widerlich«, nörgle ich und greife nach meinem Toast.

»Und du beschäftigst dich viel zu viel mit ihm. Genau das, was er will.«

»Ich beschäftige mich nicht mit ihm. Ich rege mich über ihn auf.«

»Und wo liegt da der Unterschied?« Er wirft mir einen wissenden Blick zu.

»Glaub mir, ich kann ihn nicht leiden.«

»Noch nicht. Außerdem hindert dich das nicht daran, dich ihm ... hinzugeben.«

»Hinzugeben?! Spinnst du?!«

Jackson lacht melodisch in sich hinein, während ich mich immer wieder dabei erwische, Levyn anzustarren. Ich bin wirklich armselig. Eine andere Erklärung gibt es nicht.

»Wir gehen übrigens klettern.«

»Klettern?!«, wiederhole ich panisch.

»Oder tauchen. Du hast die Wahl.«

»Nichts von beidem!«, wispere ich. Wenn ich nur an eins davon denke, wird mir speiübel.

»Boot fahren?«

»Hm«, brumme ich und beiße in mein Sandwich.

»Jackson!«

Eine weibliche Stimme dröhnt durch das Bootshaus. Irritiert sehe ich mich um und entdecke ein rothaariges Mädchen, das im Eingang steht.

»Nyss!«, ruft Jackson erfreut, steht auf und stürmt auf sie zu.

Am liebsten würde ich im Erdboden versinken. Warum auch immer. Vielleicht liegt es an der Tatsache, dass Tym ebenfalls freudig auf sie zurennt. Oder daran, dass sogar Levyn sich dazustellt und sie von oben bis unten mustert. Und ganz anders, als wenn er mich ansieht, liegt in seinem Blick keinerlei Abscheu.

»Das ist Nyss«, stellt Jackson die rothaarige Schönheit vor, als sie bei mir angekommen sind.

»Lya«, entgegne ich mit vollem Mund.

»Oh, ja, du bist die Neue, nicht wahr?!«

Sie wirkt nett. Und vielleicht bin ich paranoid, aber ich bin mir sicher, dass sie absichtlich betont, dass ich neu bin.

»So sieht's aus«, brumme ich also und esse weiter mein Sandwich. Wenn es mir sogar lieber ist, vor ihnen allen zu essen, muss sie wirklich eine schlimme Wirkung auf mich haben.

Den Rest des Essens verbringe ich damit, immer schön den Mund voll zu haben, damit ich nichts sagen muss, während Jackson und Nyss sich alles erzählen, was im letzten Jahr geschehen ist, nachdem Nyss im Sommer abgereist war. Aber ihre Geschichten wirken, als würde sie aus einem Märchenbuch vorlesen.

Tym kommt immer wieder vorbei und hört interessiert dem Gespräch zu, bis sich irgendwann auch Levyn wieder zu uns gesellt und mir gänzlich der Appetit vergeht. Seltsamerweise kann ich nicht einmal sagen, was mein Problem mit ihr ist. Ich kann sie einfach nicht leiden. Ohne Grund. Typisch Lya. Meine Mutter hat vollkommen recht. Ich bin ein sozial inkompetenter Mensch.

»Wir wollten gleich ...«, Jackson wirft einen Blick auf mich, »Boot fahren.«

»Boot fahren? Seid ihr etwa in dem Jahr, in dem ich weg war, langweilig geworden?«, fragt Nyss mit ihrer zuckersüßen Stimme und ich bin wirklich versucht sie nachzuäffen.

»Wir wollten zum Cason Peak klettern gehen. Aber Lya hat ein bisschen Höhenangst, also haben wir uns für eine kleine Bootstour entschieden«, erklärt er.

Ich verziehe genervt den Mund. Vor allem genervt über mich selbst.

»Oh. Ach so«, sagt Nyss angewidert.

Ist das ihr Ernst? Was ist so schlimm daran, mit einem Boot zu fahren? Ehrlich gesagt ist mir das schon angstbeladen genug. Mitten auf einem See, umzingelt von Wasser.

»Wir können auch klettern gehen. Ich schaffe das schon«, höre ich mich sagen, denn nachgedacht kann ich über das, was meinen Mund verlässt, wohl kaum haben. Ich schaffe das schon? Vielleicht schaffe ich es, indem ich den Berg nach einem Herzinfarkt herunterfalle, ins Grab. Mehr nicht. Aber jetzt muss ich da durch. Vielleicht kann ich ja kurz vorher irgendeine schlimme Krankheit erfinden, die es mir unmöglich macht, zu klettern.

Ich spüre Levyns prüfenden Blick auf mir, während Jackson mir erfreut auf die Schulter klopft. Zu meiner Verwunderung liegt in Levyns Blick keinerlei Häme. Er gibt auch keinen Ton von sich. Eigentlich sieht er sogar ziemlich besorgt aus. Aber das kann er wohl kaum sein.

Als wir uns erheben, damit die anderen Spaß haben können und ich in den sicheren Tod marschieren kann, stellt er sich vor mich, während die anderen nach draußen gehen. Er ist riesig. Aber es ist nicht nur seine Größe oder seine starke, sich hebende und senkende Brust, die mich erstarren lässt. Es sind vor allem sein Geruch und die Art, wie er mich plötzlich ansieht.

»Hätte dich nicht für so ein Mädchen gehalten«, raunt er

dicht neben meinem Ohr. Dabei muss er bei seiner Größe meilenweit davon entfernt sein.

»Was für ein Mädchen?!«

»Eines, das mit dem Strom schwimmt. Die sich für etwas
anderes ausgibt, als sie ist, nur um dazuzugehören«, haucht er
vorwurfsvoll. Und obwohl ich weiß, dass er recht hat, dass ich
kein solches Mädchen bin und mir und allen anderen gerade das
Gegenteil beweise, macht er mich wütend.

»Was geht dich das an?«, gifte ich.

»Angst ist kein sicherer Begleiter. Leichtmut ist es zwar auch
nicht, aber Angst ... Lya, du wolltest gestern nicht einmal einen
Meter in den Sand springen.«

Er kommt einen Schritt näher. Macht er sich wirklich Sorgen
um mich? Oder will er mich loswerden und beruhigt mit seinen
Freunden zum Klettern gehen? Und woher weiß er das mit dem
Steg?

»An diesem Cason Peak bin ich gesichert«, rede ich mich heraus.

Levyn hebt die Brauen. In seinen dunklen Augen blitzt ein
grüner Schleier auf. Als würde sein Blick ständig von dunkel-
grünem Nebel bedeckt werden. »Wer sichert dich? Du dich? Die
Idioten klettern da ohne Sicherung hoch«, sagt er.

Ich schlucke schwer. Wie war das mit keinen Rückzieher
machen? Jetzt ist wohl der richtige Zeitpunkt, das noch mal zu
überdenken. Das alles ist nur ein weiterer Punkt auf der Liste
der Dinge, die ich hier nicht verstehe. Weshalb schwenkt Levyn
plötzlich so komplett um und benimmt sich beinahe fürsorglich? Und warum sollten die anderen so lebensmüde sein und
ungesichert klettern?

»Du hast Angst. Also lass es!«

Seine Worte klingen wie eine Warnung, fast wie ein Befehl – und genau das ist der Punkt, an dem ich die dumme Entscheidung treffe, Levyn zu beweisen, dass er unrecht hat.

Warum muss ich dieses Bedürfnis, mich jetzt doch als die starke Elya zu präsentieren, die ich eigentlich zu sein glaubte, ausgerechnet jetzt herauslassen?

* * *

Nach ein paar Minuten Autofahrt kommen wir an einem riesigen Berg im Wald an. Allein von dem Anblick wird mir schwindelig.

»Lya, ich finde es toll, dass du das machst!«, sagt Jackson und klopft mir bewundernd auf die Schulter. Ich wäre liebend gern genauso optimistisch wie er, was mir allerdings nicht allzu gut gelingt.

»Meinst du wirklich, dass du das schaffst?«, erkundigt sich Tym, der im Gegensatz zu Jackson alles andere als begeistert von meiner waghalsigen Idee ist. »Mal ganz abgesehen von deiner Angst, Lya, du hast das noch nie gemacht«, flüstert er mir zu.

»Ich werde das schon schaffen. Ihr schafft es doch auch.«

»Tym! Lass sie jetzt. Sie ist groß genug, um das allein zu entscheiden!«, beklagt sich Nyss und winkt ihn zu sich.

Wenn ich vorher noch ein wenig neutral ihr gegenüber gewesen wäre, jetzt bin ich es nicht mehr. Ihr wäre es wahrscheinlich am liebsten, wenn ich hierbei draufgehe. Aber den Gefallen werde ich ihr nicht tun. Zumal mir auch etwas an meinem Leben liegt. Und an dem meiner Mutter, das ich gleich mit zerstören würde, wenn sie einen Anruf bekäme, ihre Tochter sei beim Klettern hinuntergeplumpst und gestorben. Schreckliche Vorstellung. Für alle Beteiligten.

Ich atme tief ein und aus, bevor ich mich trotzdem noch nicht annähernd bereit fühle.

»Wenn du Angst hast, dann bleib genau da, wo du bist, und ich hole dich«, erklingt eine raue Stimme neben mir.

Levyn.

»Und was willst du dann tun? Du kannst mich ja nicht mal anfassen, ohne fast zu kotzen.«

»Ich werde mir was überlegen. Außer ich muss das nicht, weil du doch hier unten bleibst?« Seine Stimme klingt beinahe, als würde er flehen. Was hat sich geändert?

»Nein!«, sage ich fest und alles in mir schreit Ja. Nur zu dumm, dass ich diesen neuen selbstzerstörerischen Teil von mir genau an dem Tag entdecke, an dem die anderen klettern gehen wollen. Das Boot kommt mir im Gegensatz hierzu plötzlich wie ein Hochsicherheitstrakt vor. Nur ohne die Insassen, versteht sich.

»Ich bleibe in deiner Nähe«, raunt Levyn und geht auf den Berg zu. Erst jetzt bemerke ich, dass die anderen bereits einige Meter geklettert sind. Vielleicht merkt es keiner, wenn ich einfach hierbleibe?

»Lya, komm schon!«

Jacksons Stimme holt mich aus meinen Wunschvorstellungen und bringt meine Füße dazu, mich zum Berg zu tragen.

»Gut, Elya. Einen Fuß vor den anderen. Einfach atmen und … klettern«, murmle ich zu mir selbst. Ich kann Levyn neben mir leise lachen hören, aber das ist mir gerade ziemlich egal. Die

Angst erfüllt meinen gesamten Körper und lässt keinen Platz für Zorn oder Wut.

Ich schließe meine Augen, und als ich sie wieder öffne, flammt ein kleines Licht vor mir auf. Es tanzt herum wie ein Glühwürmchen. Ich blinzle, weil ich mir sicher bin, dass ich vor lauter Furcht meinen Verstand oder meine Sehkraft verliere, doch das leichte Flackern bleibt. Eine Stimme, wahrscheinlich mein Verstand, sagt mir immer wieder, dass ich es nicht tun soll. Dass ich stark genug sein soll, meine Schwäche zuzugeben.

Ihr werdet es nicht schaffen!

Als ich die Stimme in meinem Kopf höre, weiß ich, dass es nicht meine eigene ist. Es ist die Stimme dieses glimmenden Dings vor mir. Ich muss vollkommen verrückt geworden sein.

Ich scheuche das kleine Licht mit meiner Hand weg. Es verschwimmt augenblicklich vor meinen Augen. Eine Erscheinung meiner eigenen Fantasie. Ein Produkt meiner Angst.

Ich klammere mich an die Steinwand und atme noch einmal tief durch, bevor ich meine Hand in einen kleinen Steinvorsprung schiebe, mich festkralle und mich hochziehe. Mein Fuß sucht blind nach einem weiteren Stein, bis ich ihn finde und mich weiter nach oben drücke. Zu meinem Erstaunen klappt es wirklich gut. Fast so, als hätte ich mein Leben lang nichts anderes gemacht, ziehen mich meine Hände und drücken mich meine Füße den Berg hinauf. Es dauert nicht lange, bis ich nicht mehr weit von den anderen entfernt bin und kaum fassen kann, wie stolz ich auf mich selbst bin.

»Lya! Mach langsam!«, knurrt Levyn neben mir.

Ich werfe ihm einen selbstsicheren Blick zu. »Ich habe dir doch gesagt, dass ich es kann!«, zische ich.

»Bitte, mach langsam, wir sind ziemlich ho –«

Alles, was er danach sagt, verstehe ich nicht mehr, denn plötzlich haben meine Augen gesehen und mein Verstand begriffen, wie hoch wir sind. Ein Schrei gleitet mir über die Lippen und mein Fuß rutscht ab.

»Lya! Beruhig dich!«

Levyn kommt ein wenig näher, berührt mich aber nicht. Gut, denn wahrscheinlich wäre ich dann vor Angst gestorben.

»Wie ... Wie komme ich hier runter?!«, wispere ich und kralle meine Fingernägel fester in den Stein. Ich werde abrutschen. Jede Sekunde rutsche ich ab und werde sterben.

Wieder sehe ich nach unten. Mein Magen überschlägt sich. Meine Brust brennt wie Feuer. Mein Puls pocht laut in meinen Ohren und meine Sicht verschwimmt. Immer wieder leuchtet etwas vor meinen Augen auf.

»Lya, konzentrier dich! Du darfst jetzt nicht das Bewusstsein verlieren!«

Levyns Stimme klingt so weit weg.

»Levyn. Sie kann das! Sie ist ...«

Wieder verwandeln sich die Worte in dumpfes Getuschel. Diesmal war es Jackson, der geredet hat.

»Sie kann es nicht, Jackson. Bring sie jetzt hier runter!«, knurrt Levyn, während ich mit der Hand nachgreife und wieder abrutsche.

»O Gott! Levyn! Bitte hilf mir!«, wimmere ich. Meine Stimme ist kaum wiederzuerkennen. Die Angst frisst mich von innen auf. Ich bin nicht in der Lage, auch nur einen klaren Gedanken zu fassen.

»Willst du hoch- oder runterklettern?«, will er wissen.

Wie kann er mich so etwas fragen? Ich werde nie wieder in der Lage sein, mich von dieser Stelle zu bewegen, geschweige denn zu klettern.

»Jackson, komm jetzt her und bring sie runter! Ich kann sie nicht berühren.«

»Sie kann das, Levyn. Wir alle haben es so gelernt!«, mischt sich Kyras Stimme ein.

Ich werfe einen Blick hinauf, wo sie Tym aufhält. Warum tut sie das? Er soll sofort zu mir kommen und mich von hier wegbringen. Einfach weg.

Ich spüre, wie Tränen meine Augen füllen, und es ist mir egal, dass Levyn es sieht. Dass sie alle es sehen. Noch nie in meinem Leben hatte ich so viel Angst. Nicht einmal als Jason mit diesem Schwert vor mir stand. Damals war alles schneller vorbei, als ich es begriffen habe. Jetzt hänge ich hier schon seit gefühlten Stunden.

Ich lasse meinen Blick zu Levyn schweifen und dann nach ...

»Sieh nicht nach unten!«

Levyns Worte kommen zu spät bei mir an. Als ich sehe, wie klein unser Auto ist, ergreift nackte Panik Besitz von mir. Ich rutsche wieder und wieder ab. Ich bin nicht mehr in der Lage, meinen Körper zu kontrollieren oder zu beruhigen. Bis ich den Stein, von dem ich ständig abrutsche, nicht mehr finde und meine andere Hand so fest verkrampfe, dass auch mein letzter Halt nachgibt. Das Blut in meinen Adern gefriert, als ich vollends abrutsche. Mein Herz bleibt stehen und die Bewusstlosigkeit reißt mich mit ihren kalten schwarzen Fingern in die Dunkelheit.

Etwas umschließt meine Hüfte. Ich fühle mich schwerelos.

Beinahe so, als würde ich fliegen, bis mich jemand auf den Boden legt und markerschütternd schreit.

Als dieses tiefe Schreien Bilder der Nacht im Wald vor mir aufblitzen lässt und ich das Gefühl bekomme, Jason würde vor mir stehen, reiße ich panisch die Augen auf. Neben mir auf dem Boden liegt Levyn und krümmt sich vor Schmerz. Seine Haut zischt unnatürlich.

»Was zum Teufel tust du denn?«, fragt Jackson, der neben mich springt.

Bin ich tot? Die Angst ist plötzlich wie verflogen. Wie sind wir hier runtergekommen? Ich muss tot sein.

Keuchend sehe ich Levyn an, der unter Schmerzen aufsteht und auf Jackson losgeht.

»Was ich tue?! Was tust *du*? Was hast du dir dabei gedacht?!«, schreit er voller Zorn und schubst Jackson meterweit.

»Sie hätte es allein geschafft!«, lacht der, doch das stachelt Levyn nur noch mehr an.

»Du hättest sie fast umgebracht, du dummer Wichser! Sie war kurz weggetreten! Sie hätte rein gar nichts allein geschafft!«

»Beruhig dich. Wir alle haben es so gelernt, okay?!«, mischt sich wieder Kyra ein.

»Wir hatten aber auch nie Höhenangst! Sie hatte eine Scheißpanikattacke da oben! Sie hätte sterben können!«

Seine Haut zischt wieder, woraufhin er ein wenig in die Hocke geht und schwer atmet.

»Macht eure Scheißselbstversuche an euch und nicht an ihr! Verstanden?!«, schreit Levyn, kommt auf mich zu und hebt mich mit einem Arm vom Boden. Ohne den anderen noch einen Blick zuzuwerfen, schiebt er mich mit unmenschlicher Kraft in sein

Auto und setzt sich selbst auf den Fahrersitz. Seine Haut zischt immer wieder. Meine Augen erhaschen einen Blick auf die geröteten Stellen, die von winzigen Blasen überdeckt sind, und ich halte fassungslos den Atem an.

Ich bin mir sicher, dass das Tempo, das er fährt, auf keiner Straße der Welt erlaubt ist, und urplötzlich entwickle ich eine neue Angst.

»Kannst du auch langsamer fahren?«

»Nein!«, gibt er knapp zurück. Seine Augen sind fest auf die Straße gerichtet. Was auch immer er da zu sehen glaubt, denn bei der Geschwindigkeit kann *ich* rein gar nichts erkennen.

»Levyn, du machst mir Angst«, stottere ich zittrig.

»Ich bin der Letzte, vor dem du Angst haben musst, Elya«, raunt er. Ich kann den Zorn immer noch in seiner Stimme lodern hören.

»Vor wem sonst?«

Ich werfe einen Blick auf seine verkohlten Klamotten. Das kann doch unmöglich allein meine Berührung ausgelöst haben!

»Ich bringe dich jetzt nach Hause und dann wird alles gut!«

Seine Stimme macht mir allmählich wirklich Angst. Sie ist umgeben von Finsternis und Hass.

»Ich habe dir gesagt, dass du nicht da hochsollst. Ich habe dir gesagt, dass du unten bleiben sollst. Ich habe dir gesagt –«

»Ja!«, zische ich. »Du hattest recht, Levyn. Nur bitte fahr jetzt ein bisschen langsamer!«

»Ich kann nicht!«, knurrt er bedrohlich.

Für den Bruchteil einer Sekunde funkeln mich rote Augen an und ich bin drauf und dran, aus dem fahrenden Auto zu springen. Diese Augen nehmen mir alles Leben. Nehmen all die

Helligkeit aus meiner Umgebung und lassen mich in dunklen Schatten zurück, gegen die sich mein Körper wehrt.

»Ich ... Ich bin schuld daran.«

»Woran?«, hake ich nach und verenge meinen Blick, während die Angst langsam aus meinen Knochen weicht.

»An allem.«

Ich will weiter nachfragen, doch da kommt der Wagen bereits zum Halten. Levyn steigt aus und ist in der nächsten Sekunde schon an meiner Seite. Seine normalen dunklen Augen funkeln mich an, bevor er erst einen Schritt auf mich zu macht, als wolle er mich tragen, und mich dann doch bittet, auszusteigen. Ich tue wie mir geheißen und stelle mich auf meine wackligen Beine, um über den weißen Kies zur Haustür zu laufen. Übelkeit klettert meine Kehle hinauf.

»Levyn ... ich ...«

Bevor ich weiterreden kann, sackt mein Körper in sich zusammen. Wieder spüre ich Levyns Arme an meiner Haut und höre sein schmerzerfülltes Keuchen. Und plötzlich verschwimmt alles vor mir, als würden die Erinnerungen verblassen.

* * *

Ich sehe mich blinzelnd um. Dunkle Schatten benebeln meine Sicht, bis ich Levyn erkenne, der keuchend mit einem Arm gegen meine Kommode gelehnt dasteht.

Wie ... Wie komme ich in mein Zimmer? Und was macht Levyn hier?

»Ich bin gleich wieder da, ich muss nur ...«, raunt er atemlos.

Wie ist es möglich, dass meine Haut ihm solche Schmerzen zufügt? Ich fühle mich wie ein Monster, das alles und jeden verletzt, der mir zu nahe kommt.

Monster ... Bestie ... Die Worte hallen in meinem Kopf wider und meine Gedanken wandern zu jener Nacht. Genau das bin ich. Eine Bestie, denn in diesem Wald war niemand außer mir und Jason. Ich muss ihn getötet haben. Zerfetzt haben. Das Blut an meinen Händen hat es bewiesen.

Nach ein paar Minuten kommt Levyn auf mich zu und setzt sich neben mich auf das Bett. »Ich werde dir jetzt helfen«, haucht er sanft und berührt für eine winzige Sekunde und mit schmerzverzerrtem Gesicht meine Stirn.

»Wobei?«, frage ich zittrig.

»Beim Vergessen«, flüstert er mit rauer Stimme und plötzlich ist alles um mich leicht. Ich sehe die anderen am Berg stehen. Und dann erkenne ich meine eigene Stimme, die ihnen sagt, dass ich unten bleibe. Levyn macht sich über mich lustig, so wie er es immer tut, und lässt mich als Erster zurück. Wie kann man eigentlich so ein vollkommenes Arschloch sein?! Tym sagt den anderen, dass er mit mir wartet, und dann, ganz plötzlich, schlage ich die Augen auf und starre in die meiner Mutter.

4. Kapitel

»Schätzchen!«, sagt sie erfreut und streicht mir über die Stirn.

»Mom? Was mache ich hier?« Ich schlucke ein paarmal, um meine trockene Kehle zu befeuchten.

»Tym und Jackson haben dich hergebracht. Du musst dir heute Vormittag beim Arbeiten einen Sonnenstich geholt haben. Ihr wart klettern und du und Tym habt unten auf die anderen gewartet, da ist dir plötzlich ganz schwindelig und übel geworden.«

Ich nicke benommen. An den Kletterausflug und das Gespräch mit Tym kann ich mich erinnern. Nur worum es ging, weiß ich nicht mehr genau.

»Wie fühlst du dich jetzt?«, fragt sie liebevoll und reicht mir ein Glas Wasser.

»Ich denke, ich fühle mich gut. Sehr gut.« Es entspricht der Wahrheit. Obwohl ich ein wenig verwirrt bin und mein Kopf dröhnt, geht es mir gut.

»Die Jungs und zwei sehr nette Mädchen warten unten, bis du dich erholt hast. Soll ich ihnen sagen, dass es dir gut geht, und sie nach Hause schicken, oder möchtest du sie sehen?«

Ich verziehe den Mund. Eigentlich ist mir gerade nicht wirklich danach, sie zu sehen. Warum auch immer. Trotzdem sind diese Menschen die ersten Freunde, die wirklich meine Freunde

bleiben könnten. Sie warten sogar unten auf mich, weil sie sich
Sorgen um mich machen. Also stapfe ich benommen die Treppe
hinunter und gehe auf die Terrasse, wo Tym, Jackson und Perce
sitzen und mich erleichtert anstarren.

»Geht es dir gut?«, fragt Tym als Erster und steht auf. »Es tut
mir so verdammt leid!«

Seine Stimme klingt belegt und mir entgeht der vorwurfs-
volle Blick nicht, den er Jackson zuwirft. Gibt er ihm etwa die
Schuld daran? Warum? Weil er mich zu lange in der Sonne hat
schuften lassen?

»Mir tut es auch leid. Wir dachten, dass du es kannst. So wie
wir.«

»Wovon redet ihr?«, frage ich irritiert und lasse mich neben
Tym in die Hollywoodschaukel sinken.

»Die Arbeit«, stammelt Jackson. »Ich dachte, dass du so viel
Sonne verträgst, und habe einfach nicht daran gedacht, dass du
aus diesem verregneten Kaff kommst.«

Er wirkt im Gegensatz zu Perce und Tym irgendwie nicht
ehrlich. So als wäre er eher sauer auf mich und die anderen.

Arya sitzt ein wenig weiter entfernt in einem Deckchair, ihre
Hände aneinandergelegt, ihr Blick kühl auf Jackson ruhend.

»Da klettere ich schon nicht mit und kippe trotzdem um«,
feixe ich, um die Stimmung aufzulockern, aber es dauert eine
Weile, bis sie in mein Lachen einstimmen.

»Levyn hat auch geholfen, dich nach Hause zu bringen!«,
platzt es aus Perce heraus, woraufhin sie entnervte Blicke von
Jackson erntet.

»Kann es sein, dass mein Haus einfach nur auf seinem Weg
lag?«, hake ich spöttisch nach.

»Kann sehr gut sein«, mischt sich Levyn höchstpersönlich ein. Kann der Vollidiot eigentlich auch noch was anderes, als plötzlich uneingeladen aufzutauchen? »Und einen kleinen Albino, der wegen ein bisschen zu viel Sonne gleich umkippt, nach Hause zu bringen, steht nicht auf meiner To-do-Liste.«

»Habe auch nichts anderes erwartet!«, fauche ich und verdrehe genervt die Augen. »Runter von meiner Veranda!«

In seinen Augen blitzt ganz kurz etwas auf. Etwas Seltsames. Etwas, das ich nie zuvor in ihnen gesehen habe. Dann verzieht er den Mund zu einem enttäuschten Lächeln. »Wollte nur sehen, ob alles wieder beim Alten ist.«

»Es war nie anders!«, erwidere ich.

Er nickt und geht. Seltsamerweise ohne ein Widerwort.

»Warum warst du so gemein zu ihm?«, fragt Perce beinahe traurig.

»Weil er sich mir gegenüber wie ein Arsch benimmt. Das weißt du doch, Perce!«

»Jaa, aber ...«, nörgelt sie, ohne ein Aber auszuführen. Stattdessen wirft sie erst einen bedrohlichen Blick auf Jackson und dann einen zu Tym, als würde sie ihn um Hilfe bitten. Der legt behutsam seinen Arm um meine Schultern und zieht mich zu sich.

»Lass uns den heutigen Tag einfach vergessen und neu anfangen. In Ordnung?«

* * *

Die nächsten vier Wochen vergehen wie im Flug. Es ist, als hätte Levyn dieses letzte Gespräch auf der Veranda wachgerüttelt, denn seitdem bin ich ihm nicht mehr begegnet. Nicht einmal im Bootshaus ließ er sich blicken. Mir kann es nur recht sein.

Nach und nach verlassen die Touristen ihre Ferienhäuser und das Bootshaus wird leerer. Aber vor allem wird die Wasserskianlage kaum noch genutzt, weshalb Earl mich als Kellnerin angestellt hat.

Nachdenklich zähle ich das Trinkgeld, um es zwischen Earl, dem Koch, Tym und mir aufzuteilen, als hinter mir ein Stuhl zur Seite gerückt wird. Ich unterdrücke ein Stöhnen. Wie ich die Leute hasse, die eine Sekunde vor Ladenschuss hier hereinspazieren und ...

»Hey, kleiner Albino, bekomme ich auch was zu trinken oder stehst du nur dumm in der Gegend rum?«

O bitte nicht! Genervt drehe ich mich um und starre in Levyns dunkle Augen. Wie immer blitzt der Schalk in ihnen auf, als er meine zornige Miene sieht. »Wir haben geschlossen«, brumme ich und wende mich wieder von ihm ab.

»Was? Hast du mich etwa nicht vermisst?«

Ich schnaube und werfe mir gelangweilt das Küchenhandtuch über die Schulter.

»Lya ...« Seine Stimme klingt plötzlich weich, und obwohl ich mir sicher bin, dass ich sie so nie gehört habe, kommt es mir vertraut vor.

Ich drehe mich wieder zu ihm. Er lehnt sich nach hinten und grinst mich süffisant an. Aber sein Blick ist getrübt, seine Augen umgeben von dunklen Schatten, als hätte er in den letzten Wochen kaum ein Auge zugemacht. Sein Kiefer knackt unruhig. Er wirkt ... ausgelaugt. Als würden große Lasten auf seinen Schultern liegen.

»Könnte ich nur einen Kaffee haben? Dann lasse ich dich in Ruhe. Versprochen.«

Ich schlucke schwer und nicke. Auch wenn Levyns und mein Start nicht der beste war, hat sich an dem Tag vor vier Wochen etwas geändert. Plötzlich gibt es in mir diese Vertrautheit, die ich mit keiner logischen Erklärung belegen kann. Aber sie ist da.

»Wo warst du die ganze Zeit?«, frage ich, während ich eine Kaffeetasse nehme und die Maschine anstelle.

»Warum? Hast du mich doch vermisst?«

Ich funkle ihn genervt an und bete, dass dieser Kaffee nie aufhört zu laufen. Denn dann muss ich ihm die Tasse vor seine arrogante Nase stellen und so tun, als würde ich mich mit anderen Dingen beschäftigen.

»So was nennt man Small Talk«, nuschle ich, als ich ihm dann doch seinen Kaffee reichen muss. »Verbrenn dich nicht!«, warne ich ihn mit einem skeptischen Blick.

»Ich hatte ein paar Sachen zu erledigen«, antwortet er dann plötzlich auf meine Frage. Der dunkle Nebel wabert wieder in seinen Augen.

»Wow. Wie immer sehr detailliert.«

»Mein Dad möchte, dass ich mich in die … Geschäfte seiner Firma einarbeite. Ich soll dort arbeiten. Dabei habe ich … eigene Aufgaben, die meine Aufmerksamkeit benötigen«, erklärt er und trotzdem klingt alles, was er sagt, nur wie die halbe Wahrheit.

Ich nicke gespielt desinteressiert und beginne die Kaffeemaschine zu säubern. Das macht zwar immer Earl, wenn wir »Kids« schon gegangen sind, aber ich muss irgendetwas mit meinen Händen anstellen.

»Und was hast du so getrieben?«, fragt Levyn, während er lässig seinen Kaffee trinkt.

»Gearbeitet«, antworte ich knapp und lasse den Siebträger der Kaffeemaschine viel lauter am Mülleimer knallen, als ich müsste.

»Und weiter mit den anderen abgehangen?«

Ich mustere ihn skeptisch. Erstens wegen seiner Wortwahl und zweitens, weil ich nicht wirklich verstehe, was ihm diese Information bringt oder ihn überhaupt angeht.

»Ja, wir haben abgehangen.«

»Freut mich.«

Nach der Lüge in seiner Aussage muss ich nicht lange suchen. Sein Tonfall und seine Körperhaltung sprechen Bände. Aber warum er lügt, ist mir ein Rätsel. Und das bleibt es auch, denn ich habe wirklich kein Interesse daran, nachzufragen, was er von mir will.

»Und haben sie dich wieder in irgendwelche lebensgefährlichen Situationen gebracht?«

»Das haben sie noch nie«, entgegne ich irritiert und spüle den Siebträger in Zeitlupe ab.

»Ach ja, fast vergessen, wie leicht du zu beeinflussen bist.«

Ich schmeiße das metallene Gerät in die Spüle und drehe mich wutschnaubend zu ihm um. »Was willst du, Levyn?!«, fahre ich ihn böse funkelnd an. Und wie immer bereitet ihm das große Freude. Am liebsten würde ich Tassen auf ihn werfen. Trotzdem wirkt er irgendwie erschöpft. Seine Gehässigkeit ist nicht ganz so groß wie sonst.

»Sichergehen, dass es dir gut geht und sich ... nichts verändert hat«, murmelt er unbeirrt.

»Was hätte sich verändern sollen?!«

»Du.«

Er sieht mich so durchdringend an, dass ich nicht einmal mehr in der Lage bin, ihm meinen bösesten Blick zuzuwerfen.

»Ich?«, frage ich irritiert. Wie kommt er auf die Idee, ich könne mich verändern?

»Levyn! Ich bin fertig!«

Ich starre auf Nyss' rote Mähne, die im Eingang auftaucht. Levyn schüttet sich den letzten Schluck Kaffee in den Mund, steht auf und greift nach seiner Geldbörse.

»Ist das dein Ernst? Du stiehlst meine Lebenszeit, um nicht allein auf *die* zu warten?!«

Ein Teil von mir kämpft mit einem Gefühl der Enttäuschung, das da wirklich nichts zu suchen hat.

»Man muss sehen, wo man bleibt, kleiner Albino«, raunt er mir zu, lässt einen Schein auf die Theke segeln und verschwindet mit der Gestörten, während ich ihnen fassungslos nachstarre.

In den letzten vier Wochen habe ich mir wirklich Mühe gegeben, sie besser kennenzulernen und mir ein neues Bild von ihr zu machen. Aber es hat nichts gebracht, denn sie ist einfach ein Miststück. Und als ob das nicht genug wäre, hat sie sich den ganzen Sommer über abwechselnd an Jackson und Tym rangemacht. Je nachdem, mit wem ich mich gerade unterhalten habe. Ich bin nur froh, dass diese Hexe in einer Woche verschwindet und erst nächstes Jahr wieder hier auftaucht, um mir den Sommer zu versüßen.

»Was machst du denn noch hier?«, fragt Earl liebevoll, als er aus der Küche auf mich zukommt. In den letzten Wochen habe ich ihn um einiges besser kennengelernt. Und mittlerweile verstehe ich, warum sie alle so ein gutes Verhältnis zu ihm haben.

»Ach, Levyn hat mich aufgehalten«, erkläre ich und nehme demonstrativ seine Tasse von der Theke, um sie zu spülen.

»Ich mache das schon. Geh du ab in dein Bett!«

»Yes, Sir!«, sage ich und salutiere vor ihm, bevor ich meine Schürze abnehme und mir über den Nacken streiche. Der Tag war wirklich lang. Und Levyn hat ihn noch schlimmer und anstrengender gemacht.

Ich hänge die Schürze an meinen Haken und laufe hinaus auf den Steg. Tym beobachtet mich lächelnd, als ich mich neben ihn setze.

»Hey, Kleines«, raunt er und legt ein paar Muscheln auf meinen Oberschenkel.

»Was? Bist du jetzt hauptberuflich Muschelsammler?«, feixe ich und mustere die kleinste von ihnen.

»Mir war ganz offensichtlich langweilig, weil Madame eine Stunde lang die Kaffeemaschine gesäubert hat«, lacht er.

»Oh! Das ist nicht meine Schuld. Der dumme Levyn wollte noch einen Kaffee.«

»Levyn ist wieder da?!« Seine Augen verengen sich zu Schlitzen. Wahrscheinlich werde ich ihre On-off-Freundschaft nie verstehen.

»Jap. Und er hat sich gleich Nyss unter den Nagel gerissen. Tut mir unglaublich leid für dich!« Ich pike ihm provokativ in die Seite, woraufhin er meine Arme festhält und mich durchdringend ansieht.

»Ich habe kein Interesse an Nyss«, flüstert er mit seiner tiefen Stimme.

Etwas in mir schreit mich an wegzurennen. So schnell ich kann. Ich mag Tym. Aber mag ich ihn auch so? Der Blick, den er mir gerade zuwirft, ist eindeutig. Oder bilde ich mir das ein? Ich war nie gut darin, herauszufinden, wann jemand mehr von mir wollte. Und da ich zuvor nie wirklich Freunde hatte, bin ich auch kein Profi darin, das von Freundschaft zu unterscheiden.

»Wo sind die anderen?«, lenke ich von der peinlichen Situation ab. Tyms Griff lockert sich wieder.

»Sie hängen heute Abend alle bei Perce ab. Und genau da fahren wir jetzt auch hin.«

Er erhebt sich schwungvoll und zieht mich mit sich hoch. Tym hat wirklich eine ganz schöne Kraft.

* * *

Als wir bei Perce ankommen, dreht sich mir der Magen um. Natürlich steht auch Levyns Auto in ihrer Einfahrt. Am liebsten würde ich wieder umdrehen und nach Hause gehen. Von hier sind es nur fünfhundert Meter zu Fuß. Aber Tym würde mich wohl kaum allein durch den Wald gehen lassen, also kneife ich die Arschbacken zusammen und gehe zusammen mit ihm hinein.

Nyss und Levyn sitzen viel zu nah beieinander auf der Couch, während die anderen draußen am Grillplatz lachen und trinken. Nicht zu fassen, was Nyss für eine falsche Kuh ist. Kaum ist Levyn wieder da, sind Jackson und Tym wohl langweilig.

Ohne einen weiteren Blick auf sie zu werfen, gehe ich an ihnen vorbei zu den anderen.

»Lya!«, ruft Perce erfreut und wackelt mit ihren kurzen mittelblonden Haaren.

»Wie war die Arbeit, ihr fleißigen Bienchen?« Jackson erhebt sich, um mich in den Arm zu nehmen.

»Langweilig. Mittlerweile ist wirklich kaum noch jemand da«, murrt Tym.

»So was würden andere als entspannt bezeichnen, kleiner Bruder«, haucht Arya mit ihrer sanften, kühlen Stimme.

»Fünf Minuten, Ary, fünf Minuten bist du älter! Also nenn mich nicht kleiner Bruder!«

Ich lächle und setze mich zusammen mit Jackson neben Perce. In den letzten vier Wochen durfte ich nicht nur einmal bei dieser Diskussion live dabei sein. Dabei habe ich definitiv gelernt, dass das länger dauern kann.

»Hast du schon die große Neuigkeit gehört?«, fragt Perce mich.

Kyra verdreht daneben genervt ihre Augen.

»Nyss zieht hierher. Und ... Achtung ...« Perce macht einen Trommelwirbel auf dem alten Holz des Stegs. »Sie wird dann im ... Konzern von Levyns Vater arbeiten.«

»Bitte erschieß mich«, entfährt es mir. Entsetzt schlage ich mir die Hand vor den Mund, während Kyra lauthals zu lachen beginnt und Perce mich irritiert mustert.

»Du gewöhnst dich schon noch an sie«, muntert sie mich auf und wirft einen Blick hinter mich.

Als ich mich umdrehe, sticht mir das ätzende Rot von Nyss' Haaren in die Augen. Vielleicht sollte ich einfach ins Wasser springen. Die Möglichkeit besteht, dass sie mich gehört hat, und außerdem komme ich mir sowieso ziemlich makaber vor.

»Du bist auch nicht gerade mein Lieblingsmensch, keine Sorge!«, faucht Nyss, was dann wohl meine Bestätigung ist, dass sie mich gehört hat. Ich sollte wirklich springen – und nie wieder auftauchen. »Levyn holt gerade noch etwas zu trinken«, erklärt sie seine Abwesenheit. Als würde es mich auch nur im Geringsten interessieren, warum sie hier allein auftaucht.

»Aber ich habe doch noch einen unendlichen Vorrat!«, meckert Perce und will aufstehen, als ich sie am Arm festhalte und mich erhebe.

»Ich sage es ihm!«, zische ich mit einem selbstgefälligen Lächeln und gehe zurück zum Haus.

Weiß Gott, warum ich das getan habe. Warum ich das tue. Das Letzte, was ich will, ist, mit Levyn allein zu sein und mir seine dämlichen Sprüche anzuhören. Sogar noch weniger, als neben Nyss zu sitzen.

»Levyn!«, rufe ich durch das gläserne moderne Haus von Perces Eltern. Sie habe ich nie zu Gesicht bekommen, da sie ständig auf irgendwelchen Tagungen sind. Perce hat mir erklärt, dass sie so etwas wie Ärzte sind. Was auch immer das heißen soll. Trotzdem kann es nicht normal sein, dass sie nie da sind. Und auch die Eltern der anderen sind nie hier. Als würden sie gar nicht existieren. Aber alle meine Fragen werden ignoriert. Auch nach den letzten Wochen bekomme ich ständig nur Halbwahrheiten aufgetischt. Selbst Earl stammelt nur irgendwelche Ausreden, die ich schon hundert Mal gehört habe, wenn ich ihn nach ihren Eltern frage. Und jetzt soll auch noch Nyss für Levyns Vater arbeiten? Eine weitere Person, die ich nie gesehen habe. Irgendetwas verheimlichen sie mir. Und ich werde herausfinden, was das ist.

Ich rufe weiter Levyns Namen, bekomme aber keine Antwort, also öffne ich die große Haustür und starre auf zwei Gestalten, die ein wenig entfernt zwischen den Bäumen stehen. Der eine ist definitiv Levyn. Ich würde seine Statur aus hundert Metern Entfernung erkennen.

Obwohl ich sehr wohl bemerke, dass die Stimmung zwischen ihnen angespannt ist, gehe ich einen Schritt auf sie zu. »Levyn!«, rufe ich wieder, woraufhin mich zwei rote Augen anfunkeln. Ich stolpere zurück und falle unsanft auf mein Steißbein. Meine Kehle schnürt sich zu. Die Dunkelheit um mich herum wächst augenblicklich bedrohlich an.

Als ich mich wieder traue hinzusehen, erkenne ich, dass der andere auf mich zustürmt. Levyn folgt ihm und reißt ihn kurz vor mir zurück. Sie sind mir jetzt so nah, dass ich wirklich Todesangst bekomme.

»Da ist sie ja. Lass mich sie nur kurz ansehen!«, zischt die Gestalt, die Levyn unsanft zu Boden drückt.

Diese Stimme ... die Art, wie er redet, weckt etwas in mir. Eine Erinnerung, die ich nicht fassen kann.

»Du guckst dir gar nichts an, du kleiner Bastard!«, knurrt Levyn bedrohlich.

Das und die Tatsache, dass seine Augen wieder so rot glühen, versetzt mich in eine Starre. Was zum Teufel ist hier los?

»Kannst du dich nicht ein Mal aus meinen Angelegenheiten raushalten, Lya?!«, fährt er mich an.

»Ich ...«, stottere ich. »Ich wollte dir nur sagen, dass du keinen Nachschub zu holen brauchst!«

Endlich habe ich meine Stimme wiedergefunden. Die Situation bleibt seltsam und gruselig. Mehr als das – sie zeigt mir eindeutig, dass hier etwas vor sich geht. Dass Levyn kein normaler Mensch ist.

»Verschwinde jetzt!«, knurrt er. Seine Augen sind zwar wieder dunkel, aber den roten Schimmer kann ich immer noch erkennen. Der Mann unter ihm krächzt atemlos.

»Wer ist das?«, frage ich neugierig und recke meinen Kopf ein wenig, um ihn besser sehen zu können. Als er sich gegen Levyns Griff wehrt, hechte ich nach hinten.

Levyn lacht leise in sich hinein. »Niemand, den du kennen solltest.«

»Das kann ich auch selbst entscheiden, du Flegel.«

»Du was?!« Levyn lacht wieder. Als auch der Mann unter ihm zu glucksen beginnt, versetzt er ihm einen Tritt. »Was gibt's da zu lachen?!«

Sein Aufkeuchen erinnert mich wieder an etwas. Etwas, das ich vergessen habe. Ich verenge den Blick und wäge ab, ob ich auf Levyn hören oder mich diesem Kerl nähern sollte. Vielleicht hilft es mir. Etwas an ihm verbinde ich mit dieser Nacht im Wald. Was, wenn er da war? Was, wenn er Antworten hat? Wenn ich mich wieder erinnere, wenn ich mich ihm nur ein wenig nähere ...

»Spinnst du?!«, frage ich Levyn also und stehe auf.

»Ich?«, entgegnet er und klopft sich den nicht vorhandenen Staub von der schwarzen Hose.

»Ich bin Lya«, stelle ich mich mit zittriger Stimme vor und reiche dem Mann meine Hand. Er lächelt mich an, als wäre ich sein Essen. Vielleicht hätte ich doch auf Levyn hören sollen, denn das hier holt auch keine Erinnerungen zurück. Das ist definitiv nach hinten losgegangen.

»Eduard«, entgegnet er und ergreift meine Hand. Er lässt sie eine gefühlte Ewigkeit nicht los, obwohl ich sie mehrmals zurückzuziehen versuche.

»Levyn!«, flehe ich, doch der steht nur daneben und belächelt mich. Angelehnt an einen Baum. Fehlt nur noch, dass er sich Popcorn holt.

»Was? Soll ich dich etwa retten? Meintest du nicht, dass du das allein entscheiden kannst?«

»Levyn!«, zische ich wieder.

Er leckt sich genüsslich über die Lippen und geht dann auf Eduard zu. »Lass sie los, du schleimiger Wichser!«, knurrt er.

Eduard gehorcht sofort. Als wäre Levyn sein Chef oder so was. Die sind doch alle irre hier.

Ich mustere Eduards grüne Augen. Sie sehen aus wie die einer Schlange. Habe ich mir nur eingebildet, dass ich ihn kenne? Diese Leute hier machen mich noch vollkommen verrückt.

»Geh jetzt zurück in das Loch, aus dem du gekrochen bist!«, faucht Levyn und hilft ihm beim Aufstehen. Ich sehe dabei zu, wie Eduard geht. Zwar widerwillig, aber er verzieht sich durch den Wald.

»Gibst du mir eine Antwort, wenn ich frage?«

»Nein!«, knurrt Levyn und deutet mir, mich wieder nach drinnen zu begeben. Ich folge seiner Anweisung. Vielleicht sollte ich das in Zukunft öfter tun.

»Der Nachschub steht im Weinkeller«, wiederhole ich, was Perce mir draußen noch zugerufen hat.

»Die haben hier einen Keller?«, fragt Levyn skeptisch und hebt seine Brauen. Erst jetzt wird mir klar, dass hier kein Haus einen hat. »Sehr verantwortungsbewusst«, raunt er ironisch und geht auf das Treppenhaus zu. »Na los!«, fordert er mich auf, als ich wie angewurzelt stehen bleibe.

Eigentlich ist das Letzte, was ich will, mit Levyn allein in einen dunklen Keller zu gehen.

»Du willst mir jetzt nicht erzählen, dass du auch Angst vor Kellern hast, oder?!«

»Angst vor dir trifft es eher!«, zische ich.

»O ja, vor mir solltest du wirklich Angst haben«, brummt er und geht die Treppe hinunter.

Ich zögere einen Moment, bevor ich ihm folge.

Der Keller ist, wie ich erwartet habe, dunkel und muffig. Aber ich mag den Geruch des alten, feuchten Gemäuers. Es erinnert mich an etwas, das ich nicht zuordnen kann.

»Nach der Begegnung da gerade und aufgrund der Tatsache, dass du mir mal wieder keine Erklärung lieferst, ist meine Angst sehr wohl verständlich.«

Er atmet genervt ein und aus, dreht sich zu mir und hebt seine Brauen. »Was willst du wissen, Lya?«

»Wer war das?«

»Eduard.«

»Und was ist Eduard?«

Wieder schießen seine Brauen in die Höhe. »Na ja ... ein Kerl halt.«

»Levyn!«, dränge ich, obwohl ich mir wie eine Verrückte vorkomme. Aber dieser Typ war nicht menschlich. Ich bin mir sicher. »Seine Augen sahen aus wie die einer Schlange. Und deine Augen haben wieder ...«

»Nicht das schon wieder. Hatten wir das Thema nicht bereits?«

»Ich bin nicht blöd und ich weiß, was ich gesehen habe!«

»Na, wie wär's, wenn du kleiner Fuchs dann einfach mal nach

roten Augen und Augen, die wie die einer Schlange aussehen, googelst? Vielleicht findest du ja was Interessantes«, sagt er mit einem hörbaren Lächeln in der Stimme und zwinkert mir zu.

Ich werde hier keine Antworten bekommen. So viel steht fest. Aber wenn er denkt, dass ich aufgebe, hat er sich geschnitten.

»Hier steht nur Wein«, stellt Levyn fest, während er weiter durch die etlichen Regale mit verstaubten Flaschen streift.

»Perces Eltern scheinen ziemlich reich zu sein«, versuche ich es mit einem anderen Thema.

Levyn mustert mich einen Augenblick. »Die Familie Chesterfield ist eine der ältesten hier. Sie sind mehr als nur reich«, erklärt er und geht weiter.

Bei der Erwähnung des Namens halte ich inne. Ich weiß zwar nicht viel über meinen Vater, aber Chesterfield ist ganz sicher auch sein Nachname. Kann es sein, dass er mit ihnen verwandt ist? Unruhig beiße ich mir auf meiner Lippe herum und überlege einen Moment, Levyn nach meinem Vater zu fragen, entscheide mich aber dagegen und gehe weiter, bis ich zu einem Regal komme, das anders aussieht als die sonstigen.

»Ich denke, ich habe das Versteck gefunden«, rufe ich Levyn zu und drehe mich, um nach ihm zu suchen, als ich direkt in seine dunklen Augen starre. Ich schlucke schwer. Mein Puls beschleunigt sich wie automatisch. Eine Mischung aus Angst und Verlangen kriecht in meine Brust. »Was bist du?«, frage ich, ohne wirklich zu verstehen warum.

»Was ich bin?«, wiederholt er amüsiert und kommt noch näher. Sein Blick verengt sich und sein Atem geht schneller. So als hätte er Schmerzen.

»Tue ich dir weh?«, frage ich mit belegter Stimme.

Levyn presst unschlüssig die Lippen aufeinander. »Etwas«, ist alles, was er hervorbringt.

»Vielleicht solltest du mir dann nicht so nah kommen.«

Ich wünschte, ich würde das stark und selbstbewusst sagen. In Wirklichkeit ist meine Stimme nicht mehr als ein Flüstern. Denn auch das ist nicht normal. Ganz und gar nicht. Und so oft ich mir auch einzureden versuche, dass Levyn nur mit mir spielt – der Schmerz in seinen Augen ist echt.

»Ich kann nicht anders«, raunt er verkrampft.

Ich gehe einen Schritt zurück, greife hinter mir nach einer Flasche und halte sie zwischen uns. »Fündig geworden!«, sage ich ablenkend, obwohl mein Herz sich beinahe durch meine Brust schlägt. Was soll das heißen, er kann nicht anders, als mir nah zu kommen?

»Gut«, knurrt er und entfernt sich ebenfalls einen Schritt. Seine Miene entkrampft sich etwas.

»Ist das eigentlich dein Ernst oder tust du nur so?«

»Was meinst du?«, fragt er und nimmt mir die Flasche ab. Nur um dann noch mehr Hochprozentigen hinter mir einzusammeln.

»Dass dir meine Nähe wehtut.«

Er verharrt in seiner Bewegung und wirft mir einen Blick zu. Langsam streicht er sich mit der Zunge über seine Lippen und zieht einen Mundwinkel in die Höhe. »Das ist mein Ernst, Lya. Du bist ziemlich ... heiß.«

»Heiß? Ich dachte, du kannst gut mit Feuer«, erinnere ich mich an seine Aussage in unserer Küche.

»Das ist eine andere Hitze«, raunt er.

Und jetzt steigt auch in mir Hitze auf, bis sie meine Wangen zum Glühen bringt. O bitte nicht!

»Das habe ich nicht gemeint«, belächelt Levyn mich.

Ich verenge meinen Blick. »Wovon redest du?!«, schnauze ich.

Er erhebt sich und kommt mir wieder verdammt nah. »Ich rede nicht davon, dass du heiß bist. Nicht *so* heiß. Entschuldige, kleiner Albino.«

»Fick dich, Levyn. Ich bin nicht davon ausgegangen, dass du mich heiß findest!«, zische ich zornig. Und vor allem wütend – wütend auf mich selbst.

»Und warum errötest du dann?«

»Weil ... mir heiß ist!«

»Heiß? In einem kalten, nassen Keller?!«

Er lacht spöttisch in sich hinein und mein Hass ihm gegenüber wächst mal wieder ins Unermessliche.

»Du bist so ein verdammter Idiot! Ehrlich! Ich hasse dich! Vom tiefsten Inneren meines Herzens!«

Ich drehe mich um und will theatralisch davonstapfen, als Levyn mich am Arm packt und zu sich zieht. Unsanft pralle ich gegen seine Brust. Er stöhnt vor Schmerz auf.

»Pass doch auf!«, fährt er mich an.

Ich weite meinen Blick. »Ich? Du hast mich doch zu dir gezogen!«

»Ich wollte nur ...«

Seine Stimme versagt. Sein Blick fällt auf meine Hand, die an seiner Brust ruht. Ein Zischen zieht meine Aufmerksamkeit auf sich. Ohne darüber nachzudenken, reiße ich ihm das Shirt am Kragen runter. Ich kann es kaum fassen, als ich die Brandblasen darunter erkenne, die sich langsam zu einer Rötung verformen und dann gänzlich verschwinden. Schon wieder.

»Du sagst mir jetzt sofort, was das ist!«, schreie ich beinahe. Ich kann die Panik in meiner Stimme hören. Dieses Mal lasse ich mich nicht abspeisen, indem er mich für verrückt erklärt.

»Ich habe eben eine empfindliche Haut. Und wie gesagt: Du bist heiß. Aber nicht *so* heiß. Du weißt schon«, spottet er in seinem üblichen Macho-Ton, schiebt mich von sich und richtet sich auf.

»Aber alle anderen können dich doch anfassen!«

»Du aber nicht. Also lass das einfach in Zukunft. Dann ist uns beiden geholfen. Verstanden?!«

»*Du* hast *mich* angefasst!«, sage ich wieder. Es kann doch nicht sein, dass er jedes Mal den Spieß umdreht und es schafft, nicht darauf eingehen zu müssen, dass das nicht normal ist.

»Ja, damit du nicht Domino spielst!«

Ich schüttle verwirrt den Kopf. »Was?!«

»Du bist beinahe gegen das Weinregal hinter dir gelaufen. Wenn es umgefallen wäre ... Schon mal was von einer Kettenreaktion gehört?!«

Wütend beiße ich die Zähne zusammen. Deshalb hat er mich zu sich gezogen? Natürlich. Er wollte nur nicht, dass Tollpatsch Lya irgendetwas kaputt macht. Wie konnte ich je etwas anderes glauben? Aber habe ich was anderes geglaubt? Und wenn ja, was? Was hätte Levyn dazu bewegen sollen, mich zu sich zu ziehen, wenn er meine Nähe ganz offensichtlich als ziemlich schmerzhaft empfindet? Wenn sie wirklich schmerzhaft ist. So schmerzhaft, dass er sich an mir verbrennt. Ich muss herausfinden, was das bedeutet.

»Kannst du mir jetzt entweder aus dem Weg gehen oder vorgehen?«, fragt er genervt.

Ich verdrehe zornig meine Augen und mache einen Schritt zur Seite. »Ich gehe bestimmt nicht vor, damit du mir auf den Arsch glotzen kannst.«

»Da gibt es wirklich nicht viel zu sehen, kleiner Albino. Das habe ich längst abgecheckt.«

»Genau das meinte ich!«, fauche ich wütend und schubse ihn in Richtung Treppe. Sein Lachen bringt mich fast zur Weißglut. Ich muss wirklich lernen, diesen Vollidioten einfach zu ignorieren.

* * *

Nachdem Tym mich wie jeden Abend nach Hause begleitet hat, während Levyn noch bei Perce geblieben ist, lege ich mich in meinen neuen Schlafklamotten auf mein Bett. Es ist nicht so, dass ich diesem Vollidioten recht geben will, aber meine Boxershorts stammte wirklich aus der Eiszeit. Also war ich vor zwei Wochen mit Perce shoppen, um meinen Kleiderschrank ein wenig aufzumöbeln. June Lake Village liegt nur ein paar Fahrminuten vom eigentlichen June Lake entfernt. Dort hat mir Perce auch die Villa gezeigt, in der Levyn wohnt, wenn er nicht die Ferien am See verbringt. Aber groß gewundert hat es mich nicht. Levyn verkörpert geradezu den verwöhnten Schnösel mit reichen Eltern. Aber von ihm weiß ich ja jetzt, dass Perces Eltern noch mehr Geld besitzen. Zumindest, wenn ich seinen Behauptungen Glauben schenken kann.

Ich richte mich auf, um meine Vorhänge zuzuziehen, als mich etwas in meiner Bewegung verharren lässt. Das Fenster, auf das ich starre, ist dunkel. Seit Wochen habe ich kein Leben mehr hinter diesem Glas gesehen und ich kann nicht umhin, vor mir selbst zuzugeben, dass ich Levyns dumme Fratze dahinter vermisse. Vor ihm würde ich das aber natürlich nie zugeben.

Ich lehne mich gegen das kühle Fenster und beobachte weiter sein dunkles Zimmer. Zu gern wüsste ich, was sich dahinter verbirgt.

Eigentlich kann ich es nach den Ferien herausfinden. Schließlich ist es mein Haus. Aber was würde mir das schon bringen? Das da drüben ist nicht Levyns Zimmer. Es ist nur ein Ort, den er den Sommer über bewohnt. Und nicht einmal das. Mehr als die Hälfte der Zeit war er gar nicht da. Genauso wie seine Eltern.

»Was machst du denn da, Schätzchen?«

»Mom!«, meckere ich, weil sie mal wieder nicht angeklopft hat. Das wird sie wahrscheinlich nie lernen.

»Hat Levyn es dir etwa doch angetan?«

»Nein, Mom. Er ist mir ein Rätsel. Das ist das Einzige, was mich an ihm interessiert«, brumme ich und nehme mein eisiges Gesicht vom Fenster.

»Hat er dich denn noch im Bootshaus angetroffen, bevor du Feierabend gemacht hast?«

»Woher weißt du das denn schon wieder?!«

Genervt lasse ich mich auf mein Kissen fallen. Was ist das hier? Ein Überwachungsstaat? Diese Kleinstadt bringt mich noch um.

»Er war hier und hat gefragt, wo er dich finden kann.«

Ich starre sie nachdenklich an. Im Bootshaus sah es eher so aus, als wolle er sich nur die Zeit vertreiben, bis Nyss ihn abholt.

»Ich sagte, du bist im Bootshaus und danach bei Perce eingeladen. Das war doch okay, oder?«

»Soll ich jetzt etwa Nein sagen, nachdem es sowieso schon zu spät ist?!«, brumme ich. Aber eigentlich bin ich ihr dankbar. Vor allem dafür, dass ich jetzt weiß, dass Levyn nach mir gesucht hat.

»Aber du bist mit Tym zusammen, oder?«

»Was?!«, entgegne ich erschrocken und setze mich wieder auf. Meine Reaktion ist viel zu heftig und meine Mom riecht den Braten sofort.

»Da habe ich wohl ins Schwarze getroffen. Tym ist aber wirklich ein Schnuckelchen!«

»Wir sind nicht zusammen. Wir sind nur Freunde, glaube ich.«

»Glaubst du?«, fragt sie, nimmt ein paar meiner Klamotten vom Stuhl und beginnt sie zu falten.

»Ich kann so was nicht einschätzen.«

»Wenn du wissen willst, ob er was von dir will, Schätzchen – das tut er.«

»Und woher willst *du* das wissen?«, brumme ich, nehme mein Kissen und umarme es, als würde das dieses unangenehme Gespräch besser machen.

»Ich weiß, wie mich die Jungs angesehen haben, als ich noch nicht schwanger war, und wie sie mich angesehen haben, als ich einen Braten in der Röhre hatte. Ersteren Blick wirft Tym dir unentwegt zu.«

»Danke, dass du mich als Braten in deiner Röhre bezeichnest! Und ich glaube, dass Tym mich nur als Freundin sieht. Als Arbeitskollegin.«

»Glaube ich kaum«, ist alles, was Mom zum Besten gibt. Gefolgt von weiteren Morsezeichen mit ihren Augenbrauen, deren Bedeutung ich immer noch nicht begriffen habe. Manchmal habe ich echt das Gefühl, dass keine Menschen auf dieser Welt so unterschiedlich sind wie sie und ich.

»Ich weiß nicht, ob es mir vielleicht sogar lieber wäre, wenn er mich nur als Freundin sieht. Verstehst du?«

»Warum? Weil du Levyn mehr magst?«, erkundigt sie sich gespielt desinteressiert, aber ich kann das neugierige Glitzern in ihren Augen sofort deuten. Warum hat sie nur einen solchen Narren an Levyn gefressen?

»Nein. Weil es alles verkomplizieren würde. Und ich keine Ahnung habe, wie so was geht.«

»Wie was geht? Eine Beziehung? Das findest du dann schon heraus!« Sie lacht herzhaft. Sehr einfühlsam. Wirklich. »Und mit Levyn wäre es auch kompliziert?«

»Mom, ich will jetzt schlafen! Und zwischen Levyn und mir ist rein gar nichts! Wirklich nicht. Er hasst mich und ich hasse ihn!«

Sie zuckt mit den Schultern, lässt meine Klamotten zurück auf den Stuhl sinken und geht zur Tür. »Da wäre ich mir nicht so sicher«, flüstert sie dann und deutet auf mein Fenster. Dumm, wie ich bin, folge ich ihrem Deut und starre in Levyns dunkle Augen. Er ist wieder da. Zurück in seinem Zimmer.

Ein angenehmes Gefühl durchfährt mich. So als würde ich mich zum ersten Mal seit Wochen wieder sicher fühlen. Und schon in einer Woche würde er mir dieses Gefühl wieder nehmen und in seine übertriebene Villa zurückkehren.

Ich starre ihn einfach nur an, bis er mir deutet, mein Fenster zu öffnen. Ohne es wirklich zu wollen, folge ich seiner Anweisung, aber wenigstens werfe ich ihm dabei einen total genervten Blick zu.

»Neue Klamotten?« Er grinst siegessicher.

Mist, das habe ich ganz vergessen. Aber habe ich sie nicht genau deshalb gekauft? Damit Levyn mich nicht mehr in diesem alten Schmuddelteil sieht? Wahrscheinlich. Nur die Tatsache, dass es jetzt so aussieht, als wolle ich ihm gefallen, habe ich dabei irgendwie komplett verdrängt.

»Hat Mom mir gekauft«, lüge ich gelangweilt.

»Ach so«, entgegnet er rau, als wüsste er genau, dass ich lüge.

»Wie war's mit Nyss?«

Warum stelle ich nur so eine verdammt dumme Frage? Es geht mich nichts an. Und es interessiert mich auch nicht.

»Nett«, gibt der Idiot von drüben zum Besten. Wäre er in meiner Nähe, würde ich ihm wahrscheinlich den Hals umdrehen.

»Was willst du, Levyn?«

»Hallo sagen«, feixt er, woraufhin ich mein Fenster mit einem lauten Knall hinunterschnellen lasse. Bevor ich es mir anders überlege, ziehe ich die Vorhänge zu, die ich vor drei Wochen angebracht habe, und schmeiße mich auf mein Bett. Mit einem stolzen Gefühl, weil ich Levyn einfach so habe stehen lassen, schlafe ich ein.

5. Kapitel

Die nächste Woche vergeht viel zu schnell. Meine Angst, allein im Bootshaus zu vergammeln, während meine Freunde wieder ihren Jobs nachgehen, wächst ins Unermessliche. Genauso wie die Frage, was ich eigentlich aus meinem Leben machen will. Ich habe keine Antwort. Vielleicht werde ich nie eine haben.

In mir lebt eine Leere. Etwas, das mich von dieser Welt trennt. Wie sie ist, wie sie aufgebaut ist. Wie sie funktioniert. Das ist nicht erst seit diesem Vorfall im Wald so. Schon immer fühle ich mich, als würde ich nicht hierhergehören.

Levyn hat sich kaum blicken lassen. Das Einzige, was ich von Perce erfahren habe, ist, dass er und Nyss sehr viel Zeit miteinander verbringen. Mir kann es egal sein. Wenn er sich auf eine rothaarige Schlampe einlassen will, soll er doch!

»Schätzchen!«, ertönt die hohe Stimme meiner Mutter von unten. »Wir fahren!«

»Wir fahren nicht!«, beschwere ich mich und ziehe mir die restlichen Klamotten über, die Mom zur Abwechslung gewaschen hat. Sonst muss ich das machen. »Ich habe noch nichts gegessen und muss erst in einer halben Stunde los!«

Ich stürme aus meinem Zimmer die Treppe hinunter, als ich in der Küche Levyn entdecke. Es wäre ja auch zu schön gewesen, wenn er nie wieder hier aufgetaucht wäre.

»Ich habe aber einen Termin im Village!«, flucht meine Mom und berührt mit schmerzverzerrtem Gesicht ihren Fuß. Sie ist es nicht mehr gewohnt, hohe Schuhe zu tragen.

»Kein Problem, Cynthia. Ich nehme sie mit.«

»Was machst du da überhaupt? Müsstest du nicht im Village wohnen?«, gifte ich Levyn an und binde mir meine Haare zu einem Knoten.

»*Du* müsstest doch am besten wissen, dass du meinen Mietvertrag um ein halbes Jahr verlängert hast«, sagt er amüsiert.

»Bitte was?!« Ich starre ungläubig meine Mutter an. Natürlich habe ich bisher immer darauf bestanden, dass diese Häuser vor allem ihr gehören. Aber hätte sie mich nicht wenigstens fragen können?

»Ich muss los!«, nuschelt sie schuldbewusst, drückt mir einen Kuss auf die Wange und verschwindet.

»Bagel?«, fragt Levyn und hebt eine Tüte in die Höhe.

»Verpiss dich!«, ist meine Antwort. Ich weiß selbst, dass ich zu schroff bin. Vor allem Levyn gegenüber. Aber er hat es einfach nicht anders verdient. Ständig drängt er sich in mein Leben, nur um es mir dann zur Hölle zu machen.

»Mann, bist du heute Morgen wieder ein Herzchen«, entgegnet er und legt mir einen Vollkorn-Bagel vor die Nase. Natürlich meinen liebsten. Dieser abgefreakte Stalker.

»Hör auf, mich zu stalken!«

»Entschuldige. Was?« Er lacht. Nicht normal, nein. Er lacht mich aus.

»Entschuldige, *kleiner Albino*, dachtest du etwa, ich bleibe deinetwegen hier wohnen? Eigentlich wollte ich nur in Nyss'

Nähe sein, weil sie um die Ecke wohnt«, äffe ich seine mir am logischsten scheinende Antwort nach.

Er leckt sich belustigt über die Lippen und grinst mich schief an. »Du hast es erfasst.«

»Ich bin begeistert. Warum belästigst du dann nicht sie mit deinen vergammelten Bagels?«

»Vergammelt?«, hakt er nach und lacht, als ich mir, während ich das sage, ein Stück in den Mund schiebe.

»Das ist doch nicht das Wichtigste an diesem Satz. Geh einfach zu Nyss!«

»Aber es macht doch viel mehr Spaß, dir dabei zuzusehen, wie du dich aufregst.«

Ungläubig starre ich ihn an. Wie immer gibt mein Körper mir unterschiedliche Signale. Ich war zwar nie oberflächlich, aber bei Levyn kommen meine innersten Triebe zum Vorschein. Ein Mensch kann unmöglich so gut aussehen, so groß sein, so gut gebaut, so wunderschöne Augen haben und dann noch diese dunklen Haare besitzen, die immer wie ein Nest auf seinem Kopf liegen, und trotzdem das Bedürfnis in mir wecken, sie zu ergreifen. Vielleicht ist Levyn ja gar nicht echt, sondern so was wie ein böser – gut aussehender – Geist, der mich verfolgt. Oder wir sind alle tot. Aber müsste ich dann nicht auch wunderschön sein? Wobei es durchaus zu mir passen würde, dass sie eigens für mich einen Außenseiterposten im Jenseits geschaffen haben.

Ladys and Gentlemen, ab heute auch bei uns im Himmel: Lya, das Großmuttermädchen Schrägstrich der Albino, und ihr Gegner, Levyn alias der griechische Gott, der alle anderen Götter in Aussehen und Schlagfertigkeit blass aussehen lässt. Lasset die Spiele beginnen!

Wer diesen Kampf wohl gewinnt ...

Resigniert esse ich weiter meinen Bagel. Ich bin zu hungrig und liebe dieses dumme Teil zu sehr, als dass ich es aus Wut auf Levyn nicht in mich hineinschlingen könnte.

»Schmeckt's?«

»Geht. Ohne diesen nervigen Beigeschmack wäre er um einiges besser.«

»Wir müssen jetzt los. Ich habe Dinge zu erledigen«, sagt er plötzlich und geht in den Flur.

»Und du bist neuerdings mein Vater, oder wie? Habt du und *Cynthia* eure Hochzeit schon geplant?«

Ich betone den Namen meiner Mutter absichtlich genauso schleimscheißerisch wie er immer. Ein Lächeln zeichnet sich auf seinen Lippen ab. Warum bin ich nicht in der Lage, alles so von mir abprallen zu lassen, wie er es kann?

»Los jetzt, kleiner Albino.«

Widerwillig schiebe ich mir das letzte Stück Bagel in den Mund, schnappe mir meine Tasche und folge ihm zum Auto. Vielleicht sollte Levyn wirklich meine Mom heiraten. Das gleiche Lebensziel haben sie ja schon mal. Mein Leben zu ruinieren.

* * *

Als Levyn seinen dummen Sportwagen auf dem Parkplatz des Bootshauses parkt, atme ich angestrengt aus. Während der Fahrt hat sich seine Stimmung komplett geändert.

»Ist alles in Ordnung?!«

»Lass einfach gut sein, Lya.«

Er klingt wirklich so, als sollte ich es besser sein lassen. Aber ich kann nicht. Schließlich lässt er mich auch nie in Ruhe, wenn ich sie gebrauchen könnte.

»Gott, bist du eine Zicke. Was ist bitte auf der Fahrt hierher passiert, dass du so –«

»Ich habe gesagt«, knurrt Levyn und greift so barsch nach meinem Arm, dass diese Berührung diesmal nicht nur ihm weh-tut, »du sollst es gut sein lassen!«

Ich schlucke schwer, während ich in seinen Augen wieder dieses rote Etwas aufblitzen sehe. Für den Bruchteil einer Se-kunde fühle ich mich wie am ersten Abend hier, als ich Levyn auf dem Balkon habe stehen sehen. So viel Angst wie gerade hat er mir seitdem nicht eingejagt. Jetzt ist mit einem Schlag alles wieder da. All die Atemlosigkeit und all die panische Angst, die, wie mein Verstand mir immer wieder sagt, auch berechtigt ist. All die Dunkelheit, als hätte jemand das Licht ausgeschaltet. Es ist, als würde ich die Wahrheit dessen durch diese Berührung in meine Haut und mein Herz gebrannt bekommen.

Levyn ist gefährlich. Er hat eine gefährliche Seele. Ein gefähr-liches schwarzes Herz. Das ist es, was ich fühle, bevor er mich mit zusammengepressten Lippen loslässt und seine schmer-zende Hand schüttelt. Aber ich fühle noch etwas. Etwas, das mir sagt, dass in mir dasselbe schlummert wie in ihm. Dass Teile von mir zu ihm gehören.

»Du hast echt nen Knall«, ringe ich mir ab zu sagen, weil ich seine dumme Aktion nicht einfach so stehen lassen will, und steige aus.

Und obwohl er behauptet hat, wir müssten los, weil er zu tun hat, sitzt er stundenlang im Bootshaus und bestellt einen Kaffee nach dem anderen. Als ich ihm die neunte Tasse bringe, berührt er mich wieder am Arm. Diesmal sanfter, aber das Zischen ist trotzdem hörbar.

»Lya ...«

Seine Stimme und sein Geruch betäuben mich. Aber ich muss mich zusammenreißen. Er kann nicht alles mit mir machen.

»Es tut mir leid. Meine schlechte Laune hat nichts mit dir zu tun und ich habe es an dir ausgelassen.«

»Schon gut«, murmle ich benommen, obwohl ich am liebsten »Ja, hast du!« antworten würde. Aber wie immer verlässt mich in seiner Gegenwart mein vernünftiger Menschenverstand. »Was ist denn los? Oder kannst du mir das wieder mal nicht sagen?«

Auf seine Lippen stiehlt sich ein kleines Lächeln. »Es hat was mit der Arbeit zu tun. Meine Eltern wollen, dass ich etwas tue, was ich nicht tun will.«

»Ist es denn so furchtbar?«, erkundige ich mich möglichst unverfänglich. Offensichtlich will er mir keine Details nennen.

»Furchtbar nicht, aber es würde mich verändern. Und es würde meiner Sichtweise widersprechen. Außerdem ... muss ich mich um andere Dinge kümmern. Bin für sie verantwortlich.«

»Dann solltest du es nicht tun«, fahre ich dazwischen. »Du solltest dich nicht für etwas verbiegen müssen. Oder dich aufgeben, nur weil andere das von dir verlangen oder erwarten.«

Er sieht mich einfach nur an. In seinen Augen erkenne ich etwas, was ich nicht zuordnen kann. Sein Blick haftet auf mir und lässt mich unruhig schlucken.

»Und wie würdest du die Sache sehen, wenn das, was sie wollen, etwas Gutes ist und ich den vermeintlich schlechten Weg gehen will?«

Ich atme schwer. »Na ja, wenn du der Meinung bist, dass du nur so du bleiben kannst, würde ich trotzdem dasselbe sagen.«

Es ist zwar genau das, was ich denke, aber in Levyns Fall würde ich ihm gern etwas anderes raten. Denn ich weiß nur zu gut, wie bösartig er manchmal sein kann. Oder immer. Wenn seine Eltern wollen, dass er ein besserer Mensch wird, ist das vielleicht gar keine schlechte Idee. Trotzdem kann ich ihm keinen Rat gegen meine Ideale geben. Und die bestehen nun einmal darin, dass ich der Meinung bin, niemand sollte sich verändern, nur weil es ein anderer will.

»Du bist ein komischer Mensch«, stellt er fest.

»Dito«, entgegne ich und werfe einen Blick auf die Tür, durch die gerade Perce und Tym kommen.

»Mittagspause!«, ruft der freudig und setzt sich gegenüber von Levyn an den Tisch.

»Ich muss jetzt wirklich los«, nuschelt er, wirft Tym und Perce einen seltsamen Blick zu und verschwindet.

»Der ist verrückt«, murmle ich, hole uns Getränke und gebe die Essensbestellung auf, bevor ich mich zu ihnen setze, um mit ihnen Pause zu machen. »Sind Levyns Eltern gut oder böse?«, frage ich nachdenklich.

Tym hustet und Perce hebt die Brauen. »Das ist eeetwas komplizierter«, sagt sie dann und beginnt unruhig am Rand ihres Glases herumzuspielen.

Ich merke schon, auch hier werde ich keine Informationen bekommen.

»Ich würde dir das gern alles erklären, Lya. Aber es ist sehr wichtig, dass du erst einiges über dich herausfindest. Es selbst herausfindest. So ist das nun einmal.«

»Aah ja«, mache ich. Ich habe schon vorher geahnt, dass die hier nicht alle Tassen im Schrank haben. Jetzt allerdings bin ich mir sicher. Aber wahrscheinlich fühle ich mich genau deshalb so wohl bei ihnen.

Die Stimmung ist heute seltsam. Perce und Tym benehmen sich beinahe genauso wie Levyn vorhin im Auto, und als Arya zu uns stößt, reißt sie die Stimmung noch weiter hinunter. Am liebsten würde ich abhauen und mich in meinem Bett verkriechen. Ist es möglich, dass unsere Freundschaft nur während der Sommerferien existiert und mit dem Beginn des Alltags geendet hat? Plötzlich ist alles anders. Nur Jackson, der vor ein paar Minuten gekommen ist, benimmt sich vollkommen normal.

»Du schuldest mir noch eine Bootstour«, bricht er endlich das Schweigen. Um die Stimmung nicht wieder runterzuziehen, stimme ich zu, mit ihnen Tretboot zu fahren. Etwas Bescheuerteres kann ich mir kaum vorstellen. Außer klettern vielleicht. Allerdings frage ich mich, warum sie Zeit für so einen Blödsinn haben und nicht wieder zu ihrer Arbeit müssen.

* * *

Als wir endlich in den Plastikteilen sitzen, die alles andere als sicher wirken, sehe ich mich noch einmal um. Keine Spur von Levyn. Sonst war er immer dabei, wenn wir etwas unternommen haben. Aber ab heute wohl nicht mehr. Diese Entscheidung scheint ziemlich ernst zu sein. Auch wenn Levyn anders ist, schon allein rein äußerlich, hat er doch immer dazugehört. Gehört dazu.

Als wir mitten auf dem See sind, packt Tym seine Boxen aus

und lässt Musik über das Wasser schallen, während sich die Mädchen vorn an den Booten verteilen, um sich zu sonnen. Nur Kyra bleibt seltsamerweise ständig in meiner Nähe.

So vorsichtig ich kann, gehe ich ein paar Schritte auf Arya zu, die heute völlig in Gedanken versunken ist, und stupse sie mit meinem Ellbogen an. »Müsst ihr nicht arbeiten?«, hake ich beiläufig nach.

Ihre Augen fixieren mich für einen Moment. »Was mich betrifft, ist das hier gerade meine Arbeit.«

Ich verenge meinen Blick und sehe mich unnötigerweise um, als würde mir irgendetwas hier eine Erklärung für ihre Aussage liefern.

»Du bist es«, haucht sie dann, als sie meinen suchenden Blick sieht.

»Ich?«

»Ja ... Ich sorge für deine Sicherheit.«

Meine Brauen schießen unwillkürlich in die Höhe. Ist das ihr Ernst? Wer soll sie bitte damit beauftragen – oder ihr Geld dafür zahlen?

»Bin ich etwa in Gefahr?«, frage ich lachend, doch ihr Blick wird hart. So hart, dass ich es langsam wirklich mit der Angst zu tun bekomme. »Ich verstehe euch nicht«, gebe ich also seufzend zu. Ich habe tausend Fragen. Vor allem, was das hier soll. Wer sie sind. Was sie von mir wollen. Aber ich bleibe stumm, während Arya ihren Blick verengt.

»Du wirst es verstehen. Hab Geduld.«

»Geduld«, wiederhole ich genervt. Geduld hatte ich in den letzten Wochen mehr als genug. Langsam sind sie mir Antworten schuldig. Richtige Antworten. »Und für wen arbeitest du?«

»Levyn«, antwortet sie.

»Levyn?«, hake ich nach. »Und für ihn sollst du mich beschützen?« Ohne es zu wollen, entfährt mir ein Lachen, das immer hysterischer wird.

»Ich verspreche dir, dass ich dir alle Antworten geben werde. Aber nicht jetzt. Und nicht hier.«

Sie wirft einen merkwürdigen Blick zu Kyra, die gerade mit Tym redet. Ihre Augen allerdings wandern immer wieder zu mir und Arya.

Als die nichts mehr sagt und sich in ein geheimnisvolles Schweigen hüllt, stehe ich wieder auf und wanke an Kyra vorbei, um zu Tym zu gehen. Im Augenwinkel sehe ich dabei zu, wie sie sich ein Ruder des anderen Bootes schnappt und ausholt.

Bevor ich reagieren kann, trifft mich das Holz an den Beinen und reißt mich aus dem Boot. Mit einem heftigen Schlag knalle ich auf das Wasser. Ich kann schwimmen, ja, aber in diesem Moment ist es, als hätte ich meine Fähigkeit, klar zu denken, verloren. Die Situation kommt mir so vertraut vor, dass ich noch panischer werde. Denn die Erinnerung kann ich nicht abrufen.

Ich suche nach dem Weg aus dem Wasser und tauche keuchend auf. »Was sollte das, Kyra?!«, schreie ich, bevor ich sehe, wie weit die Boote entfernt sind. Wie konnte das passieren?

Tym kämpft gerade mit Kyra, weil er ganz offensichtlich zu mir ins Wasser springen will. Arya steht fassungslos daneben und starrt irgendwo hinter mich in das Wasser. Ihre Miene wirkt trotz allem gelassen und kühl – so wie immer.

Wieder ergreift mich diese unbändige Panik. Will Kyra mich etwa umbringen? Und hindert sie Tym daran, mich zu retten? Und warum tut Arya rein gar nichts?

Ich trete heftiger gegen das Wasser unter mir. Immer wieder schlucke ich das dreckige Seewasser. Mein Körper verkrampft sich, als ich untergehe und keine Luft mehr bekomme. Brennende Schmerzen breiten sich an meinen Beinen und meinen Fingern aus. Ich schreie, als giftige Säure durch meinen gesamten Körper schießt. Aber der Schrei bleibt dumpf und verläuft sich im Wasser.

Das Stechen an meinen Händen wird so unerträglich, als würde mir jemand jeden Finger einzeln abreißen. Was zum Teufel ist das? Es betäubt mich. Es macht mich blind. So blind, dass ich nicht einmal mehr meine Hände vor meinen Augen erkennen kann.

Ich schreie wieder. So lange, bis mir keine Luft mehr bleibt. Meine Lunge droht zu zerbersten. Ein grässliches Gefühl legt sich auf meinen Hals und ganz plötzlich bekomme ich wieder Luft. Was ...?

Ich fahre mit meinen Fingern an meinen Hals und spüre drei riesige offene Stellen. O Gott! Wer war das? Ich sehe mich panisch unter Wasser um, aber immer noch nimmt der Schwindel mir jegliche Sicht. Oder es ist mein Blut? Diese Wunden an beiden Seiten meines Halses müssen unfassbar bluten. Ich muss *verbluten*.

Als ich das registriere und diese seltsame Macht und die Schmerzen, die durch meinen Körper strömen, mich überwältigen, greift die Bewusstlosigkeit endgültig nach mir und ich sinke schwerelos zu Boden. Doch kurz davor sehe ich wieder dieses Licht aufflackern. Ein Licht, das mir helfen will. Aber es hat keinen Sinn. *Vielleicht*, denke ich, bevor ich mein Bewusstsein vollends verliere, *ist das ein schöner Tod.*

»Es tut weh, Levyn! Begreifst du das nicht? Begreifst du nicht, warum das so ist? Begreifst du nicht, dass es immer so sein wird, wenn du dich nicht für sie entscheidest?«

»Ich bin sie, Arya. Ich habe versucht anders zu sein. Aber ich bin es nicht. Nicht einmal für einen vorgegaukelten Frieden. Und das, was ich will, ist das Richtige. Du musst mir vertrauen!«

»Nein, Levyn! Ich will Lya nicht länger in ihrer Nähe sehen! Sie bringen sie noch um! Du musst den Plan ändern!«, fleht Arya.

»Ich werde sie zu uns holen, wenn die Zeit gekommen ist. Erst müssen wir dieses Schauspiel weiterspielen!«

Unruhig werde ich wach und sehe mich nach Arya und Levyn um, aber niemand ist hier. Gerade habe ich sie doch noch reden gehört.

Ich presse meine Lippen aufeinander und begreife endlich, dass ich in meinem Bett liege und schon wieder nicht weiß, wie ich hergekommen bin. O bitte, bin ich schon wieder wegen ein bisschen Wasser in Ohnmacht gefallen?

»Das nächste Mal schaffen sie es und bringen sie um. Ist es das, was ihr wollt?«

Ich erkenne Levyns Stimme sofort. Mein Fenster ist einen Spalt geöffnet, und als ich mich ein Stück erhebe, sehe ich Arya, Tym, Perce und Levyn vor unserer Veranda stehen.

»Sie wird nicht sterben, Levyn. Sie kann es nicht! Und es ist dein behämmerter Plan! Wir versuchen doch schon alles!«, mischt sich Arya ein.

Tym und Levyn schütteln wütend die Köpfe.

»Das war unverantwortlich. Ich will Kyra nie wiedersehen!«, schreit Tym.

Perce legt einen Finger auf ihre Lippen und starrt zu mir hoch. So schnell ich kann, ducke ich mich.

»Kyra gehört aber zum Plan!«

»Sie hat versucht Lya zu töten, Perce!«, sagt Tym nun ein wenig leiser, aber immer noch zornig.

»Und du? Du hast dabeigestanden und nichts getan. Ich musste wieder eure Drecksarbeit erledigen. Und für welchen Preis?!«, mischt sich Levyn ein.

Ich hebe meinen Kopf wieder und mustere seine verkohlte Kleidung. War das etwa ich? Warum kommt mir dieses Bild so bekannt vor und wie kommen sie auf die Idee, Kyra hätte versucht, mich umzubringen? Kann ich mich deshalb nicht erinnern? Und wie kann es möglich sein, dass ich Levyn derart verbrenne?

»Vielleicht klappt es ja das nächste Mal«, murmelt Arya herablassend. »Und ich hoffe, dann weißt du, wer die Schuld trägt!«

Levyn packt sie am Arm und schüttelt sie. »Es wird kein nächstes Mal geben. Ihr lasst es nicht noch einmal zu! Es ist ihre Entscheidung, wann und wo und ob sie es überhaupt herausfindet! Verstanden?! Ich darf mich in die ganze Scheiße nicht einmischen! Ich darf nicht einmal hier sein. Und schon gar nicht bei ihr. Das wisst ihr hoffentlich! Also habe ich euch um eine kleine Sache gebeten. Auf sie aufzupassen!« Levyns Stimme klingt belegt.

»Dazu hast *Du* dich ganz allein entschieden, Levyn!«, fährt Arya ihn an. »Ja, wir gehorchen dir. Aber das haben wir bisher nie gemusst. Erinnerst du dich? Wir sind ein verdammtes Team. Und das nicht erst seit gestern. Also hör auf, diese dummen Entscheidungen zu treffen und sie uns ausbaden zu lassen!«

»Widersprich mir nicht!«, knurrt Levyn so bedrohlich, dass sich meine Nackenhaare unsanft aufstellen und meine Haut zum Brennen bringen. »Du hast keine Ahnung, was da dranhängt. Wer alles von mir abhängig ist! Ich werde jetzt nach ihr sehen und dann gehen. Das hätte ich schon am ersten Tag machen sollen! Und ihr versucht gefälligst, sie endlich zu beschützen!«

Wütend stapft er auf unser Haus zu. So schnell ich kann, krabble ich zurück in mein Bett und tue so, als würde ich schlafen, bis ich meine Zimmertür aufspringen höre.

»Gib dir keine Mühe. Ich weiß, dass du wach bist«, sagt Levyn, als er hereinkommt.

Resigniert öffne ich meine Augen.

»Jetzt weißt du, was du wissen musst.«

»Und das wäre? Dass meine Freunde mich umbringen wollen?«, zische ich zornig.

»Sie wollen dir helfen. Es ist aber die falsche Art. Halt dich einfach von Kyra und Jackson fern. Tu mir den Gefallen. Und pass auf dich auf und ... fall nicht ständig in Ohnmacht!«

Ich hebe irritiert meine Brauen. Das, was er da sagt, ergibt wirklich wenig Sinn.

»Ich werde gehen.«

»Wohin?!«

»Weg von dir, verstehst du?«

»Ja, ist schon klar, weil ich so unausstehlich bin«, gifte ich. Mir kann egal sein, vor wem er flieht. Auch wenn ich diese Person bin. Ich bin bestimmt nicht auf jemanden angewiesen, der mir immer nur die halbe Wahrheit erzählt.

»Solange du mir nicht sagst, was hier los ist und wohin du

mich holen willst und was ich herausfinden muss und ... warum meine Berührungen dich verbrennen ... lass mich in Ruhe und meine Freunde aus dem Spiel!«

»Sie haben dich fast umgebracht! Du kannst froh sein, dass ich –«

»Dass du was?!«

»Dass er verhindert hat, dass du herausfindest, wer du wirklich bist. Ist es nicht so, Levyn?«

Es ist das erste Mal, dass ich Perce so hasserfüllt mit ihm reden höre. Sie kommt aus dem Flur in mein Zimmer und deutet Levyn mit der Hand den Weg nach draußen.

»Mach deine Drohung wahr und geh! Und lass uns das mit Lya so regeln, wie wir es für richtig halten!«, mahnt sie ihn.

»Du weißt, dass ich recht habe. Dass ich es nur für sie tue!«, knurrt Levyn und geht bedrohlich auf sie zu.

»Für sie? Ist es nicht viel eher so, dass *Du* verhindern willst, dass sie es herausfindet, weil *Du* dir nicht eingestehen willst, dass sie dein ...« Sie stockt und presst kurz die Lippen aufeinander. »Dieses Spiel muss ein Ende haben!«

»Du hast echt keine Ahnung!«, schreit er sie an und stürmt aus meinem Zimmer.

Ich werfe Perce einen fragenden Blick zu.

»Lya. Es tut mir leid, aber ...«

»Lass mich raten ... Du kannst mir das nicht erklären?«

Sie presst ihre Lippen aufeinander.

»Sag mir nur eins, Perce ...« Ich schlucke schwer. »Bin ich ... Bin ich ein Mensch?«

Sie versteinert augenblicklich und starrt mich einfach nur an. Und ich weiß sofort, dass ich damit meine Antwort habe.

»Seid ihr Menschen?«

Wieder keine Antwort, die mir aber mehr als genug sagt. Mein Herz dröhnt pochend in meinen Ohren.

»Was ... Was sind wir dann?«

»Ich ... kann es dir nicht sagen.«

Mein ganzer Körper bebt. Alles in mir schreit mich an, vor der Erkenntnis wegzurennen. Mich zu verschließen. Mein Verstand will nicht begreifen, was ich eigentlich schon wusste, als ich zum ersten Mal Levyns glühende Augen gesehen habe. Als ich zum ersten Mal gesehen habe, dass meine Berührungen ihn wirklich verbrennen. Und wenn ich ehrlich zu mir bin, weiß ich schon, seit Jason mich getötet hat, ich aber nicht einmal eine Schramme hatte, dass ich kein normaler Mensch bin. Trotzdem wehrt sich etwas in mir. Ob es Angst oder Panik ist? Ich weiß es nicht, aber ich will das alles nicht. Will es einfach nicht.

»Bitte geh!«, presse ich hervor. Mein Körper sendet mir unterschiedliche Signale. Aber das ist das Einzige, was mir jetzt einfällt.

Perce nickt bedröppelt und geht nach ein paar Sekunden, in denen sie wohl darauf gewartet hat, dass ich mich umentscheide. Aber das werde ich nicht. Und selbst wenn ich sie nicht als Freundin verlieren will – in diesem Moment möchte ich niemanden von ihnen sehen. Sie können sich auch nicht weiter meine Freunde nennen, wenn sie nicht ehrlich sind. Und vor allem Kyra ganz offensichtlich meinen Tod will. Einen Tod, den sie nicht bekommen wird, weil ich nicht sterben kann.

6. Kapitel

Als ich Freitagnachmittag vor meiner Haustür stehe, erwische ich mich selbst dabei, wie ich minutenlang einfach auf den Parkplatz nebenan starre, auf dem sonst Levyns Auto gestanden hat. Ich weiß nicht warum, aber etwas in mir hat gehofft, dass er wenigstens übers Wochenende in das Haus zurückkehren würde. Vielleicht hätte er mir jetzt auch mehr gesagt, da ich ja nun bereits weiß, dass weder er noch ich wirklich menschlich sind.

Ich schüttle den Kopf. Das ist alles so abwegig.

Schwer atme ich ein und aus, bevor ich meine Tasche nach dem Schlüssel durchsuche. Als ich ihn nicht finde, mache ich mich auf den Weg um das Haus herum, in der Hoffnung, dass die Verandatür offen oder meine Mom zu Hause ist. Als ich durch das Glas starre, wünsche ich mir allerdings, sie wäre nicht zu Hause. Sie *beide*.

Vor Schreck gehe ich einige Schritte zurück. Wo soll ich jetzt hin? Ich kann mich nicht mit ihm auseinandersetzen. Ich kann ihn nicht einmal sehen. Das ist unmöglich.

Ich gehe weiter den kleinen Steg nach hinten. Warum musste Mom eigentlich ausgerechnet in ein Kaff mit einem riesigen See ziehen? Jetzt kann ich nicht einmal abhauen. Über die Veranda zurückzugehen ist keine Option, denn dann würde Dad mich sehen, und das ... kann ich einfach nicht.

»Was machst du da, kleiner Albino?«

Ich schrecke fürchterlich zusammen, als Levyns Kopf neben mir aus dem Wasser auftaucht. Nervös lege ich mir den Finger auf den Mund. »Pscht!«, mache ich und schüttle den Kopf.

Levyn verengt seine Brauen.

»Geh weg!«, flüstere ich und versuche ihn mit unmotorischen Handbewegungen dazu zu bringen, wieder wegzuschwimmen, aber er sieht mich einfach weiter an, als wäre ich verrückt geworden. »Du wolltest doch weg von mir!«

»Ich habe einen Anruf bekommen, dass ...« Er wirft einen argwöhnischen Blick auf mein Haus und dann zu mir. »Moment«, knurrt er und steigt galant aus dem Wasser.

Wie war das noch mal mit diesen Göttern, die vom Himmel gefallen sind?

»Wer ist da drin?!« Er wirkt bedrohlich.

Ich bewege unruhig meinen Mund und beiße mir immer wieder auf die Lippe. Ich spreche nicht gern über meinen Dad, nicht einmal über die Tatsache, dass er existiert.

»Mein Dad«, quietsche ich trotzdem, weil Levyn so wirkt, als vermute er einen Einbrecher in meinem Haus, den er verprügeln muss.

»Wer ist dein Dad?!«

»Du kennst ihn nicht!«, gifte ich und zucke vor meiner eigenen Lautstärke zusammen.

»Cynthia hat gesagt, sie hat ihn hier kennengelernt«, raunt er und kommt einen Schritt näher.

»Was erzählt sie dir denn bitte alles?!«, meckere ich und umklammere meine Schultasche enger, während Levyn neugierige Blicke auf mein Haus wirft.

Warum interessiert er sich so für meinen Vater?

»Er heißt Fylix. Mehr will ich über ihn auch gar nicht wissen!«

»Fylix Chesterfield?!«, erkundigt sich Levyn, während mir speiübel wird.

»Bitte sag, dass er nicht mehr da ist!«, flehe ich in einem Anflug von utopischer Hoffnung.

»O doch, das ist er.«

Er deutet auf meine Veranda, wo mittlerweile Mom und Fylix stehen und mich argwöhnisch mustern. Was bilden die sich eigentlich ein? Viel eher sollte ich sie argwöhnisch mustern. Fylix kann hier nicht einfach unangemeldet auftauchen.

»Bin ich mit Perce verwandt?«, hake ich nach. Irgendeine Erklärung für den Namen und Levyns Reaktion auf ihn muss es ja geben.

Levyn nickt und versucht zur Abwechslung, seine Belustigung zu unterdrücken. Sehen kann ich sie trotzdem.

»Und warum sagt mir das keiner?!«

»Ich denke nicht, dass sie es wussten«, behauptet Levyn. Er ist wirklich ein schlechter Lügner.

»Ihr macht mich hier alle noch irre!«, murre ich schnaufend und mache mich auf den Weg zu Mom und Dad. »Geh weg!«, ist alles, was ich sage, als ich an ihm vorbei in die Küche laufe.

Als sie mir nachkommen, bedenkt er mich mit diesem armseligen Hundeblick, den er alle drei Jahre aufsetzt, wenn er mich besucht. Als würde ihm auch nur eine Sekunde leidtun, die er nicht da war. Dieser Penner.

Als ich Levyn hinter meiner Mom entdecke, fällt mir wirklich alles aus dem Gesicht, vor allem als ich die Art sehe, wie Fylix und er sich begrüßen, und dass es offensichtlich alle vollkommen normal finden, dass er hier einfach reinspaziert.

Die sind doch alle bekloppt.

»Was willst du? Halt mir deine Heulrede, die du die letzten zehn Stunden im Flieger auswendig gelernt hast, dann ersparst du uns beiden Zeit und kannst wieder gehen.«

»Ich bin nicht hier, um mich zu entschuldigen, Elya Theresia.«

»Du hast dich noch nie entschuldigt, Fylix. Und ich kann auch darauf verzichten. Ach so: Ich heiße Lya!«, knurre ich zornig.

»Lya«, haucht Levyn und kommt auf mich zu. Warum mischt er sich ein? Er weiß doch gar nicht, was zwischen mir und Fylix vorgefallen ist. Wie gern ich als Kind einen Vater gehabt hätte. Wie viele Briefe ich ihm geschrieben habe. Wie gern ich ihn öfter als nur alle drei Jahre gesehen hätte. Wie lange er mein Held war – fälschlicherweise. Und wie sehr er mir wehgetan hat, als er nicht einmal nach dem Vorfall im Wald auch nur angerufen hat. Er hat keine Ahnung.

»Nein, Levyn!«, gifte ich und halte meine Hand hoch. »Dieser Mann hat nichts – wirklich rein gar nichts – in meinem Haus zu suchen!«

Levyns Blick ist weich. Als würde er mich verstehen. Die Sonne wird immer greller. So grell, dass ich meine Augen zusammenkneifen muss.

»Ich will dich weder sehen noch irgendetwas aus deinem Mund hören!«, richte ich mich an Fylix.

»Es ist wichtig, Lya«, mischt sich meine Mom ein. Darauf kann ich wirklich verzichten. Sie wird zum kleinen Mäuschen, wenn er sich mal bequemt, uns zu besuchen. Als würde er sie manipulieren.

»Was willst du?«, frage ich und gehe einen Schritt auf den Mann zu, der einmal alles war, was ich wollte.

»Ich muss mit dir reden. Allein.«

»Nein! Alles, was du mir zu sagen hast, können Mom und Levyn auch hören!«

Mein Vater wirft Levyn einen seltsamen Blick zu, der urplötzlich zwei Köpfe kleiner wird. Warum hat mein Vater eine solche Wirkung auf ihn? Und warum zum Teufel ist mir nie aufgefallen, dass mein Vater genau in das Schema hier passt – mit einem Unterschied: Er gleicht nicht Perce und meinen Freunden, sondern Levyn. Ich beobachte seine grünen Augen und die dunklen Haare und hasse ihn noch mehr. Warum auch immer.

»Lya, du ...«

»Fylix!«, unterbricht meine Mutter ihn pikiert.

»So kann es nicht weitergehen, Cynth!«

»Nenn sie nicht so!«, schreie ich dazwischen. »Mir reicht's! Macht, was ihr wollt!«

Wütend nehme ich meine Tasche und will hinausrennen, als mein Vater meinen Arm packt, um mich zurückzuziehen. Levyn geht dazwischen und knurrt Fylix warnend an. Ich blinzle und starre Levyn an, als wäre ich versteinert. Augenblicklich wird es dunkler um mich. Es ist, als wäre das hier Levyns Dunkelheit. Sein Zorn. Und tatsächlich lässt mich mein Vater los. Er hat ganz offensichtlich Angst vor Levyn.

Als ich mich endlich wieder gefasst habe, stürme ich hinauf in mein Zimmer und schmeiße mich auf mein Bett. Viel zu spät merke ich, dass mir Tränen die Wangen hinunterlaufen. Ich kann mich nicht einmal erinnern, wann ich das letzte Mal geweint habe.

»Lya.«

Levyns Stimme lässt mich erstarren. Ich will ihn wegschicken, schon allein weil ich nicht möchte, dass er mich heulen sieht, aber ich kann nicht. Denn ein Teil von mir will ihn bei mir haben. Dagegen kann ich leider nichts tun.

Levyn setzt sich neben mich auf das Bett. »Er ist nicht deinetwegen hier«, raunt er traurig.

Ich drücke meine Lippen aufeinander und nicke. Ich weiß, dass es so ist. Ich habe es auch vorher schon gewusst, aber es tut trotzdem weh. Ich drehe mich ein wenig und sehe Levyn an. Jetzt ist es auch egal, ob er meine Tränen sieht. Sein Blick ist weich, wahrscheinlich weicher, als ich ihn je gesehen habe.

»Warum sagst du mir das?«, frage ich zittrig.

»Weil du die Wahrheit verdienst«, sagt er ganz leise und berührt kurz meine Wange mit seinem Finger, um mir eine Träne wegzustreichen. Ich kann den Schmerz in seinen Augen aufflackern sehen und das Zischen hören, aber es scheint ihm egal zu sein. »Trotzdem musst du früher oder später mit ihm reden.«

»Und worüber? Mir sagt doch sowieso niemand was. Und wenn du wirklich der Meinung bist, ich hätte die Wahrheit verdient, dann auch darüber, was ich wirklich bin. Was du bist«, murmle ich halb traurig, halb wütend, aber vor allem verwirrt. Dieser ewige Irrsinn nimmt einfach kein Ende. Nein, durch Fylix' Auftauchen haben sich die Verwirrungen nur noch fester zugezogen.

»Ich mag meinen Dad auch nicht sonderlich, falls dir das

hilft«, sagt er lächelnd und bewegt wieder seine Hand zu meinem Gesicht, doch dieses Mal zieht er sie kurz vorher zurück. Wieder geht er nicht auf all das ein.

»Warum verbrennst du an mir?«

Ich weiß, dass ich keine Antwort darauf bekommen werde, aber ich muss fragen.

»Wie wär's, wenn ich dir eine Geschichte erzähle?«, fragt er völlig zusammenhanglos.

»Ich will keine Geschichte hören, Levyn, ich will die Wahrheit wissen!«

»Vor sehr, sehr langer Zeit gab es eine Gruppe von Menschen, die bestimmte Fähigkeiten an sich beobachtet haben«, beginnt er zu erzählen.

Ich hebe meine Brauen. Worauf will er hinaus? Dass sie Superhelden sind und ich böse?

»Jeder von ihnen hat eine Fähigkeit besessen. Aaaber – und das ist der Clou an der Geschichte – sie mussten diese Fähigkeiten selbst entdecken und sie annehmen.«

»Das nennst du einen Clou?«, frage ich irritiert.

Er lächelt mir schelmisch zu und nickt. Dieser Levyn, der gerade vor mir sitzt, wirkt ehrlicher als je zuvor. Ist diese andere Art nur Fassade?

»Kein Wunder, dass du immer ein Arsch bist. Du bist wirklich ausgesprochen schlecht im Nettsein.«

»Waas?«, macht er und hält sich theatralisch die Brust. »Aber im Ernst, kleiner Albino ... Denk immer an das, was ich dir erzählt habe.«

Ich versuche mich auf das, was er gesagt hat, zu konzentrieren. Einen tieferen Sinn darin zu erkennen. Will er mir sagen, dass ich meinen Vater anerkennen muss? Wohl kaum. Also habe ich irgendwelche Fähigkeiten? Haben sie welche?

»Lya ... Kann ich jetzt kurz mit dir reden?«, fragt Fylix, der plötzlich in meiner Tür aufgetaucht ist.

Ich verziehe zwar den Mund, nicke Levyn aber zu, der mich fragend mustert. Er erhebt sich und geht. Fylix steht noch eine Weile in der Tür und schweigt. Das kann ja heiter werden.

»Ich bin nicht nur deinetwegen hier«, fängt er das Gespräch an. Kein guter Einstieg.

»Ich weiß«, entgegne ich knapp und wende mich von ihm ab.

»Es gibt ein paar Dinge hier in June Lake, die ich klären muss. Einiges davon hat mit deinem Freund Levyn zu tun.«

»Mich interessiert nicht, was du hier machst, um ehrlich zu sein.«

»Mich interessiert aber, was *du* hier machst. Ich möchte nicht, dass du mit diesen anderen Kids rumhängst. Halt dich an Levyn, Jackson und Kyra!«

»Wie bitte?!« Ich lache laut auf. »Das entscheidest nicht du, Fylix!«

Warum will er ausgerechnet, dass ich mich an die Leute halte, vor denen Levyn mich gewarnt hat?

»Doch, das entscheide ich. Und deine Mutter steht vollkommen hinter mir. Also hast du keine andere Wahl!«, brummt er.

Ich kann nicht umhin, zu lachen. Langsam wird es richtig hysterisch. Aber das ist mir egal.

»Verpiss dich, Fylix!«, knurre ich so voller Wut, dass ich selbst Angst vor mir bekomme. Es ist plötzlich, als würde eine fremde Macht Besitz von mir ergreifen. Etwas, das schon immer in meinem tiefen Inneren schlummert und jetzt herauswill.

»Ich werde hierbleiben und dafür sorgen, dass du dich an die Abmachung hältst.«

»Was für eine Abmachung? Du bist nicht mein Vater. Du warst es nie, also werde ich auch nicht auf dich hören. Zumal mir selbst ein richtiger Vater nicht vorschreiben könnte, mit wem ich Zeit verbringe.«

Ohne auf das, was ich sage, einzugehen, verlässt er den Raum. Hat der sie eigentlich noch alle? Lässt sich Jahre nicht blicken und tut jetzt plötzlich so, als wäre er ein sich sorgender Vater?!

Wutentbrannt greife ich nach meinem Handy und schreibe Tym eine Nachricht, ob er mich abholen kann. Als er sofort mit *Ja* antwortet, packe ich ein paar Sachen zusammen und gehe hinunter.

»Ich bin weg! Zusammen mit den Freunden, die du so magst!«, rufe ich Fylix und Mom zu. Dass sie bei dieser ganzen Sache mitmacht, enttäuscht mich.

»Das machst du nicht!«, knurrt Fylix und kommt auf mich zu. Fast denke ich, dass er mich grob daran hindern will, zu gehen, doch Levyn eilt auf ihn zu und hält ihn zurück.

»Lass sie gehen, Fylix!«, mahnt er ihn und sieht ihn durchdringlich an. Herrisch.

Ein Hupen reißt mich aus meinen Gedanken. Ich öffne die Tür und gehe hinaus.

»Lya«, versucht Levyn mich aufzuhalten. Ich drehe mich um und funkle ihn zornig an. »Denk bitte daran, dass es immer zwei Seiten einer Geschichte gibt!«

Ich werfe ihm einen nachdenklichen Blick zu und stürme zu Tym ins Auto. Er sieht Levyn und meinen Vater an und scheint zu verstehen. Wahrscheinlich kennt auch er Fylix besser als ich. Trotzdem ist er in diesem Moment der Einzige, dem ich vertraue.

Wir fahren eine Weile, bis Tym mich fragt, wo ich hinmöchte. Ich beiße mir unruhig auf die Unterlippe. »Kann ich eine Weile bei dir bleiben?«

Er sieht mich an, bevor sich ein kleines Lächeln auf seine Lippen stiehlt. »Natürlich«, sagt er dann und greift nach meiner Hand, die auf meinem Bein ruht. Ich hindere ihn nicht daran, obwohl eine kleine Stimme in mir schreit, dass ich es sollte.

Da wir bisher immer nur bei Perce gewesen sind, kannte ich Tyms Haus nicht. Ich bin aber wenig erstaunt, als ich die Villa erblicke, vor der wir halten. Sie liegt etwas versteckt zwischen Bäumen, und obwohl das Haus so prunkvoll ist, wirkt alles hier naturbelassen.

Tym stellt den Motor ab. Ich werfe einen Blick zur Eingangstür, in der Arya erscheint. Sie lächelt mich liebevoll an, kommt auf mich zu, während ich gerade aussteige, und schließt mich unbeholfen in die Arme.

»Willkommen! Fühl dich bitte wie zu Hause!«

Arya mochte ich schon immer. Ihr Wesen und ihre Art, zu reden, beruhigen mich jedes Mal aufs Neue, aber dass sie mich so offen empfängt, damit habe ich nicht gerechnet. Vor allem passt es auch nicht wirklich zu ihrer kühlen Art.

»Ich zeige dir dein Zimmer!«, sagt sie euphorisch und nimmt meine Hand, um mich in das Haus zu ziehen.

»Woher weißt du, dass ich hierbleibe?«

Sie starrt mich einen Moment lang tonlos an. »Zwillingstelepathie«, ist ihre wenig überzeugende Ausrede. Wahrscheinlich

hat es eher etwas damit zu tun, dass ... na ja ... sie keine normalen Menschen sind.

»Wo sind eure Eltern?«, frage ich, als Arya mir, im Zimmer
angekommen, die Tasche abnimmt und damit beginnt, die paar
Sachen in den Schrank zu hängen.

»Nicht da«, antwortet sie knapp.

»Das ist hier irgendwie auch so ein ungeschriebenes Gesetz,
oder? Dass die Eltern weg sind?!«

»Sie ...«

»Spar dir eine Lüge, Arya. Dann sag lieber gar nichts.«

Sie leckt sich über ihre Lippen und fährt sich durch ihre langen
blonden Haare. »Unsere Eltern sind schon sehr lange tot, Lya.«

»Oh ... das ... tut mir leid«, murmle ich. Da beide nie etwas
erzählt haben, wollten sie wohl nicht darüber sprechen.

Typisch ich.

»Und die Eltern der anderen arbeiten alle woanders. Weit
weg von hier. Sie ... arbeiten gemeinsam. Für eine Sache. Bis auf
deinen Vater.«

Langsam, aber sicher glaube ich nicht mehr an irgendeine
normale Arbeit. Für mich klingt das alles eher so, als wären sie
hier in unterschiedlichen Sekten angesiedelt.

»Warum sieht Fylix so anders aus als Perce und ihre Familie?« Ich gehe einfach mal davon aus, dass Perces Eltern auch
blond und grünäugig sind.

Arya dreht sich zu mir und mustert mich einen Moment.
»Dein Vater ist Perces Onkel. Der Bruder ihres Vaters. Und auch
ihr Vater sieht anders aus. Aber dir das zu erklären, ist wohl
nicht meine Aufgabe.«

»Und was hat Levyn mit Fylix zu tun?«, hake ich weiter nach.

»Na ja, sie stehen auf derselben Seite«, murmelt sie in ihrer engelsgleichen Stimme. »Das denkt zumindest Fylix. Wobei Levyn andere ...«

Tym unterbricht sie mit einem finsteren Blick. Sie sieht nachdenklich an die Decke.

»Auf welcher Seite?«

»Das hat was mit ihren Berufen zu tun und ist sehr komplex, Lya.«

Sie sieht mich wieder an und ich nicke einfach nur. An ihrer Stimme höre ich, dass ich nicht mehr erfahren werde.

Nachdem Arya und Tym mich allein gelassen haben, um etwas zu essen zu machen, bin ich allein mit meinen verwirrenden Gedanken, bis Tym wieder hereinkommt. »Willst du mir erzählen, was passiert ist?«, fragt er und setzt sich neben mich auf das Bett.

»Meine Familie ist irre geworden. Schweinegrippe oder so was.«

»Schweinegrippe?«, hakt er belustigt nach.

»Oder Übergeschnapptheit. Ist das eine Krankheit?«

»Eher nicht«, entgegnet er und greift wieder nach meiner Hand.

Ich unterdrücke den Teil von mir, der sich dagegen wehren will. Ich mag Tym. Ich glaube, dass ich ihn sogar sehr mag. Er ist liebevoll und nett und ich bin mir sicher, dass er alles für mich tun würde. Aber ... Was ist nur mit mir schiefgelaufen, dass mein Herz sich zu wehren versucht?

»Bootshaus?«

Ich hebe meine Brauen. Was, wenn dieser Volldepp Fylix alias mein Erzeuger da rumlungert?

»Fylix und Earl sind nicht gerade dicke Freunde. Er wird nicht da sein«, beantwortet er meine unausgesprochene Frage und erhebt sich. Ich mustere seine große, starke Statur und seine hellgrünen Augen, die bedächtig auf mich gerichtet sind. Er sieht mich jedes Mal so an, als wäre ich aus Glas und er könnte mich zerbrechen.

* * *

Nachdem wir gegessen haben, machen wir uns also auf den Weg ins Bootshaus. Perce sieht mich entschuldigend an, als wir uns zu ihnen setzen. Sie hat immer noch ein schlechtes Gewissen, und wenn ich ehrlich bin, bin ich auch immer noch ziemlich sauer. Aber vor allem darauf, dass Kyra einfach dabeisitzt, als wäre nichts gewesen.

»Ist es wirklich wahr, dass Fylix in June Lake ist?!«, erkundigt sich Perce. Sie versucht zwar, ihre Neugier zu verbergen, doch mich kann sie nicht täuschen. Verübeln kann ich es ihr aber auch nicht, schließlich ist er ihr Onkel.

»Ja. Und ich hoffe, dass er bald wieder geht!«, knurre ich zornig.

»Das wird wohl nicht passieren«, mischt sich Kyra mit ihrer verbitterten Stimme ein.

Abgesehen davon, dass es mir lieber wäre, sie bliebe stumm, frage ich mich, ob sie auch normal reden kann. Denn obwohl dieser Ton ihre Stimme begleitet, funkelt etwas in ihren Augen, als wäre sie froh, dass Fylix hier ist.

»Vielleicht weist er Levyn endlich in seine Schranken und bringt ihn wieder zur Vernunft.« Kyra lächelt überlegen.

»Könnt ihr bitte aufhören, ständig über Dinge zu reden, die ich nicht wissen darf?«, brumme ich.

Tym streicht mir behutsam über die Schulter, als gerade Jackson zu uns kommt, um unsere Bestellung aufzunehmen.

»Solange Levyn dich daran hindert, Teil dieser Welt zu werden, können wir nichts machen. Und dir nichts erzählen, also ...«

»Kyra!«, unterbricht Tym sie harsch.

Langsam, aber sicher kriecht Wut meine Kehle hinauf. Die haben sie nicht mehr alle. Und ich bin der Idiot, den sie zum Verarschen auserkoren haben. Das alles kann kaum ihr Ernst sein.

Genervt erhebe ich mich, gehe einen Schritt und drehe mich dann noch einmal um. »Ich würde gern nach Hause gehen. Allein. Kann ich trotzdem zu euch gehen?«, frage ich an Tym und Arya gerichtet.

Er erhebt sich augenblicklich. »Ich fahre dich!«

»Nein! Es dämmert gerade, also schaffe ich es noch, bis es dunkel ist. Und ich brauche ... Ruhe. Zeit. Ich muss den Kopf frei bekommen«, murmle ich schuldbewusst. Vor allem, weil ich von ihnen verlange, mich allein in ihr Haus zu lassen.

»Du weißt ja, wo der Schlüssel liegt«, haucht Arya und schenkt mir ein wunderschönes Lächeln.

Ich nicke eilig und gehe. Vielleicht habe ich gedacht, dieser Abend könne mir helfen, mich abzulenken – aber das war ein Trugschluss. Es macht alles nur noch schlimmer, zu sehen, dass sie genauso viele Geheimnisse vor mir haben wie Levyn und Fylix ... und offensichtlich auch Mom.

Ein Knoten bildet sich in meiner Kehle und brennt bis hinauf zu meinen Augen.

Die kühle Luft beruhigt mich ein wenig, als ich die Tür aufschlage und hinaustrete. Trotzdem ist sie noch viel zu warm, um mich an zu Hause zu erinnern.

Mit meinen Händen in den Hosentaschen schlurfe ich über den Steinweg, hinein in den Wald. Es dauert nicht lange, bis ich mich unruhig umsehe. Mittlerweile ist es doch ziemlich dunkel geworden und ich leide sowieso an Verfolgungswahn. Ich konzentriere mich also auf den Waldweg vor mir, den ich nur spärlich mit meiner Handytaschenlampe erhelle, und sehe nicht mehr zurück. Das macht mich nur verrückt. Aber spätestens nach einigen weiteren Minuten muss ich stehen bleiben und mich umsehen. Der Weg unter mir sieht nicht mehr wie ein Weg aus, und auch wenn ich mich umblicke, komme ich mir vor, als würde ich mitten im Wald stehen.

Ich knurre zornig. Na, ein Glück, dass Dunkelheit das Einzige ist, wovor ich keine Angst habe. Diese Ungewissheit allerdings und die Möglichkeit, dass ich mitten in der Nacht im Wald herumirre, ohne einen Menschen in meiner Nähe, macht mir dennoch ein mulmiges Gefühl. Ich unterdrücke die düsteren Erinnerungen an Jason.

Schrecklich wird es erst, als ich weitergehe und etwas hinter mir knacken höre.

»Das bildest du dir nur ein, Lya!«, versuche ich mich selbst zu beruhigen, als es wieder knackt. »Tym?«, frage ich hoffnungsvoll in die Dunkelheit und drehe mich um. Ich kann nichts erkennen. Mein Herz schlägt sich beinahe durch meine Brust. Unruhig pocht es in meine Kehle und schnürt sie noch mehr zu.

Dann knackt es wieder. Das Blut in meinen Adern gefriert. Ich atme zittrig und schnell, obwohl ich mir vorgenommen habe, mich leise zu verhalten. Die Angst hat jede Faser meines Körpers übernommen und beherrscht ihn.

Und dann, plötzlich, sehe ich rote Augen. Ich bin mir so sicher, dass es nicht Levyns sind, dass ich losrenne. So schnell ich kann. Immer wieder stolpere ich über Äste, fange mich aber, bevor ich fallen kann, und laufe weiter.

Kann es sein, dass das dieser Kerl ist, den ich zusammen mit Levyn vor Perces Haus gesehen habe? Wie hieß er noch mal?

Ich bemühe mich, mein Gehirn anzustrengen, aber gerade bin ich nicht in der Lage, mich an den Namen meines mordlustigen Verfolgers zu erinnern. Ein Name würde das hier auch nicht besser machen.

Ich spüre kalte Finger an meiner Schulter. Wie in Zeitlupe atme ich ein, bevor ich nach hinten gerissen werde und unsanft auf dem Boden lande. Mein Hinterkopf knallt hart gegen einen Stein und warme Flüssigkeit tropft mir in den Nacken.

»Sie wollen dich umdrehen.«

Spätestens jetzt weiß ich, dass das nicht dieser Kerl von damals ist. Seine Stimme hört sich kaum menschlich an, auch wenn ich jetzt zumindest seine Umrisse erkenne und die sehr wohl menschlich aussehen.

»Ich bin eher für Hals umdrehen!«, krächzt er.

Ich schlucke schwer und versuche nach hinten zu kriechen, aber mein Kopf gehört nicht mehr zu mir. Er ist tonnenschwer und pocht schmerzhaft.

»Ich werde es schnell machen. Du wirst nichts fühlen.«

Seine Stimme zerreißt die Luft. Sie ist viel zu hoch und lässt meinen Kopf zerbersten.

Langsam legt er seine kalten, schlangenartigen Hände um

meinen Kopf. Und dann, ganz leicht, erkenne ich wieder dieses leichte Flackern. Aber dieses Mal erhellt sich auch alles um mich herum ein wenig.

Flieht!

Wieder ist es nicht meine Stimme, die in meinem Kopf mit mir redet. Es ist ... dieses Leuchten.

Ihr könnt fliehen!

Aber ich will nicht fliehen. Ich will mich wehren. Weiß, dass ein Teil von mir genau das kann. Dass ich es kann.

Das Leuchten wird heller und ich greife nach dem Hals der Gestalt. Ihre Haut fühlt sich ledrig an. Unmenschlich. Ich zucke kurz zurück, als ich sein Gesicht im Halblicht ein wenig erkennen kann. Er sieht aus wie ... eine Echse ...

Dunkelheit umhüllt mich und wieder packt mich die schuppige Hand der Gestalt. Aber diese Dunkelheit macht mir keine Angst, denn ich kenne sie. Weiß, zu wem sie gehört.

Und plötzlich verschwindet die Gestalt über mir. Ein lauter Aufprall lässt mich die Augen öffnen. Eine andere Gestalt steht über mir. Eine, die ihn von mir getreten hat.

Levyn.

»Was tust du denn hier?!«, fährt er mich an und bückt sich zu mir, doch schon im nächsten Moment springt der andere Kerl, diese Echse, über mich und stürzt sich auf Levyn. Sie schlagen sich und wälzen sich auf dem Boden. Aus irgendeinem Grund habe ich das Gefühl, Levyn wehrt sich gar nicht richtig. Aber warum sollte er?

Und dann ist da noch ein winziges Gefühl in mir. Eine Art Erinnern. Als hätte ich das hier schon einmal erlebt.

»Verpiss dich jetzt, oder ich reiße dir den Kopf ab!«, knurrt

Levyn plötzlich so bedrohlich, dass auch ich Angst bekomme. Als er sich aufstellt, sieht es so aus, als würde er wachsen.

»Sie gehört nicht dir, schwarzer Drache!«, faucht der andere, diese ekelhafte Kreatur. »Sie gehört uns allen. Wir können sie teilen.«

»Teilen?«, wiederholt Levyn voller Zorn und lacht abfällig. Er ballt seine Hände zu Fäusten und ich sehe fassungslos dabei zu, wie seine Augen erst leicht und dann vollkommen rot leuchten. So hell, dass ich sein Gesicht erkennen kann und das Etwas, was sich um seine Augen bildet.

Sind das ... Schuppen?! Schwarze Schuppen? Das ist unmöglich.

Schwarzer Drache, so hat ihn diese Gestalt genannt. Diese seltsamen schwarzen Schuppen wachsen Levyn bis hinunter zu seiner Nase, die ein wenig breiter wird.

»Was ... Was ...«, wispere ich. Mein Verstand sagt mir nicht, ob ich Angst haben soll. Aber das sollte ich. Levyn verwandelt sich gerade in ein Monster! Vielleicht war dieser Schlag auf meinen Hinterkopf doch zu heftig und jetzt halluziniere ich?

»Letzte Warnung!«, bellt Levyn. Seine Stimme ist immer noch zornig und autoritär – mächtig. Aber wenigstens ist es noch seine Stimme. Was man von seinem Gesicht nicht behaupten kann. Wie eine Maske haben sich die schwarzen Schuppen um seine Augen gerankt und umrahmen deren leuchtendes Rot.

Die Gestalt dreht sich abrupt um und rennt auf mich zu. Er nimmt wieder meinen Kopf in seine Hände. Ich keuche ängstlich auf.

Levyn kommt langsam auf uns zu. Sein Gang ist bedrohlich. Aber obwohl sein Gesicht verändert ist, ist er noch er selbst.

Er trägt noch seine dunkle Hose an *seinen* Beinen. Die offenen Stiefel darüber, wie immer. Und dieses lange T-Shirt. Wie jeden Tag. Er ist noch er. Und er ist nicht mein Feind. Das war er nie. Auch wenn mein Herz das bisher nicht zugeben wollte.

»Cyrus, du hast nicht einmal die Möglichkeit, deinen kleinen Finger zu bewegen, bevor ich dir deinen Hals umgedreht habe. Das weißt du.«

»Probieren wir es aus!«, faucht die Gestalt hinter mir und drückt meinen Kopf zur Seite. Ich schreie auf und im nächsten Moment hat Levyn ihn bereits an seinem Hals gepackt und hält ihn in die Höhe.

»Eine kleine Botschaft für euch Ratten. Ich habe alles im Griff«, raunt Levyn und ... ich traue meinen Augen nicht. Er spuckt Feuer. Das Gesicht dieses Cyrus brennt. Aber nur einen Moment. Als es verebbt, hat er hässliche Brandblasen in seinem Gesicht. Levyn lässt ihn los und sieht noch einen Moment dabei zu, wie er durch den Wald flüchtet, bevor er sich zu mir dreht.

Ich halte die Luft an, als ich die schwarzen Schuppen glänzen sehe. Er kommt auf mich zu und kniet sich hinunter. Behutsam berührt er meinen Hinterkopf. Als er seine Hand unter Schmerzen zurückzieht, ist sie blutübersät. Seine Lippen beben.

»Warum machst du das, Lya?«

»Was?!«, hake ich nach, kaum in der Lage, zu reden.

»Hier allein herumlaufen. Das ist gefährlich.«

Langsam verschwinden die Schuppen aus seinem Gesicht. Ich hebe eine Hand, um sie zu berühren, bevor sie vollkommen verschwunden sind. Ganz vorsichtig streiche ich mit meinem Finger über die raue Oberfläche. Levyns Gesichtsmuskeln zucken unter meiner Berührung.

»Ich weiß, ich bin ein Monster. Aber, Lya, du musst wissen ...«

»Es ist wunderschön. Du bist wunderschön«, hauche ich wie in Trance.

Levyn hebt seine Brauen, bevor seine Miene ängstlich wird. »Lya ... spürst du den Schmerz?«

Ich schüttle benommen den Kopf. Levyn beißt sich unruhig auf die Unterlippe, sodass ich erzittere. Er sieht so traurig aus, dass er mir Angst macht.

Er setzt sich auf und zieht seine Jacke aus, um sie mir umzulegen.

»Levyn?«

Er nickt mir zu und zuckt immer wieder, wenn seine Haut meine berührt, während er mir seine Jacke umlegt.

»Sterbe ich?«

»Nein!«, entgegnet er viel zu schnell und panisch. Also lügt er. Ich sterbe gerade. So soll mein Leben also enden? Wenigstens ist Levyn bei mir. Auch wenn ich ihn eigentlich hasse. Oder eher so tue, als würde ich ihn hassen. Warum auch immer, denn eigentlich hat er mir oft genug bewiesen, dass er viel eher ein Freund ist. Aber genau das ist es. Das, wovor ich Angst habe. Denn wenn ich es zulasse, wenn ich mir selbst eingestehe, dass er mir etwas bedeutet, wird er mich verletzen. So wie mein Vater und Jason. So wie immer. Und es ist einfacher, mir einzureden, dass ich ihn nicht leiden kann, als ihn ... zu verlieren.

»Ist schon okay«, wispere ich.

Levyn greift nach meiner Hand. Ich sehe den Schmerz in seinen wieder dunklen Augen, aber er lässt sie nicht mehr los. Das Zischen unserer Berührung beruhigt mich.

»Levyn?«, frage ich wieder.

145

»Ja, kleiner Albino?«, entgegnet er mit belegter Stimme.

»Warum hasst du mich so sehr?«

»Ich hasse dich nicht, Lya. Ich sollte es. Aber ich tue es nicht.«

Ich schlucke schwer. Es fühlt sich an, als würde mein Hals zuschwellen. Ich spüre die kalten Finger der Bewusstlosigkeit. Sie greifen nach mir.

Aus Levyns Augen löst sich eine Träne, doch ihren Aufprall auf meiner Wange spüre ich schon nicht mehr. Trotzdem bekomme ich alles mit. Plötzlich bin ich wieder klar. Ich weiß, dass ich tot bin. So wie schon vor einigen Monaten. Aber ich sehe Levyn über mir. Auch wenn ich seine Hand nicht mehr spüren kann. Meine Augen sind starr. Mein Körper gehorcht mir nicht mehr.

»Lya?«

Levyns Stimme wird panisch. Er greift nach meinen Schultern und schüttelt mich. Dann starrt er ungläubig seine Hände an. Ich weiß genau, was er mit Entsetzen feststellt. Seine Hände brennen nicht mehr, wenn er mich anfasst. Vorsichtig berührt er meine Wange. Wieder ist da kein Zischen.

»Du darfst nicht tot sein. Das ist alles meine Schuld!«, wispert er.

Es macht ihm wirklich etwas aus, dass ich tot bin. Und obwohl ich alles mitbekomme, spüre ich, dass ich es bin. Ich weiß, dass ich keinen Herzschlag mehr habe. Ich höre ihn nicht mehr. Ich atme auch nicht. Nichts an mir ist mehr lebendig. Nur mein Geist.

»Lya!«, schreit er mich plötzlich an. Er schüttelt mich grob, aber ich spüre es nicht. »Nein!«, schreit er, erhebt sich mit einem Mal und läuft zornig hin und her. Immer wieder tritt er gegen Bäume. Bis sich sein Gesicht erneut verwandelt und er alles um uns herum zum Brennen bringt. Ein Schrei verlässt seinen Mund. So animalisch, dass mein Körper zuckt.

Alles um uns herum wird dunkel. Noch dunkler als zuvor. Auch der Mond und all das brennende Gestrüpp verschwinden. Da ist nur noch ein schwarzes Nichts. Ganz langsam spüre ich meine Finger wieder. Meine Kehle öffnet sich. Eine Träne verlässt meine Augen.

»Ich darf dich nicht verlieren!«

»Levyn«, krächze ich. Und obwohl ich mich selbst kaum höre, stürmt er auf mich zu und legt seine Hand an meine Wange.

»Lya!«, stöhnt er und reißt seine Hand von mir, als er sich verbrennt. Eine Mischung aus Trauer und Freude fließt aus seinem Blick zu mir. Tränen mischen sich mit dem Strahlen in seinen Augen. »Du ... Du warst tot«, sagt er fassungslos und hebt mich zu sich. Die Schmerzen, die er dabei spürt, scheinen ihm egal zu sein.

»Ich bin schon einmal gestorben«, hauche ich.

Endlich gibt es jemanden, der gesehen hat, was passiert ist. Endlich halte ich mich selbst nicht mehr für verrückt.

Um uns herum wird es wieder heller.

Levyn nickt nur und hält mich in seinen Armen. Er ist nicht in der Lage zu reden. Sein Mund ist schmerzverzerrt. Die Muskeln an seinem Hals stehen angespannt hervor. Seine Brust hebt und senkt sich bebend.

»Wenigstens konnte ich dich kurz anfassen, ohne zu verbrennen«, presst er zwischen zusammengebissenen Zähnen hervor und lächelt mich kläglich an.

»Danke«, murmle ich.

»Ich bin dankbar, Lya. Dafür, dass du nicht gestorben bist. Du musst ...«

»Was muss ich?« Langsam fühle ich mich, als wäre ich nie verletzt worden. Ich berühre die Wunde an meinem Kopf, die keine mehr ist. Alles ist normal.

»Ich denke, die anderen haben recht. Du musst herausfinden ...«

»Was ich bin? Bin ich so was wie du?«, hake ich nach. Aber was ist er eigentlich? Ein Drache? Ein schwarzer Drache? Sehen Drachen nicht irgendwie anders aus? Sind das nicht diese monströsen Tiere, die fliegen und Feuer speien können?

»Du musst es selbst herausfinden«, raunt er schuldbewusst und zieht meinen Körper noch näher an sich. Am Rücken spüre ich die Atembewegungen in seinem Bauch.

Erschöpft lehne ich meinen Kopf gegen seine Brust. Eigentlich will ich das nicht. Ich will mich von ihm fernhalten. Aber Levyns Berührungen beruhigen mich. Sie machen alles besser. Sie fühlen sich einfach zu gut an. Auch wenn sie ihn nichts als Schmerz spüren lassen.

»Ich sage dir jetzt etwas«, keucht Levyn dicht neben meinem Ohr.

Ich drehe meinen Kopf zu ihm und bin ganz nah an seinem Gesicht. Unsere Lippen berühren sich beinahe. Seine zucken leicht, als meine zu nah kommen.

»Ich bin nicht dein Feind, Lya«, flüstert er. »Du musst mir vertrauen, auch wenn es dir schwerfällt.«

»Aber warum?«

»Ich kann nicht aus meiner Haut. Ich würde es gern, aber ich kann nicht. Ich kann dir die Wahrheit nicht sagen. Noch nicht.«

Ich presse meine Lippen aufeinander und beobachte seine, die sich immer wieder vor Schmerz verziehen. »Was würde passieren, wenn wir uns küssen?«

Bevor ich realisiere, was ich gesagt habe, ist es zu spät. Ich muss unter Drogen stehen. Aber was habe ich erwartet? Ich bin gerade von den Toten wiederauferstanden, da kann ich wohl kaum mit besonders klugen Aussagen meinerseits rechnen.

»Dann würdest du mir vollends verfallen und ich würde vermutlich verbrennen«, raunt er mit einem kleinen Lächeln auf den Lippen. »Warum fragst du? Willst du mich etwa küssen?«

Er leckt sich über die Lippen. Trotzdem ist keine seiner Bewegungen entspannt. Wird es immer so sein, wenn wir uns nah kommen?

»Nein, ich wollte nur ...«

Levyn rückt ein Stück näher. Jetzt sind seine Lippen so nah, dass auch ich ein Brennen spüren kann. Dieses Brennen hat aber rein gar nichts mit Schmerzen zu tun. Meine Lippen kribbeln durstig.

»Du wolltest nur?«, wiederholt Levyn. Ich spüre jedes Wort an meinen Lippen. Mein Körper fängt Feuer und lässt mich jede gemeine Bemerkung vergessen, die diesen wunderschönen Mund schon verlassen hat. Gemeiner Verräter, dieser Körper.

»Wissen. Was. Passiert.«

»Rein hypothetisch natürlich«, haucht Levyn belustigt.

Seine Hände berühren meine Taille und ziehen mich noch ein weiteres Stück zu ihm hoch. So, dass unsere Lippen sich für den Bruchteil einer Sekunde berühren. Levyns Mund verzieht sich mit einem verkrampften Knurren. Etwas in mir will so sehr, dass sich unsere Lippen berühren, dass alle anderen Gedanken zur Seite gedrängt werden. Ich rücke noch ein Stück näher. Woher kommt das plötzlich? Warum fühle ich mich ihm mit einem Mal so verbunden?

»Ich kann nicht«, flüstert Levyn gegen meine Lippen, hebt seine Hand und berührt meine Unterlippe sanft mit seinem Daumen. »Nicht nur, weil es verdammt wehtun würde.«

»Sondern?«, bringe ich wispernd hervor.

»Weil ich dich verändern würde. Und genau das wollen sie.«

»Mom und Fylix?«, frage ich unruhig. Und obwohl ich den Gedanken hasse, vergeht das Verlangen in meiner Brust nicht.

»Wenn es nur sie wären ...«, raunt Levyn nachdenklich, beugt sich ein Stück vor und küsst meine Stirn. »Es tut mir leid, kleiner Albino.«

7. Kapitel

Angst packt mich, als ich wach werde. Panisch sehe ich mich in meinem dunklen Zimmer um. Wie bin ich hierhergekommen? Und wo ist Levyn? Er kann mich nicht einfach allein lassen!

Ich werfe einen Blick auf den alten Schaukelstuhl in der Ecke, aus dem sich gerade jemand erhebt.

»Lya. Es ist alles gut«, raunt Levyn und kniet sich neben mein Bett. Aber er berührt mich nicht. Was würde ich dafür geben, ihm wieder so nah zu sein wie im Wald. Aber warum? Warum will ich das? Es ist, als hätte meine Seele etwas begriffen, als Levyn mir so nah war. Als hätte sich etwas geändert. Diese Verbindung, die ich schon vorher gespürt habe, gefestigt.

»Wie bin ich hierhergekommen?« Ich werfe einen Blick auf seine Kleidung, die nicht verkohlt ist.

»Tym hat dich hergebracht«, sagt er, als würde es ihm missfallen. »Er, Perce und Arya sind dich suchen gegangen, als du nicht bei ihnen im Haus warst. Ich habe ihn dann gebeten, dich hierherzubringen.«

»Ist Fylix noch da?«

Levyn nickt schuldbewusst. »Er ist unten. Mit ihnen. Ich denke, Perce hat ihn ganz gut im Griff.«

Ich atme schwer und setze mich auf.

»Du solltest dich ausruhen«, raunt Levyn mir zu, macht aber keine Anstalten, mich aufzuhalten.

»Warum? Weil ich gestorben und dann wieder von den Toten auferstanden bin?!«, spotte ich.

Er zieht seinen Mundwinkel unschlüssig in die Höhe. »Du bist nicht sehr einfach«, stellt er fest.

Na, herzlichen Glückwunsch zu der Erkenntnis. Ich war nie einfach. Und das werde ich wohl auch nie sein.

Vorsichtig versuche ich aufzustehen.

»Bleib liegen!«, befiehlt Levyn zornig.

»Kannst du dann bitte Tym holen?«

»Warum?« Seine Brauen schießen in die Höhe.

»Ich will mich bei ihm bedanken. Und entschuldigen.«

»Wofür bedanken? Dafür, dass er dich allein im Wald hat herumspazieren lassen? Oder dafür, dass er dich heimgetragen hat, nachdem ich dich gerettet habe, weil ich dich nicht tragen kann?« Seine Stimme klingt verbittert. Er steht auf.

»Levyn?«, halte ich ihn auf, bevor er durch meine Tür verschwindet. »Danke«, füge ich unsicher hinzu.

»Kannst du dir sparen. Bedank dich lieber bei Tym, so wie du es vorhattest!«

Er verschwindet und hinterlässt ein unangenehmes Gefühl in meiner Brust. Aber ein Teil von mir gibt ihm recht. Warum habe ich nicht daran gedacht, mich bei ihm zu bedanken? Er ist zwar ziemlich oft ein Arschloch, aber er war für mich da. Er hat sich für mich mit diesem Ding angelegt und ...

Erst jetzt fällt mir wieder ein, wie er das gemacht hat. Das Bild seiner von Schuppen umrahmten roten Augen taucht vor mir auf. Was ist er?

»Lya? Du wolltest mich sehen?«

Tym tritt unsicher heran, setzt sich zu mir und streicht mir eine Strähne von der Wange. Sein Gesicht ist vollkommen entspannt. Etwas, das bei Levyn wohl nie so sein würde. Bei ihm würde immer Schmerz aufblitzen, wenn er mich berührt.

»Es tut mir leid. Ich habe mich verlaufen und ...«

»Dann bist du gestolpert und Levyn hat dich bewusstlos im Wald gefunden. Er hat mir schon alles erzählt.«

Ich hebe irritiert meine Brauen. Ich bin dankbar, dass Levyn mir all die Fragen erspart hat, aber ich habe keine Ahnung, inwiefern das selbstsüchtig von ihm ist. Wahrscheinlich hat er mehr davon, die Geschehnisse zu verschleiern, als ich.

»Und danke fürs Nachhausetragen«, murmle ich.

»Kein Problem. Das schafft der Ausreden-Erfinder Levyn ja nicht.«

Ich nicke mit zusammengepressten Zähnen. Etwas in mir ist sauer auf Tym, weil er das sagt.

»Ich möchte, dass du wieder mit zu mir kommst, solange Fylix hier herumlungert.«

Es ist seltsam, ihn so über meinen Vater reden zu hören, aber schließlich kennen sie alle hier ihn besser, als ich es wohl jemals werde. Und sie bestätigen meine Gefühle ihm gegenüber nur.

»Sie ist minderjährig und wird nirgendwo mit dir hingehen«, knurrt Fylix, der plötzlich in meiner Tür steht.

»Du hast mir gar nichts zu sagen!«, gifte ich ihn an.

»Aber deine Mutter. Und die sieht es genauso!«

»Das will ich aus ihrem Mund hören!«

»Dein Vater hat recht. Du musst bei uns bleiben«, nuschelt

Mom, während Fylix sie in meinen Raum schiebt, als wäre sie seine Untertanin. Ich hasse diesen Mann so sehr, dass ich den Zorn in mir nicht einmal beschreiben könnte.

»Mom?«, frage ich fassungslos.

»Du siehst doch, was passiert ist. Kaum bist du zwei Minuten bei ihnen, schon bist du in Gefahr!«

Sie wirkt anders. Ganz anders. Ihr Blick ist starr und ihre Stimme hat nichts mehr von der Wärme, die sie sonst hat. Was hat Fylix mit ihr gemacht?

»Ich bin gestolpert!«, verteidige ich mich.

An den Blicken meiner Eltern erkenne ich sofort, dass Levyn ihnen die Wahrheit gesagt hat. Oder zumindest, dass ich nicht nur gestolpert bin. Dieser blöde Verräter. Aber heißt das etwa, dass sie von Levyn wissen? Wissen, dass er ein ... Drache ist? Ist Fylix etwa auch einer und ...

»Fylix, lass sie das selbst entscheiden!«, knurrt Tym.

»Verlasse bitte mein Haus«, entgegnet er kühl.

»Dein Haus?!«, spotte ich und lache zornig. »Es ist immer noch MEIN Haus!«

»Das ist es erst, wenn du einundzwanzig bist, Elya Theresia. Deine Großeltern haben das verfügt. Und so lange hat deine Mutter mir die Verantwortung übertragen.«

Ich starre erst Fylix und dann meine Mutter an. Wie konnte sie mir das antun? Er hat nichts in meinem Leben zu suchen. Und auch jetzt ist er nur da, um mich auszunutzen. Für was auch immer.

»Also, Tym, geh jetzt!« Fylix tötet ihn beinahe mit seinen Augen.

»Ruf mich an, wenn was ist. Und lass dich nicht beeinflussen,

Lya! Vertrau nur Levyn«, raunt er mir leise zu, küsst mich auf die Wange und verlässt den Raum.

»Ihr könnt euch auch verpissen!«, knurre ich Mom und Dad zu. Mir ist gerade ziemlich egal, dass man so nicht mit seinen Eltern redet. Sie haben es nicht anders verdient.

»Levyn!«, ruft mein Vater in den Flur, bevor er mir einen durchdringlichen Blick zuwirft. »Er wird hierbleiben und aufpassen, dass du nicht gehst!«

Levyn betritt hinter ihm schuldbewusst mein Zimmer.

Ich verenge meinen Blick. »Was ist er? Mein Leibwächter?!«

»Genau«, sagt Fylix, der Möchtegern-Vater, und grinst mich siegessicher an. Am liebsten würde ich ihn anspucken.

»Fylix«, beginnt Levyn behutsam, »meinst du nicht, dass sie ein wenig Privatsphäre verdient hat?!«

»Misch dich nicht ein! Mach einfach, was ich dir auftrage! Noch befehligt mich dein Vater und nicht du!«, bellt Fylix, packt meine Mom am Arm und zieht sie mit sich hinaus. »Und denk daran, was ich über dein Vorhaben weiß. Und ... du könntest sie anfassen. Ohne Schmerzen.«

Ganz offensichtlich hat Levyn ihm die ganze Geschichte erzählt. Dann habe ich also nicht nur geträumt, dass er sich in irgendetwas verwandeln und Feuer spucken kann? Und so einer soll ungefährlicher sein als Tym?

Die Tür wird mit einem lauten Knall zugeschlagen. Von Levyn.

»Was meint er damit?«

»Womit?«, entgegnet er schnaufend. Er scheint wirklich ziemlich wütend zu sein.

»Damit, dass du mich ohne Schmerzen anfassen könntest.«

»Warum? Willst du das etwa?«, fragt er und kommt einen Schritt auf mich zu. Mir entgeht nicht, dass sich sein linker Mundwinkel anzüglich nach oben bewegt.

»So ist es mir ganz recht«, lüge ich. Denn in mir will alles herausfinden, wie es wäre, ihn zu küssen. Nicht etwa, weil ich etwas von ihm will. Einfach nur, um es herauszufinden. Wahrscheinlich macht dieses unausgesprochene Verbot, sich nicht berühren zu dürfen, die Sache spannender, als sie eigentlich ist.

Vielleicht will ich es deshalb. Nein. *Genau* deshalb will ich es. Weil es verboten ist, sozusagen. Sobald ich Levyn küssen würde, wäre dieses Verlangen dahin.

»Darf ich?«, fragt er und wirft einen Blick auf mein Bett.

Ich nicke und sehe dabei zu, wie er sich setzt. »Was bist du, Levyn?«, frage ich und beiße mir auf die Unterlippe, die bei der Vorstellung, seine zu berühren, schmerzhaft kribbelt.

»Ich bin ein Drache«, sagt er knapp, so als wäre es das Normalste der Welt.

»Ist klar«, spotte ich und verdrehe sauer die Augen. Dabei weiß ich, dass er die Wahrheit sagt. Nur mein Verstand ... der will es einfach nicht akzeptieren.

»Frag nicht, wenn du die Antwort nicht hören willst, Elya.«

Warum nennt er mich so? Will er zum Ausdruck bringen, dass er sauer auf mich ist?

»Und warum bist du dann ein Mensch und kein gruseliges, schuppiges Riesentier?«

Er hebt seine Brauen und sieht mich belustigt an. »Drachen sind keine Tiere, Lya. Das ist nur das, was die Menschen aus uns gemacht haben.«

»Hat das was mit dieser Geschichte von den Menschen mit

den Fähigkeiten zu tun?«, erinnere ich mich an diese seltsame Story, die er mir erzählt hat.

»Ja. Drachen sind Menschen. Sie besitzen nur eine der Fähigkeiten, die die Menschen einem Wesen zugeschrieben haben. Wobei ... zwei Wesen.«

»Zwei?«, hake ich nach und umklammere meine Beine.

»Drachen und Seeungeheuern«, erklärt er nüchtern.

»Und welche Fähigkeiten haben diese Menschen?«, frage ich, als würden wir über das Wetter reden.

»Luftdrachen können fliegen. Wasserdrachen können unter Wasser atmen und verdammt schnell schwimmen. Erddrachen haben einen Schweif, der je nach Können Stacheln hat oder Erdbeben verursachen kann. Feuerdrachen können ... nun ja ... Feuer speien.«

»Also bist du ein Feuerdrache«, stelle ich fest. »Warum hat dieser Typ dich dann als schwarzen Drachen bezeichnet?«

»Das ist kompliziert«, raunt er schnaufend.

»Wir haben ja jetzt genug Zeit«, entgegne ich bitter.

Er hebt seine Brauen und rückt ein Stück an mich heran. »Trotzdem reden wir nicht jetzt darüber.«

Ich verschränke wütend meine Arme und rücke ein Stück von Levyn weg. Ich soll ihm diese haarsträubende Geschichte also glauben, obwohl er mir nur Häppchen an Informationen gibt? Da hat er sich ganz klar geschnitten. Ich bin nicht so blöd, wie er annimmt.

»Und warum kannst du mich nicht anfassen?«

»Ich kann dich anfassen«, haucht er und legt seine Hand auf mein Bein. Seine Augen zucken. Obwohl er versucht, es zu verbergen, sehe ich den Schmerz in ihnen.

»Warum wollen meine Eltern, dass du in meiner Nähe bist?
Und warum erzählst du mir auf einmal, dass du ein Drache bist,
obwohl ihr vorher alle gesagt habt, dass ich es nicht erfahren
darf?«

»Weil!«, ist seine nicht gerade aussagekräftige Antwort.

»Und warum willst du nicht in meiner Nähe sein?«

»Wer sagt, dass ich es nicht will?!«, entgegnet er und wirft
mir einen schäbigen Blick zu, während er seine Hand von meinem Bein nimmt. Auch ich spüre ein Brennen, wenn er mich berührt, aber ich glaube, das kann man nicht vergleichen.

»Würdest du mich denn gern berühren, ohne dass es weh-
tut?«

»Ob ich in deiner Nähe sein oder dich berühren will, Lya, sind
zwei unterschiedliche Dinge!«

»Also willst du?«, bleibe ich standhaft. Keine Ahnung, woher
das kommt. Warum kann ich nicht einfach meine Klappe halten? Aber etwas in mir will wissen, ob er das Gleiche fühlt wie
ich.

»Du meinst, ob ich gern schreckliche Schmerzen erleiden
will? Hältst du mich für masochistisch?« Er lächelt halbherzig.

»Wenn du keine Schmerzen hättest?«, erinnere ich ihn an
meine Frage.

»Dann hätte es wohl seinen Reiz verloren.«

Ich beiße zornig die Zähne zusammen, lasse mir meine Wut
aber nicht anmerken. »Also ist da ein Reiz!«

Er beugt sich zu mir. Unsere Wangen berühren sich beinahe.
»Ein kleiner masochistischer Teil in mir möchte dich küssen,
ja«, raunt er dicht neben meinem Ohr.

Mein Körper fühlt sich an, als würde ich erneut sterben. Wobei ich mittlerweile der Meinung bin, dass ich gar nicht tot war, sondern einfach nur in einer Starre. Etwas anderes ist wohl kaum möglich.

Mein Atem geht schnell. »Was hindert dich daran?«, frage ich mit belegter Stimme.

Seit wann mache ich so was? Seit wann ist da dieser nicht zu unterdrückende Wunsch, ihm nah zu sein? Ich bin eigentlich nicht der Mensch, der unangenehme Fragen stellt.

»Selbst wenn es wehtut, wird es danach bei mir seinen Reiz verlieren. *Du* wirst deinen Reiz verlieren. Und das wird dir viel mehr wehtun, als es mich je verletzt hat.«

Ich schnaube zornig. Dabei hat er wahrscheinlich recht, denn allein seine Worte bohren ein giftiges Loch in meine Brust.

Er rückt wieder ein Stück von mir.

»Und meine Eltern wollen, dass ich verletzt werde, oder was?!«

»Lya ... Sie wollen etwas ganz anderes.«

»Und was?!«

»Ist das so wichtig? Ich werde es nicht machen!«

»Warum? Und was? Wollen sie wirklich, dass du mich verführst?«

Das Letzte betone ich so seltsam, dass jedem klar wird, wie abwegig ich es finde, dass Eltern so etwas wollen könnten.

Levyn lacht in sich hinein, bevor er mich kopfschüttelnd ansieht. »Du weißt, dass du nen Knall hast, oder?!«

»Das sagt der Richtige!«, entgegne ich wütend. Vor allem wütend auf mich selbst. Warum frage ich ihn überhaupt so ein Zeug? Levyn wird mir nie die Antworten geben, die ich brauche, um mich wieder vollständig zu fühlen. Um das alles zu verste-

hen und darin vielleicht einen Sinn für meine innere Zerrissenheit zu finden. Dafür, dass ich mich noch nie ganz gefühlt habe.

»Sie wollen nicht, dass ich dich verführe«, stellt er richtig und
reibt seine Lippen aufeinander. Ich sollte da eigentlich gar nicht
hinsehen, aber dieser Mund zieht mich wie magisch an.

Ich rücke ein Stück an ihn heran und bewege mein Gesicht
auf ihn zu.

»Lya«, knurrt er. »Was machst du da?!« Seine Stimme ist
kaum mehr als ein Hauchen. Ein wütendes Hauchen.

»Ich schaue, ob dein masochistischer Teil da ist«, flüstere ich.

Er verengt seinen Blick und stößt mich von sich. »Was wird
das?!«, fragt er aufgebracht.

»Was?!«, entgegne ich kühl.

»Ist es das, was ich glaube?«

»Und was glaubst du, Levyn? Ich kann keine Gedanken lesen!«

»Du willst mich küssen, damit der Reiz weggeht.«

»Was?!«, stoße ich ertappt hervor. Jetzt, da er es ausspricht,
klingt es irgendwie ziemlich selbstsüchtig. Aber er hat doch
selbst gesagt, dass es nur dieser Reiz des Verbotenen ist. Warum
sollte es also schlimm sein, dass ich ihn loswerden will?

»Das ist es, was du willst, ja?!«, knurrt er bedrohlich. Das rote
Leuchten taucht in seinen Augen auf.

»Jetzt nicht mehr«, wispere ich. Der Kerl hat es echt raus, mir
Angst zu machen.

Zornig kommt er auf mich zu und packt meinen Nacken.
Mein Körper verkrampft sich vor Verlangen. Wie ist das möglich? Gerade hatte ich doch noch Angst vor ihm.

Levyn legt seinen Arm um meinen Rücken und hebt mich

weiter nach hinten auf das Bett, nur um sich dann vor mich zu knien, meinen Kopf nach unten zu drücken und mir verdächtig nah zu kommen. Sein Gesicht ist schmerzverzerrt.

»Ist es das, was du willst, ja?!«

Ich schlucke schwer. »Ich weiß nicht«, gebe ich zu. Wobei ich eigentlich »Ja« schreien will. Denn auch wenn die Furcht einen Teil von mir unter Kontrolle hat, will ich nichts mehr, als seine Lippen auf meinen zu spüren.

»Du weißt es nicht!«, spottet er bedrohlich. Seine Augen werden immer röter. Seine Berührung zischt in meinem Nacken. Mein Herz schlägt so schnell, dass ich kaum Luft bekomme.

Wie von einer fremden Hand geleitet, hebe ich meinen Kopf, bis ich kurz vor seinen Lippen innehalte. »Ist es das, was *du* willst?«, flüstere ich gegen seine Lippe.

Statt mir zu antworten, kommt er noch näher. So als könne er nicht aufhören. Meine Brust brennt wie Feuer. Langsam, aber sicher klettert das Verlangen meinen Bauch hinunter, löst ein gieriges Ziehen in meinem Unterleib und zwischen meinen Beinen aus, als er von mir ablässt und keucht. Seine Augen funkeln mich voller Lust an. Für diesen Moment ist es mir egal, dass er Schmerzen hat.

Er hebt seinen Körper ein wenig, um mich nicht noch mehr zu berühren als nötig.

»Und? Reiz schon weg?«, frage ich flüsternd.

Er sieht mich durchdringend an. Sein Blick ist wild. So wild, dass er mir eigentlich Angst machen sollte, denn immer wieder flackern das rote Licht und dieser dunkle Nebel in ihnen auf.

Er antwortet nicht.

Mein Herz pumpt wie noch nie zuvor. Langsam werfe ich

einen Blick auf Levyns verkrampften, schwer atmenden Körper, hinauf in sein Gesicht und dann auf seine ... Lippen. Er wendet sich von mir ab und schmeißt sich keuchend neben mich auf das Bett.

»Geht es dir gut?«, frage ich. Wie konnte ich nur so egoistisch sein? Gerade war es mir wirklich egal, was mit Levyn ist.

»Alles gut«, keucht er und berührt schmerzhaft seine Brust.

»Levyn! Du bekommst keine Luft!«, sage ich panisch und will zu ihm, doch er hebt abwehrend seine Hand.

»Bitte, Lya. Fass mich nicht an!«

Mit zusammengepressten Lippen nicke ich. *Ich* habe das getan. *Ich* habe ihn verletzt. Kein Wunder, dass er mich gerade nicht in seiner Nähe haben will. Trotzdem tut es weh.

»Reiz weg?«, krächzt er und lächelt mich halbherzig an.

Ich nicke. Warum, weiß ich selbst nicht so genau.

»Das nächste Mal, wenn dein egoistischer Teil einen Reiz loswerden will oder wissen will, was ich von dir will, frag mich!«, knurrt er abwertend.

Ich bewege unruhig meinen Mund. Spüre förmlich, wie mir die Röte ins Gesicht steigt. Ich fühle mich, als wäre ich falsch. Auch wenn ich weiß, dass irgendwas zwischen Levyn und mir nicht stimmt und er deshalb verbrennt, ist es, als wäre ich schuld. Schuld, weil ich nur an mich gedacht habe.

»Und?«, wage ich mich vorsichtig vor.

»Was?«, entgegnet er mit kühler, belegter Stimme.

»Willst du etwas von mir?«

Er hebt seine Brauen und sieht mich an, als wäre ich ein kleines Kind. Dann schüttelt er den Kopf. Verständnislos. »Du weißt nichts über mich, Lya. Nicht, weil ich nie etwas erzähle.

Nein. Weil du nie fragst. Weil du nur dich und deine Zerrissenheit siehst. Bevor du von einem Reiz sprichst oder erwartest, dass ich etwas für dich empfinde, solltest du zumindest wissen, wer ich bin. Und mir gegenüber ehrlich sein, wer du bist. Meinst du nicht? Aber wenn du nur hören willst, dass ich dich attraktiv und rein sexuell anziehend finde – das tue ich. Aber das ist für meinen Geschmack etwas oberflächlich.«

Seine Worte treffen mich. Mehr, als ich zugeben will. Vor allem, weil er recht hat. Durch all das, was passiert ist, aber vor allem durch das, was mit Jason war, habe ich mich selbst verloren. Den Teil in mir, der stark war. Der er selbst sein wollte. Jetzt bin ich nur noch eine leere Hülle, die sich mit Dingen füllt, die gerade gelegen kommen.

»Und wenn es so weit ist, können wir das wiederholen.«

Er verzieht seinen Mund zu einem spitzbübischen Lächeln. Trotzdem ist es verhalten.

»Kein Bedarf, dich zu misshandeln«, entgegne ich trocken.

Ich habe versucht, die Lücke in mir mit Levyn zu füllen. Und er weiß es.

»Ach nein? Ich dachte, der wäre bei dir ziemlich ausgeprägt«, lacht er.

»Ja!«, fauche ich. »Ich werde keine Gelegenheit auslassen, dir wehzutun, weil du einfach ein Arsch bist und es verdient hast! Aber nicht, indem wir ...«

»Uns nahekommen?«

Ich nicke. Ich würde jetzt kein weiteres Wort herausbringen.

»Schlaf ein wenig, ich setze mich ... da drüben hin.«

Er steht auf und läuft zum Schaukelstuhl. Plötzlich schäme ich mich für das, was ich gerade gemacht habe. Nicht, weil ich ihn verletzt habe. Nicht nur. Vor allem, weil das jetzt zwischen uns steht. Vorher stand zwar auch etwas zwischen uns, aber damit konnte ich besser leben als mit dem Gedanken, dass wir uns so nah gekommen sind. Und Levyn genau das unterbunden hat, weil ... weil ich ihn wie einen Lückenfüller und nicht wie den Menschen behandelt habe, der er ist ... und den ich nicht kenne.

»Was musst du tun, damit wir uns berühren können?«, frage ich, während ich mich in mein Kissen fallen lasse.

Levyn kommt noch einmal auf mich zu und legt mir sanft die Decke um. »Dich verändern, Elya. Und das will ich nicht.«

»Und was wäre, wenn du dich veränderst?«

Er presst seine Lippen aufeinander und bedenkt mich mit einem traurigen Blick. Vorsichtig zieht er die Decke weiter nach oben, streng darauf bedacht, mich nicht wieder zu berühren. Die Müdigkeit greift immer mehr nach mir und für einen kurzen Moment bin ich dankbar, dass Levyn bei mir ist. Auch wenn das alles viel zu verwirrend ist. Viel zu verrückt. Und obwohl es Fylix ist, der will, dass Levyn bei mir ist, und nicht er selbst, bin ich froh, dass er da ist.

»Ich kann mich nicht verändern, Lya. Ich bin, was ich bin. Ich habe lange Zeit versucht, mich dagegen zu wehren. Aber es hat keinen Sinn. Ich bin nun einmal ich. Und das kann ich nicht ändern. Nicht einmal für dich.«

8. Kapitel

Als ich wach werde, ist Levyn verschwunden. Kurz frage ich mich, ob er überhaupt je da gewesen ist, aber ich muss nur einatmen, und das vertraute Gefühl, das sich durch seinen Geruch in mir ausbreitet, beweist mir das Gegenteil.

Ich stehe unbeholfen auf, gehe duschen und mache mich dann auf den Weg nach unten, aber nicht ohne mir dabei selbst ziemlich mutig vorzukommen. Schließlich ist Fylix jetzt der neue Hausgast – oder eher Hausbesitzer, wenn es nach ihm geht.

Als mir der Geruch von Pancakes in die Nase strömt, ohne dass verkohlte Geruchsnuancen dabei sind, stutze ich. Fylix wird es doch nicht wagen, Pancakes zu machen, als wäre er ein ganz normaler Vater?

»Ich habe die Bagels besorgt, die du so magst«, raunt Levyn mir zu, als ich die Küche betrete und wie angewurzelt stehen bleibe. Ich will nicht lügen: Das Bild von Levyn hinter unserem Herd, wie er mir Pancakes macht, vor ihm eine Tüte Bagels, gleicht unumstritten dem eines Traums. Trotzdem kommt mir das alles nicht geheuer vor.

»Wo sind die Verrückten?«, erkundige ich mich nach meinen Eltern. Ich bewege mich keinen Schritt weiter. Wenn sie nur kurz auf der Veranda sind, ist das die perfekte Position, um doch noch abzuhauen. In meinem Plan befindet sich sogar ein Hechtsprung zur Bageltüte, um sie auf meiner Flucht mitnehmen zu können.

»Sie sind in die Stadt gefahren. Ein paar Dinge klären«, sagt Levyn und mustert mich belustigt.

»Aha«, mache ich, als würde es mich nicht wirklich interessieren, und setze mich dann doch. Levyn dreht konzentriert seine Pancakes, während ich mir so dumm vorkomme wie noch nie zuvor. Der Reiz ist keineswegs weg. Am liebsten würde ich über den Herd springen und meine Lippen auf Levyns drücken. Zumindest würde dann nicht nur er, sondern auch ich brennen. Schlau ist das trotzdem nicht. Mein gesunder Menschenverstand hat sich ganz offensichtlich von mir verabschiedet und mich als Verrückte zurückgelassen. Na, vielen Dank!

»Kaffee?«, durchbricht Levyn dann endlich die Stille. Trotzdem lässt mich das nicht vollends entspannen. Warum redet er mit mir, als wäre nie etwas passiert? Sollte man nicht darüber reden, wenn man nebeneinander schläft und über so persönliche Sachen spricht? Aber was gibt es da schon zu sagen?

Wir sind uns ziemlich nah gekommen. Ja. Du bist fast gestorben. Ja. Nicht gut. Nein. Dann hast du gesagt, ich bin egoistisch. Bist du. Ja. Ja.

Das Gespräch kann ich mir echt sparen.

Levyn gießt mir mit einem seltsamen Grinsen auf den Lippen einen Kaffee ein und schiebt ihn elegant über die Theke zu mir. »Bagel oder Pancake?«

»Wie wäre es mit beidem?«

»Achtet ihr Frauen nicht ständig auf euer Gewicht?«, feixt er und öffnet die Bageltüte. Ihm ist jetzt offensichtlich auch aufgegangen, dass ich mich nicht allein an die Tüte wagen werde.

Er zieht meinen Lieblingsbagel heraus und legt ihn auf meinem Teller ab.

»Doch, aber ich hatte gestern nichts zu essen«, rede ich mich heraus. Ich esse sowieso zu unregelmäßig. Wenn ich dann mal esse, kann ich auch übertreiben. Und selbst wenn ich davon zunehme, wen sollte es stören? Tym wurde gestern aus meinem Leben verbannt und Levyn wird es wohl kaum noch einmal riskieren, durch meine Berührung fast zu sterben. Also was soll's?

»Sirup?«

»Schokosoße«, erwidere ich belustigt.

Levyn hebt seine Braue und mustert mich, als käme ich von einem anderen Stern. »In Ordnung«, nuschelt er dann und läuft zum Küchenschrank, um mir das süße Schokoladenzeug zu reichen. »Noch irgendetwas Ekelhaftes, das du gern damit mischen würdest?«

»Danke, ich bin vollends zufrieden mit ...« Ich werfe einen Blick auf den Bagel, die Schokosoße und den Pancake, den Levyn mir in dem Moment auf den Teller schiebt.

»Mit deinem Todescocktail?«, feixt er und zieht seinen Mundwinkel in die Höhe.

»Genau.«

Natürlich schaffe ich nicht einmal die Hälfte von dem, was er mir aufgetischt hat, und das, obwohl Levyn, der mein Essen so skeptisch begutachtet hat, immer wieder etwas von meinem Teller stibitzt.

»Sieht mein Leben jetzt so aus? Mom und Dad, die wie eure Eltern ständig verschwunden sind, und ein Aufpasser, der eigentlich gar nicht in meiner Nähe sein will?«

»Wer sagt, dass ich nicht in deiner Nähe sein will?«, hakt er nach und lehnt sich auf die Theke, um den Sicherheitsabstand zwischen uns zu verkleinern.

»Ich verletze dich, wenn du in meiner Nähe bist. Also ist das wohl keine Frage.«

»Ach, Lya ...«, macht er und schließt kurz seine Augen.

»Kannst du mir nicht einfach sagen, was Fylix gemeint hat? Wie ich das verhindern kann?«

»Ich dachte, der Reiz wäre weg, kleiner Albino«, raunt er mit einem süffisanten Lächeln. Seine Stimme ist heiser.

»Ist er. Aber generell will ich das einfach nicht.«

»Soso.«

»Sag es mir, Levyn! Es ist meine Verantwortung.«

»Es ist nicht deine Verantwortung, Elya.«

Ich schnaufe zornig. »Hat es was mit diesem Drachenzeug zu tun? Muss ich auch so werden wie du?«, frage ich und beobachte seine Reaktion genau.

»Wenn du damit meinst, dass du auch ein Drache werden musst, um mich anfassen zu können, dann nein.«

»Aber ich muss so werden wie du«, rate ich weiter. »Und das heißt? Ich muss ein Arschloch werden?!«

Levyn verdreht die Augen und wendet sich von mir ab.

Entschlossen stehe ich auf und gehe um die Theke herum zu ihm. Er mustert mich, während er sich lasziv auf die Unterlippe beißt. »Wie muss ich werden?«

»Du musst gar nichts!«

»Levyn!«, bettle ich und gehe einen Schritt auf ihn zu. Schneller, als ich seinen Namen sagen kann, packt er mich und drückt meinen Körper gegen den Herd. Er lässt mich wieder los und stützt seine Hände neben mir ab.

»Lya, du müsstest böse werden. Sehr böse. So böse, dass du selbst den Tod deiner Freunde in Kauf nimmst. Könntest du das?«, fragt er leise. Seine Stimme klingt rau und sein Geruch betäubt mich.

»So böse bist du nicht«, wehre ich ab.

»Doch, so böse bin ich.«

»Du würdest also auch zulassen, dass ich sterbe? Das sah gestern im Wald etwas anders aus.«

»Weil *du* etwas anderes bist«, entgegnet er ruhig.

Langsam, aber sicher fällt mir nichts mehr ein. Nicht etwa, weil er mir argumentativ überlegen ist, nein. Einfach weil ich in seiner Nähe nicht klar denken kann. So als würde mein Verstand aussetzen. Als wären alles, was ich noch wahrnehmen kann, diese Lippen, die ich so gern berühren würde. Diese Dunkelheit, die von ihm ausgeht und mich magisch anzieht, als wäre sie auch ein Teil von mir. Ein Teil, der ich geworden bin. Der ich werden will.

Vielleicht kann ich es. Vielleicht kann ich böse werden. Zumindest so, wie Levyn ist, denn insgeheim hat er doch ein gutes Herz. Und wenn ich ihn dafür berühren könnte, nur ein einziges Mal ...

Ich schrecke zusammen, als mir meine eigenen Gedanken klar werden.

Levyn sieht mich fassungslos an. »Was war das?!«, knurrt er zornig.

»Was war was?!«

»Was hast du gerade gedacht?«

»Ich ... ähm ... nichts«, lüge ich. Was geht ihn das überhaupt an? Spinnt der?

169

»Deine Augen«, raunt er benommen und legt seine Finger auf meine Wange. Dieses Mal blitzt der Schmerz in seinen Augen viel später auf als zuvor. »Lass das!«, bellt er und wendet sich von mir ab. Unruhig fährt er sich durch seine verwuschelten Haare.

»Was denn?!«, hake ich irritiert nach. Hat er den Verstand verloren?

»Auch nur eine Sekunde darüber nachzudenken, so zu werden wie ich!«

»Wenn du das so schlimm findest, Levyn, solltest du dich vielleicht mal fragen, warum du es so unbedingt beibehalten willst!«, entgegne ich fassungslos. Wie kann er sich nur anmaßen, mich zu verurteilen, während er dieses Böse in sich nicht aufgeben will? Und woher wusste er überhaupt, dass ich darüber nachgedacht habe? Hat es etwa schon gewirkt? Hat er deshalb erst so spät angefangen, den Schmerz zu spüren? Also muss ich nur daran denken, mir ein bisschen von seiner Blödmann-Art abzugucken, und schon können wir uns anfassen? Das ist ja leicht. Ein Grinsen bildet sich auf meinen Lippen.

»Hör auf damit!«, knurrt Levyn mich an.

»Was habe ich jetzt wieder getan?«

»Du findest das gut!« Er kommt wieder einen Schritt auf mich zu. »Denkst du wirklich, dass es so einfach besser wird, Lya?!«

Er nähert sich noch mehr und greift ganz plötzlich nach meinem Arm. Ich versuche ihn abzuschütteln, aber es gelingt mir nicht.

»Levyn!«, schreie ich panisch auf, als ich das vertraute Zischen höre und seine Augen rot aufflammen. »Lass das!«

Trotz meiner Bitten lässt er erst eine Ewigkeit später los und hält mir seine Hand vor mein Gesicht. »Das ist es, was ich bin, Elya. Das und nicht mehr. Das macht deine Haut mit mir, weil du gut bist und ich böse! Ist es das, was du willst?«

Ich starre zitternd auf seine verbrannte Hand. Dieses Mal sind es nicht nur kleine Brandblasen. Dieses Mal hat die Berührung seine Haut blutig geschmort.

»Aber so muss es ja nicht bleiben!«

»Du bist geblendet! Verstehst du das nicht?! Noch vor zwei Tagen hast du mich gehasst! Ich wirke auf dich, weil es meine Aufgabe ist! Das, Lya, bist nicht du. Das ist nicht deine Entscheidung! Ich beeinflusse sie! Ein Teil deiner Seele, der nicht du bist, beeinflusst sie!«

Ich schlucke schwer und sehe wie in Trance dabei zu, wie sich seine Wunden wieder schließen. »Du lügst!«, knurre ich voller Zorn.

»Ich hätte dir niemals so nah kommen dürfen! Du bist wie ein kleines Kind, das nicht genug bekommt!«

Mein Mund öffnet sich wie automatisch und auch meine Hand macht sich einfach selbstständig und schlägt Levyn ins Gesicht. Wie kann er so etwas nur sagen? Trotzdem habe ich das Gefühl, dass etwas daran wahr ist. Beeinflusst er mich? Es ist ja kein Geheimnis, dass er eine seltsame Wirkung auf mich hat. Wahrscheinlich wurde er nur dafür gemacht, Mädchen um den Finger zu wickeln.

»Du kannst mir gar nichts verbieten!«, gifte ich und drehe mich von ihm weg, als etwas nach meinem Geist greift. Es ist, als würde ein zweites Bewusstsein Zugriff auf mich bekommen wollen. Mich mit einem erbarmungslosen Schmerz in meinem

Kopf dazu zwingen, ihn reinzulassen. Mich manipulieren zu lassen.

Ich sinke zu Boden. Dunkelheit. Schreie.

Ich schließe die Augen und öffne sie wieder, um klar zu werden, und plötzlich sitze ich im Verhörraum der Polizei. Neben mir erstreckt sich ein großer Spiegel. Ein Spiegel, der mir furchtbare Angst macht, denn er zeigt nicht das, was da sein sollte. Er ist ein Trugbild, denn erst vor ein paar Stunden wurde mir die Kehle aufgeschnitten und nichts an meinem Hals deutet auf den Schnitt hin.

»Sie haben einen Schock erlitten. Ihnen ist nichts zugestoßen«, sagt der Polizist mir gegenüber.

Meine Mom räuspert sich unruhig. Sie hat Angst, dass ich wieder behaupte, getötet worden zu sein, und am Ende in einer Anstalt lande.

»Jason hat mir die Kehle aufgeschlitzt!«, sage ich trotzdem.

»Nein, das hat er nicht!«

Jetzt endlich werfe ich doch einen Blick in den Spiegel und plötzlich ist er da. Der Schnitt. Taumelnd stehe ich auf und bewege mich auf den Spiegel zu, hinter dem mich jetzt wahrscheinlich irritierte Polizisten beobachten.

»Sehen Sie!«, sage ich zu dem Polizisten und drehe mich um. Ich spüre das Blut von meinem Hals hinunterlaufen. Ich rieche es. Es ist echt! Bin ich etwa tot?

»Was soll ich sehen, Ms Pelling?«, erkundigt sich der Polizist diplomatisch.

»Die Wunde. Den Schnitt!«, krächze ich, aber ich erkenne schon an seinem Blick, dass er ihn nicht sehen kann. Wieder drehe ich mich zum Spiegel und jetzt kann auch ich ihn nicht mehr entdecken. Alles in mir schnürt sich zusammen. Ich bin nicht verrückt! Ich ...

Meine Lippen beben. Mein Kopf dröhnt.

»War das schön?«

Levyns Stimme reißt mich aus meiner Starre. Zusammenge-kauert liege ich am Boden und weine. Was war das? Ich schäme mich so sehr, dass die Erinnerungen kaum noch Wirkung zeigen. Schnell erhebe ich mich und starre Levyn an.

»Warst du das?!«

Irgendetwas in mir sagt mir, dass er das gemacht und mich nicht zum ersten Mal manipuliert hat.

»Hat es sich gut angefühlt?«, ignoriert er meine Frage.

»Ist das ein Witz, Levyn? Natürlich war das nicht schön!« Meine Stimme zittert. Vor Wut und vor Enttäuschung.

»Es war schlimm, oder?!«

Ich sehe ihn fassungslos an. »Ging so!«, erwidere ich voller Hass.

»Ach so. Dann vielleicht das?«

Der Schmerz in meinem Kopf kehrt zurück. Ich versuche, mich dagegen zu wehren, bei Bewusstsein zu bleiben, aber ich bin nicht stark genug.

Als ich zögerlich meine Augen öffne, steht Jason vor mir. Mein Herz bleibt stehen.

»Du musst sterben!«

Angst klettert in jede Faser meines Körpers. Ich spüre diese Dunkelheit um mich herum wie einen bedrohlichen Mantel. Das Leuchten in der Luft, dieses kleine Ding, erhellt Jasons verzerrtes Gesicht.

»Warum?« Meine Stimme ist ein zittriges Hauchen.

»Weil du das Gleichgewicht herstellst und ihm seinen Tod bringen wirst. Du wirst ihn Stück für Stück umbringen. Weil dein Überleben ihn seines kosten wird.«

»Ich –«

Die Klinge schneidet sich lautlos in meinen Hals.

»Nein! Nein! Nein!«, schreit mein echtes Ich, während ich wie paralysiert dieser Erinnerung zusehe und nichts ändern kann. Immer mehr nasse Perlen verlassen meine Augen. Und trotz allem, obwohl ich gerade dabei zusehe, wie Jason mich tötet, vermisse ich ihn. Ich spüre Schmerz. Aber vor allem ist es die Enttäuschung, die mich das spüren lässt. Nicht mein Tod.

Wieder diese Finsternis. Und dann fällt mein Körper zu Boden. Blut sickert aus meinem Hals und auf Jasons Lippen bildet sich ein Lächeln.

Schreiend vor Schmerz tauche ich wieder in die Realität ein. Levyn steht immer noch über mir. Seine Miene ist versteinert und vielleicht sogar ein bisschen mitleidig. Aber das kann er sich sparen. Ich brauche sein beschissenes Mitleid nicht.

Schluchzend bleibe ich am Boden liegen. Immer und immer wieder jaule ich wie ein sterbendes Tier, aber in diesem Moment ist mir nichts mehr unangenehm. Zum ersten Mal seit dieser Nacht im Wald wird mir klar, dass es wirklich passiert ist.

»Verstehst du es jetzt? Willst du das, Elya?!«, fragt Levyn mit bebender Stimme. Ich nehme ihn nur verschwommen wahr.

»Was?!«, spucke ich ihm förmlich entgegen.

»Du bist schwach! Jeder meinesgleichen hat einen perfekten Zugang zu dir. Das Einzige, was uns hindert, das Einzige, was dich gerade kurz aus dieser Erinnerung geholt hat, war das Gute

in dir. Und das willst du aufgeben? Um was? So zu werden wie
Jason?!«

»Nein!«

»Warum sonst?!«

»Damit du mich anfassen kannst, ohne dass du verbrennst!
Um zu wissen, ob du nur ständig in meiner Nähe bist, weil mein
Vater will, dass du mich böse machst! Um zu wissen, wie es ist,
dich anzufassen, ohne den Schmerz in deinen Augen zu sehen
und mich dabei zu fühlen, als wäre ich giftig!«, schreie ich ihn
schluchzend an. Mein Gesicht ist getränkt von Tränen und sie
lassen auch nicht nach. Immer mehr von ihnen fließen aus meinen Augen.

»Das ist es aber nicht wert!«, raunt er traurig.

»Warum nicht?!« Ich sitze immer noch wie ein Häufchen
Elend am Boden. Aber es ist mir egal. Er soll ruhig sehen, was
sein komisches Drachending angerichtet hat.

»Weil ich es nicht wert bin. Ich bin dunkel, Lya. Mein Herz
ist dunkel.«

»Das entscheide ich ganz allein!«, zische ich, obwohl ich gerade wirklich fast denke, dass er es nicht wert ist. Vor allem nach
dem, was er mir angetan hat.

»Entscheide, was du willst, Lya. Ich will dich nicht.«

»Mir ist egal, ob du mich willst. Ich will das nicht deinetwegen!«, mache ich es noch schlimmer. Wie kann man eigentlich
so bescheuert sein wie ich? Warum kann ich nicht einfach aufstehen und gehen?

Levyn hebt belustigt seine Brauen, beinahe herablassend.
»Das hat sich gerade aber anders angehört.«

Jetzt reicht es mir. Wutentbrannt stehe ich auf und stürme

zur Tür. Aber Levyn ist schneller bei mir, als ich sie komplett aufreißen kann, und drückt sie mit seiner Handfläche wieder zu.

»Anweisung deines Vaters. Du bleibst hier!«

Ich schreie vor Zorn und stampfe auf den Boden wie ein kleines Kind. Das muss ich mir unbedingt abgewöhnen. Wer soll mich so ernst nehmen?

»Also bin ich hier mit … mit … dir eingesperrt?!«, fauche ich und betone das *dir* extra so, als wäre es etwas Ekelhaftes. Aber es entspricht der Wahrheit. In diesem Moment kann ich mir nichts Schlimmeres vorstellen.

»Geh einfach in dein Zimmer schmollen, kleiner Albino. Dann haben wir beide unsere Ruhe«, spottet er und wartet an der Tür, bis ich mich einen Schritt von ihm entferne.

»Ich hasse dich!«, knurre ich voller Abscheu.

»Hatten wir das nicht schon mal?!«, erkundigt er sich grinsend.

Ich sauge die Luft um mich ein und renne dann zur Verandatür. Als ich nach draußen stolpere, fängt Levyn mich auf und schiebt mich wieder hinein. »Lass mich los!«, kreische ich.

»Hör auf, dich wie ein kleines Kind zu benehmen!«, brummt er genervt und setzt mich, drinnen angekommen, wieder ab. Er reibt sich die schmerzende Schulter, über die er mich gelegt hat.

Mein Mund verformt sich zu einem Lächeln. »Du kannst mich nicht aufhalten!«, stelle ich fest.

Levyn zieht die Augenbrauen zusammen und betrachtet mich, als hätte ich jetzt vollkommen den Verstand verloren. Ich mache einen Satz auf ihn zu und schlinge meine Arme um ihn. Er stöhnt vor Schmerz auf und will mich von sich lösen, aber ich kralle mich so fest ich kann und der Schmerz schwächt ihn.

»Lya!«, krächzt er, während ich unter mir höre, wie seine Haut zischt und seine Klamotten reißen.

»Du musst mich nur gehen lassen!«, flehe ich. Denn auch mir macht das nicht wirklich Spaß.

»Träum weiter!«, bellt Levyn, drückt mich unsanft von sich und keucht, bevor er auf mich zukommt, um mich wieder zu packen und diesmal wohl in mein Zimmer zu sperren. Er greift mich wieder an der Hüfte und zieht mich zu sich.

Was mache ich jetzt? Ich muss hier raus! Ich halte es nicht aus, mit ihm zusammen zu sein, nicht unter diesen Voraussetzungen. Aber Levyn ist zu stark für mich. Ich sehe in seine dunklen Augen, die mich zornig anstarren. Wie kann man nur immer stark sein? Es gibt keine Situation, in der ich Levyn überlisten ...

Moment! Doch, die gibt es.

Mein Atem geht schneller. Ich habe keine andere Wahl.

Bevor Levyn mich hochnimmt, stelle ich mich auf Zehenspitzen und lege meine Hand an seine Wange. Seine Gesichtsmuskeln zucken, aber er macht keine Anstalten, sie von sich zu schlagen. Ich rücke ein Stück näher mit meinem Gesicht an seines. So weit, dass ich seinen Atem auf meinen Lippen spüre.

»Vergiss es, Lya!«, knurrt Levyn bedrohlich gegen meinen Mund, packt mich wieder und schleudert mich auf die alte Couch unseres Wohnzimmers. Ich keuche. Vor Schreck und Schmerz. Trotzdem lasse ich nicht von ihm ab, stehe wieder auf und gehe einen Schritt auf ihn zu.

»Was soll ich vergessen?«, flüstere ich. Ich gehe weiter und berühre seinen Arm. Er keucht auf. Dieses Geräusch löst ein Verlangen in mir aus, auch wenn es nur dem Schmerz geschuldet ist. Mittlerweile spüre auch ich Schmerz. Mein Körper fängt Feuer.

Ich ziehe seinen Kopf zu mir und bewege mein Gesicht noch näher an seines. Er rückt zurück, macht aber dieses Mal keine Anstalten, mich von sich zu stoßen. Muss das nicht höllisch wehtun? Warum macht er das?

Wieder rücke ich vor. Für den Bruchteil einer Sekunde berühren sich unsere Lippen. Ich sauge die Luft um mich ein und sehe in Levyns glühende Augen. Ich kann so viel Schmerz in ihnen erkennen, dass ich mich umentscheide und mich langsam wieder auf meine Fußballen sinken lasse. Mir wünschte, ich hätte das, was er gestern gesagt hat, ernst genommen und ihn einfach mal nach ihm gefragt.

Ich sehe wieder hinauf. Levyn keucht erneut, als wäre er meterweit gerannt. Unschlüssig streiche ich mir mit der Zunge über die Lippen und drücke meinen Körper wieder zu ihm hoch.

»Was wird das?«, fragt er mit rauer Stimme.

»Nichts«, nuschle ich und will mich wieder von ihm entfernen. Ich habe einfach nicht genug Mumm für so eine Aktion.

Levyn packt mich und hebt meinen Körper mit Leichtigkeit auf seine Hüfte. Ich atme erschrocken und gierig zugleich aus und starre in seine glühenden Augen. Sein Blick ist noch wilder als gestern. Als wäre er ein Tier, das mich gleich verschlingt.

Wieder wirft er mich auf die Couch. »Ist das deine Art, mich außer Gefecht zu setzen? Mich zu verführen? Du?!« Er lacht herablassend.

»Warum bist du so?«, frage ich vorsichtig.

In einer halben Drehung von mir weg hält er inne und sieht mich dann an. »Wie?!«

»So gut und trotzdem böse. Warum willst du das Richtige tun, wenn du von dir selbst behauptest, ein schlechter Mensch zu sein? Was willst du wirklich? Und was wollen deine Eltern, was du nicht willst? Wer bist du, Levyn?«

Als er mich einfach nur anstarrt und sich die Dunkelheit in seinen Augen lichtet, erkenne ich es. Erkenne, dass es genau das ist, was ihm fehlt. Ein Mensch, der ihn nach ihm fragt. Der nicht nur das in ihm sieht, was jeder in ihm zu sehen glaubt. Der wissen will, was *er* fühlt.

»Ich will diese Welt besser machen«, sagt er ruhig, bleibt aber stehen.

»Und wie?«

»Indem weder die Feuerdrachen noch irgendwelche anderen Geschöpfe gewinnen und ... herrschen.«

»Und wer soll herrschen?«, frage ich, ohne wirklich zu verstehen, was er da sagt.

»Das ist eine lange Geschichte, die ich dir nicht erzählen kann und will. Teile von mir wirst du nie verstehen, Lya.«

Ich beiße mir auf meine Unterlippe und mustere seine harten Körperformen. Seine starke Haltung und das düstere Glitzern in seinen Augen. »Und deine Eltern sind Feuerdrachen?«, frage ich, als wäre es selbstverständlich, dass es so was gibt.

Er nickt.

»Und sie wollen, dass du auch einer von ihnen bist?«

»Es ist viel komplizierter.«

»Schließ mich nicht aus, Levyn! Verlang nicht von mir, dass ich dich kennen soll, wenn du es nicht zulässt.«

»Du könntest mich nach einfacheren Dingen fragen«, sagt er lächelnd und kommt auf mich zu.

»Gut, dann sag mir, was dein Lieblingsort ist.«

Er stutzt kurz, verzieht seine Brauen und lächelt dann wieder. »Einfache Dinge, sagte ich.«

Ich sehe ihn auffordernd an.

»Die Dunkelheit ist mein liebster Ort. Dann, wenn es nur mich und meinen Atem gibt. Meinen Herzschlag und Instinkt, auf den ich mich verlassen muss«, raunt er nachdenklich.

»Also bist du am liebsten allein im Dunkeln? Das klingt ziemlich traurig.«

»Ist es aber nicht. Und gegen Besuch habe ich nichts einzuwenden.« Er wirft mir einen lasziven Blick zu.

»Ist es dort, wo du arbeitest, dunkel?«

Er verengt seinen Blick. »Die meiste Zeit ... ja.«

Ich presse meine Lippen zusammen. Ich kenne Levyn wirklich nicht. Nicht so, wie ich ihn kennen sollte. Aber die meiste Zeit ist er nicht hier gewesen. Und ich wusste nicht einmal wirklich, wo er war. Irgendwo, wo er der Chef von irgendwelchen anderen Leuten ist. Oder Drachen. Und das mit seinen vielleicht zwanzig Jahren. Als mir das durch den Kopf geht, schlucke ich schwer.

»Wie alt werden Drachen, Levyn?«, frage ich zögerlich.

»Alt.«

Ich traue mich nicht, nach seinem echten Alter zu fragen. Will es gar nicht wissen, wenn er viel älter ist als ich. Als ich es mir vorstellen kann.

Ich lege meine Hand auf sein Bein. Nicht, weil ich ihn verletzen will. Nicht, weil ich irgendetwas anderes von ihm will.

Einfach nur, weil er auf irgendeine seltsame Art mein Freund ist. Und ich ihm zeigen will, dass ich für ihn da bin. Auch wenn mein eigenes Herz – das Herz, das ich verschlossen habe, als Jason mich getötet hat – es kaum fühlen kann.

»Lya«, raunt Levyn dicht neben meinem Ohr.

Als ich einen Blick auf ihn werfe, bewegt sich die Haut um seine Augen unruhig und wird langsam dunkler. Der Raum um uns wird finster.

»Geh, Lya! Lauf weg! In dein Zimmer! Und schließ die Tür ab!«

»Weg? Wovor?!«, wispere ich und starre ihn verwirrt an. Was geschieht mit ihm? Als mein Blick auf seine weißen Eckzähne fällt, die zu wachsen beginnen, gefriert mir das Blut in den Adern.

»Vor mir!«, knurrt er und einem Instinkt folgend gehorche ich ihm, stehe stolpernd auf und renne hinauf in mein Zimmer.

* * *

Unruhig werde ich wach. Ein Gefühl der Angst legt sich auf meine Brust und meine Glieder. Unsicher sehe ich mich um und entdecke Levyn im Stuhl sitzen. Ein Buch ruht in seiner Hand, beide Hände liegen auf seinem Bein. Seine Augen sind geschlossen. Selbst jetzt sieht er wunderschön aus.

Ich sehe ihn einen Moment lang an. Er wirkt auf den ersten Blick so friedlich. Aber beim genaueren Hinsehen bemerke ich seine zuckenden Gesichtsmuskeln. Seine Finger krallen sich immer wieder in das Buch in seiner Hand und die Ader an seinem Hals pulsiert bedrohlich.

Ich habe Angst vor Levyn. Schreckliche Angst, auch wenn ich das gern überspielen würde. Auch wenn ich die ganze Zeit schon so tue, als würde mir dieses Drachenzeugs nichts ausmachen. Die schwarzen Schuppen, das Feuer, das aus ihm geschossen ist, und diese roten Augen machen mir Angst.

Ein kleines Glimmen zieht meine Aufmerksamkeit auf sich. Ich verfolge es mit den Augen. Und dann ist da wieder diese Stimme in meinem Kopf.

Verschwindet von hier!

Mein Körper und mein Verstand wehren sich gegen diese Anweisung. Wehren sich, Levyn zu verlassen. Obwohl etwas in mir genau das will.

Ich ignoriere diese melodische Stimme, stehe auf und gehe zu ihm rüber. »Hey, Levyn«, flüstere ich, doch er zeigt keine Regung. Das kleine Leuchten ist längst verschwunden und alles hüllt sich in kühle Dunkelheit. Eine Dunkelheit, die von Levyn ausgeht. Vorsichtig berühre ich seine Wange mit meinen Fingern. Sie ist eiskalt.

Er stöhnt auf und sieht mich irritiert an. »Alles in Ordnung?«, fragt er und schaut sich wachsam um.

»Ja«, flüstere ich und nicke. »Aber ich ...«

»Ja?«, hakt er nach und fährt sich durch seine dunklen Haare.

»Ich habe mich gefragt ...«

»Was ist los, Lya?«, raunt er irritiert.

»Willst du nicht im Bett schlafen?«

Er sieht mich verdutzt an, bevor er sich die verschlafenen Augen reibt. »Das ist keine gute Idee. Ich sollte eigentlich gar nicht schlafen.«

Es fühlt sich seltsam an. Wie eine Abweisung. Aber ich ignoriere es. Genauso wie diese Stimme und das Gefühl in mir, Angst vor ihm haben zu müssen.

»Levyn, es ist mir egal, was mein Vater sagt. Und glaub mir, ich kann mir Besseres vorstellen, als dich in meinem Bett liegen zu haben. Aber du brauchst Schlaf. Also los!«

Es ist die Wahrheit. Ich möchte nicht, dass er neben mir schläft. Möchte nicht, dass er überhaupt hier in meinem Zimmer ist. Aber ... Ja ... Aber.

Ich halte ihm meine Hand entgegen. Er zögert einen Moment, ergreift sie dann jedoch. Erst als seine Lippen schmerzvoll zucken, erinnere ich mich, dass meine Berührungen ihm Schmerzen zufügen. Wie konnte ich das nur vergessen? Wahrscheinlich bin ich einfach zu müde.

Levyn lässt meine Hand wieder los, als ich ihn zum Bett gezogen habe, und legt sich neben mich auf die Decke. »Schlaf jetzt, Lya«, raunt er und zieht sie ein Stück weiter hoch, um meine Schulter damit zu bedecken.

»Levyn?«, frage ich nach einer Weile in die Stille.

»Ja?«

»Ich habe Angst«, murmle ich kleinlaut.

»Wovor?«

»Davor, was ich bin. Dass ich abnormal bin – oder vielleicht sogar tot und es nur nicht bemerke. Und vor dir. Aber am meisten Angst habe ich davor, eine Bestie zu sein. Ein Monster.«

Stille tritt ein. Bis Levyn sich leise räuspert. »Ich bin mir sicher, dass man es bemerkt, wenn man tot ist. Und du bist kein Monster, Lya«, raunt er und ganz plötzlich spüre ich eine Berührung an meinen Haaren. Levyn wickelt sich eine Strähne um den Finger und spielt immer wieder damit herum. »Ich habe auch Angst«, sagt er dann ganz leise.

»Wovor?«, frage ich und drehe mich zu ihm. Seine Hand streift kurz meine Stirn.

»Vor viel zu vielen Dingen. Aber verrat das bloß nicht den anderen.« Er lächelt mir liebevoll zu. »Doch vor allem habe ich Angst davor, dich berühren zu wollen. Ist es nicht verrückt, dass ich dein Haar anfassen kann? Dass ich dir so nah sein kann? Dass nur ein Zentimeter alles ändert?«

»Du hast Angst davor, mich berühren zu wollen?«

»Ja, Lya. Das macht mir große Angst. Vor allem aber die Tatsache, dass ich es jetzt schon will, obwohl ich weiß, wie schmerzhaft es ist. Und ich habe Angst vor all dem, was dahintersteckt. Und davor, dass es mich schwächt. Aber das darf es nicht. Und dich darf es auch nicht schwächen.«

»Oder gerade weil du es weißt«, sage ich lächelnd, doch meine Stimme klingt belegt.

Langsam schließe ich die Augen. Die Müdigkeit greift nach mir.

»Und vor mir, Lya ... Vor mir brauchst du keine Angst zu haben. Du kannst mir vertrauen.«

»Du brauchst auch keine Angst zu haben. Ich bin da«, flüstere ich und das Letzte, was ich höre, ist Levyns leises, raues Lachen.

9. Kapitel

Am nächsten Tag ist Levyn ständig weg. Wenn er aber da ist und neben mir sitzt, bin ich nicht in der Lage, mich zu konzentrieren. Alles an ihm lenkt mich ab – vor allem das, was er gestern Nacht gesagt hat. Er will mich berühren und davor hat er Angst. Und auch wenn mein Verstand weiß, dass das nur ein dummes Spiel ist, dass meine Berührungen nur spannend sind, weil sie ihn verbrennen, glaubt mein Herz daran, dass ihm etwas an mir liegt. Dieses dumme kleine Herz gehört mittlerweile wirklich auf den Schrotthaufen. Ist das immer so? Dass es ständig springt, wenn eine Person nur etwas sagt und dich damit irremacht? Oder ist das nur bei mir so? Und vielleicht bei meiner Mom, denn sie würde offensichtlich alles für meinen Dad tun. Und ich bin drauf und dran, genauso dumm zu handeln wie sie. Gestern noch hat Levyn mich fast angegriffen! Mein Herz wehrt sich zwar gegen diesen Gedanken und redet mir immer wieder ein, dass er mir niemals etwas getan hätte – aber ich weiß es besser. Ich habe die Mordlust in meinem Nacken gespürt, als er mir gesagt hat, ich solle wegrennen. Bereit, mich zu töten.

»Und er ist jetzt dein Aufpasser?«, fragt Perce neben mir, während Levyn auf der Veranda ein Telefonat führt. Wenigstens hat er mir gestattet, Perce zu empfangen.

»Ja, er schläft sogar in meinem Zimmer.«

»Waas?«, fragt sie pikiert. »Sind deine Eltern verrückt geworden?!«

»Er würde mir nichts tun«, spricht mein Herz für mich.

Perce verzieht unsicher den Mund.

Ich atme schwer und male unsichtbare Strichmännchen mit dem Finger auf meine Haut. Levyn hat auch eine andere Seite und die kennt sie doch besser als ich.

»Lass ihn bloß nicht in deinem Bett schlafen«, raunt sie mir zu und begutachtet meine gerötete Haut, während ich beschämt die Lippen aufeinanderpresse. »Was? Hast du etwa schon?«

»Was jetzt?«, frage ich, als wäre ich verwirrt. Vielleicht vergisst sie ihre Frage ja dadurch.

»Du hast ihn in deinem Bett schlafen lassen?«, spricht sie die Frage aus. Natürlich hat sie nicht vergessen, was sie wissen wollte.

»Ja ... Nein ... Erst nicht, aber als ich ihn nachts in dem Stuhl gesehen habe, hatte ich Mitleid.«

»Ja, Mitleid erwecken kann er gut. Aber glaub mir, wenn einer kein Mitleid benötigt, dann ist es Levyn!«, lacht sie.

»Ich glaube nicht, dass er mir wehtun würde, Perce. Egal auf welche Art.«

»Du meinst, dass er dir nicht das Herz bricht? Ich dachte, Jackson hat dich davor gewarnt.«

»Dafür müsste ich ihn mögen. Was ich nicht tue! Und Levyn ist nicht ganz so schlimm, wie Jackson oder die anderen glauben. Ich dachte, du stehst auf meiner Seite!«

»Ich stehe auf deiner Seite, Lya!«, sagt sie und nickt zum Fenster. Verdutzt folge ich ihrem Deut und starre auf Levyn, der nicht mehr nur telefoniert, sondern dort – auf MEINER

Veranda – zusammen mit Nyss steht. Ein Brennen schießt mir durch die Brust.

»Ja und?«, frage ich gespielt desinteressiert.

»Das interessiert dich nicht? Kein Stechen im kleinen Herzen?«, hakt sie misstrauisch nach.

Ich werfe wieder einen Blick auf Levyn und die rothaarige blöde Kuh. Sie scheint sauer zu sein. Er beruhigt sie und streicht ihr immer wieder das Haar aus dem Gesicht, bis er sie schließlich auf die Stirn küsst, genauso wie er es bei mir gemacht hat.

Ich reiße meinen Kopf wieder nach vorn und starre zur Küche.

»O Lya ...«, macht Perce neben mir.

Jetzt hat es auch keinen Sinn mehr zu leugnen, dass es mir etwas ausmacht. Aber es ist nicht die Art, wie sie denkt. Es ist nicht, weil ich in Levyn verliebt oder eifersüchtig bin, weil ich an Nyss' Stelle sein will. Nein. Es ist, weil er ihr auf eine Art nah ist, ehrlich zu ihr ist, und das so niemals mir gegenüber sein wird.

»Bist du etwa verknallt in den Arsch?« Perces Stimme klingt dumpf in meinen Ohren.

»Nein, Perce«, sage ich belustigt und lache herzhaft. Ehrlich.

Sie verengt ihren Blick.

»Ich habe das Gefühl, dass mich irgendetwas mit ihm verbindet. Aber mehr ist da nicht. Ehrlich gesagt habe ich wirklich furchtbare Angst vor ihm und ...«

»Ha!«, sagt sie siegessicher. »Dann hör auf deinen Instinkt und halt dich von ihm fern. Verstanden?!«

Ich stehe auf, statt zu antworten.

Sie greift nach meiner Schulter und zieht mich zu sich.

»Levyn ... Er hatte gestern ... Seine Zähne sind gewachsen.

Seine Eckzähne ...«, flüstere ich. Als Perce keine Anstalten macht, etwas zu sagen, rede ich weiter: »Du brauchst nicht so zu tun, als wüsstet ihr von nichts. Ich weiß alles.«

»Alles?«, lacht Perce und hebt die Brauen. »Levyn hat dir alles erzählt? Auch, was er ist?!«

Ich denke kurz nach. Ich habe ihn zwar nicht gefragt, was er ist, aber die Szene im Wald war wohl eindeutig. »Er ist ein Feuerdrache ...« Ich denke an die Worte des Mannes im Wald. »Ein schwarzer Drache.«

»Das hat Levyn dir erzählt?«, fragt sie entsetzt.

Ich überlege einen Moment, ihr die Geschichte dazu zu erzählen, denn so ganz freiwillig war das nicht. Aber damit würde ich Levyn wohl als Lügner enttarnen, denn er hat ihnen gesagt, ich sei im Wald gestolpert. Also nicke ich nur.

»Und das mit seinen Zähnen hat er dir nicht erklärt?«

»Na ja ...«, murmle ich. »Dafür war nicht so viel Zeit.«

Ich grinse geklommen. Perce lacht herzhaft.

»Er hat dir sicherlich von der Geschichte der Menschen erzählt, die Fähigkeiten an sich entdeckt haben, oder?«, erkundigt sie sich.

Ich nicke wieder.

»Also weißt du, dass es Drachen gibt, die Menschen aber ein Tier daraus gemacht haben. Jetzt ist es so, dass es noch zwei weitere Fabelwesen gibt, die sie aus uns erschaffen haben.«

»Das Seemonster«, sage ich.

Perce nickt. »Und dann gibt es da noch den Vampir.«

»Er ist ein Vampir?«, frage ich entsetzt. Das hat er mir verschwiegen.

»Nein. Er ist kein Vampir. Vampire gibt es nicht. Wie gesagt, die Menschen haben aus unseren Fähigkeiten eben ... nun ja, Fabelwesen erschaffen. Ich denke, so haben sie das verarbeitet.«

Sie macht eine kurze Pause, um schwer Luft zu holen.

»Es gab einmal eine Gruppe von Drachen. Eine Art Sekte, die sich von menschlichem Blut ernährt hat. Drachen besitzen alle diese Reißzähne, aber normalerweise nutzen sie sie nicht. Und diese Sekte ist auch schon seit Jahrhunderten ausgerottet. Drachen können sich zwar von Menschenblut ernähren, müssen sie aber nicht. Wir besitzen keinen besonderen Drang nach Blut, so wie das in diesen ganzen Vampirfilmen ist.«

»Moment ... Wir?«, hake ich nach.

Perce beißt sich unsicher auf die Unterlippe. »Früher oder später wirst du es ja sowieso erfahren. Wir ... also, Arya, Tym, Jackson, Kyra und ich ... sind Luftdrachen.«

»Also könnt ihr fliegen?«, frage ich nüchtern. Viel zu nüchtern.

»Ähm, ja«, bestätigt Perce, etwas verwirrt über meine Reaktion.

»Und es gibt mehrere Drachenarten? Und wie entscheidet sich, welche davon ihr seid?«

»Ja. Es kommt darauf an, welches Element deine Eltern sind. Und dann gibt es noch Drachen wie mich, die Eltern von verschiedenen Drachenarten haben, da entscheidet es sich erst bei der Geburt.«

Ich beiße mir unruhig auf meiner Unterlippe herum. »Und wollte Levyn mein Blut, oder warum hatte er diese Zähne?« Unruhig wechsle ich mein Gewicht vom einen auf das andere Bein. Es wäre durchaus nicht schön, wenn es so ist.

»Das kann ich mir nicht vorstellen. Es ergäbe keinen Sinn,

dass Levyn sich von Menschenblut ernähren sollte. Das machen nicht einmal die gestörten Feuerdrachen. Es macht sie nicht stärker oder besser. Es war einfach nur eine Art ... nennen wir es Vorliebe. Und warum Levyn, der dich, auch wenn du ihm was bedeutest, auf diese Art nicht sonderlich mag, dein Blut trinken wollen würde, ist mir schleierhaft.«

Ich ignoriere das Brennen in meinem Herzen.

Perce verzieht wieder den Mund. »Levyn hat diese Wirkung. Das liegt an ... daran, dass er ein schwarzer Drache ist. Und vor allem Menschen verfallen ihm in Scharen.«

»Und was soll ich dagegen tun? Ich bin nun einmal menschlich!«, fauche ich genervt. Sie hat zwar irgendwie recht, aber ich bin nicht imstande zuzugeben, dass Levyn neben all dem Schlechten auch gute Gefühle in mir weckt. »Levyn wird mir nichts tun!«

»Er wird dir das Herz nehmen, Lya.«

»Warum? Weil er jemanden wie mich nicht wollen kann? Weil ich so ekelhaft bin?« Jetzt ist es wohl dahin mit meinen kläglichen Versuchen, ruhig zu bleiben.

»Er kann keine Liebe empfinden!«

Heiße Galle steigt mir in die Kehle. Ich will zwar nicht glauben, was sie da sagt, aber ich weiß tief in mir, dass sie nicht lügt.

»Er ist ein schwarzer Drache, Lya. Du weißt nicht viel darüber, aber ich schon! Er ist nicht in der Lage, zu lieben. Das widerstrebt seinem Naturell. Das ist sein Fluch. Seine Bürde.«

»Was für ein Fluch?«, presse ich hervor. Es hat keinen Sinn, länger so zu tun, als wäre mir egal, was sie sagt. Ich spüre bereits, wie mein Gesicht heiß wird.

»Der schwarze Drache hat besondere Gaben – aber er ist ein

Geschöpf der Finsternis. Der Welt der Finsternis. Er ist böse, und alles Böse trägt eine Bürde mit sich. Levyns ist es, dass er Frauen zwar ausgesprochen gut betören kann, aber er kann sie niemals lieben. Niemals, Lya ... Hörst du?!«

»Flüche kann man brechen!«

Perces Brauen schießen in die Höhe. »Nein, Lya. Das geht nicht. Nicht einmal, wenn er sich für dich entscheidet. Levyn ist nicht in der Lage, zu lieben. Nicht ohne dich ... innerlich zu zerstören.«

Ich presse meine Lippen aufeinander und nicke, während sich eine kleine Träne aus meinem Auge löst. Warum auch immer. Vielleicht, weil es mir leidtut, dass Levyn nicht lieben kann. Dass er immer allein sein wird. Und vielleicht auch ein wenig, weil ein Teil in mir weiß, dass wir zusammengehören.

Ich werfe einen Blick zur Veranda. Levyn steht mittlerweile allein am Steg. Kurz ist es, als könnte ich seine Wut bis hierher spüren. Worauf, weiß ich nicht. Auf Nyss. Auf Drachen. Auf was auch immer.

Unruhig fährt er sich durch seine Haare, bevor er sich zu mir umdreht und mich mit dunkelroten Augen ansieht. Angst flammt in mir auf. Angst und Bilder. Bilder von Dunkelheit. Von grauenhaften Schreien und einer Gestalt. Ich sehe auf sie hinab, als wären diese Bilder nicht in meinem Kopf, sondern Realität. Eine Schlange. Sie windet sich unter mir. Schlängelt den Boden entlang, der sich in Steine verwandelt hat. Hin zu einem Menschen. Ich kann nur seine Beine erkennen. Höher kann ich meine Augen nicht richten. Höher lässt mich Levyn nicht sehen. Denn das, was ich da sehe, ist nur etwas, das er mich sehen lassen will. Eine Fantasie, die er mir in den Kopf setzt. Mehr nicht.

»Es tut mir leid, Lya. Aber du musst das wissen.«, unterbricht Perce meine Gedankenbilder. »Levyn ist nicht böse. Er macht das nicht mit Absicht. Er kann einfach nicht aus seiner Haut. Andere Raubtiere blenden ihre Beute mit verlockenden Gerüchen ... Levyn eben mit sich selbst.«

»Ist gut, Perce!«, sage ich bitter.

Ich will nicht weiter dabei zuhören, dass ich nur eine Beute für Levyn bin. Dass er nie in der Lage sein wird, etwas für mich zu empfinden. Es ist nicht so, als hätte ich mir das nicht schon gedacht. Nein. Tief in mir habe ich gewusst, dass er mich nicht lieben könnte. Weh tut es dennoch. Auch wenn es vielleicht nur ist, weil er mich einfach als Freund nicht lieben kann.

»Ich brauche frische Luft«, sage ich und warte, bis sie verstanden hat und geht. Ich begleite sie ein Stück, bis sie mich in den Arm nimmt und ohne ein weiteres Wort auf dem kleinen Waldweg zu ihrem Haus verschwindet.

Was habe ich mir eigentlich dabei gedacht? Was ist nur los mit mir? Vor ein paar Tagen konnte ich Levyn nicht einmal ausstehen, und kaum hält er sich ein paar Tage in meiner Nähe auf, schon bin ich geblendet. Geblendet von seinen Worten darüber, dass ich nicht versucht habe, ihn kennenzulernen. Dabei kennt Levyn mich auch nicht. Will mich wahrscheinlich einfach nur umbringen.

Ich werfe einen Blick in den dunklen Himmel. Ein Gewitter braut sich zusammen und mich beschleicht ein angenehmes Gefühl. Zum ersten Mal fühlt sich das Wetter hier nach Zuhause an.

Ohne weiter darüber nachzudenken, marschiere ich in den Wald. Ich weiß zwar, dass Levyn mir wahrscheinlich den Hals umdrehen wird, aber das ist mir wirklich mehr als egal. Wenigstens weiß ich dann, dass er gefährlich ist. Vielleicht brennt es sich dann endlich auch in mein Herz. Falls ich es wieder überlebe.

Ich laufe einen kleinen Waldweg entlang. Einen anderen als den, auf dem Perce gerade verschwunden ist. Über mir rumort es bedrohlich. Ich verziehe den Mund und beschleunige meine Schritte, während es über mir laut donnert und zu schütten beginnt. Innerhalb kürzester Zeit bin ich komplett durchnässt. Die blöden Bäume hätten mich gern vor dem Regen schützen können. Ich funkle sie finster an.

Als es über mir blitzt, schrecke ich fürchterlich zusammen. Trotzdem bereue ich meine Entscheidung nicht, in den Wald gegangen zu sein. Ich brauche Luft und Freiheit. Ich musste raus aus diesem Haus und verstehen, was hier vor sich geht. Das alles ist viel zu schnell passiert. So schnell, dass ich keine klaren Gedanken fassen kann. Und obwohl ich damals in einem Wald gefunden wurde, ist es genau der Wald, der mir am meisten Freiheit und Sicherheit gibt. Es ist, als würde ich nur hier zu mir selbst finden können. Zurückfinden können zu dem Mädchen, das ich einst war. Als würde in der Finsternis des Waldes die Wahrheit verborgen liegen, die mir fehlt, um mich vollständig zu machen.

Ich beschleunige meine Schritte weiter und stolpere hilflos durch den dunklen Wald. Mal wieder benehme ich mich wie ein dummes kleines Kind. Aber dieses Mal kann mich keiner sehen.

»Lya!«

Levyns Stimme lässt mich taumeln. Ich stolpere über einen Ast und lande unsanft mit dem Gesicht im Moos. Gibt es denn gar keine Möglichkeit, vor diesem gefühllosen Idioten zu fliehen?

»Verpiss dich!«, knurre ich.

Levyn packt mich am Arm und zieht mich hoch. »Spinnst du? Was zum Teufel tust du hier?«, faucht er. Seine Augen glühen. Seine Haare hängen in nassen Strähnen in sein Gesicht.

Ich schüttle seine Hand ab, klopfe mir den Matsch von meinen Klamotten und schreite wie ein beleidigter Schwan voran, nur nicht ganz so elegant. »Ich gehe!«

»Und wohin?«

Ich hebe meine Brauen, stemme meine Arme in meine Hüfte und funkle ihn fassungslos an. »Ich will allein sein!«, schreie ich voller Hass. Ich bin viel zu aufgebracht – so kann ich ihn sicher nicht dazu bewegen, mir meinen Freiraum zu geben. Und vor allem nicht in einem Wald, über dem ein Gewitter tobt.

»Dann sei in deinem Zimmer allein. Nicht mitten im Wald«, entgegnet er wütend.

Ich sehe ihn einfach nur an. Nicht beleidigt. Nicht wie dieses kleine dumme Mädchen, zu dem ich manchmal mutiere. Nein. Ich sehe ihn einfach nur an.

»In Ordnung?«, erkundigt er sich irritiert.

Ich knurre zornig und stampfe mit dem Fuß auf den Boden, während ich meine Hände zu Fäusten balle. Levyn sieht mir belustigt bei meinem kindischen Wutanfall zu. Schnaubend drehe ich mich um und laufe weiter.

»Wir gehen!«, bestimmt er und packt mich an der Schulter wie vorhin Perce. Was denken die hier eigentlich? Dass ich ein kleines Kind bin, das man herumschubsen kann?

»Lass mich los, Levyn, oder ich –«

»Was? Willst du mich wieder berühren, um dich aus dem Staub zu machen?«, spottet er.

Wut kocht in mir hoch. So viel Wut, dass jede einzelne Faser meines Körpers zu brennen beginnt. Ich kann nicht zurück in dieses Haus. Kann mich nicht wieder einsperren lassen. Mein Herz will aus meiner Brust springen. Selbst mein Körper fühlt sich plötzlich wie ein Gefängnis an. Ich spüre einen stechenden Schmerz an meiner Schläfe. Mein Gesicht brennt.

Ich kenne dieses Brennen. Im Wasser war es genauso. Aber ... In welchem Wasser? Die Erinnerung verschwimmt schmerzhaft vor meinen Augen.

»Verpiss dich, Levyn!«, knurre ich und erkenne meine eigene Stimme nicht.

Er weicht einen Schritt von mir und starrt mich ungläubig an. »Lya! Mach das nicht!«, fleht er.

Zornig drehe ich mich um und stolpere weiter über den matschigen Waldboden.

»Hör auf, dich wie ein kleines Kind zu benehmen!«, schreit er und legt wieder seine Hand auf meine Schulter.

Ich stoße einen Schrei aus, drehe mich um und packe ihn am Hals. »Verschwinde, Levyn, oder ich werde dich töten!«

Ich kann nicht fassen, was ich da sage. Es wirkt nicht, als wäre es mein Mund, den diese Worte verlassen, aber ich meine es genau so. Diese Wut in mir meint es so. Das Tier, das gerade aus mir herauszubrechen droht. Das Tier, das diesen Körper, meinen Körper, verlassen will. Ihn hinter sich lassen will.

»Beruhig dich!«, raunt Levyn. Seine Augen sind wie erstarrt.

»Ich beruhige mich nicht! Nicht, solange ich wie eine Außenstehende behandelt werde!«, fauche ich.

Woher kommt dieser Zorn? Warum bin ich plötzlich so unglaublich sauer?

Ich sehe dabei zu, wie sich Levyns Haut um seine Augen verändert und sich eine schwarze Maske um sie bildet.

»Beruhig dich jetzt, oder ich erledige das!«

Mein Kiefer verkrampft sich. Mein Körper schreit mich an – ja, was zu tun? Was will er von mir?

Wieder dieser stechende Schmerz um meine Augen.

»Lya!«, bettelt Levyn, dessen Gesicht immer noch von den schwarzen Schuppen gezeichnet ist.

»Geh einfach! Verschwinde aus meinem Leben! Ich kann niemanden gebrauchen, der mir vormacht, ihm liege etwas an mir! Und wenn du nicht gehen willst, bring das von gestern zu Ende und töte mich! Das ist es doch, was du eigentlich willst. Oder?!«

Ich lasse seinen Hals wieder los. Die Verbrennungen an seiner Haut zischen unruhig.

»Ich mache dir nichts vor, Lya!«

»Perce hat mir erzählt, dass du nicht lieben kannst! Wann wolltest du mir das erzählen?!«

Er verengt seinen Blick. »Das ist etwas komplizierter«, raunt er und tritt einen Schritt näher. »Lya, du musst dich jetzt wirklich beruhigen, sonst –«

»Könnten wir sehen, dass sie sich verwandelt?«

Die Stimme schneidet die Luft. Zwei Männer und eine Frau mit hellen Haaren und leuchtenden Augen treten zwischen den Bäumen hervor. Ihre weiße Kleidung wirkt im Gesamtbild zusätzlich bedrohlich. Alle drei mustern mich, als wäre ich ein Geschenk.

Levyn beißt sich unruhig auf seine Unterlippe. »Sie ist noch nicht so weit!«, fleht er und schiebt sich zwischen die drei und mich.

»Sie sieht aber so aus«, sagt der größere der beiden Männer mit seiner kalten Stimme.

Angst klettert meine Kehle hinauf. Habe ich mir das letzte Mal nicht vorgenommen, auf Levyn zu hören? Das ist dann wohl gründlich in die Hose gegangen.

Der Mann deutet auf meine Augen. Wie automatisch hebe ich meine Hand und berühre meine Haut.

Nein. Nein. Nein! Das darf nicht sein! Ich fühle wieder und wieder nach. Streiche ungläubig über die rauen Schuppen.

»Levyn ...«, wispere ich ängstlich. »Bin ich auch ein Drache?«

Meine Stimme zittert. Mein Körper bebt und plötzlich fällt mein Blick auf meine Unterarme. Weiße Schuppen schlängeln sich um sie und verbergen meine Haut, bis hin zu meinen Handrücken. Mein Puls beschleunigt sich.

»Wir brauchen dich nicht länger hier, Levyn!«, haucht die Frau bedrohlich.

Meine Hand schnellt wie automatisch an Levyns Rücken und krallt sich in seinem Shirt fest.

»Ich lasse sie nicht bei euch!«, wehrt er mit fester Stimme ab.

»Das ist jetzt nicht mehr deine Entscheidung, Levyn. Wolltest du uns überhaupt von ihrer Verwandlung erzählen?! Hast du vergessen, wer deine Vorgesetzten sind? Dass wir euer aller Vorgesetzte sind?!«

»Was ist hier los?«, wimmere ich hinter ihm. Er wirft mir kurz einen verkrampften Blick zu. »Ich habe Angst«, füge ich kleinlaut hinzu, denn hätte ich dieses eine Mal auf ihn gehört, wäre ich nicht in dieser Situation. Aber ich konnte nicht anders. Bin meinen Instinkten gefolgt.

»Du brauchst keine Angst zu haben«, raunt er leise. »Vertrau mir!«

»Geh weg von ihr!«, befiehlt die Frau und lässt grelles Licht in ihren Augen aufflammen.

»Nein!«, knurrt Levyn. Seine Stimme ist zwar fest, aber ich meine, ein Beben in ihr zu hören. Wenn diese Gestalten auch Drachen sind, hat er wohl kaum eine Chance gegen sie alle, oder?

»Ich glaube, du vergisst, auf welcher Seite du stehst!«, sagt der Mann knapp.

»Ich stehe auf ihrer Seite!«

»Diese Seite gibt es nicht, Levyn. Sie muss von uns geformt werden. Ist es nicht das, was du willst? Dass sie in der Welt des Lichts ihre volle Stärke entwickelt?«, fragt die Frau und wirkt dabei beinahe liebevoll.

»Nicht für diesen Preis, Tysha! Ihr mögt Gestalten des Lichts sein, aber ihr seid Jäger! Und ihr wollt sie nur benutzen, weil ihr wisst, dass sie euch beherrschen könnte! Und ich werde für ihre Freiheit und ihre Herrschaft kämpfen!«

»Sehr heldenhaft. Nur leider bist du in der Unterzahl!«, haucht sie spöttisch und innerhalb von ein paar Sekunden leuchten ihre Augen grell auf. Und ich ... ich fühle mich ihnen verbunden. Seltsam verbunden, denn ein Teil von mir will sie unterwerfen. Will ihnen Manieren beibringen. Sie knechten.

Ich erschrecke vor mir selbst. Vielleicht wäre es jetzt angebracht, wegzurennen. Vor ihnen, aber auch vor meinen eigenen

Gedanken. Aber ich werde mich keinen Schritt wegbewegen können. Und ich werde Levyn nicht allein lassen.

Sein Körper verkrampft sich unter ihren Blicken. Schmerzerfüllt. Voller Trauer sieht er mich an und stöhnt auf. Als würde er nicht mich, sondern eine grausige Erinnerung vor sich sehen. Manipulieren sie ihn etwa?

»Er ist nicht in der Unterzahl!«, höre ich Perces Stimme hinter mir. Ich wende mich um und erkenne Arya und Tym neben ihr. Oder spüre ich sie nur? Es ist, als hätte sich etwas in meiner sinnlichen Wahrnehmung geändert.

»Süß!«, macht die Frau und lässt ihre Augen heller glühen. Mir wird speiübel – vor Angst und Entsetzen. Und vor den machtgierigen Gefühlen in mir. »Aber ihr könnt rein gar nichts anrichten, weil ihr euch nicht verwandeln dürft!«

»Das dürfen wir sehr wohl. Lya ist noch ein Mensch – sie hat sich noch nicht für eine Seite ihres Daseins entschieden. Also wird hier gerade ein Mensch bedroht und das Gesetz erlaubt es uns, uns zu verwandeln, wenn einer in Gefahr ist. Und das ist sie!«

Levyns Worte kommen kaum bei mir an, weil in mir eine andere Stimme zu sprechen beginnt.

Nehmt ihnen ihre Macht! Unterwerft sie! Rettet uns!

Viel zu spät erkenne ich das Leuchten neben mir. Das Leuchten, das langsam Gestalt annimmt und zu einer wunderschönen hellen Frau wird. Sie besteht nur aus Licht. Wie ein Geist schwebt sie auf mich zu und wirft ihre hellblonden Haare nach hinten. Ihre hellen Augen mustern mich. Sie sieht aus ... wie ich. Nur dass sie viel schöner ist.

Ich sehe mich um. Mustere die anderen Gesichter. Vergewissere mich, ob sie sie auch sehen können. Aber das können sie nicht.

Sie gehören Euch! Sie sind Eure Diener!

Sie öffnet ihren Mund nicht. Sie kommuniziert stumm mit mir und bestätigt mir genau das, was ich fühle. Dass ich sie beherrschen soll.

»Levyn!«, ermahnt Perce ihn hinter mir und lässt die Gestalt verschwimmen. »Schick sie zu uns!«

»Das wirst du nicht!«, knurrt der hellblonde Mann bedrohlich. Er macht mir Angst.

Levyn dreht sich zu mir um. Seine Lippen beben.

»Bitte, Levyn!«, fleht Perce hinter mir.

»Leroux! Gib sie uns!«, sagt die Frau.

Was denken die eigentlich, was ich bin? Ein Ding, das Levyn hin und her schieben kann?

»Levyn!«, sagt Perce wieder, ausdrücklicher.

»Hör zu, Lya. Ab jetzt musst du auf dich selbst aufpassen. Verstanden? Keine waghalsigen Aktionen mehr! Keine Waldspaziergänge!«

Levyns Gesicht verkrampft sich schmerzvoll, als ihm etwas … eine Erinnerung … in den Kopf fährt. Sie manipulieren ihn. So wie er mich. Aber Levyn ist stärker. Finsternis ummantelt ihn.

»Und jetzt«, flüstert er in mein Ohr und küsst mich direkt darunter, »renn, so schnell du kannst!«

* * *

Levyns Worte hallen in meinen Ohren wider. Die Bilder der anderen, wie sie sich verwandeln und zu kämpfen beginnen, tauchen immer wieder vor mir auf. Und ich ... ich renne. Weg von ihnen. Ich lasse sie allein. Und vor allem lasse ich Levyn zurück.

Ich stoppe mich selbst und überlege, zurückzurennen. Er sagte, ich müsse jetzt auf mich selbst aufpassen. Was heißt das? Dass er sterben wird? Dass er weggeht? Ich kann ihn so nicht zurücklassen. Ich kann nicht einfach akzeptieren, dass er das meinetwegen tut, während ich davonrenne.

Als ich mich gerade entschließe, wieder umzukehren, tauchen Levyns Worte in meinem Kopf auf. *Renn, so schnell du kannst.* Ich muss auf ihn hören. Ich habe es zu oft nicht getan und immer hat es mich in Gefahr gebracht. Aber jetzt bringe ich ihn in Gefahr. Andererseits, was soll ich schon ausrichten? Alles, was ich tun kann, ist, mit ihnen zu gehen, damit sie Levyns Leben verschonen.

Mein Hals ist trocken und brennt. Mein Verstand schreit mich an, weiter wegzurennen – aber mein Herz ist stärker.

Ich fasse all meinen Mut zusammen und laufe zurück. Das Gebrüll der kämpfenden Drachen hallt bedrohlich durch den Wald.

Als ich ankomme, erstarre ich. Riesige gelbliche Flügel ragen aus Tyms, Aryas und Perces Rücken. Blinzelnd wandern meine Augen über die glänzenden Schuppen an den Flügeln, hin zu denen an ihren Augen, die sich wie Masken aus ihrer Haut erheben. Ich beruhige meinen Puls und wende mich von ihrer Schönheit ab, hin zu Levyn, der in seiner Bewegung erstarrt und mich ungläubig und enttäuscht ansieht. Der weiße Mann hält mit leuchtenden Augen seinen Kopf in den Händen. Er wird ihn ...

Ein brennender Schmerz durchzuckt meinen Körper. »Lass ihn los!«, schreie ich und schreite auf das Feld.

Der Mann lacht nur kalt und bewegt seine Hände zur Seite. Ich sehe in Zeitlupe dabei zu. Ein schmerzhaftes Kribbeln durchzuckt mich. Ich schreie vor Wut und Angst und etwas verlässt meinen Körper. Licht.

Der Mann wird durch meinen Schrei und diese helle Flut nach hinten geschleudert, greift aber in der Hocke sofort wieder nach Levyns Kopf. Ich gehe langsam auf ihn zu und hebe meine Hand, als hätte ich nie etwas anderes getan. Es ist, als würde die Zeit ganz langsam vergehen, langsamer noch als in Zeitlupe.

»Ich habe gesagt ... lass ihn los!«, knurre ich und trete mit voller Wucht auf seine Hand. Ein widerliches Knacken ertönt und die Zeit beginnt wieder zu laufen.

Levyn starrt mich fassungslos an. Perce wimmert hinter mir. Ich drehe mich zu ihr um und starre in die schockierten Augen der Frau, die ein blutverschmiertes Messer in der Hand hält. Langsam gehe ich auf sie zu. Sie ist wie erstarrt. Als ich vor ihnen stehe, erkenne ich die Quelle des Blutes. Sie hat in Perces Flügel gestochen. Perce weint, als wäre sie ein Vogel, dem man die Flügel genommen hat.

Bevor ich etwas fühlen kann, strafft die Frau ihre Haltung und richtet ihr Messer auf mich. Ich lache kalt. Normalerweise hätte ich Angst, aber ich weiß, dass mir dieses Spielzeug nichts anhaben kann.

»Lass es fallen!«, sage ich ruhig und starre ihr in die hellen Augen. Tränen bilden sich in ihnen. Tränen der Wut. Trotzdem lässt sie wie durch fremde Hand das Messer fallen. Ihre Muskeln verkrampfen sich. Sie zuckt unruhig. Ich bin ihre Herrscherin.

Aus dem Augenwinkel sehe ich dabei zu, wie der dritte von ihnen durch den Wald flüchtet. Ich wende mich ihm zu.

»Lya ... Lass ihn gehen«, raunt Levyn neben mir und kommt einen Schritt auf mich zu. Er sieht mich ungläubig an. Mein Blick fällt auf die Schuppen an meinem Arm. Sie sind nicht mehr vollkommen weiß. Eher haben sie die Farbe meiner Haare angenommen.

Die Frau flüchtet ebenfalls.

»Wird das wieder heilen?«, frage ich und knie mich zu Perce auf den Boden. Als ich ihr näher komme, keucht sie auf. Ihre Zähne wachsen wie durch Zauberhand und ein gieriger Funke glitzert in ihren Augen auf.

»Nein«, knurrt Levyn.

Tym und Arya stehen hinter Perce und starren mich fassungslos an. Sie alle sind erschrocken, erstarrt. Nur ich weiß, was jetzt zu tun ist.

Ich schließe meine Augen und bemühe mich, diese Schuppen loszuwerden. Es brennt kurz, und als ich meine Augen wieder öffne, sehen meine Arme ganz normal aus. Ich halte Perce mein Handgelenk entgegen.

»Was tust du da?!«, fährt Levyn mich an und will mich von ihr ziehen. Ich hebe die Hand. Levyn bleibt stehen. Nicht etwa, weil ich wieder die Zeit einfriere, nein. Er vertraut mir.

Perce zögert einen Moment, bevor sie ihre Reißzähne in mein Handgelenk gräbt. Ihre Wunde heilt nach und nach. Die Augen der anderen werden immer größer. Arya tritt sogar einen Schritt von mir, als ich mein Handgelenk zurückziehe und Perces Wunde komplett verschwunden ist.

»Du hast ... sie geheilt«, haucht Levyn tonlos hinter mir.

Ich nicke und sehe zu ihm. Für einen weiteren kurzen Moment ist das alles völlig normal.

Ein Brennen wandert um meine Augen und urplötzlich realisiere ich, was gerade geschehen ist. Glühende Galle klettert meine Kehle hinauf. All die Angst, die ich gerade nicht fühlen konnte, nimmt meinen Körper ein und reißt mich in die Dunkelheit. Doch bevor ich mich ihr hingeben kann, wird es hell um mich herum. Aber es ist nicht diese Helligkeit, die manchmal auftaucht, um mir meine Angst zu nehmen. Nein. Es ist ein bedrohliches Leuchten. Ausgehend von Hunderten Gestalten, die durch das Gestrüpp auf uns zukommen.

»Du hättest nicht zulassen sollen, dass sie uns lebendig entkommen lässt!«, singt der Mann von gerade in einem hohen, grässlichen Ton. Ich spüre Angst. Nichts ist mehr da von diesem Gefühl, sie beherrschen zu wollen.

»Du hättest sie uns einfach geben sollen!«, fügt die Frau hinzu.

Levyn verkrampft sich neben mir. Und auch die anderen sind wie erstarrt. Wir werden nichts tun können. Nichts gegen sie ausrichten. Ich muss mit ihnen gehen. Das ist unsere einzige Chance.

Ich schlucke schwer. Dahin ist diese dumme Kraft – geblieben bin ich. Einfach nur ein Mädchen. So gern ich eine Heldin wäre, die starke Frau, die jeder gern sein würde, ich bin es nicht.

»Lya ...«, haucht Levyn neben mir mit rauer, belegter Stimme.

Ich schüttle ganz leicht den Kopf.

»Aber jetzt wissen wir, wozu der weiße Drache imstande ist. Wie mächtig sie wirklich ist. Wir werden ... die Rasse der Drachen zu Fall bringen.«

»Levyn, wir müssen es jetzt tun!«, schreit Arya.

»Das werdet ihr nicht!«, knurrt Levyn und urplötzlich erscheint er hinter mir, seine Hände an meinen Kopf gelegt.

Alles in mir schreit. Er darf mich nicht umbringen. Ich will nicht sterben. Kann sie nicht allein lassen. Meine Zeit ist noch nicht gekommen. Wir können uns wehren. Oder ich gehe mit ihnen.

»Alles wird gut, Lya.«

Kalter Schweiß erfüllt meine Stirn und meinen Rücken und meine Brust ... meine Brust füllt sich mit Angst, Furcht und Enttäuschung. Was, wenn ich diesmal nicht wieder aufwache?

»Tu das nicht, Herrscher der Finsternis!«

»Ich will sie schon töten, seit ich ihr zum ersten Mal begegnet bin. Was sollte mich davon abhalten, das einzige Wesen auf dieser Welt zu töten, das meiner Macht im Weg steht?!«

Sein Lachen hallt in meinen Ohren wider. Das, was er sagt, klingt so grausam, dass ich frostle. Ist das nur Show? Ja ... aber trotzdem tut es weh.

»Levyn«, flehe ich.

»Sei still, Lya!«, knurrt er so laut, dass es alle hören können. »Alles, was du über mich wusstest«, sagt er eiskalt, »hätte dir eine Lehre sein sollen, wie wenig dein Leben mir bedeutet.«

Seine Hände bewegen sich so schnell. So schnell setzt diese Starre ein, dass ich keinen Schmerz spüre. Levyn hat mich umgebracht. Zum zweiten Mal in meinem Leben hat mich jemand getötet, der mir etwas bedeutet hat. Ich will weinen, als mich die Erkenntnis trifft. Als ich starr sehe, wie Levyn lacht. Wie er ihnen entgegenknurrt, dass ihm jetzt nichts mehr im Weg steht, um sie zu vernichten.

Ein Brüllen. Riesige schwarze Flügel. Und das Licht verschwindet. Die Gestalten verschwinden.

»Was hast du getan?!«, schreit Perce und stürzt auf meinen Leichnam zu. Ich spüre ihr Rütteln kaum. Es ist wie damals. Und obwohl ich tot bin, fühle ich, höre beinahe, wie mein Herz reißt. In tausend Einzelteile. Immer weiter und weiter. So sehr, dass nichts mehr übrig bleibt. Nichts außer dieser schier endlosen Kälte, die sich über es legt, als es wieder zu schlagen beginnt. Diese Dunkelheit, die alles dahinter verschließt. Die Zerrissenheit. Die Erinnerungen, die mich beinahe erwürgen, und die Erkenntnis, dass Levyn mich getötet hat.

Er sieht auf mich herab. Perce kann den sanften Herzschlag noch nicht fühlen. Es dauert noch. Und kurz bevor ich wieder atmen kann, wirft Levyn mir einen ängstlichen Blick zu. Dann atme ich. Sauge die kalte, brennende Luft ein und spüre die Erkenntnis auf mich einprasseln. Aber sie kommt nicht in meinem Herzen an.

10. Kapitel

Als ich wach werde, wirkt alles, als hätte ich einen bösen Traum gehabt. Aber dieses Mal spüre ich die Wahrheit hinter all dem.

Ich bin ein Drache.

Ich sehe mich in dem fremden Zimmer um – oder wohl eher Kellerloch. Steinerne graue Wände, die einen muffigen, feuchten Geruch von altem Gemäuer verströmen.

»Lya, bitte erschreck dich nicht«, raunt Arya neben mir.

Ich schlucke ein paarmal, um meine Kehle zu befeuchten, und werfe dann einen Blick auf ihre schmale Gestalt. Ihre blonden Haare sind zu einem akkuraten Zopf gebunden.

»Wo bin ich?«

»In Sicherheit«, flüstert sie und legt mir behutsam eine Hand auf meinen Arm.

»Wo ist Levyn?«

Auch wenn ich es gern verstecken würde, ist er das Erste, woran ich denke. Ich kann nichts dagegen tun. Etwas in mir will ihn für das, was er getan hat, töten. Oder ihm ins Gesicht spucken. Ihn auslachen, dass er mich doch nicht losgeworden ist. Tränen füllen meine Augen. Obwohl ich ganz genau weiß, dass er mich nur beschützt hat.

»Er ist auch hier«, sagt sie mit belegter Stimme. »Er will dich nicht sehen«, erklärt sie seine Abwesenheit kühl.

Ich presse meine zitternden Lippen aufeinander. »Er ...«
Meine Stimme bebt vor Zorn. »Er will mich nicht sehen? Er –
mich?!«, spucke ich aus.

Arya verzieht keine Miene.

»Er soll sich mir gefälligst stellen!«

Ich bin nicht in der Lage, die Enttäuschung in meiner
Stimme zu verbergen. Da sollte nur Wut sein. Hass. Mordlust.
Aber das ist nicht alles.

»Es ist besser für dich, wenn er dir erst mal aus dem Weg
geht. Er macht das Richtige«, beteuert sie.

Ich glaube ihr kein Wort. Sie kann das nicht so sehen. Sie
muss auf meiner Seite stehen. Sie hat mit eigenen Augen gesehen, wie er mich getötet hat.

»Hol ihn sofort her!«, schreie ich sie an.

Sie hebt erschrocken ihre Augenbrauen. »Aber er –«

»Mir ist egal, was er will!«, schluchze ich. Wann zum Teufel
habe ich angefangen zu weinen? Ich spüre es nicht. »Er kann
nicht einfach abhauen! Ich werde hier alles kaputt machen,
wenn er nicht –«

»Ich bin da, Lya.«

Seine leise Stimme lässt mich erschaudern. Angst, nackte
Furcht, packt mich und reißt mich in die Dunkelheit.

Er kommt die Kellertreppe hinunter und nickt Arya zu, die
sich erhebt und geht.

»Wie konntest du nur?!«, fauche ich. Eigentlich sollte ich
nicht auf eine Erklärung hoffen. Aber ich tue es. Will nicht begreifen, nicht glauben, dass er mich einfach so getötet hat.

»Was meinst du?«, sagt er kalt. Lächelnd.

Ich beiße die Zähne zusammen. Will etwas fühlen. Aber da

ist nichts. »Du hast mich getötet! Mir das Genick gebrochen! Mich umgebracht!«

»Für meinen Begriff siehst du ziemlich lebendig aus«, belächelt er mich.

Ich verkrampfe mich. Stehe auf und stürme auf ihn zu. Schlage ihn. Immer und immer wieder. Gegen seine Brust. Gegen seine Arme und in sein dumm grinsendes Gesicht. Er lässt es über sich ergehen, bis er meine Hände an den Gelenken packt und mich scharf ansieht.

»Ich hatte dir gesagt, dass ich gefährlich bin. Dass ich mich nicht verändern werde. Nicht einmal für dich. Und gestern, Lya, gestern hast du und deine dumme kleine Präsentation deiner Fähigkeiten mir im Weg gestanden. Das ist es doch, was du wolltest, oder? Eine Erklärung dafür, warum ich dich umgebracht habe.«

Ich atme tief ein, bevor ich die Frage stelle. Die einzige, die mir wirklich auf der Seele brennt. Ausgelöst von der leisen Hoffnung. »Wusstest du, dass ich es überlebe?«

Stille. Erbarmungslose, kalte Stille. Mein Herz schlägt unruhig und brutal gegen meine Rippen und dann – zuckt Levyn mit den Schultern und verzieht den Mund.

»Sagen wir es so ... Ich habe es befürchtet. Aber gewusst habe ich es nicht. Nein.«

Seine Worte kommen nicht mehr bei mir an. Meine Augen sind starr auf ihn gerichtet. Kalte, leere Hüllen.

»Ich will das jetzt aber ungern ausdiskutieren«, sagt er abwesend.

»Und was willst du?«

»Dich«, raunt er ohne große Umschweife.

Meine Kehle schnürt sich zu. Meine Haut kribbelt schmerzhaft. Ein Brennen sticht mir in die Brust. Denn egal, ob das, was er sagt, der Wahrheit entspricht, es impliziert, dass er so herzlos, so kalt ist, dass er gar nicht begreift, was er mir angetan hat. Auch wenn er wusste, dass ich überlebe, hat er mich getötet und mich somit diesem Gefühl ausgesetzt. Dem von der Nacht, als Jason mir die Kehle durchgeschnitten hat.

»Du kannst niemanden wollen«, sage ich nüchtern, aber ich bin nicht in der Lage, das Zittern meiner Stimme zu verhindern. Die Angst in ihr. Die Angst davor, was es bedeutet, wenn jemand wie er mich will.

»Das kann ich nicht«, bestätigt er. »Nicht so, wie du es gern hättest. Aber Verlangen, körperliches Verlangen, kann ich empfinden.«

»Körperliches? Soll heißen, dass ich dir emotional egal bin? Dass du mich gern flachlegen würdest, aber mich tötest, ohne mit der Wimper zu zucken, wenn ich dir nicht mehr in den Kram passe?«

Er verdreht genervt die Augen. »Ihr Frauen seid wirklich ... anstrengend.«

Ich kann kaum fassen, was er da sagt. Und auch kann ich nicht begreifen, warum ich überhaupt noch mit ihm rede.

»Ich würde dich am liebsten umbringen.«

»Süß. Versuch es doch! Gleich hier!«, fordert er mich heraus.

Mir fällt alles aus dem Gesicht. Was denkt er sich eigentlich? Und was denke ich mir? Hätte ich diesen Kerl nur nicht daran gehindert, ihn zu töten. Levyn hätte es definitiv verdient, den Hals umgedreht zu bekommen, so wie er meinen umgedreht hat, ohne nachzudenken.

»Kurze Zusammenfassung: Du hast mich getötet und maßt dir jetzt an, mich wie Abfall zu behandeln und als wäre ich hier der schlechte Mensch. Schön. Tu, was du willst. Aber halt dich von mir fern!«

»Ich werde mich nicht von dir fernhalten, Lya. Das kann ich gar nicht.«

Wieder stockt mir der Atem. Ich kann es nicht fassen. Und immer noch hofft ein kleiner Teil in mir, dass er genau wusste, dass ich überlebe. Dass ich nicht sterben kann.

Nein ... Er hofft es nicht nur. Er weiß es. Ich weiß es.

»Du schmutziger, ekliger Drache!«

»Schon vergessen, dass du auch einer bist?«

»Ich nehme es nicht an!«, fauche ich.

»Was?!«

»Du hast es selbst gesagt. Ich muss mich dafür entscheiden. Erst dann werde ich ein vollwertiger Drache sein. Und ich entscheide mich dagegen! Ich will nie wieder so die Kontrolle verlieren. Nur ein Wort hätte gereicht und ich hätte sie alle drei getötet! Dabei habe ich übersehen, wen ich eigentlich hätte umbringen sollen!«

»Glaub mir, du bist nicht das Monster, für das du dich jetzt hältst. Du bist überfordert. Wir alle haben diese Phase durchgemacht. Es wird sich bessern«, sagt er liebevoll und streckt seine Hand aus, um mein Gesicht zu berühren.

Ängstlich zucke ich zurück. Ich muss hier weg. Weg von ihm. Er ist gefährlich. Er wird mich wieder und wieder töten.

Levyns Augen weiten sich, als würde er genau hören, was ich denke. Ich meine sogar, kurz Trauer in ihnen aufblitzen zu sehen. Das kann er sich sparen!

»Du warst es doch, der nicht wollte, dass ich mich verwandle. Was hat deine Meinung geändert?«

»Ich habe gesehen, wie mächtig du bist. Vielleicht mächtig genug, um dich selbst zu verteidigen. Du hast sie am Leben gelassen. Das heißt, alle wissen von deiner Macht und sie denken, dass du tot bist.«

»Du ...«

»Ich weiß, Lya. Aber jetzt ist viel wichtiger, dass dein Leben hier in Gefahr ist.«

»Mein Leben? Auf einmal ist es dir etwas wert?!«

»Verdammt noch mal, Lya! Meinst du wirklich, ich hätte dir das Genick gebrochen, wenn ich nicht gewusst hätte, dass du unsterblich bist?!«

Er beißt die Zähne zusammen. Glänzende schwarze Schimmer bewegen sich um seine Augen, bis langsam Schuppen hervorstechen.

»Du lügst!«, knurre ich.

»Du hast keine Ahnung!« Er funkelt mich mit dunkelroten Augen an.

Finsternis. Tiefe Finsternis erfüllt den Raum und mein Herz. Herrscher der Finsternis. Der Welt der Finsternis. So hat dieser Kerl ihn genannt.

Er kommt einen Schritt auf mich zu. Automatisch weiche ich zurück. Ängstlich.

»Ganz ehrlich, Lya. Ich habe dich getötet, du bist wiederauferstanden. Leb damit. Aber hör auf, so zu tun, als würde ich jetzt ständig Mordanschläge auf eine Unsterbliche planen. Dafür ist mir meine Zeit dann doch zu kostbar.«

Einem Instinkt folgend gehe ich wieder auf ihn zu, hole aus

und schlage ihm mit voller Wucht in sein Gesicht. Er steht einfach nur da und lässt es über sich ergehen. Ich schlage wieder zu. Dieses Mal gegen seine Brust. Und wieder. Wieder und wieder, bis mir brennende Tränen aus den Augen fließen, er meine Hände wieder festhält und mich schließlich an seine Brust drückt. Ich weine, bis keine Tränen mehr übrig sind. Bis ich dieses Zischen wahrnehme, das prophezeit, dass Levyns Haut verbrennt.

»Es tut mir leid«, flüstert er dicht neben meinem Ohr und hält mich trotz des Schmerzes, den ich in seiner Stimme hören kann, weiter in seinen Armen und streicht mir behutsam über den Rücken. »Es tut mir so unendlich leid.« Er atmet tief durch. »Ich wollte nur nicht, dass du mich wieder verlässt.« Seine Stimme bricht.

»Wieder?«, hake ich irritiert nach und stemme mich ein wenig von seiner Brust ab, um ihm in seine dunklen Augen zu sehen.

»Die Geschichte wiederholt sich, Lya. Und du wirst mich verlassen. Aber dieses Mal werde ich besser sein. Ich werde *mich* bessern und die Person sein, die du verdient hast.«

Er sagt nichts mehr, während ich einfach dastehe und Levyns Gesicht anstarre, das wie gezeichnet aussieht, und mein Körper brennt, als hätte mir jemand Gift durch meine Venen gejagt. Wüsste er doch nur, dass ich diejenige bin, die ihn nicht verdient hat. Denn nach all den Beweisen für seine Loyalität und obwohl er mich immer und immer wieder beschützt, habe ich ihm schon wieder nicht vertraut. Vertrauen fällt mir schwer. Es ist, als müsste ich dafür einen Teil meines Herzens öffnen, den ich vor der Außenwelt verschlossen habe. Verschlossen, um nie wieder enttäuscht zu werden. Aber Levyn hat mehr verdient. Mehr als ein wütendes, verschlossenes Mädchen.

»Wir müssen hier weg«, ertönt Aryas Stimme auf der Treppe. »Levyn. Es wird Zeit für sie. Es wird Zeit für uns, zurückzukehren.«

Levyn nickt, greift nach meinen Schultern und schiebt mich ein wenig nach hinten. »Wir werden jetzt zu dir nach Hause gehen und versuchen, deine Mutter aus seinen Fängen zu befreien. Und dann ...«

»Dann gehen wir in die Finsternis«, vervollständige ich seinen Satz.

Er sieht mich irritiert an. Aber ich habe längst eins und eins zusammengezählt. Sein Lieblingsplatz ist die Finsternis. Er ist in den letzten Monaten ständig weg gewesen und diese Gestalten im Wald haben ihn *Herrscher der Finsternis* genannt. Er ist der schwarze Drache. Aber nicht nur das. Ich selbst habe begriffen, gefühlt, dass es mehr gibt. Eine Welt voller Licht, deren Herrscherin ich bin. Dieses Leuchten hat es mir gesagt. Gesagt, dass ich die Herrscherin dieser weißen Gestalten bin. Und auch wenn das alles keinen Sinn ergibt, wenn es außerhalb meiner Vorstellungskraft liegt, weiß ich, dass es mehr gibt.

Levyn leckt sich nachdenklich über seine Lippen, bevor er mich loslässt und sich zu Arya umdreht. »Fylix wird Jackson und Kyra unterrichten, dass wir uns gegen die Venandi gestellt haben. Sie sind sicher schon auf dem Weg hierher. Klär das!«

Arya nickt – und jetzt begreife ich auch endlich, warum sie Levyn alle auf diese seltsame Art gehorchen.

Er ist ihr Herrscher.

»Komm!«, sagt er an mich gerichtet und zieht mich die Kellertreppe hinauf. Erst als wir oben angekommen sind, erkenne ich, dass wir bei Perce zu Hause sind. Also nicht weit entfernt von meinem Haus.

Levyn zieht mich weiter. Hinaus in den Wald, wo sich Tym und Perce zu uns gesellen und schnellen Schrittes die Umgebung im Blick behalten.

»Ich werde dir alles erklären, sobald wir ... in meiner Welt sind«, haucht Levyn mir zu, kurz bevor wir mein Haus erreichen. Es ist dunkel, so wie der Himmel über uns.

Ganz leise gehen wir durch die Verandatür hinein. Levyn lässt meine Hand nicht los, obwohl ich mittlerweile sogar das Blut spüren kann, das aus den Wunden sickert, die meine Berührungen in seine Haut brennen.

»Cynth?«, ruft er durch das dunkle Haus. Ihr Name wirkt so vertraut aus seinem Mund, dass ich mir plötzlich sicher bin, dass sie sich schon länger kennen.

Ein Wimmern ertönt und lässt mich aus meiner Starre erwachen. Ich reiße mich von Levyn los und gehe auf die Küche zu. Hinter der Theke erkenne ich meine Mutter, die zusammengekauert auf dem Boden sitzt. Sie ist nur noch ein Schatten ihrer selbst. Was hat dieser kranke Fylix mit ihr gemacht? Und warum habe ich ihr nicht geholfen, statt mal wieder nur sauer zu sein?

»Mom«, wage ich mich vor.

Sie wirft mir einen panischen Blick zu. »Verschwindet von hier!«, wimmert sie und ihre Augen sehen sich immer wieder ängstlich um. »Er ist sauer.«

Ich atme schwer. Die Luft schmeckt bitter und tödlich.

Die folgende Stille bringt mich beinahe um. Weil weder ich

noch meine Mutter, noch irgendeiner der anderen etwas zu sagen hat.

»Mom, wir müssen ...«

Mit einem lauten Knall wird die Haustür aufgestoßen und Fylix tritt zu uns in den Wohnraum. Ich stehe auf, will mich ihm entgegenstellen, ihn dafür schlagen, was er meiner Mutter angetan hat. Was er mir angetan hat. All die Jahre. Aber als ich seine Augen sehe, als ich erkenne, dass er nicht hier ist, um weiter seine Spiele zu spielen, sondern nur noch eins im Sinn hat, und zwar, uns zu töten, kriecht die Angst meine Glieder hinauf und lässt mich erneut erstarren. Ich will dieses mächtige Wesen sein, das Levyn in mir gesehen hat. Das diese Gestalten im Wald in mir gesehen haben. Aber ich bin es nicht. Noch nicht. Und ich bin nicht bereit, Fylix gehen zu lassen. Meine Vorstellung von ihm gehen zu lassen. Die leise Hoffnung, dass er eines Tages einfach nur der Vater ist, den ich mir schon so lange wünsche.

Das alles, der Teil in mir, der an diesem Mädchen festhält, das sich einen Vater ersehnt, lähmt mich.

Als Levyn die Angst bemerkt, die Fylix in mir auslöst, diese Starre, stellt er sich vor mich und knurrt ihn ganz leise und bedrohlich an. Wie ein Tier.

»Was soll das werden?«, knurrt Fylix. Er ist böse. Böser, als Levyn je sein könnte.

»Wovon redest du?« Levyns Stimme klingt kaum noch menschlich.

»Was sollte diese kleine Vorführung im Wald bezwecken? Und was wollt ihr hier? Was willst du mit ihnen?«

»Du hast mir die Verantwortung übertragen, Fylix, also leb damit, dass ich die Entscheidungen treffe«, sagt Levyn ganz ruhig, schiebt aber meinen Körper mit seiner Hand weiter nach hinten. Auch er kann sehen, wofür Fylix hierhergekommen ist. Kann die Mordlust in seinen Augen sehen.

Ich schlucke schwer. Beobachte Fylix' dunkelgrüne Augen. Seine dunklen Haare und diese grausame Körperhaltung. Um mich herum glimmen kleine Lichter auf. Lichter, die mich zu sich rufen wollen. Aber wohin? Ich werde nicht ohne sie gehen. Nicht ohne Levyn, Arya, Tym, Perce und meine Mutter.

»Es reicht! Du verschwindest von hier. Ich übernehme das!«

»Du weißt so gut wie ich, dass du nicht einmal im Ansatz so viel Macht hast wie ich, Fylix.«

»Es ist mir egal. Dann werde ich sie eben umbringen!«

Ich keuche erschrocken auf. Ja, ich hasse Fylix und ich weiß, dass er mich hasst. Und ich habe es in seinen Augen bereits gesehen. Aber es aus seinem Mund zu hören, versetzt mir einen Stich in mein Herz, obwohl ich mich selbst dafür hasse. In den Teil, der sich immer noch nach seinem Vater sehnt.

»Du kannst sie nicht töten, Fylix. Dafür müsstest du mich töten. Und mich ...« Er lacht heiser. »Mich könnten nicht einmal hundert von dir auch nur verletzen. Und du brauchst Lya für deine Pläne, oder etwa nicht?«

»Vor Kurzem waren es auch deine Pläne!«, brüllt Fylix.

»Das waren sie nie!«, belächelt Levyn ihn, während er immer weiter auf ihn zuschreitet. Bedrohlich. Als würde sich der Raum um ihn herum verdunkeln.

Die anderen stehen wie angewurzelt da und sehen Levyn an, als würden sie auf Anweisungen warten.

»Rede dir das nur ein, Levyn. Sie macht alles kaputt!«

»Ich bin übrigens auch hier«, mische ich mich ein, als ich

wohl einen kurzen Moment der Gehirnlosigkeit erleide, denn Fylix starrt mich so finster an, als wolle er mich augenblicklich in Stücke reißen.

Dieser Mann ist nicht mein Vater. Er war nie ein Vater. Er war immer nur das Wunschbild, das ich aus ihm gemacht habe.

»Ich hasse dich!«, spucke ich ihm förmlich entgegen und gehe einen Schritt vor. Levyn hält mich zischend zurück. »Na los! Dann töte mich! Versuch's doch!«, knurre ich provozierend.

Fylix tritt einige Schritte auf mich zu. Bis er dicht vor Levyn stehen bleibt. »Geh mir aus dem Weg!«, bellt er.

Levyn schüttelt selbstsicher den Kopf. »Vorher musst du mich umbringen!«

»Geh aus dem Weg!«, brüllt er noch bedrohlicher. So bedrohlich, dass mir das Blut in den Adern gefriert. Er packt Levyn am Hals, doch der nimmt seine Hand und reißt Fylix mit Leichtigkeit zur Seite. Er landet ein paar Meter weiter.

Mein Mund öffnet sich fassungslos. Ich wusste, dass er Kraft hat. Aber so viel?

Fylix zieht ein Messer. Ich bin wie erstarrt. Bevor er sich vollends aufgerappelt hat und bei mir ankommt, um mich zu erstechen, stürmt Levyn auf ihn zu und reißt ihn von den Beinen. Sein Gesicht ist um die Augen von schwarzen Schuppen bedeckt.

»Lass deine dreckigen Finger von ihr!«, brüllt Levyn animalisch.

Fylix lacht gehässig. Fast schon belustigt. Er belächelt Levyn. Aber warum? »Du törichter Junge! Auf dir lastet ein Fluch! Willst du sie in eine Endlosschleife von Toden stürzen? Zulassen, dass auch ihr das Herz herausgerissen wird? Dass sie so ein herzloses Monster wird wie du?!«

Fieberhaft versuche ich zu verstehen, aus welchem Grund das mit mir passieren sollte.

»Du hättest dich besser nicht in die Kleine verlieben sollen, Herrscher der Finsternis.«

Ich blinzle unruhig. Fylix irrt sich. Levyn beschützt mich zwar, aber das hat andere Gründe. Welche auch immer.

Levyns Blick landet auf mir. Seine Augen sehen seltsam aus. Verändert. Als würde ihn das, was Fylix sagt, wirklich treffen.

Fylix nutzt den Moment, in dem Levyn mich anstarrt, und stößt ihn von sich, bevor er die Augen schließt und sich rote Schuppen wachsen lässt. Seine Nase weitet sich. Will er mich etwa ...?

Ein Feuerstoß erreicht mich und versengt meine Haare. Ich schreie auf und stürze zur Seite. Mein Blick fällt auf das verbrannte Haar, das langsam nachwächst. Was zum Teufel bin ich?!

Fylix kommt vorsichtig und erbarmungslos auf mich zu und tritt mich noch einen Meter nach hinten. Blutspuckend und keuchend pralle ich gegen den Treppenabsatz. Warum macht keiner etwas? Und warum macht Fylix das? Ich kann nicht sterben! Wobei ich mir da nicht mehr so sicher bin. Vor allem in dieser Situation, so kurz davor, dass mein eigener Vater mich einfach tötet, habe ich Angst. Angst, dass das alles nur Märchen sind. Angst, dass ich dieses Mal wirklich sterbe.

»Du bist eine Enttäuschung!«, faucht er. »Wie wäre es, wenn wir dir gleich hier das Herz rausschneiden?!«

Er holt zu einem Stich aus, als ihn etwas erstarren lässt. Seine Augen sind aufgerissen, sein Mund zu einem schmerzerfüllten Stöhnen verzerrt. Fassungslos sehe ich dabei zu, wie alles Leben aus seinen Augen verschwindet und nur Leere zurückbleibt.

Viel zu spät erkenne ich Levyn hinter ihm. Eigentlich erst, als Fylix zu Boden sinkt und ich ihn dahinter entdecke. Das Herz meines Vaters in seiner Hand.

Levyns Atem geht schnell. Von seiner Hand tropft Blut. Mein Herz kämpft gegen den Schmerz, den ich spüre. Ja, ich empfinde Schmerz, weil Levyn gerade meinen Vater getötet hat.

Levyn starrt mich fassungslos und entschuldigend zugleich an. Schwarze Schuppen rahmen seine schwarzen Augen ein.

Ich will bei ihm bleiben, aber ich kann nicht anders – ich renne weg. Hinaus aus der offenen Tür, hinein in den dunklen Wald.

Levyn folgt mir nicht. Ich hätte ihn sofort hinter mir gehört und vor allem gespürt. Ich kann seine Nähe immer spüren.

Als ich langsam wieder zu Verstand komme, bleibe ich stehen, beiße mir auf die Lippe und schließe meine Augen. Ich vertraue Levyn. Aber er sah so ... so blutrünstig aus ... so angsteinflößend. Und wenn ich ehrlich zu mir selbst bin, kenne ich ihn doch kaum. Und das, was ich weiß, ist, dass er der Herrscher der Finsternis ist. Und trotzdem bereue ich meine Flucht mit jedem Atemzug mehr.

Viel zu spät erkenne ich, dass sich mir von hinten Gestalten nähern. Arya, Tym und Perce. Und dann erkenne ich hinter ihnen auch Levyn.

»Wir müssen hier weg«, ist alles, was er sagt, als er bei mir ankommt. Seine Augen sind immer noch schwarz. Seine Hände blutverschmiert.

Die Enttäuschung frisst sich in jede Faser meines Körpers. Lässt jeden Nerv zucken. Enttäuschung über Fylix und vor allem über mich selbst. Denn Levyn war nicht der Böse in dieser Geschichte.

»Spätestens jetzt sind wir in Gefahr. Ist Elya wirklich in Gefahr.«

Ich höre wie betäubt dabei zu, wie Levyn die anderen anweist. Sie alle gehorchen einfach nur.

»Verwandlungen würden sie sofort aufspüren. In die Dämmerung können sie auch eintreten. Also müssen wir in die Finsternis.«

»Wovon redet ihr?«, wage ich mich endlich vor, als ich meine Stimme wiederfinde. Eigentlich redet nur Levyn. Die anderen stimmen ihm stumm zu.

Levyn kommt auf mich zu. Er sieht aus, als wollte er mich berühren, erstarrt aber in seiner Bewegung. »Du musst mitkommen. Und wenn wir da sind, wenn wir in meinem Gebiet in Sicherheit sind, werde ich es dir erklären.«

»Levyn!«

Tyms Stimme reißt seine Augen von mir los. Ich folge ihnen und erkenne Jackson und Kyra durch den Wald kommen. Hinter ihnen zwei Gestalten mit weißen Augen.

»Wusste ich es doch!«, zischt Jackson mit einem Blick auf Perce, Tym und Arya.

»Lass uns verschwinden!«, flüstert Perce Levyn zu. Tym und Arya hingegen funkeln die anderen an, als würden sie nichts lieber tun, als sie in der Luft zu zerfetzen. Vor allem Aryas straffer, kampfbereiter Körper lässt mich zucken.

Kenne ich sie alle überhaupt?

»Ich würde ihm nur zu gern endlich seine falsche Zunge herausreißen!«, sagt sie mit ihrer engelsgleichen, melodischen Stimme. Aber das, was sie sagt, passt so gar nicht dazu.

Ich schlucke schwer. Warte darauf, dass wieder diese Macht

durch meine Adern fließt. Das Brennen meiner Haut wieder aufflammt. Aber nichts geschieht. Ich bin mal wieder hilflos.

»Bring uns jetzt hier weg, Levyn. Sonst wird Arya ihre Drohungen wahr machen!«, fleht Perce, während sie ihr eine Hand beruhigend auf die Brust legt. Wahrscheinlich, um Arya von dem abzuhalten, was sie gern tun würde.

»Ihr alle unterstützt diesen Bastard auch noch? Diese Ausgeburt der Hölle?!«, spuckt Jackson den anderen entgegen.

Levyn bleibt ganz ruhig, während Arya sich mit einer so schmerzhaften Druckwelle verwandelt, dass ich nach hinten gestoßen werde. Er greift nach meiner Hand und zieht mich zu sich zurück. Unsanft pralle ich gegen ihn und lasse seine Haut zischen.

»Tym! Beruhig sie!«, fordert Levyn und ich sehe dabei zu, wie sich der Nebel um seine Augen mehr und mehr verdunkelt.

»Du kannst dich dort nicht ewig verstecken, Levyn! Nicht, wenn du sie mitnimmst!«, fordert Kyra ihn heraus.

Um uns herum wabern dunkle Schatten, gesprenkelt mit den Lichtern, die mir mittlerweile so vertraut vorkommen.

»Sie wird Licht in die Finsternis bringen! Genug Licht, damit die Venandi hineinkönnen.«

Levyn lacht leise. Grausam. Dann hebt er seine mächtigen dunklen Arme, lässt die Schuppen um seine Augen und an den Händen wachsen und lächelt sie alle an. »Dann kommt und holt mich!«

* * *

Dunkelheit. Tiefe schwarze Finsternis umhüllt uns. Nimmt mich, meinen Körper und meine Seele mit. Erfüllt mich. Und reißt mich in eine andere Welt.

Ich blinzle. Aber ich erkenne nichts. Als hätte sich ein schwarzer Schleier über die Welt gelegt. Levyns Hand, die meine gerade noch umfasst gehalten hat, lässt mich schlagartig los. Wie immer, wenn er sich verbrennt.

»Alle in Ordnung?«, fragt er in die Dunkelheit.

»Ich bin gegen einen Scheißbaum geknallt!«, beschwert sich Perce mit schmerzverzerrter Stimme.

»Arya und mir geht es gut. Aber sie wird dir sicher nicht antworten, nachdem du sie daran gehindert hast, Jackson in Stücke zu reißen«, meldet sich Tym zu Wort.

Mein Mund wird trocken. Und langsam, aber sicher fühle ich mich, als wäre ich in einem Traum gefangen.

»Wo sind wir?«, frage ich in die Nacht. Falls das hier überhaupt eine echte Nacht ist, denn kein Stern und kein Mond erhellt den Himmel. Würde ich nicht auf dem kühlen Boden liegen, wüsste ich nicht einmal, wo unten und wo oben ist.

»Du bist bei mir zu Hause, kleiner Albino«, raunt Levyn ganz dicht neben meinem Ohr. Ich erschaudere. Spüre seinen kühlen Atem und jeder Nerv meines Körpers zuckt.

»Lya, kannst du nicht mal ein Lumen herrufen? Es ist echt verdammt dunkel in Levyns Welt.«

»Ein ... was?«

Meine Stimme zittert, als ich Tym antworte. Auch wenn ich ihr nur allzu gern das Zittern rauben würde. Die Schwäche. Aber sie ist für jeden hier greifbar. Entweder bin ich verrückt geworden oder sie sind es.

»Eine Lichtgestalt. Ein Lumen.«

»Sie kann doch keine Lumen in die Finsternis holen, du Idiot!«, mischt sich Perce ein.

»Natürlich kann sie. Wenn sie in die Welt der Finsternis gehen kann, können auch ihre Lumen hierherkommen!«, empört sich Tym.

Mein Kopf droht jeden Augenblick auseinanderzubrechen. Lumen? Welt der Finsternis? Also gibt es diese Welten wirklich.

»Wir benötigen kein Lumen.«

Levyns Stimme ist plötzlich eine andere. Finster. Düster. Und ohne es zu wollen, reagiert mein Körper mit Angst und ... Lust darauf. Zum ersten Mal spüre ich, dass Levyn mein absolutes Gegenteil ist. Die Finsternis zu meinem Licht.

»Wir fliegen, wie immer.«

Levyns Stimme lässt keine Widersprüche zu. Und doch ist es ausgerechnet Arya, die es ausreizt.

»Jetzt, da sie hier ist, Levyn, sollten wir nicht zu viel riskieren. Was, wenn sie die Verwandlungen jetzt aufspüren können?«

»Kann mir irgendjemand erklären, was hier vor sich geht?!«, wage ich mich endlich vor.

»Später«, haucht Levyn mir zu und läuft ein paar Schritte. Ich sehe es nicht, kann es aber hören und spüren. Als wären meine Sinne in dieser Welt irgendwie geschärft.

»Wenn Lya Lumen hierherbringt, können sie uns noch eher folgen!«, mischt sich Perce wieder ein.

Ich wage es nicht zu fragen, was diese Lumen sind. Ich wage mich überhaupt nichts mehr. Es ist finster. Es ist nicht nur finster, es ist stockdunkel, und ich habe keine Ahnung, wo wir hier sind.

»Ihr müsst mir einfach folgen.«

»Oh! Der Herrscher der Finsternis, der in seiner eigenen Dunkelheit sehen kann!«, neckt Tym.

Levyn lacht leise. Über Tym. Das muss ein Traum sein.

»Was siehst du?«, frage ich vorsichtig, in der Hoffnung, dass er mir wenigstens das beantwortet.

Levyn beugt sich zu mir. Ich höre es an seinem näher kommenden Atem. »Ich sehe die Schönheit der Welt. So wie sie wirklich ist. Ohne ein Licht, das mich blendet.«

Seine Worte verletzen einen Teil tief in mir. Warum, weiß ich nicht, aber es ist, als würde er damit mich beleidigen.

»Wir sollen also hundert Jahre durch den verdammten Wald laufen, immer deinen super Augen hinterher, bis wir dann endlich beim Firefall ankommen? Da bleib ich lieber hier sitzen und warte, bis es hell wird.«

Tyms Stimme hallt durch die Dunkelheit und wird von Aryas und Perces lautem Lachen übertönt.

»Ja genau, warte mal ab, bis die Welt der Finsternis hell wird«, gluckst Perce. »Also dann los! Auf Wiedersehen, Tym. Bis zum Morgengrauen!«

Sie lacht wieder und kommt näher. Ich rieche sie. Spüre sie. Weil ich sie kenne. Und doch ist sie, sind sie alle, plötzlich andere Menschen.

»Ich werde nicht durch den verkackten Wald gehen!«, beschwert sich Tym. Anders. Ganz anders, als er vorher war.

Wie kann das alles sein? Wie konnte das passieren? Wer sind sie?

»Dann verwandle dich, damit du etwas sehen kannst, und flieg!«, zischt Levyn.

Ich spüre seine Anspannung. Spüre, dass nur ich etwas dagegen tun kann, weil ich an alldem schuld bin. Sie haben es deutlich gesagt. Dadurch, dass ich hier bin, sind sie in Gefahr.

Ich denke an die kleinen Lichter, die mir so oft zur Seite gestanden haben. Ich spüre, dass das Band zu ihnen weit weg ist, und doch erscheint eines von ihnen direkt vor mir. Ich strecke liebevoll meinen Finger aus, denn zum ersten Mal, seit sie mir begegnen, fühlt es sich nicht fremd an.

Wir sollten nicht hier sein. Ihr solltet nicht hier sein.

Es spricht ganz leise zu mir. Sanft. Die Stimme gleicht einer Frauenstimme und ist doch nicht von dieser Welt. Ein leichtes, melodisches, liebevolles Hauchen, das so weise klingt, dass ich ihr beinahe glaube.

»Doch. Genau hier sind wir in Sicherheit«, flüstere ich dem Licht zu.

»Mit wem redest du? Mit wem redet sie?!«, fragt Tym, als wäre ich irre.

»Mit einem Lumen«, raunt Levyn tonlos.

Ich sehe zu ihm hinauf. Erkenne unter dem Licht seine harten Gesichtszüge. Ein Gesicht, das nicht mehr vollständig seines ist. Er ist noch da, ja. Noch der Levyn, den ich sonst zu Gesicht bekomme. Aber er wirkt erwachsener. Stärker. Ruhiger. Dunkler.

»Du bist hier in Sicherheit, Lumen«, haucht er zusammen mit einem silbrigen Nebel und tritt näher.

Er lügt. Ich glaube ihm nicht. Ihr dürft ihm nicht vertrauen.

Das Lumen zuckt unruhig. Wie kleine Blitze.

»Wir können ihm vertrauen.«

Das Lumen schweigt. Als würde es mir nicht widersprechen wollen. Es nicht können.

»Befiehl ihm, sich uns zu zeigen!«, weist Levyn mich an.

Ich berühre noch einmal zart mit dem Finger das kleine Licht, bevor ich ihm zuflüstere: »Zeig dich!«

Weißes Licht erfüllt die kleine Lichtung, auf der wir uns befinden. Tyms hellgrüne Augen verengen sich, als sie durch das Leuchten erhellt werden. Sie alle starren mich an. Starren das Lumen an, das zu mir gehört.

»Ist ... Ist es sicher, wenn es hier ist?«, fragt Perce mit zittriger Stimme.

Ich werfe einen Blick auf es und dränge es in meinen Gedanken, mir zu antworten.

Wir sind nirgendwo mehr sicher.

Levyn erkennt wohl, dass es mit mir spricht. Denn er fordert schroff, zu erfahren, was es gesagt hat.

»Sie ... Sie sind nirgendwo mehr sicher«, wiederhole ich die Worte des Lumen.

»Weißt du, ob die Venandi bereits einen Weg hierher kennen?«

Levyns Stimme ist hart und ich habe beinahe Mitleid mit dem kleinen, zarten Ding, als es darunter erbebt.

Sie kennen den Weg in die Finsternis nicht. Noch nicht. Sie kennen Euren Sternenstaub nicht. Wissen nicht, wonach sie suchen müssen, um Euch zu finden.

Levyn sieht mich fordernd an.

Ich schlucke unter seinem harten Blick. »Sie sagt, dass sie es noch nicht können, weil sie meinen ... meinen Sternenstaub nicht kennen.«

Levyn hebt belustigt seine Brauen. »Sternenstaub? Aus welchem Jahrhundert kommt das Lumen?«

Es zischt in meinem Kopf. Etwas, was so gar nicht zu seiner Ausstrahlung und Stimmung passt.

Sagt ihm, dass ich schon existiert habe, als er ein kleiner Junge war, der einen weißen Drachen liebte.

Mir stockt der Atem. Unruhig bemühe ich mich, Levyn nicht anzusehen. So zu tun, als hätte das Lumen nichts weiter gesagt.

»Was will es?«, fragt Levyn, als er meinen Blick sieht.

»Nichts. Sie ist sauer, weil du sie alt nennst.«

Lügnerin!, zischt sie in meinem Ohr. Ich vertreibe ihre Stimme aus meinem Kopf. Und auch das, was sie gesagt hat, denn ich will mich nicht dem stellen, was es in meiner Brust auslöst.

»Was jetzt?«, frage ich ablenkend und sehe zwischen meinen Freunden hin und her, die mir so einiges zu erklären haben.

»Wenn sie deine Fährte nicht kennen«, erklärt Levyn, »also das, was dieses Lumen als Sternenstaub bezeichnet, können wir anderen uns verwandeln. Sie spüren uns hier nicht, weil ...« Er stockt und fährt sich nachdenklich über sein Kinn. »Weil sie keine Geschöpfe des Lichts sind.«

»Wir werden dennoch nicht fliegen. Aber wir laufen. Du wirst dich auf Tyms Rücken setzen und –«

Levyn hebt seine Hand und bringt Tyms Einwand damit sofort zum Ersticken. »Sie verbrennt meine Haut. Also kann ich es nicht tun. Sie schwächt mich zu sehr«, redet er unbeirrt weiter. »Sag dem Lumen, es soll vor uns schweben, bis wir da sind. Und wenn es will, kann es dann zurück in seine Heimat gehen.«

»Ich empfange keine Befehle von dem Herrscher der Finsternis!«

Diesmal ist die Stimme nicht mehr nur in meinem Kopf. Und

dieses Mal ist sie auch nicht mehr sanft. Sie hallt bösartig über die Lichtung und von den Bäumen zurück zu uns.

Levyn hebt eine Braue und sieht dann mich an.

»Es ... Es ist auch mein Wille«, sage ich zittrig.

Das Lumen zuckt, als würde es sich dagegen zu wehren versuchen. Aber es widerspricht mir nicht.

Also verwandeln sich die anderen. Ich spüre die Wucht, sehe die Schuppen wachsen. Aber ihre Flügel bekomme ich nicht zu Gesicht. Als würden sie nur eine halbe Verwandlung vollführen.

Tym kommt auf mich zu, packt mich und wirbelt mich auf seinen Rücken. Bevor ich aufschreien kann, rennt er los. Schneller als alles, was ich je gesehen habe.

Trotzdem sind wir eine ganze Weile unterwegs. Ich presse immer wieder meine Augen zusammen. Sie brennen von dem starken Windzug und den Tränen, die immer wieder herausplatzen. Der starke Gegenwind zerreißt beinahe meine Haut und lässt mich kaum atmen. Lässt mich nichts erkennen außer dem Lumen vor uns.

Als Tym mich absetzt und ich blinzelnd versuche, etwas zu erkennen, schwirrt es auf mich zu.

Ich bleibe in Eurer Nähe.

Damit erlischt das Licht und zurück bleibt Finsternis. Bedrohliche Finsternis, die mich betäubt.

11. Kapitel

Als ich meine Augen aufschlage, erwarte ich nicht, dass ich etwas sehen kann, aber dann entdecke ich unzählige Tropfen über mir. Gläserne Tropfen. Sie schimmern ganz leicht in einem tiefen Blau. Ich beobachte sie. Sehe dabei zu, wie sich das glänzende weiche Licht hin und her bewegt, als würde es leben.

»Meine Schemen raubten einem deiner Lumen einen kleinen Funken ihres Lichts und formten mir daraus diese Tropfen.«

Levyns Stimme klingt rau, belegt. Er kommt auf mich zu und erst jetzt begreife ich, dass ich in einem Bett liege. Ich setze mich auf und mustere die steinernen Wände um mich herum. Die Höhle, in der ich mich befinde. Und trotzdem ist es ein richtiger Raum mit Möbeln.

»Ich habe meine Schemen bestraft. Obwohl sie es nur gut meinten. Aber sie hatten nicht das Recht dazu«, redet er weiter und setzt sich neben mich auf das Bett.

Ich verkrampfe innerlich. Das alles macht mir Angst. Angst davor, dass das hier die Wirklichkeit ist und es zu viel für meinen Verstand sein könnte.

»Deshalb hassen die Lumen mich und die Welt der Finsternis.«

»Was sind Schemen?«, platzt es aus mir heraus, obwohl das die unwichtigste aller Fragen ist.

»Gestalten der Finsternis. Schatten. Sie sind der Gegenpart zu deinen Lumen.«

»Sie gehören nicht mir!«, wehre ich ab und ziehe mich ein wenig von ihm zurück. Ich hatte damit gerechnet, dass sie mir einiges verschwiegen haben, aber das hier? Das ist nicht nur ein bisschen!

»Kannst du mir das hier alles erklären? Einfach ... erklären? Oder es ungeschehen machen?«

Er beißt sich auf die Unterlippe. Die einzige unruhige Geste, die ich seit Langem bei ihm sehe. »Wir sind Drachen.«

Na, vielen Dank. So weit war ich auch schon.

»Was möchtest du wissen?«

Ich mustere seinen drahtigen Körper, der wie immer von schwarzer Kleidung umhüllt ist. Anders aber als draußen, als in June Lake, trägt er einen dünnen schwarzen Mantel, dessen Kragen bis zu seinen Ohren reicht. Müde streicht er sich über sein Gesicht und durch seine dunklen Haare, die kaum noch glänzen.

»Ich würde es einfach gern verstehen. Das alles. Was die Drachen machen. Was genau diese Gestalten im Wald waren und diese andere ledrige Kreatur. Was für Rassen es noch gibt. Was die Feuerdrachen wollen ... Wo wir hier sind.«

»Zuerst einmal ...«, raunt Levyn, steht auf und lehnt sich gegen einen kleinen Steinvorsprung vor einer Öffnung im Stein, hinter der Wasser in rauen Mengen hinunterfließt. »Die Drachen schützen die Menschen vor Drachen. Vor abtrünnigen, bösen Drachen.«

»Ist das nicht ziemlich ironisch?«, frage ich skeptisch.

»Was genau?«

»Na ja, würde es keine Drachen geben, würden die Menschen nicht bedroht werden und bräuchten auch keine Rettung, oder?«

Er leckt sich nachdenklich über seine Lippen. »Wahrscheinlich. Trotzdem gibt es uns. Und somit auch Gefahr und Rettung zugleich für die Menschen. Und die Venandi sind ... na ja ... Drachenjäger.«

»Also würden die Venandi diesen Kreislauf beenden, indem sie die ganze Rasse der Drachen auslöschen, und die Menschen würden nicht einmal etwas verlieren«, stelle ich nüchtern fest.

Levyn mustert mich, als hätte ich ihm gerade ein Messer in den Rücken gerammt. Enttäuscht. Entsetzt. Traurig. »Ganz so einfach ist es nicht, Lya. Es gibt die Rasse der Menschen, so wie es die Rasse der Drachen gibt. Und die Rasse der Venandi. Und gerade jetzt sind sie die schlimmste Bedrohung.«

»Was ist diese Bedrohung?

»Dass die Venandi dich in die Finger bekommen«, flüstert er so leise, dass ich ihn kaum verstehe.

»Was wäre so schlimm daran? Also, für euch?«, frage ich heiser.

»Du bist nicht irgendein Drache, Lya. Du bist der weiße Drache. Mein Gegenteil. Und ziehen die Venandi den weißen Drachen auf ihre Seite, gewinnen sie ...«, beginnt er und lässt sich nicht durch meinen enttäuschten Gesichtsausdruck stoppen. Hier geht es nur um Macht. Nicht um mich. Nicht um die Menschen. »Sie gewinnen Kraft. Kräfte ...«, vervollständigt er den Satz.

»Sind sie Menschen?«

»Sie sind eher Menschen, als wir es sind, aber dennoch besitzen sie auch jetzt schon bestimmte Fähigkeiten. Die aber nichts sind im Vergleich zu dem, was sie an Macht erlangen könnten, wenn ...« Seine Stimme versagt. »Deshalb wollen einige der Drachen, dass du dunkel wirst. Deshalb wollte Fylix es. Zumindest dachten wir das.«

»Und warum sollte ich die Venandi unterstützen? Warum sollte ich böse werden müssen, nur damit sie keine Macht bekommen? Habt ihr schon mal darüber nachgedacht, dass ich sie auch dann nicht unterstützen will, wenn ich gut bin?«

»Wir wissen nicht genau, was sie wollen. Wissen nicht, ob sie und die Feuerdrachen einen gemeinsamen Plan verfolgen. Vor allem, nachdem gerade Kyra und Jackson auf ihrer Seite standen. Aber das ist alles egal, Lya, denn wir werden weder zulassen, dass du böse wirst, noch, dass die Venandi dich in die Finger kriegen.«

»Ach so. Schön zu hören, wofür ihr so alles sorgt. Hat einer von euch mal darüber nachgedacht, mich zu fragen, was ich will?«, brülle ich.

»Was willst du, kleiner Albino?«

Seine Stimme ist ein zartes raues Raunen, das mir eine Gänsehaut über den Rücken jagt.

»Ich will die Geschichte hören! Meine Geschichte! Eure Geschichte! Die der Drachen. Darüber, warum ich dich nicht berühren kann. Ich will, dass ihr mit mir redet und mich aufklärt, damit ich selbst entscheiden kann, was ich will und bin! Ich will nicht, dass ihr mich weiterhin wie ein kleines Kind behandelt! Mich in irgendeine Welt der Finsternis bringt!«

Levyn öffnet kurz seinen Mund, aber kein Wort verlässt ihn. Dann presst er so wie ich gerade die Lippen zusammen und nickt, während sich seine Augen nachdenklich von mir abwenden.

»Also ... von vorn! Und diesmal keine Lügen! Keine Ausflüchte! Keine Lücken!«, unterbreche ich die eingetretene Stille und fange wieder seinen tiefen dunklen Blick auf.

»Die Drachen haben einst über die Menschen geherrscht«, beginnt Levyn mit belegter Stimme. »Falls ich etwas auslasse, Elya, kannst du danach gern die anderen fragen, denen du so vertraust. Aber ich will, dass du es von mir hörst«, sagt er, als wäre es eher eine Frage. Eine Bitte an mich, das fehlende Vertrauen zwischen uns wieder aufbauen zu dürfen.

Ich nicke.

»Es dauerte einige Jahrhunderte, bis unter den Menschen Jäger geboren wurden. Normale Menschen, ja, aber mit besonderen Fähigkeiten. Sie besaßen die Macht, Drachen aufzuspüren, und auch, ihre Verwandlung zu verhindern.«

»Aber wie?«, unterbreche ich ihn.

»Drachen sind in der Lage, Fantasien zu beherrschen. Vorrangig dient das der Verwandlung. Denn um sich verwandeln zu können, muss ein Drache seine eigene Fantasie sehr stark beherrschen können. Neben diesem Nutzen sind Drachen auch in der Lage, andere Drachen oder Menschen durch die Beherrschung ihrer Fantasie zu manipulieren. Sie Dinge machen zu lassen, Dinge sehen zu lassen, die sie schwach machen. Oder ihnen ihre Erinnerungen zu nehmen.«

»Das ist es, was du in der Küche bei mir gemacht hast, als ich den Verhörraum der Polizei vor mir gesehen habe, oder? Und deshalb kann ich mich an einige Dinge nicht erinnern. Weil du mich manipuliert hast.«

Levyn nickt und mein Herz brennt wie Feuer.

»Das ist es auch, was Fylix mit Mom gemacht hat, nicht wahr?«

Wieder nickt er nur. Schuld finde ich in seinem Blick nicht. Nicht für das, was er mit mir gemacht hat. Ich schlucke schwer.

»Ich weiß, dass du hören willst, dass ich es bereue, Lya«, sagt er kühl, stößt sich von der Steinwand ab und kommt auf mich zu, nur um sich dann wieder abzuwenden und auf den Wasserfall zu starren. »Aber jede Manipulation, die ich dir zugemutet habe, war richtig und wichtig. Du hättest die Eindrücke nicht überstanden. Du warst noch nicht so weit. Und du wurdest da hineingezwungen. Das ist nicht Sinn der Sache, denn du trägst durch deine Mutter auch einen menschlichen Teil in dir, der eine Berechtigung hat. Die Gesetze der Venandi verbieten es uns, einem Menschen von uns zu erzählen. Da du zur Hälfte ein Mensch bist, bis du dich entschieden hast, konnten wir dir nichts sagen. Deshalb musstest du deine Fähigkeiten selbst entdecken. Verstehst du? Als Mischling hast du eine Wahl. Eine, die keiner von uns hatte.«

»Ich kann mich also entscheiden, ob ich das hier will? Und warum können diese Jäger euch Regeln vorschreiben?«

Er räuspert sich und redet dann weiter. »Ja, das kannst du …« Er sieht mich traurig an, fängt sich aber schnell wieder. »Und die Gabe, mit der Jäger geboren werden, das, was sie von normalen Menschen unterscheidet, ist, zu spüren, wenn sich Drachen verwandeln, und ihre Fährte abzuspeichern. Zusätzlich besitzen sie die Macht, Fantasien zu beherrschen, so wie es auch Drachen können. Wenn sie also stark genug sind, können sie sogar die Verwandlung eines Drachen aufhalten. Denn Drachen benötigen ihre eigene Fantasie, um sich zu verwandeln. Sie müssen es sich vorstellen. Mit der Zeit haben sich die Jäger zusammengeschlossen und eine Vereinigung gegründet. Sie nennen sich Venandi. Das Auftauchen der Jäger und ihre Vereinigung hat die Drachen so sehr geschwächt, dass sie gezwungen waren, sich ins Verborgene, in ihre Welt, zurückzuziehen und einen Pakt mit den Venandi einzugehen, der besagt, dass sie die Drachen nur so lange in Ruhe lassen, wie sie sich im Verborgenen halten und ihre Aufgabe erfüllen, die Menschheit zu beschützen. Nur dafür dürfen Drachen in die normale Welt kommen.«

Ich mustere die leicht schimmernden Tropfen über mir, um nicht auf Levyns spärlich beleuchteten Rücken sehen zu müssen. Seine Größe und seine dunkle Aura erschlagen mich beinahe. »Ist es denn so schlimm, im Verborgenen zu leben und nur zu erscheinen, um die Menschen zu beschützen, wenn die Drachen eine ... eine eigene Welt haben?«

»Das kann nicht dein Ernst sein, Lya!«, knurrt Levyn und ballt seine Hand zu einer Faust. »Die Menschen machen diese Welt kaputt. Die ganzen Kriege. Rassenkriege. Kriege wegen Religionen, wegen Land ... Das alles ist nicht die Schuld der Drachen. Im Gegenteil. Wir haben sogar Schlimmeres verhindert.«

»Soll heißen, dass ihr die Guten und wir Menschen die Bösen sind?«, schnaube ich.

Levyn dreht sich leicht zu mir um und hebt seine Brauen. »Du bist keine von ihnen, Lya. Du bist eine von uns!«, verbessert er mich harsch.

Ich reibe mir nachdenklich über die Stirn. Diese Entscheidung treffe immer noch ich.

»Warum ist es so wichtig zu herrschen? Und warum sollte es überhaupt Jäger geben, wenn Drachen doch ach so gut sind?«

»Kannst du eigentlich auch einfach nur zuhören?«, beschwert er sich und atmet genervt ein und aus. Langsam verliert er die Geduld. Was auch kein Wunder ist. Aber mir platzt beinahe der Kopf. Ich verstehe das alles nicht. »Natürlich gibt es nicht nur gute Drachen. Aber sie sind auch nicht alle böse. Und die Jäger sind genauso machtgierig wie all die anderen Rassen, Lya. Denn natürlich … Die Menschen herrschen. Aber wer hat ihnen das ermöglicht und sitzt genau deshalb ganz oben in der Regierung?«

»Die Venandi …«, murmle ich schuldbewusst.

»Es muss Regeln geben. Die muss es für jede Spezies auf dieser Welt geben. Aber unsere eigenen. Und keine, die uns auferlegt werden. Und die einzige Bestrafung ist der Tod. Das ist nicht gerecht. Nicht, wenn wir die rechtmäßigen Herrscher sind«, sagt er sicher.

Ich atme schwer und blicke nun endlich in seine dunklen Augen. »Gibt es das überhaupt? Jemanden, der rechtmäßig herrscht? Über alle Völker? Mit welchem Recht genau?«, frage ich traurig, zittrig und wende meinen Blick wieder ab. In der Hinsicht werden Levyns und meine Meinung nie übereinstimmen.

»Lya, alles, was wir wollen, ist, Herrscher über unsere Rasse zu sein. Auch damals hatten die Menschen einen eigenen Herrscher. Alles, was auf dieser Erde passiert ist, ist in Einstimmung mit den Drachen und den Menschen geschehen. Aber die Jäger haben das beendet.«

Er kommt wieder zu mir und setzt sich neben mich. Meine Brust verengt sich, während ich dabei zusehe, wie seine Kiefermuskeln zucken. Dann rückt er ein Stück näher an mich heran, um meinen Blick aufzufangen. Ich brauche ein paar Sekunden, bis ich mich von seinem starken Kiefer lösen kann.

»Also wollt ihr nicht die Menschen, sondern die Jäger beherrschen?«, frage ich kleinlaut.

»So einfach ist es leider nicht mehr«, raunt Levyn.

»Und welche Rolle spiele ich dabei?«, lenke ich ab und rutsche ein Stück nach hinten, um wieder Abstand zwischen uns zu bringen. Seine Hände sind zwar sauber, aber es ist, als würde ich immer noch das Blut meines Vaters an ihnen sehen.

»Unsere Welten bestehen aus zwei Gegensätzen und einer Mitte. Die Welt der Finsternis, die Welt des Lichts und die Welt der Dämmerung. Aber ein Gleichgewicht darf nicht entstehen, weil sonst die Grenzen verschwimmen und ... und unsere Welten damit zerstört würden.«

»Und wie entsteht dieses Gleichgewicht?« Ich beiße mir unruhig auf die Unterlippe.

»Wenn wir uns ineinander verlieben würden und eine Einheit bilden«, sagt Levyn, als wäre es nichts, und versetzt mir damit einen Stich in mein Herz.

»Und deshalb kann ich dich nicht berühren?«

»Das ist eine lange Geschichte ...«, versucht er auszuweichen.

»Keine Lücken!«, erinnere ich ihn sicher.

»Finsternis und Licht müssen immer zugleich existieren und herrschen, um die Dämmerung am Leben zu halten. Stirbt ein schwarzer Drache, wird ihm der weiße Drache folgen. Lebt der schwarze Drache, wird auch der weiße Drache leben. Ihre Leben sind durch einen Fluch des schwarzen Drachen ineinander verwoben, aber nur einseitig, denn stirbt der weiße Drache, lebt der schwarze Drache weiterhin auf Erden und brächte damit Unheil und Kriege über unsere Welt.« Er macht eine kurze Pause und streicht sich durch sein dunkles Haar. »Es ist möglich, den weißen Drachen zu verändern. Dich zu verändern. Dich dunkler zu machen. Ändert sich das Wesen des weißen Drachen, hat das nicht nur diesen einen Effekt. Durch die Verschiebung des Gleichgewichts wird das Leben des schwarzen Drachen an das des ehemals weißen gebunden und dessen vorherige Bindung erlischt.«

Er dreht sich mir zu und sieht mich nachdenklich an. Aber ich bin nicht in der Lage, auch nur einen Ton von mir zu geben.

»Einst verliebte sich der schwarze Drache in einen weißen. Statt das Gleichgewicht der Welt am Leben zu erhalten, glichen sie sich immer mehr an. Der weiße Drache erhielt dadurch zu viel Macht und wollte diese gegen die Menschen benutzen. Sie mit diesem Gleichgewicht vernichten. Der schwarze Drache erkannte das und ...« Wieder stockt er kurz. »Und sorgte dafür, dass ihm das Herz herausgerissen wurde, damit er den weißen Drachen nicht mehr lieben konnte. Er sorgte dafür, dass er mit einem Fluch belegt wurde, der seine Haut verbrennen lassen soll, wenn der weiße Drache ihn je wieder berühren würde. Damit er auf ewig daran erinnert wird und gewarnt ist, den weißen Drachen nicht zu lieben. Nicht, solange er kein Herz besitzt. Was er ... nie wieder besitzen wird. Kein schwarzer Drache jemals.«

»Du ... Du hast also wirklich kein Herz«, flüstere ich.

Levyn nickt. Brennende Galle klettert meine Kehle hinauf.

»Warum lebst du dann noch?«

»Das erkläre ich dir zu einem anderen Zeitpunkt.«

Seine Stimme klingt belegt, weshalb ich nicht weiter nachhake. Ich will ihn fragen, ob er dieser schwarze Drache von damals ist. So hat es zumindest das Lumen gesagt. Aber ich kann nicht. Kann mich dieser Wahrheit noch nicht stellen und ihn nicht in diese Erinnerungen zurückziehen.

»Und wofür bin ich dann da?«

»Um über die Venandi zu herrschen«, murmelt Levyn immer noch abwesend.

»Ein Drache soll über Drachenjäger herrschen?«

»Lya, es ist alles viel komplizierter, als du denkst.«

»Ja, weil mir nie irgendjemand irgendetwas erklärt hat!«

»Es gibt diese vier Welten. Die des Lichts, die der Dämmerung, die normale Welt und diese hier. Die Welt der Finsternis. Drachen entstammen der Dämmerung.«

»Was soll das heißen? Dass wir nur im Halbdunkeln leben können?« Ich sehe ihn irritiert an. Levyn hat es wirklich raus, in Rätseln zu sprechen.

»Nein. Es ist einfach eine andere Welt. Eine Zwischenwelt. Eine, die neben dieser existiert.«

»Und was ist die normale Welt?«

»Sie vereint die drei anderen Welten. Deshalb gibt es in ihr Licht, Dämmerung und die Finsternis. Deshalb können in ihr alle Geschöpfe dieser Welten leben.«

»Und in den anderen Welten können nur die Kreaturen aus ihnen leben?«

Levyn hebt eine Braue, als ich auch uns als Kreaturen bezeichne. Aber was sind wir sonst? »Ja.«

»Und die Venandi? Woher stammen sie?«

»Aus der Welt des Lichts. Deshalb bist du als weißer Drache ihre Herrscherin. Die Herrscherin der Lichtwelt«, sagt er tonlos.

»Was?! Sie sind böse!«, fauche ich atemlos. Oder hat Levyn wieder gelogen? Sind die Venandi eigentlich gut?

»Nur weil das Wort ›Licht‹ benutzt wird, Lya, heißt es noch lange nicht, dass diese Welt etwas Gutes ist. Licht vertreibt die Finsternis.«

»Das ist doch etwas Gutes!«, protestiere ich.

»Nein, es ist nichts Gutes, wenn die Wesen der Finsternis und die der Dämmerung von ihnen bekämpft werden! Wer sagt dir, dass wir die Bösen sind? Wer entscheidet über Gut und Böse und darüber, welche Kreaturen, wie du sie nennst, das Recht haben zu leben und welche nicht? Die Menschen haben den drei Begriffen über die Jahrtausende hinweg Emotionen beigefügt. Finsternis ist schlecht. Licht ist gut. Aber warum?«

Seine Stimme klingt so verbittert, dass ich schaudere.

»Weil die Dunkelheit gruselig und angsteinflößend ist!«, wende ich ein.

Levyn lacht kläglich und schüttelt den Kopf. »Die Dunkelheit ist nicht das Problem, Lya. Das Problem ist das Licht. Es blendet dich. Es blendet dich so sehr, dass du die Wahrheit der Finsternis, ihre Reinheit und Ruhe, ihre Liebe und Vertrautheit nicht spüren willst. Die Tatsache, dass du dich in der Finsternis nur auf deine Instinkte, auf dich und dein Inneres verlassen kannst. Wohingegen du im Licht immer wieder gezeigt bekommst, was du tun sollst. Geleitet wirst von einer fremden Hand.«

»Aber das Licht ist auch warm und hell und zeigt mir die Wahrheit in all ihrer Grausamkeit!«

»Nein!«, fährt Levyn mich an und stemmt sich von der Bettkante ab, um wieder aufzustehen. »Nein, es zeigt dir nur das, was das Licht zutage bringt. Nicht aber das, was du in dir selbst spürst. Und glaub mir, das reicht!«

»Das reicht nicht!«, entgegne ich und funkle ihn böse an. So als müsse ich etwas verteidigen, das zu mir gehört. Das ich selbst bin.

»Das reicht!«

»Nein!«

»Was siehst du jetzt, Lya?«, fragt er ruhig und kommt einen Schritt näher.

»Wasser. Dich. Deine grausamen Augen. Deinen furchteinflößenden Körper. Die einengenden Steinmauern. Die glänzenden Tropfen, die bedrohlich über mir leuchten!«, werfe ich ihm vor die Füße.

Er hebt seine Braue und dann seine Hand. Als er sie sinken lässt, erlischt all das Licht um uns herum. Dunkelheit ummantelt mich. Angst klettert meine Wirbelsäule und Kehle hinauf. Mir stockt der Atem, während ich Levyns ganz ruhig in meiner Nähe höre.

»Und was siehst du jetzt?«, raunt er in die Stille.

Ich will mich wehren. Will gar nichts fühlen, aber ganz langsam nehmen meine Sinne plötzlich Dinge wahr. Erst mein eigenes Herz und seinen gleichmäßigen Rhythmus. Dann meinen Atem, der ganz sanft in meiner Brust pfeift. Und schließlich höre ich Levyn. Nein, ich höre ihn nicht nur. Es ist, als würde ich seine Nähe noch deutlicher spüren. Als würde ich etwas Wahres in ihm spüren. Sein Atem ist langsam und angenehm. Etwas, das mich beruhigt. Seine Haut strahlt etwas aus, das meine Brust seltsam flattern lässt.

Und dann erst höre ich das laute Tosen des Wassers. Ja, obwohl all die anderen Geräusche so viel leiser sind als dieser Wasserfall, höre ich ihn erst jetzt. Denn vorher habe ich ihn nicht gesehen und nur wahrgenommen, als wäre er ein kaum merkliches Hintergrundgeräusch.

Meine Aufmerksamkeit wendet sich den Tropfen über mir zu. Ich weiß zwar, dass es kleine Tropfen sind, weil ich sie vorher gesehen habe, aber auch ohne sie jemals gesehen zu haben, hätte ich es spätestens jetzt realisiert. Dieses leise Geräusch von Wasser, das anschwillt. So sehr anschwillt, dass die Oberfläche leicht ploppend platzt und das Wasser hinunterplatscht. Ich höre es, als würde ich es fühlen. Als wäre es meine eigene weiche, zerbrechliche Haut, die sich aufbäumt, nur um dann ihre glatte Oberfläche selbst zu zerbrechen.

Schluckend lecke ich mir über meine Lippe, als ich spüre, wie Levyn sich mir nähert. »Ist mein Körper jetzt auch noch furchteinflößend?«, fragt er flüsternd.

Mein Magen verkrampft sich. Mein Puls beschleunigt sich, während mein Herz unruhig gegen meine Brust hämmert. Nein. Levyn ist keineswegs furchteinflößend. Aber das ist die Dunkelheit. Sie betrügt mich.

»Das Einzige, was dich betrügt, ist das Licht. Das, was du jetzt fühlst, ist die Wahrheit«, raunt Levyn.

Ich öffne meinen Mund, um ihm zu widersprechen, schließe ihn aber wieder. Denn insgeheim weiß ich, dass er recht hat. Das hier ist das, was ich ohne all die Vorurteile fühle.

Ein Schnipsen und um uns herum strahlt der Raum wieder in Licht. Ich sehe Levyn ausdruckslos an. Er ist mir viel zu nah. So nah, dass mein ganzer Körper brennt.

»Alles, was ich will, ist, dass du auch der Finsternis eine Chance gibst«, sagt er ganz langsam.

Ich nicke und schlucke schwer. Ich kann ihm nicht widersprechen. Ihm nichts entgegnen. Denn auch wenn ich das gern machen würde, hat er recht.

»Und ... was sind diese ... diese Lumen?«

»Lumen sind die Geschöpfe der Welt des Lichts. Deiner Welt. Du bist als weißer Drache die rechtmäßige Herrscherin über die lichte Welt. So wie ich über die der Finsternis.«

Ich schlucke schwer. Ich soll die Herrscherin einer ... einer Welt sein? Der Welt, die Levyn gerade als falsch und blendend betitelt hat?

»Aber aktuell herrschen die Venandi dort, weshalb du auf keinen Fall in die Welt des Lichts gehen darfst!«, betont er ausdrücklich.

»Ich wüsste nicht einmal wie. Irgendjemand muss einen Fehler gemacht haben. Ich kann nicht dieser weiße Drache sein. Herrscherin der Lichtwelt sein. Ich weiß doch von alldem nichts«, brumme ich resigniert. Das alles ist mein Leben lang an mir vorbeigezogen. Ich bin ein unwissendes Etwas. Und ich soll Herrscherin sein? Kein Wunder, dass die Venandi meine Welt eingenommen haben.

»Ich glaube, Elya, du unterschätzt dich. Du unterschätzt dich schon die ganze Zeit. Die Seele des weißen Drachen wählt weise und du bist dazu bestimmt. Ich werde dir, sobald ich kann, weitere Fragen beantworten. Aber jetzt muss ich mich hier um ein paar Dinge kümmern.«

Mit diesen Worten steht er auf und verlässt den Raum. Zurück bleiben ich und mein pochendes Herz. Der Schmerz in ihm, der mir verdeutlicht: Das hier ist kein Traum. Ich muss mich alldem stellen. Ich muss. Denn tief in mir weiß ich, dass ich nicht mehr zurückkann. Dass ich kein Mensch sein kann. Dass ich keiner bin und es auch nie wirklich war.

Tausende Fragen bilden sich in meinem Kopf, während ich allein dasitze und auf das Wasser starre. Wie er es zum Beispiel schafft, in eine andere Welt einzutauchen. Und wie ich hier sein kann. Wie meine Freunde es können, wenn doch nur die Gestalten der eigenen Welt Zutritt haben.

Ich atme schwer und entscheide mich dann endlich aufzustehen. Alles hier ist dunkel und klamm. Auch wenn die kleinen Tropfen ein wenig Helligkeit hier hereinbringen, fühlt es sich beklemmend an. Und als ich das denke, erscheint das Lumen neben mir und erleuchtet den Kleiderschrank, in dem ich gerade herumwühle.

Ich spreche sie nicht an. Mache ihr mit meinen Gedanken deutlich, dass sie es auch nicht tun soll. Ich will gerade mit niemandem reden und ich will erst recht nicht hören, dass Levyn einst einen weißen Drachen so sehr geliebt hat, dass ihm das Herz herausgerissen wurde.

Ich ziehe mir dunkle Kleidung aus dem Schrank über und verlasse dann lauernd mein Zimmer. Die Flure sind ebenfalls mit den kleinen Tropfen bedeckt. Steinerne Tunnel, die mich dem Lärm nach in einen Gemeinschaftraum bringen. In eine Halle aus schwarzem Stein. Hunderte Augenpaare richten sich auf mich. Ich trete einen Schritt zurück, bis sich eine Hand auf meinen Rücken legt. Ich begreife es erst viel zu spät. Bin geblendet von den vielen Menschen, die hier in der dunklen Halle sitzen, trinken und essen. *Halle* ist beinahe das falsche Wort. Es ist eher eine riesige Höhle mit tropfenden Wänden. Steinerne Zapfen hängen bedrohlich über den ganzen Männern. Über diesen schwarzen ... Soldaten. Ja, es ist unverkennbar. Sie sind Krieger.

»Hey«, sagt der junge Mann, der immer noch seine Hand auf meinen Rücken presst, mich umdreht und wieder aus dem Raum schiebt. »Um diese Barbaren zu ertragen, musst du noch ein bisschen mehr Zeit hier verbringen«, raunt er belustigt an meinem Ohr und tritt mit mir zurück in die ausladenden Steingänge.

»Wo sind wir hier?«

Er sieht mich nachdenklich an. Und erst jetzt sehe auch ich ihn an. Ein großer, schwarzhaariger Kerl. Seine Haare schimmern leicht blau und seine Augen leuchten knallgrün. So grün, dass ich das Gefühl bekomme, sie können mir in die Seele blicken. Ich frage mich, wie alt er ist. Ob er vielleicht auch uralt ist und nur so aussieht wie ein Mann meines Alters.

»Myr«, stellt er sich vor und hält mir seine Hand entgegen. Ein schelmisches Leuchten glitzert in seinen Augen.

Ich bin wie erstarrt. So erstarrt, dass ich seine Hand nicht ergreifen kann.

»Diese Höflichkeitsdinge werden sowieso völlig überschätzt und ich brauche auch nicht so zu tun, als wüsste ich nicht genau, wer du bist.« Seine Stimme wirkt warm in dieser Dunkelheit. Wie etwas, an dem ich mich festhalten kann.

»Ich wollte nur ...«, beginne ich und verziehe unsicher den Mund.

»Schnüffeln?« Als er meinen erschrockenen Blick sieht, lacht er auf. »Wo genau wolltest du hin, Elya? Etwas essen?«

Ich nicke. Obwohl schnüffeln es eigentlich besser getroffen hat.

»Wenn du willst, führe ich dich gern nach dem Essen herum. Wir werden sowieso etwas Zeit miteinander verbringen.«

»Warum?«, platzt es aus mir heraus, während ich Myr hinterhergehe. Seine Schritte sind schnell und stramm und ich habe echte Probleme hinterherzukommen.

»Hat Levyn es dir noch nicht erzählt?«, erkundigt er sich mit einem Blick über seine Schulter.

Ich schüttle einfach nur den Kopf. Es wäre auch wirklich ein Wunder, wenn mir hier mal jemand freiwillig etwas erzählen würde.

»Ich trainiere dich.«

»Du … trainierst mich?«, hake ich irritiert nach und gehe durch die Tür, die er mir aufhält. Mein Blick fällt auf Levyn, der zusammen mit Perce, Tym und Arya am Tisch sitzt und isst.

»Ah, Myr!«, ruft Levyn meinen Begleiter zu sich. Er wirkt herrisch. »Was ist passiert, als ich weg war?«

Er sieht von ihm zu mir und deutet auf einen freien Stuhl. Ich setze mich nur widerwillig. Levyn hat mir zwar ein paar Antworten geliefert, aber er hat mich lange Zeit belogen. Hat mir das Genick gebrochen und meinem Vater das Herz herausgerissen. Und auch wenn er Fylix getötet hat, um mich zu beschützen, beweist die Art, wie er es getan hat, dass er tief in sich ein Tier ist. Eines wie das, das ich in mir spüre. Und das ist gefährlich.

Myr setzt sich ebenfalls und beginnt zu reden. Levyns Augen jedoch sind nur auf mich gerichtet, während er zurückgelehnt in seinem Stuhl sitzt und sich langsam mit seinen Fingern über sein Kinn streicht.

247

»Lucarys und ich waren in der Stadt des Wassers und haben nach weiteren Verbündeten gesucht. Sie kennen uns zwar, kennen mich seit meiner Geburt, und ja, ich bin immer sehr volksnah gewesen, aber ...«

»Sie haben Angst«, vervollständigt Levyn, während sein Blick auf Myr fällt.

»Ja. Sie ... haben Angst vor den Venandi. Vor den Feuerdrachen, die ihre eigenen Pläne haben. Und ... vor dir«, gibt er zögerlich zu. Aber sein Tonfall ist bestimmt und klar. Er hat keine Angst vor Levyn. Im Gegenteil, zwischen ihnen existiert eine Verbindung, wie ich sie bisher nicht bei ihm gesehen habe.

Levyn lacht leise und grausam. Und mein Verständnis für diejenigen, die Angst vor ihm haben, wächst. Wächst und wächst. »Angst vor mir«, wiederholt er, als wäre das ein schlechter Witz und gleichzeitig so, als müssten sie jetzt erst recht Angst vor ihm haben.

»Es ist nicht nur die Angst vor deiner Macht, Levyn. Es ist auch die Tatsache, dass du dein rechtmäßiges Erbe nicht antreten wirst, um hier zu herrschen. Das ... Dafür fehlt ihnen das Verständnis. Sie sind der Meinung, dass du die Welt der Dämmerung dadurch verrätst.«

Ich verstehe mal wieder kaum ein Wort. Aber es wundert mich, dass Levyn Myr so offen vor mir sprechen lässt. Will er mir vielleicht wirklich beweisen, dass ich ihm vertrauen kann?

»Sie würden es verstehen, wüssten sie von den Absichten meines Vaters«, sagt Levyn ruhig und bewegt nachdenklich den Kiefer.

»Du solltest selbst hingehen und sie überzeugen«, murmle ich vor mich hin, während ich mir eine Erdbeere in den Mund schiebe. Erst als sich alle Blicke auf mich richten, begreife ich, dass ich es laut gesagt habe. Mit großen Augen kaue ich auf den kleinen Kernen der Erdbeere herum, um irgendetwas zu tun zu haben.

»Levyn kann da nicht hin, Lya. Du hast doch gesehen, dass die Venandi und die Drachen hinter ihm her sind. Die Welt der Dämmerung ist gefährlich für ihn«, erklärt Perce ruhig, weil niemand anders etwas sagt.

»Warum ist es gefährlich? Ich dachte, die Venandi und Drachen waren meinetwegen da.«

»Elya«, sagt Levyn ruhig und beugt sich ein wenig zu mir. »Ich habe an dem Abend, als wir hierher verschwunden sind, Fylix getötet. Er war ein sehr einflussreicher Ausbilder des Heers meines Vaters. Er hat auch mich ausgebildet.« Kurz meine ich, Schmerz in seinen Augen aufblitzen zu sehen. »Danach habe ich den weißen Drachen in die Welt der Finsternis mitgenommen. Das alles ...«, er lehnt sich wieder zurück, »kommt einem Kriegsakt gleich und damit habe ich gleichzeitig noch einmal bestätigt, dass ich meinem Vater nicht auf den Thron folgen werde.«

Ich sehe ihn ausdruckslos an. »Thron?«, ist alles, was ich herausbekomme.

»Die Drachen haben Könige, jedes Element seinen eigenen. Und ich bin der Sohn des Königs der Feuerdrachen. Gleichzeitig bin ich aber auch ein schwarzer Drache und somit Herrscher dieser Welt.«

Ich nicke und stecke mir eine weitere Erdbeere in den Mund, um nicht antworten zu müssen. Als Levyn aber stumm bleibt, auch dann noch, als ich schwer schlucke, sage ich: »Danke.«

»Wofür?«, fragt er und berührt seine Unterlippe mit Daumen

und Zeigefinger, seine düsteren Augen auf mich gerichtet. Hier in dieser Welt ist in ihnen nichts mehr von dem Grün übrig. Es ist nichts mehr übrig von seinen weichen Gesichtszügen. Alles ist hart und kantig. Und vor allem kühl.

»Dafür, dass du ehrlich bist und mich nicht länger ausschließt.«

Er erwidert nichts. Stattdessen sieht er wieder Myr an. »Was sagst du zu Lyas Vorschlag? Meinst du, das könnte etwas ändern?«

Er atmet schwer, nickt dann aber. »Trotzdem ändert es nichts daran, dass du deine Familie entehrt hast und ... darauf die Todesstrafe steht. Und selbst wenn dein Vater dich begnadigt, hast du so viele Gesetze der Venandi gebrochen, dass auch darauf die Todesstrafe steht, also ... bist du hier aktuell am sichersten«, sagt er beinahe belustigt. Als wäre es fast schon üblich, dass sich einer von ihnen in einer solchen Lage befindet. »Ich kann mit meinem Vater reden. Vielleicht gewährt er dir Immunität in der Stadt des Wassers. Was vielleicht deinen Vater fernhält. Nicht aber die Venandi.«

»Wieso können die Venandi überhaupt in die Welt der Dämmerung?«, hake ich nachdenklich ein.

»Sie sind Geschöpfe des Lichts. In der Welt der Dämmerung gibt es Licht und Finsternis. Jedes Lebewesen hat Zutritt zu der Welt der Drachen«, erklärt Levyn geduldig und fordert Myr dann auf, weiterzureden.

»Ich weiß einfach nicht, ob es das wert ist. Ein Krieg gegen die Venandi muss gut geplant sein. Vorbereitet werden. Wir brauchen mehr Männer, ja. Aber vielleicht brauchen wir jetzt einfach Zeit, Levyn. Zeit, bis sich alles beruhigt hat und wir wissen, wer noch mit den Venandi zusammenarbeitet. Und vielleicht solltest du wirklich darüber nachdenken, Elya einzusetzen.« Er räuspert sich mit einem kleinen Blick auf mich. »Sie kann helfen.«

»Wie kann ich helfen?«, fahre ich Levyn dazwischen, als er schon wieder abwinken will.

»Du könntest mit mir kommen«, erklärt Myr. »Du genießt in der Welt der Drachen komplette Immunität. Die Venandi haben keinen rechtlichen Grund, dich mit sich zu nehmen. Dich anzugreifen. Sie konnten es in der sterblichen Welt tun, weil sie dort herrschen. Weil sie dort ihre Regeln so biegen, wie sie es wollen. Aber unsere Welt würde nicht zulassen, dass sie dir auch nur ein Haar krümmen, solange du nicht gegen ihre Regeln verstößt.«

»Und wie schützt mich eure Welt?«, frage ich weiter. Meine Finger krallen sich in den alten Holztisch, an dem wir alle sitzen. Ich kann helfen. Ich. Die dumme kleine Lya, der nie irgendjemand etwas zutraut, kann – helfen.

»Die drei Welten, die der Finsternis, die der Dämmerung und die des Lichts, besitzen uralte Regeln. Unter diesen Regeln sind die Welten überhaupt erst erschaffen worden. Verstößt jemand gegen eine davon, wird er augenblicklich und für immer aus dieser Welt verbannt. Sie sind unumstößlich«, erklärt Myr.

»Vielleicht hättet ihr mir erst mal ein Regelwerk geben sollen, bevor ich hier Gefahr laufe, für immer verbannt zu werden«, sage ich lächelnd und endlich brechen auch die anderen ihr angespanntes Schweigen und stimmen ein.

»Die Welt der Finsternis kennt kaum Regeln«, raunt Levyn und wirft mir einen durchdringenden Blick zu. Seine schwarzen Augen wandern amüsiert an mir hinab und dann wieder hinauf. Ein kühles Lächeln spielt um seine Lippen. »Hier ist alles erlaubt. Außer, mir nicht zu gehorchen«, sagt er und leckt sich über seine vollen Lippen.

»Das erfindet er, oder?«, frage ich und unterdrücke das Beben in meinem Inneren. Lasse nicht zu, dass meine Stimme es verrät.

»Leider nein«, lacht Myr. »Aber der Bastard kann einen davon erlösen. Das ist ebenfalls in den Regeln dieser Welt festgehalten. Macht er nur sehr ungern. Weil er –«

»Weil ich es genieße, die Kontrolle zu haben, und mir niemand widerspricht«, unterbricht Levyn ihn mit rauer Stimme. Er wirft mir einen vielsagenden Blick zu, bevor Perce in schallendes Gelächter ausbricht.

»Lass dir von ihm keine Angst einjagen.«

»Also ist es nicht wahr?« Ich bettle förmlich darum. Wie soll ich es auch schaffen, Levyn hier nicht zu widersprechen? Das ist schier unmöglich.

»Doch. Aber er lässt es nicht so weit kommen. Keine Sorge«, versucht Arya mich zu beruhigen, die mit verschränkten Fingern und kühlem Blick dasitzt. Ich aber spüre die aufkeimende Angst. Und die Wahrheit seiner Worte. Genau das ist er. Das ist es, was ich die ganze Zeit bei ihm gespürt habe. Diese Wutanfälle, wenn ich etwas gegen ihn gesagt habe. Dieser besserwisserische arrogante Penner. Ich würde ihm vielleicht nicht widersprechen. Aber das müsste ich auch nicht, wenn ich einfach nicht mit ihm reden würde.

»Und wie kann ich dann helfen?«

»Nein!« Levyns Stimme bebt vor Zorn. Nicht nur sie. Der ganze Raum bebt bedrohlich. Er sieht mich herausfordernd an.

»Wenn der weiße Drache auf der Seite des schwarzen Herrschers steht, könnten sie überzeugt werden. Sie halten Levyn für böse. Sie denken, dass er wie alle anderen versucht, dich dunkel zu machen, und wenn sie sehen, dass du noch vollkommen weiß bist, deine Haare nicht dunkel und auch deine Augen noch voller Licht sind, könnten wir sie überzeugen, dass Levyn gegen die Feuerdrachen und die Venandi kämpfen will«, erklärt Myr.

Ihm hat Levyn ganz offensichtlich die Pflicht abgenommen, ihm gehorchen zu müssen. Aber etwas anderes wird mir plötzlich klar. Deshalb war Levyn damals so geschockt, hat meine Augen und meinen Haaransatz geprüft. Wenn ich also böse würde, würde sich auch mein Äußeres verwandeln? Ich würde so dunkel werden wie ...

Levyn ergreift das Wort: »Ich möchte dich nicht benutzen, Lya. Dafür bist du nicht hier. Dafür habe ich dich nicht mit hierhergenommen.«

»Was? Ist es dir plötzlich etwa wichtig, was ich von dir halte?«, lache ich herablassend.

Er mustert mich mit seinen schwarzen Augen. Prüft, wie weit er gehen kann. Am liebsten würde ich ihn anfassen, nur um diesem Möchtegern-Herrscher zu zeigen, wie viel Macht ich gegen ihn in der Hand halte.

Die anderen im Raum sehen betreten zu Boden. Nur Myr sieht Levyn an, als würde er nicht im Geringsten verstehen, warum ich das gerade gesagt habe.

»Ich möchte, dass du vorher trainierst. Mindestens so lange, bis du dich verwandeln kannst und in der Lage bist, zu manipulieren, Fantasien zu lesen und sie für deine Zwecke zu benutzen.«

»Und dann darf ich mit Myr gehen.«

»Ja.«

Seine kalte Zustimmung brennt in meinen Gliedern. Lässt sie erstarren und meine Nerven unruhig zucken.

»Und noch eine Bedingung.«

»Ich höre?«, sage ich herausfordernd. Ich würde alles in Kauf nehmen. Alles machen, wenn ich dadurch endlich nützlich sein würde. Endlich nicht mehr das Mädchen wäre, das beschützt werden muss, sondern das Mädchen, das Verbündete gefunden hat. Für ... Ja, wofür eigentlich? Um gegen die Venandi zu kämpfen? Will ich das überhaupt?

Ja!

Das Lumen taucht neben mir auf. Die fehlende Reaktion meiner Freunde, Myr und Levyn verrät mir, dass es sich gerade nur mir zeigt.

Warum?, frage ich in meinem Geist.

Die Venandi sind grausam, Herrscherin des Lichts. Sie rotten uns aus. Nehmen Eure Welt in Besitz und ihr das ganze Licht. Ich mag Euren dunklen Freund nicht ausstehen können, ja. Aber er kämpft für die richtige Sache. Gegen die abtrünnigen Drachen und die Venandi. Und die haben noch viel schrecklichere Dinge vor. Es wird Zeit, dass Ihr anerkennt, wer Ihr seid, und wenn es nötig ist, als Herrscherin des Lichts zusammen mit dem Herrscher der Finsternis in einem Krieg auf derselben Seite kämpft!

»Du musst die Regeln der Welt der Dämmerung lernen. Ich werde dich Tag und Nacht danach fragen. Werde dich aus dem Schlaf holen, nur damit du mir all die Regeln rauf und runter ratterst. Bis du sie ein für alle Mal beherrschst. Erst dann werde ich dich gehen lassen. Verstanden?«

»Du bist nicht mein Herrscher, Levyn!«

»Bitte«, fügt er erschöpft hinzu. In seinen Augen blitzt etwas auf. Es ist eine echte Bitte. Kein Befehl.

Ich nicke. Nicht, weil ich ihm nicht widersprechen will, sondern weil ich die Sorge in seinem Gesicht, seinen Augen und an seiner angestrengten Körperhaltung sehe und er mir trotzdem nicht im Weg steht. Mich gehen lässt. Mich helfen lässt. Zulässt, dass ich etwas tue, was wichtig ist. Wichtig für uns alle.

12. Kapitel

Ich trainiere Tag und Nacht, mich zu konzentrieren. Meine Fantasie zu beeinflussen. Sie zu beherrschen. Daran zu glauben und mir vorzustellen, dass ich mich verwandeln kann. Ich will es. Ja, will endlich nützlich sein. Aber nichts passiert. Rein gar nichts. Als hätte ich beim Kampf gegen die Venandi meine Macht verloren. Dabei war sie in diesem Moment so greifbar. So nah. Hat mich komplett erfüllt. Und jetzt ... Jetzt ist da nichts. Es ist alles wie immer. Ich bin so schwach und unbrauchbar wie eh und je.

»Lass uns eine Pause machen.«

Myr lässt sein Schwert sinken und wirft mir eine Wasserflasche zu. Kleine Steine purzeln darin herum, wie bei einer Schneekugel. Etwas, das ich lernen musste. Drachen stärken sich mit Mineralien. Und da wir keine Steine essen können, nehmen wir sie so zu uns.

»Woran liegt es, dass ich mich nicht verwandeln kann?«, frage ich erschöpft.

Myr hat sich entschieden, mir in den letzten Trainingseinheiten beizubringen, wie ich mit einem Schwert umzugehen habe. Es bringt mich zwar nicht weiter, aber er ist der Meinung, dass ich so vielleicht meinen Kopf frei bekomme.

»Ich sage es ungern, aber es liegt an dir. Etwas blockiert dich. Eine Angst. Oder vielleicht etwas, das ...«

»Ja?«, hake ich nach, als er nicht weiterspricht.

Er wischt sich mit dem Handtuch über sein glänzendes Gesicht. »Vielleicht gibt es Dinge, die dir im Weg stehen. Etwas, das du nicht geklärt hast. Etwas, das du brauchst, um zu dir selbst zu finden und anzunehmen, dass du nun einmal ein Drache bist. In hundert Prozent der Fälle liegen fehlende Verwandlungen daran, dass man es sich nicht vorstellen kann. Denn genau so verwandeln wir uns. Daraus ziehen wir all unsere Macht. Aus der Fantasie, Lya.«

Er kommt auf mich zu und legt mir sein Handtuch um die Schultern. Seine warme Haut streift mich kurz. Nichts zischt. Kein Schmerz in seinen Augen. Nicht so wie bei Levyn, der mittlerweile strengstens genau darauf achtet, mich gar nicht mehr zu berühren.

»Du wirst es schaffen. Glaub an dich! Und heute Abend blasen wir dir den Kopf frei.«

Kopf freiblasen heißt bei Myr so viel wie morgen mit einem dröhnenden Schädel aufzuwachen. Aber ich nicke und schlendere dann die steinigen Höhlen entlang, aus dem Trainingsraum hinaus zu meinem Zimmer.

Seit einer Weile verbringe ich meine Abende lieber mit Myr und Lucarys. Er ist im Gegensatz zu Myr fast immer still. Er ist ebenfalls ein Wasserdrache und trägt seine dunkelblauen Haare länger und meist zu einem Zopf gebunden. Ich frage mich oft, ob es einfach sein Charakter ist oder er in seinem Leben schreckliche Dinge erlebt hat, weshalb er sich so abweisend und leise verhält. Aber ich werde ihn wohl nie danach fragen.

An dem Tag, als Levyn eingewilligt hat, mich mit Myr in die Welt der Dämmerung gehen zu lassen, wenn ich mich verwandeln kann, haben auch Perce, Tym und Arya endlich ihre Geschichte erzählt. Eigentlich haben sie mir berichtet, wie sie mich und all die anderen an der Nase herumgeführt haben. Dass sie vorgegeben haben, Levyn nicht ausstehen zu können, um auch Informationen von Kyra und Jackson zu erhalten, die Levyn nicht vertrauen. Und vor allem ... um den weißen Drachen in Empfang zu nehmen. Meine Mom, die jetzt bei den Luftdrachen ist, war auch eingeweiht. Natürlich. Sie alle haben ihr hübsches Spiel gespielt und ich durfte als dummes Spielfigürchen nach ihren Vorstellungen über das Brett huschen. Das hat jetzt ein Ende. Ich werde nie wieder die Spielfigur von irgendwem sein.

Am meisten schmerzt mich, dass die Wochen in June Lake mir plötzlich so verlogen vorkommen. Die einzigen Wochen in meinem Leben, in denen ich mich zu Hause gefühlt habe. So gefühlt habe, als könne ich irgendwo ankommen.

Ich trete die Tür zu meinem Zimmer auf, als ich in der Höhle ankomme. Ich habe nicht einmal bemerkt, wie viel Wut diese Erinnerungen und Gedanken in mir ausgelöst haben. Leise schließe ich die Tür wieder und verschwinde in meinem Bad. Ziehe mir die verschwitzten Klamotten aus und springe unter die warme Dusche. Mein Kopf pocht, während mein Körper mit einer Gänsehaut und dann mit Entspannung reagiert.

Ich muss also meinen Kopf ausschalten. Oder das finden, was mich daran hindert. Aber was soll das sein? Warum glaubt mein tiefes inneres Ich nach alldem immer noch nicht genug daran, dass ich ein Drache bin, um mich auch wirklich zu verwandeln?

Etwas, eine Stimme in mir, die nicht dem Lumen gehört,

schreit mich an, dass es an Levyn liegt. Aber auf das Warum komme ich nicht. Ich begreife es einfach nicht.

Stunden habe ich damit zugebracht, die anderen zu beobachten. Habe sie von meinem Lumen verfolgen lassen, damit ich dabei zusehen kann, wie sie fliegen. Und doch traue ich mir nicht zu, das auch zu können.

Resigniert schalte ich die Dusche ab, trete hinaus und wickle mir ein Handtuch um. Als ich in mein Zimmer komme, erschlägt mich seine dunkle Aura beinahe.

Levyn.

Er steht einfach nur da. Mir den Rücken zugewandt. Sein Blick auf den Wasserfall gerichtet.

»Wie geht es voran?«

Ernsthaft? Das ist seine allererste Frage? Ich habe ihn seit einer Woche nicht gesehen, weil er irgendwo im Nirgendwo war. Und jetzt steht er einfach so in meinem Zimmer und will wissen, wie es läuft? Wut brodelt in mir. Auch wenn ich genau weiß, dass mich diese Frage niemals so sauer machen würde, wenn es gut liefe. Wahrscheinlich hätte ich es ihm freudestrahlend und selbstgefällig entgegengeschmettert.

»Eher so semi-erfolgreich«, gebe ich zu. Es hat keinen Sinn, ihn anzulügen. Denn spätestens Myr würde meine Lüge auffliegen lassen.

»Ich kannte mal ein Mädchen, das auch sehr große Probleme hatte, sich zu verwandeln«, sagt er ruhig und dreht sich langsam um.

Ich presse das Handtuch fester um mich. Mein Herz pumpt Gift durch meine Adern und schreit mich an.

Es war der weiße Drache! Er spricht von ihr! Frag ihn jetzt!

Ich verscheuche meine innere Stimme. Ich will nicht bestätigt bekommen, dass ich nur eine von vielen bin. Eben die jetzige Generation weißer Drache.

»Und was hat sie dagegen getan?«, frage ich also und bemühe mich, gelangweilt zu klingen.

»Ich habe sie gevögelt, bis ihre Fantasie dermaßen beflügelt war, dass sie wirklich fliegen konnte.«

Ich starre ihn fassungslos an. Fassungslos und trotzdem brennt meine Haut. Mein Unterbauch. Meine Schenkel.

»Schade, ich dachte schon, ich könnte meine Verwandlung beschleunigen«, gebe ich zurück, bemüht kühl und abfällig. Bemüht, meinen keuchenden Atem zu kaschieren. Mir nicht mein pochendes Herz anmerken zu lassen.

»Können wir.« Er wirft einen Blick auf das Bett, dann wieder zu mir. Um seine Lippen spielt ein süffisantes Grinsen.

»Es liegt nicht an mir. Ich bin lange nicht rangenommen worden. Aber du würdest verbrennen. Also Thema erledigt.«

Das Lächeln bleibt und er zeigt keine Regung. Obwohl ich gehofft habe, ihn durch meine Worte endlich mal seine Fassung verlieren zu sehen.

»Netter Versuch«, schnurrt er.

Ich hasse ihn. Hasse ihn so sehr.

»Weswegen ich eigentlich hier bin ...« Er räuspert sich mit einem letzten Blick auf meinen Körper, der nur in das schwarze Handtuch gehüllt ist. »Mein Vater will, dass ich im Vulkan erscheine. Also im Sitz der Feuerdrachen im Königreich Ignia. In ihrem Vulkanschloss. Er will, dass ich mein Erbe annehme und damit begnadigt werde.«

Ich ziehe die Brauen zusammen.

»Bitte zieh dir etwas an, Lya. Du bist dürr und knochig. Nicht schön anzusehen.«

Ich schnaube und gehe zu meinem Kleiderschrank. Der hat sie nicht mehr alle. Und ich darf ihm nicht einmal widersprechen. Aber es reizt mich zu sehr, als dass ich es nicht austesten würde.

Ich nehme das Handtuch von meinem nackten Körper und lasse es hörbar auf den Boden fallen. »Was ziehe ich nur an?«, murmle ich gespielt nachdenklich.

Levyn knurrt. Gut so.

»Und was genau hindert dich daran, den Thron irgendwann zu besteigen, wenn dein Vater in ... was? Tausenden von Jahren? ... stirbt? Oder wie alt Drachen auch immer werden?«, frage ich, während ich mit den Fingern laut und deutlich die Kleiderbügel hin und her schiebe. Ein Blick auf Levyns verkrampften Körper verrät mir, wie schwer es ihm fällt, sich nicht umzudrehen.

»An deiner Stelle würde ich das lassen!«, zischt er bedrohlich.

»Und warum?«

»Weil ich dir befehlen könnte, dich mir hinzugeben. Du könntest mir nicht widersprechen. Sonst würdest du von hier verschwinden. Sterben. Eine gefallene Seele, verbannt aus allen Welten.«

Ich schlucke hörbar, Levyn lacht kalt. »Versuch's doch!«, flüstere ich herausfordernd mit meinem letzten Mut. Und als ich gerade zu ihm sehen will, umgibt mich plötzlich Finsternis. Ein dunkler Nebel – und Levyn steht direkt vor mir. Das Handtuch in seiner Hand, das er innerhalb von wenigen Sekunden um meinen Körper schlingt, und starrt mich hungrig an. Meine Kehle schnürt sich zu, als ich das gleiche Verlangen in seinen Augen sehe, das ich in mir spüre.

»Du hast keine Ahnung, wer ich bin.«

Seine Stimme lässt jeden Muskel meines Körpers erzittern.

»Hättest du früher angefangen, mir zu sagen, wer du bist, wüsste ich es vielleicht«, entgegne ich und greife nach seiner Hand, die das Handtuch an meinen Rippen festhält. Ein leises Zischen lässt meinen Nacken kribbeln. Langsam und bedrohlich wandert es meine Wirbelsäule hinunter.

»Sie hätten dich dafür bestraft. Und das ...« Seine Stimme bricht.

»Und das?«

Er atmet schwer ein und aus. Seine Augen glühen – aber dieses Mal macht es mir keine Angst. Der Levyn, der gerade vor mir steht, ist zwar immer noch derselbe – aber er ist trotzdem völlig anders. Mächtiger und ... echter. Es ist, als würde ich ihn zum ersten Mal wirklich ansehen. Nicht das, was er nach außen trägt, sondern sein wahres Ich.

»Das hätte ich nicht verkraftet.«

Stille tritt ein. Erbarmungslose Stille, denn jetzt hört man nicht einmal mehr ein Atmen. Als wäre uns beiden die Luft weggeblieben. Als hätte sie jemand aus diesem Raum gezogen.

Wir sehen uns einfach nur an. Sekunden oder Minuten. Ich weiß es nicht. Aber ein Gefühl von Verbundenheit erschlägt mich beinahe und verhindert, dass ich meinen Blick abwenden kann, bis sich seine Gesichtszüge verhärten und das Glühen seiner Augen stärker wird.

»Zieh dir etwas an!«

Es ist ein Befehl. Und trotzdem bin ich nicht in der Lage, ihm Folge zu leisten.

»Los!«, knurrt er. Seine Hände krallen sich in das Handtuch, während er schwer ein- und ausatmet.

»Warum? Weil du mich wieder töten willst?!«

Ich starre ihn irritiert an und warte nur darauf, dass sich wieder diese Schuppen um seine Augen bilden.

Er sieht mich an. Seine Augen funkeln rot. »Ich will ganz andere Dinge mit dir tun.«

Ich schlucke, während mein Körper mich zwingen will, ihn an mich zu pressen. Ihn wieder und wieder zu küssen. Zuzulassen, dass er meine Klamotten von mir reißt, und vor allem zuzulassen, dass er sich an mir verbrennt.

Ich schüttle benommen den Kopf. Wie kann ich nur so etwas denken? Ich weiche einen Schritt von ihm.

»Los!«, keucht er wieder. Sein Blick ist gierig auf mich gerichtet. Ich will mich nicht bewegen, aber ich muss. Ich darf ihm nicht wehtun. Darf ihm nicht zeigen, dass ich seine Berührungen wirklich will. Und manchmal sogar darüber nachdenke, dafür böse zu werden.

Ich zwinge mich selbst, weiter Abstand zu nehmen, bis er sich löst und geht.

»Schließ die Tür ab!«, sagt er rau, bevor er sie hinter sich schließt und ich seiner Anweisung folge. Schwer atmend lasse ich mich gegen sie sinken. Ein Knurren von draußen lässt mich zusammenzucken. Jetzt, da ich hier allein bin, ärgere ich mich, dass ich nicht gefragt habe, welche Dinge er genau gemeint hat, die er mit mir machen will. Ich beiße mir auf die Unterlippe, bevor mich meine Vernunft für diesen Gedanken strafen kann.

Ich stehe wieder auf und ziehe mir etwas über. Diese Dinge ... wenn er dieselben meint, will ich sie auch. Egal welche Folgen das hat.

Ein Klopfen reißt mich aus meinen Gedanken, die mir jetzt, da ich wieder in der Realität angekommen bin, ziemlich selbstsüchtig vorkommen. Levyn verbrennt, wenn er mich anfasst.

»Lya?«

Ich antworte nicht. Was soll ich jetzt tun? Gerade hat er mir noch gesagt, ich solle die Tür absperren. Das hat er bestimmt nicht ohne Grund gemacht.

»Lya!«, sagt er nachdrücklicher. Seine Stimme klingt ganz normal. Sollte ich es also vielleicht doch wagen, ihm aufzumachen?

»Was willst du? Ich bin ... ähm ...« Ich suche in meinem Kopf nach einer Ausrede. »Noch nicht wieder angezogen.«

Super, Elya. Etwas Besseres ist dir nicht eingefallen?!

Mit einem lauten Knall öffnet sich die Tür, die Levyn noch einen Moment an der Klinke in der Hand hält und dann neben sich auf den Boden schmeißt. Ich reiße meine Augen auf und fasse nicht, was er gerade getan hat. Er hat wirklich die Tür aus den Angeln gehoben. Die komplette Tür.

Schnaufend sieht er mich an. Wie ein Stier, der auf den roten Stoff wartet.

»Levyn ... Was ... tust du da?!«, frage ich mit zittriger Stimme, aber diesmal ist da keine Angst. Dafür, dass ich vor so vielen Dingen Angst habe, beweise ich bei Levyn wirklich ziemlich viel Mut oder Leichtsinn.

»Du ...« Er sieht mich musternd an. Sein Atem geht immer noch schnell. Seine Hände sind zu Fäusten geballt. »Du bist angezogen«, stellt er fest.

»Und du hast die Tür aus den Angeln gerissen!«, entgegne ich.

»Ich ... Ich wollte nur ...«

»Ja?!«

»Keine Ahnung ...«, murmelt er und geht.

Ich folge ihm. »Ist das dein Ernst, Levyn? Du reißt meine Tür raus und dann gehst du ohne eine Erklärung? Wie soll ich denn jetzt ... die Tür schließen?!«

»Lass mich einfach in Ruhe, Lya!«, raunt er und läuft in sein Zimmer.

»Ich dich? Du hast gerade meine Tür rausgerissen!«

So langsam geht der Kerl mir wirklich auf den Geist. Schwarzer Drache hin oder her, er kann sich auch nicht alles erlauben.

»Ich wollte nur ...«

»Was wolltest du?«, belle ich.

Keine Antwort.

Wütend schnaufend gehe ich zurück in mein Zimmer und sinke auf mein Bett. Dieser Kerl lässt mich wirklich jedes Mal fassungslos zurück.

Ich werfe einen Blick auf meine kaputte Tür und entdecke Levyn, der plötzlich wieder in ihr steht. Es vergehen unendliche Sekunden, in denen wir uns einfach nur ansehen, und dann stürmt er auf mich zu.

»Das!«, beantwortet er jetzt doch meine Frage, umfasst mein Gesicht und beugt sich über mich. Er küsst mich nicht. Sein Atem geht schnell. Seine Finger krallen sich in meinen Nacken. Meine Haare. Dann leuchtet etwas in seinen Augen auf, so als würde er plötzlich verstehen, was er im Begriff ist zu tun.

Schlagartig lässt er mich los und entfernt sich wieder von mir. »Lya ... Du musst hier weg.«

»Was?«, frage ich atemlos. Alles in mir wünscht sich, er hätte mich geküsst.

»Ich ... kann mich in deiner Nähe nicht kontrollieren!«, knurrt er.

Ist das etwas Gutes?

»Für ... Für immer? Ganz weg?«

Erst als ich es ausspreche, wird mir klar, dass ich alles will – nur das nicht.

»Nein ... Ich ... Nur jetzt. Oder ich gehe.«

»Ich bin heute Abend mit Myr im Dorf«, sage ich und klinge dabei beinahe erleichtert. Ja, ich fühle mich sogar so.

»Es tut mir leid, Lya. Ich habe mich normalerweise besser unter Kontrolle.«

»Ich ... Du wolltest eigentlich nur offen und ehrlich mit mir umgehen und mir das mit deinem Vater sagen. Ich denke, dieses Mal habe ich die Situation ausgereizt«, gebe ich kleinlaut zu, während er sich erhebt und mich nachdenklich betrachtet.

»Die Krone wird nach tausend Jahren weitergegeben, wenn der König bis dahin nicht gestorben ist«, erklärt er, wonach ich vor dieser dämlichen Aktion gefragt habe.

Mein Mund öffnet sich. Meine Augen weiten sich. »Dein Vater ist tausend Jahre alt?«

»Er bestieg den Thron erst mit zweihundert Jahren. Aber wer zählt schon.«

Ich stoße einen seltsamen Laut aus. »Wie alt bist du?«, frage ich tonlos. Endlich. Endlich ist mir diese eine Frage über die Lippen gegangen.

»Wer zählt schon«, sagt er wieder und grinst ganz leicht. Trotzdem kann ich in seinen Augen sehen, dass er sich immer noch beherrschen muss.

»Du warst der schwarze Drache, oder?« Die Worte, die ich so lange für mich behalten haben, die Frage, die mir schon die ganze Zeit so schmerzhaft auf meiner Seele brennt, verlässt einfach so meinen Mund. »Du hast diesen weißen Drachen geliebt. Sie so sehr geliebt, dass man dir das Herz nahm!«

Bitte sag Nein!

Er steht da und sieht mich an. Blinzelt nicht einmal. Er sieht mich einfach nur an. Seine Augen verdunkeln sich.

»Was genau willst du wissen, Lya? Ob ich sie geliebt habe? Oder ob ich der schwarze Drache bin? Worum geht es dir wirklich?«

Er kommt um das Bett herum und kniet sich vor mir hin.

»Ich will wissen, ob du der Drache von damals bist. Ob du schon mehrere weiße Drachen überlebt hast und ... wie das geht, wenn sie nicht sterben konnten, wenn du lebst«, presse ich hervor.

Er verengt seinen Blick. »Ich bin der Drache von damals, ja. Lyria wurde genauso wie mir das Herz herausgerissen, um diesen Fluch zu vollenden. Sie starb also, bevor er in Kraft trat. Starb, als unsere Leben noch nicht aneinandergekettet waren. Danach wurde bis vor achtzehn Jahren kein weißer Drache mehr geboren.«

Lyria. Der Name hallt in meinem Kopf wider. Sie ist die letzte Person gewesen, die Levyn geliebt hat. Womöglich die einzige. Danach nie wieder. Er hat mit ansehen müssen, wie ihr das Herz herausgerissen wurde und dann sein eigenes.

»Wie hast du es überlebt?«, frage ich betreten. Ich habe keine Ahnung, ob ich ihm Beileidsbekundungen aussprechen soll. Also entscheide ich mich dagegen.

»Das gehörte zum Fluch. Ich musste ihren Tod mit ansehen. Und vielleicht hat sie ... haben andere gehofft, dass es mich angreifbar macht.«

»Und bist du es? Angreifbar?«, frage ich mit heiserer Stimme. Mein Körper glüht und sendet mir verschiedene Signale. Und eine kleine Stimme in mir wimmert, weil er sie geliebt hat. Weil er sie so sehr geliebt hat.

»Nicht mehr.« Seine Stimme ist klar. Rau. Stark. Ich hätte nicht fragen müssen. Ich wusste schon zuvor, dass er nicht angreifbar ist. Denn Menschen sind es nur dann wirklich, wenn sie lieben.

»Und jetzt schlägt kein Herz in deiner Brust?«

Levyn zieht scharf die Luft ein. Und ich fühle mich, als würde er mir damit etwas von meiner Seele nehmen. Oder mir den Verstand rauben. Ich sehe zu ihm hinauf in seine schattigen Augen. Augen, in denen ein Gewitter tobt. »So kann man das nicht sagen.«

Ich lecke mir über meine trockenen Lippen und starre auf seine starke, sich hebende und senkende Brust. Wie gern würde ich meine Hand darauflegen und nachfühlen. Spüren, ob dort ein Herz schlägt. »Hast du sie wirklich so sehr geliebt?«

Er sieht mich ausdruckslos an. »Hätte ich es dann überlebt? Was meinst du?«

Eine Herausforderung glitzert in seinen Augen. Ich wende mich von ihm ab und stehe auf. Einfach, um etwas zu tun zu haben. Aber ich stehe nur dumm da.

Als er zum Gehen ansetzt, sage ich leise, aber hörbar seinen Namen. Er dreht sich zu mir um. Elegant. Umgeben von Dunkelheit. »Warum hast du mir das erzählt? Das, was dein Vater will?«

»Weil sich die Regeln geändert haben. Du wirst jetzt schon in die Welt der Dämmerung eintreten. Zusammen mit mir. Aber davor ... sollten wir uns wenigstens ein paar Stunden aus dem Weg gehen.«

Mit dieser bedrohlichen Erkenntnis lässt er mich allein. Ich kenne die Regeln nicht. Nicht die der Feuerdrachen, denn Myr hat mir erklärt, dass auch die einzelnen Königreiche Regeln haben, auf deren Verstoß die Todesstrafe steht. Ich kann mich nicht verwandeln. Ich besitze keinerlei Kraft. Ich kann da nicht hin!

Panik ergreift beinahe Besitz von mir, aber ich beruhige mich selbst. Atme tief durch. Das war doch die ganze Zeit genau das, was ich wollte.

Ich reiße mich zusammen und gehe zum Abendessen. Aufrecht, gestrafft. So wie jemand, der in dieser Welt etwas ausrichten kann.

* * *

»Regel Nummer zwei!«, schießt es aus Myrs nach Alkohol riechendem Mund.

»Ich darf niemanden umbringen«, sage ich gelangweilt. Nur weil er selbst kaum noch lesen kann, fragt er mich ständig die einfachsten Regeln. Dabei besteht dieses dumme Regelwerk der Wasserdrachen aus Tausenden von Paragraphen. Das würde ich nie lernen.

»Trink jetzt endlich mit uns mit!«, fordert er und hebt seine Finger, um weitere Bierflaschen bei dem Wirt zu bestellen. In der kleinen Stadt in der Nähe des Firefalls, des Berges, in dem wir leben, bin ich erst ein paarmal zusammen mit Myr gewesen. Meistens beklagt er sich, dass der Weg, ohne zu fliegen, viel zu anstrengend ist, und ich weigere mich, mich tragen zu lassen. Ich bin ein Drache! Ein Luftdrache! Zumindest gehe ich davon aus. Also werde ich mich von niemandem, absolut niemandem, herumfliegen lassen! Ich will ihnen helfen, ja. Und Myr nicht noch mehr schwächen. Aber ich habe ihm oft genug angeboten, allein zu fliegen und mich nachkommen zu lassen. Ohne Erfolg. Das Dorf liegt allerdings nicht weit entfernt und die Wege zwischen den kleinen Dörfern, die, wie Myr mir erzählt hat, alle Levyn hat errichten lassen, sind durch weitere kleine Lumen beleuchtet. Ihr Licht hängt die Waldwege entlang an Bäumen, eingesperrt in kleine Laternen.

»Leben in Acaris auch so viele Menschen wie hier?«, frage ich ablenkend.

Myr verzieht den Mund. »Du fragst Sachen. Ich denke, hier sind es mehr. Allen, die sich von ihrem König abgewandt haben oder sich dem Krieg gegen die Venandi verpflichtet fühlen, gewährt Levyn hier Unterschlupf. Für sie hat er diese Dörfer bauen lassen.« Er nimmt das Bier entgegen, das die Barfrau an unseren Tisch bringt, und bedankt sich. »Und Verstoßene können hier auch leben«, fügt er hinzu. »Er hat direkt nach dem Krieg damit angefangen, seine Welt auszubauen. Sie ... bewohnbar zu machen.«

Ich lasse meinen Blick über die kleinen Laternen wandern, die hier wie Lampen über den Tischen angebracht sind. In ihnen tanzen Lumen herum, als würden sie auf die Musik reagieren. Eine alte Musik, gespielt von schwarz gekleideten Männern, auf Instrumenten, die ich nicht kenne. Etwas Ähnliches wie Gitarren.

Levyn hat diese Welt nicht nur bewohnbar gemacht. Er hat sie zu einem Zuhause gemacht.

Die Menschen feiern und singen, spielen Karten oder brüsten sich mit ihren Schuppen, um Frauen zu beeindrucken. Weiter hinten an der Bar erkenne ich Arya, die Myr ab und zu seltsam betrübte Blicke zuwirft.

»Warum sitzt sie immer allein da rum?«, frage ich in Gedanken versunken, während Myr einen Schluck von seinem Krug nimmt.

»Arya ist uralt und manchmal etwas verschroben. Sobald sie sich ... mit der neuen Situation abgefunden hat, wird sie wieder bei uns sitzen.«

»Also liegt es an mir?«

»Nein«, brummt Myr und atmet angestrengt durch. »An Levyn und seinen Entscheidungen. Sie ... Sie ist nicht glücklich darüber, wie das alles läuft. Dass er dieses Theater in June Lake gemacht und sich damit in große Gefahr gebracht hat und ...«

Myr redet nicht weiter. Auch nicht, als ich ihn auffordernd anstarre.

»Irgendwann wird sie sich dir öffnen. Dann erfährst du es.«

Wenig begeistert sehe ich mich weiter um, bis mein Blick wieder auf die Männer mit den Schuppen fällt. »Warum zum Teufel kann ich mich nicht verwandeln?«, platzt es aus mir heraus. Ich möchte endlich etwas tun können! Und dann, ganz plötzlich, als ich gerade mein Gesicht in meine Hände fallen lassen will, wird es mir klar. »Das Lumen«, sage ich und starre Myr an, der nur seine Brauen hebt. Gespannt auf meine neueste Vermutung. Es ist nicht die erste. Und sie waren alle bescheuerter als die vorherigen. »Das Lumen sagte, dass die Venandi meinen Sternenstaub noch nicht kennen …«

»Ja, ein veraltetes Wort für Fährte. Eine Art Duft, den jeder Drache bei einer Verwandlung ausströmt. Die Venandi riechen ihn und sperren ihn in ihren kranken Jägerkopf, um uns aufspüren zu können.«

»Und wenn ich mich verwandle, haben die meinen Sternenstaub und werden … Zugang zu dieser Welt bekommen!«

Myr verengt seinen Blick. »Glaub mir, Lya, keine Macht der Welt, nicht einmal die der Venandi, könnte durch die Mauern des Firefalls, erbaut mit Levyns mächtiger Dunkelheit und … seinen anderen Fähigkeiten, deine Fährte aufspüren. Sonst würde Levyn dich wohl kaum von mir trainieren lassen.«

Ich starre Myr an. Meinen Trainer. Ausgewählt von Levyn. Und dann, schlagartig, wird mir der andere Grund bewusst.

* * *

Ich klopfe mit zittrigen Fingern an die stählerne Tür. Kein Wort ertönt. Keine Bitte, hereinzukommen. Ist genug Zeit vergangen, um es zu wagen, ihm wieder gegenüberzutreten? Ich habe keine Ahnung. Trotzdem schiebe ich die Tür auf und blicke zu Levyn, der auf seinem Bett liegt. Ein Arm hinter seinem Kopf verschränkt. Auf seinen Lippen ein amüsiertes Grinsen.

»Was kann ich für dich tun, Lya?«, fragt er, als ich die Tür hinter mir schließe. Ganz offensichtlich ist genug Zeit vergangen. Er ist wieder ganz und gar der Alte. Zumindest das Ich, das er ist, seit wir in dieser Welt sind.

»Du hast es gewusst!«, presse ich hervor.

»Was habe ich gewusst?«

»Du hast es gewusst!«, wiederhole ich.

Er tut es mir gleich: »*Was* habe ich gewusst?« Sein Lächeln wird breiter.

»Dass ich kein Luftdrache bin!«, schmettere ich ihm entgegen.

Seine Augen leuchten auf. Eine Braue hebt sich ganz langsam. »Bist du nicht?«, feixt er. Überlegen, dunkel und mächtig und so selbstgerecht.

»Was bin ich?«

»Ach«, raunt er herablassend, »das hast du bei deinem Selbstfindungstrip also nicht herausgefunden?«

Meine Lippen beben. Mit sicheren Schritten gehe ich auf Levyn zu. »Hör auf, mit mir zu spielen! Das habe ich nicht verdient!«

Er mustert mich. Und vielleicht regt sich etwas in seinem Inneren. Aber äußerlich bleibt er ruhig und lauernd. »Wie kommst du darauf, dass du kein Luftdrache bist? Und wer hat je behauptet, dass du einer bist? Etwa ich?«, fragt er nach ein paar Sekunden des Schweigens.

Ich stehe da, meine Hände zu Fäusten geballt, meine Augen erst auf die kleinen Tropfen des Lichts gerichtet, als würden sie mir Kraft geben, und dann auf ihn.

»Ich dachte, dass ich so wie Arya, Tym und Perce bin, weil ich ihnen am ähnlichsten sehe. Aber jetzt habe ich eins und eins zusammengezählt. Ich ... Ich habe mich erinnert. Daran, dass Kyra mich ins Wasser gestoßen hat und ich mich dort verwandelt habe. Dass ich mich im Wald verwandelt habe. Aber nie diese Flügel gespürt habe.« Ich atme schwer. »Ist das auch der Grund, weshalb Myr mich trainiert? Ein Wasserdrache?«

Levyn beißt sich auf seine Unterlippe, dann nickt er neben sich auf das Bett und deutet mir so, mich zu setzen. Ich tue es. Nur weil mir beinahe die Beine versagt hätten. Sein Blick ruht auf mir, als wüsste er nicht genau, was er sagen soll. Als wären dem schlagfertigen Levyn endlich einmal die Antworten ausgegangen.

»Ich weiß nicht, was du bist, Lya«, flüstert er dann. Es ist kaum mehr als ein leichter Windstoß, der mich frösteln lässt. »Aber ja, mir war spätestens an dem Tag, als ich dich aus dem Wasser geholt habe, bewusst, dass du ... dass du die Macht eines Wasserdrachen besitzt. Es gab keinen in unserer Nähe, von dem du diese Fähigkeit hättest übernehmen können. Also musste diese Verwandlung allein von dir kommen.«

Ich wende meinen Blick ab. Mein Herz pocht unruhig und hart gegen meine Brust, während es brennende Säure durch meine Adern pumpt. Ich kann mir nicht so wirklich erklären, woran es liegt. Es ist nichts Schlimmes, ein Wasserdrache zu sein, aber ... mir fehlt die Verbindung zu ihnen. Eine Verbindung, die ich in den letzten Wochen durch Levyn und meine Freunde vor allem zu den Luftdrachen aufgebaut habe. Und vielleicht sogar zu den Feuerdrachen. Aber nicht zu den Wasserdrachen. Nicht zu diesem nassen Zeug, das mir so schreckliche Angst einjagt. Zumindest seit der Nacht im Wald mit Jason. Seitdem habe ich vor all den Elementen der Drachen Angst. Was ist damals nur passiert?

»Aber ... wenn dir damit klar war, was ich bin, warum sagst du, du wüsstest es nicht?«

Er verengt seine dunklen Augen, durch die wie immer diese schwarzen Schatten wabern. »Man kann dich nicht einordnen, Lya. Du bist kein normaler Element-Drache. Du bist ein weißer Drache. Und das, was du auf dieser Wiese getan hast ... das hat bewiesen, dass du mächtiger bist als alle anderen. Du kannst ... Zeit und Raum beherrschen. Und als du das getan hast, da warst du einfach nur ein weißer Drache. Ohne Flügel, ohne Kiemen, ohne Schweif und auch ohne feuerspeiende Nase. Einfach nur du. Mit weißen Schuppen und dem Licht der Zeit um dich herum. Du beherrschst das Licht und damit auch seine Geschwindigkeit.«

Ich beherrsche die Lichtgeschwindigkeit. Das ist es, was Levyn sagt. Wogegen sich mein Verstand aber wehren will.

»Und was kannst *du*? Was macht die Macht der Finsternis aus dir?«, frage ich vorsichtig.

»Das werde ich dir zu gegebener Zeit demonstrieren. Du sollst ja auch beeindruckt sein, wenn ich meine Finsternis spielen lasse.« Er lächelt.

»Also bin ich gar kein Elementdrache?«, frage ich, um von seiner dummen Aussage abzulenken, die meine Glieder brennen lässt. Ich will mir nicht vorstellen, wie viel Macht Levyn besitzt.

»Das musst *du* herausfinden. Du allein. Dabei kann ich dir nicht helfen.«

Ich presse unruhig meine Lippen aufeinander und lasse meinen Blick zu dem leicht erhellten Wasserfall schweifen.

»Was denkst du?«, fragt Levyn in die Stille.

»Nichts«, lüge ich.

»Sag es mir!«

Ein Befehl. Ein Befehl, dem ich nicht widersprechen kann, weil Levyn mich nicht von der Regel dieser Welt befreit. Ich lasse meine hellen Augen zu ihm wandern. Seine eigenen sind verengt auf mich gerichtet, während sich sein Körper nicht bewegt. Wenn er meine Gedanken haben will, soll er sie bekommen!

»Ich denke, dass ich endlich anfange zu begreifen, warum ich mein Leben lang nicht angekommen bin. Warum ich immer das Gefühl hatte, ein Teil meiner Seele wäre unvollständig. Und ich denke, dass die Tatsache, dass du an mich glaubst und mich für so mächtig hältst, bewirkt, dass ich es schaffen kann, mich zu verwandeln und die Wahrheit in mir endlich komplett zuzulassen. Dass mir genau das vorher im Weg gestanden hat. Die Angst davor, du könntest nicht an mich glauben.«

Er bleibt still. Mustert mich, als würde er eine Erklärung dafür an meinem Äußeren erkennen. Aber das, was ich fühle, ist tief in mir verborgen. Die Erkenntnis, dass Levyn so viel Macht über mich hat. Dass er es nicht einmal weiß. Dass weder ich noch er je verstehen werden, warum er meine Seele mit seinem Vertrauen in mich so sehr beeinflusst, dass es beinahe gefährlich ist. Ein gefährliches Spiel. Ein schmaler Grat, auf dem wir wandern. Und wohl immer wandern werden.

Jetzt erst verstehe ich, wieso dieser Fluch auf mir liegt. Auf uns liegt. Warum wir uns nicht berühren dürfen. Ich weiß es, weil allein die Art, wie mich seine Seele berührt und ausmacht, eine ganze Welt zerstören könnte. Meine Welt und seine. Die des Lichts und die der Finsternis.

»Und was ... was denkst du?«

»Ich denke«, sagt er langsam, so als würde er auf jedes Wort genauestens achten, »dass du so ganz und gar nicht wie Lyria bist.«

* * *

»Die Venandi stellen Truppen bereit«, sagt Myr atemlos, während Levyn nicht einmal von seinem Teller hochsieht.

»Sie können machen, was sie wollen. Mein Vater hat das Vorrecht, über mein Schicksal zu bestimmen.«

Ich beiße mir unruhig an meiner geschundenen Lippe herum. Levyn hat mir zwar erklärt, dass die Regeln des eigenen Volkes zuerst gelten und die Begnadigung oder Bestrafung bei ihm liegt, begeht jemand ein Verbrechen. Aber so ganz habe ich diese unzähligen Regeln noch nicht verstanden. Warum halten sich die Venandi daran? Was hindert sie, einfach in die Welt der Dämmerung zu marschieren und Levyn den Kopf abzuschlagen?

Levyn mustert mich amüsiert, als könne er meine Gedanken lesen. Wie oft hatte ich schon das Gefühl, dass er das kann?

»Ich werde trotzdem hingehen«, sagt er knapp und fährt mit seinem Finger über den Rand seiner Tasse.

»Das ist Unsinn!«, mischt sich Arya ein. »Du willst nicht König werden. Also wirst du diese Begnadigung ablehnen müssen und damit wird dein Vater dich töten.«

»Ich werde mein Erbe annehmen. Ansonsten tut es Naoyl. Darauf kann ich verzichten. Meine Mutter würde ihn ermorden lassen.«

»Naoyl?«, schießt es aus mir heraus.

»Sein Halbbruder«, erklärt Perce und wirft mir einen liebevollen Blick zu. In den letzten Wochen habe ich sie und Tym kaum zu Gesicht bekommen. Myr hat mir erklärt, dass sie selten hier sind und nur meinetwegen abgezogen wurden, um in June Lake meine Bewacher zu spielen.

»Du hast einen Bruder?«, wende ich mich an Levyn.

Er schnaubt lachend. »Ich habe so viele Geschwister, Lya. Mein Vater ist nicht gerade für seine Keuschheit bekannt. Naoyl aber hat er anerkannt. Weil er die Frau, die seine Mutter ist, geliebt hat. Wahrscheinlich ist sie die Einzige, die sein kaltes Herz je geliebt hat.«

Wenigstens hat er ein Herz, denke ich.

Levyn sieht mich ausdruckslos an, doch ich erkenne die Wut darin. Wut auf seinen Vater. Oder etwa auf mich?

»Aber du kannst dort nicht herrschen! Du musst *hier* herrschen«, sagt Tym völlig verständnislos.

»Erstens ...«, brummt Levyn und legt seine Finger aneinander, »müsste ich den Thron erst in vier Monaten antreten. Zweitens ...«, er wirft einen Blick zu mir, »kann ich mit dieser Geste und mit Lya an meiner Seite den Feuerdrachen im Vulkanschloss beweisen, dass ich ihre Absichten teile. Zumindest können wir so tun, als würden wir das Gleiche wollen wie sie: Lya dunkel machen. Und drittens kann uns meine Herrschaft über die Feuerdrachen Vorteile gegen die Venandi verschaffen.«

»Die Feuerdrachen«, knurrt Arya, presst ihre Finger gegen die Tischplatte, bis ihre Knöchel weiß hervortreten, und steht langsam auf, »wollen Elya tot oder schwarz sehen!«

Ich erkenne ihre Stimme kaum wieder. Schon vor ein paar Wochen auf der Lichtung vor Perces Haus hat sie so voller Zorn gewirkt. Trotzdem legt sich ihre Stimme auf meine Haut wie ein warmes, weiches Tuch.

»Sie werden nicht besänftigt, wenn sie an deiner Seite da reinmarschiert! Sie werden alles daransetzen, sie in die Finger zu kriegen!«

Nun ist ihr Knurren zu einem Brüllen geworden. Sie schlägt ihre Faust auf den Tisch. Das Geschirr klirrt im selben Takt, in dem sich ihre Haut bewegt und gelbliche Schuppen aus ihr schießen. Ihre Augen leuchten hellgrün. Durchbohren Levyn beinahe.

»Wir werden Lya nie wieder in Gefahr bringen! NIE WIE-DER! Es reicht! Die Spielchen reichen, Levyn, Herrscher der beschissenen Finsternis! Es reicht mir! Monatelang haben wir ihr etwas vorgespielt. Um sie zu schützen. Und trotzdem mussten wir dabei zusehen, wie die Drecksäcke Jackson und Kyra sie immer wieder in Gefahr gebracht haben! Wir mussten das zulassen! Nur deinetwegen! Jetzt ist es genug! Du benutzt sie nicht wieder als Spielfigur in deinem Spiel der Verwirrung!«

Stille tritt ein. Zwischen Levyn und Arya sprühen unsichtbare Funken. Fast erwarte ich, dass er sie umbringt. Sie bestraft. Aber er bewegt sich nicht einmal. Er sieht sie einfach nur an, während sie immer noch ihre Hände am Tisch abstützt. Das Holz unter ihren Nägeln splittert und sie atmet, als wäre sie meilenweit gerannt.

»Ich werde sie zu keinem Zeitpunkt in Gefahr bringen, Aryana. Das würde ich nie. Das weißt du.«

Seine Stimme ist ruhig, wirkt fast gelassen. Aber eben nur fast. Ich spüre die Wut in ihr genau. Den Vorwurf ihrem Vorwurf gegenüber.

»Im Vulkan ist sie aber in Gefahr! Ignia wird von unseren Feinden beherrscht, Levyn. Von deinem Vater! Sie haben sich den Venandi unterworfen!«, faucht sie voller Zorn.

Der Raum um uns herum wird dunkler. Tym und Perce zucken zusammen. Nicht aber Arya. Sie lässt sich von Levyns Finsternis nicht beeindrucken. Im Gegenteil. Seine Schemen entlocken ihr ein erhabenes Lächeln. Weil sie ihr recht geben.

»Sie kann da nicht einfach reinspazieren. Und das weißt du! Die Feuerdrachen werden ihre Regeln so lange biegen, bis sie sie gefangen nehmen können.«

»Nicht, wenn ich sie als meine Gefangene mitnehme.«

»Was?«, stoße ich erschrocken hervor.

Aryas grelle Augen landen auf mir. Ihr Blick ist eindeutig. Sie fragt stumm, ob ich nun endlich begreife, warum sie so sauer ist.

»Ich werde dich als meine Gefangene mitnehmen. Schwarz von meiner Anziehungskraft.«

»Was?«, sage ich wieder. Mehr fällt mir dazu nicht ein.

»Eine Täuschung?!« Arya lacht hysterisch. »Eine doppelte Täuschung?!«

»Du willst ihnen weismachen, sie sei auf dem Weg, ein schwarzer Drache zu werden?«, fragt Myr irritiert, als würde er jetzt erst wieder vollkommen anwesend sein.

»Richtig. Wenn Lya das will.«

Alle Augen richten sich auf mich. Alle. Auch die von Levyn. Sie sind nicht fordernd – im Gegensatz zu allen anderen, die mich mit ihren Blicken zwingen wollen, abzulehnen.

»Ich soll mir also die Haare färben, meine Augen färben und so tun, als wäre ich deine Gefangene? Und dann? Was bringt das?«

»Es ist eine List. Eine Täuschung, damit die Feuerdrachen für mich kämpfen, ohne zu wissen, dass sie nicht für die Herrschaft der Drachen über alle Welten und die Menschen kämpfen, sondern nur für unsere Freiheit und den Fall der Venandi«, erklärt Levyn.

»Und wenn sie sehen, dass ich ein schwarzer Drache bin, glauben sie das?!«, hake ich irritiert nach. Ich will es verstehen. Ja, ich will Levyn helfen. Würde am liebsten einwilligen, nur um mich nützlich zu fühlen. Aber ich will auch überlegt und durchdacht handeln.

»Es gibt eine Prophezeiung, die besagt, dass die Herrschaft der Drachen anbricht, sobald der weiße Drache dunkel wird. Dass der neugeborene dunkle Drache dann über alle Rassen herrschen wird. Die Herrscherin der Elemente. Die *princeps ex elementis*.« Levyn streicht sich langsam mit der Seite seines Fingers über seine Lippen. Hin und her. Während meine Gedanken immer wirrer werden. Warum erzählt er mir das erst jetzt?

»Aber du sagst es selbst: Es ist eine Prophezeiung. Mehr nicht. Ein Mythos«, wendet Arya, die immer noch so aussieht, als würde sie gleich platzen, mit bebender Stimme ein und schüttelt den Kopf, als ich sie flehend ansehe.

»Das ist einfach nur deine Geschichte, Lya. Du bist die Herrscherin der Elemente. Kannst es sein. Dafür müsstest du aber deine Welt aufgeben. Die Welt des Lichts. Müsstest deine reine Seele aufgeben«, erklärt Levyn nüchtern. Als wäre es nichts.

»Ich ... Ich bin kein Wasserdrache«, stelle ich abwesend fest. Myr sieht mich verdutzt an. »Ich bin kein Luftdrache. Kein Feuerdrache ... kein Erddrache.« Als ich zu Levyn sehe, bildet sich ein Lächeln auf seinen Lippen, als wäre er stolz, dass ich es endlich begriffen habe. »Und doch bin ich all das.«

Er nickt. Und ich erstarre. Ich beherrsche all diese Elemente. Ich kann mich in jeden Drachen verwandeln. Brauche nicht die Fantasie eines anderen Elementdrachen, um mich in einen anderen Drachen, als ich selbst bin, zu verwandeln. Ich bin jedes Element.

»Wenn du den weißen Drachen in dir aufgibst, wirst du das mächtigste Geschöpf, das diese Welt je gesehen hat. Gleichzeitig wird die Welt des Lichts verschwinden. Und damit die Venandi. Deshalb wollen die Drachen, dass du dunkel wirst. Weil sie dann siegen und mit dir über die Menschen herrschen können.«

»Aber warum verschwindet das Licht?« Ich erkenne meine Stimme kaum wieder. Ich kann nicht fassen, dass ich so mächtig sein soll. Es sein könnte.

»Weil die Seele des –«

Levyn stoppt Arya, als sie mir antworten will, indem er die Hand hebt. Trotz ihres Wutanfalls hat sie Respekt vor ihm und schweigt augenblicklich.

»Ja oder nein?«, fordert Levyn.

Ich sehe mich am Tisch um. Sehe den Menschen in die Augen ... den Drachen ... die mich belogen haben. Zwar um mich zu schützen, aber gleichzeitig haben sie mich damit kaputtgemacht. Mir das Gefühl gegeben, verrückt zu werden und ausgeschlossen zu sein.

»Levyn!«

Myrs bittende Stimme klingt zu mir durch. Aber ich habe mich längst entschieden.

»Ich mache es!«

Nach und nach erheben sich die anderen und verlassen den Raum. Sie sind alles andere als begeistert. Zurück bleiben Levyn und ich. Sein Blick ruht immer noch nachdenklich auf mir.

»Übrigens ...«, sage ich dann und sehe ihn vorwurfsvoll an. »Ich habe immer noch keine Tür.«

»So?«

»Ich brauche eine Tür!« Ich spüre die Wut in mir aufkeimen.

»Bleib das nächste Mal einfach angezogen, dann haben wir solche Probleme nicht. Und ich werde jemanden beauftragen, die Tür zu ersetzen.«

»Und du kannst das nächste Mal auch einfach die Höhlen verlassen, wenn du ... Druck hast!«

»Wer hat den denn ausgelöst?«, knurrt er.

Ich reiße überfordert meine Augen auf. »Du schmeißt dich auf mich und ich soll schuld sein?«, lache ich gequält.

Levyn sagt nichts. Er knurrt nur bedrohlich.

»Halt dich einfach demnächst von mir fern und stürm nicht in mein Zimmer, wenn ich dich so ...« Ich verharre kurz, mein Gesicht brennt.

»Was?«, hakt er nach. Sein Mund ist zu einem gehässigen Grinsen verzogen. »Sprich es aus, Elya!«

»Wenn ich dich ...« Ich bringe es einfach nicht über die Lippen.

Sein Grinsen wird breiter. Seine dunkle Aura wird grausamer.

»Wenn du mich so anmachst? Willst du das sagen?! Wenn du in mir den Drang auslöst, dich im Bett, auf dem Boden, gegen die Wand und auf dem Schreibtisch nehmen zu wollen?«

»Ja!«, fauche ich, um diese Gefühle zu unterdrücken, die in

mir aufkommen. In meinem gesamten Körper und vor allem zwischen meinen Beinen ein gieriges Brennen auslösen.

»Ich merk's mir, kleiner Albino. Das nächste Mal, wenn du unter mir liegst, schnell und keuchend atmest, meine Lippen gierig anstarrst, während du auf deiner herumbeißt und deine Beine um mich legst, werde ich das Haus verlassen und mir meine Befriedigung woanders holen.«

Ich schlucke, nicht in der Lage, etwas zu erwidern. Mein Körper hat Feuer gefangen. Blut geleckt.

»Und jetzt mach dich bitte bereit. Wir haben keine Zeit.«

13. Kapitel

Mein Spiegelbild starrt mich an. Fremd und kühl und anders. Und doch kitzelt in meiner Seele das Gefühl, dass ich mehr ich bin als jemals zuvor.

Das Bild eines Mondes taucht vor mir auf – eine heulende Melodie klingt in meinen Ohren, als würde sie mich rufen. Als würde dieser Mond mich rufen. Ich mustere meine dunklen Haare und verscheuche den Gedanken. Perce hat darauf geachtet, nur den Ansatz dunkel zu machen und es unten grau auslaufen zu lassen. Nur meine Haarspitzen zeigen noch meine echte Haarfarbe. Ein Hinweis für die Feuerdrachen, dass ich noch nicht fertig bin. Dass sie mich noch bei Levyn und in der Welt der Finsternis lassen müssen, damit er mich vollends in den schwarzen Drachen verwandelt, den sie haben wollen. Damit ich zusammen an Levyns Seite die Menschen und die Venandi unterwerfe.

Meine Augen sind dunkelblau. Beinahe violett. Ungewohnte Schatten umspielen meine Pupillen. Ein Farbstoff oder eine Manipulation. Levyn hat mir nicht gesagt, was diese Tropfen genau auslösen.

Aber ich – mein Inneres – bin noch da. Unangetastet. Egal, wie ich aussehe. Egal, wie sehr sich mein Körper danach sehnt, so zu sein, weil meine Seele mich anschreit, dass ich genau so bin. Ich bin noch die, die ich immer war. Darauf hat Levyn bestanden. Er weiß, dass düstere Gedanken, ja allein der Gedanke daran, dass ich böse sein möchte, ausreichen, um mich dunkler aussehen zu lassen. Er hätte mich manipulieren können. Aber das wollte er nicht.

Also stehe ich hier wie das Abbild einer Zukunft, die ich hoffentlich nie erleben werde. Das Lumen taucht neben mir auf, surrt um mich herum, als wolle es mich begutachten. Mich mustern.

Seid vorsichtig, Herrscherin des Lichts. Nicht jeder hat gute Absichten.

»Levyn?!«, platzt es aus mir heraus. »Meinst du Levyn?«

Nein. Ich rede vom König der Feuerdrachen. Er ist der Meister der Manipulation und Täuschung. Ihm wird diese hier auffallen, wenn Ihr Eure Rolle nicht spielt. Aber noch mehr solltet Ihr Euch vor der Königin in Acht nehmen!

»Aber wie? Wie soll ich sie besser spielen, als dadurch, so auszusehen?!«

Das Lumen verschwindet und lässt mich panisch und unwissend zurück.

»Du dummes Ding!«, entfährt es mir in meiner Hilflosigkeit. »Mit wem redest du?«

Levyn schneidet die Luft. Als ich mich von meinem Spiegelbild zu ihm umdrehe, mustert er mich, ohne zu atmen. Ihm scheint mein Anblick nicht zu gefallen.

Ich bleibe noch einen Moment stehen und versuche mich zu fassen. Nicht nur wegen dem, was das Lumen gesagt hat. Nein. Auch, weil ein Teil von mir gehofft hat, ich würde in Levyns Augen wenigstens ein kleines Glitzern sehen. Einen Funken, der mir verrät, dass er sich trotz allem wünscht, dass ich so werde. Nur ein kleiner egoistischer Teil. Aber nichts.

Eigentlich sollte ich dankbar sein. Dankbar, dass er aus mir kein Monster machen will. Aber mein Herz wehrt sich dagegen, es gut zu finden.

Er kommt auf mich zu. Erst jetzt entdecke ich das metallene Ding in seiner Hand. Etwas wie ein aufgeklappter großer Ring.

»Was ist das?«

»Es ...« Er stockt kurz. »Es wird dich vor meinem Vater beschützen.«

Ich verenge meinen Blick, und als ich es mir noch einmal genauer ansehe, die Form und die Größe, wird mir bewusst, wo es hinsoll. Ich weiche einen Schritt zurück.

»Es wird dich beschützen, Lya. Nicht einsperren.«

Ich reiße mich zusammen und nicke.

»Darf ich es dir umlegen? Nimmst du diese Kette an?«

Ich runzle meine Stirn. »Wenn diese dämliche Kette mich beschützt ...« Ich verstehe seine Frage nicht. Er hat mir bereits den Hals umgedreht, ohne zu fragen. Da erscheint mir das etwas überzogen.

Ich gehe einen Schritt auf ihn zu, obwohl ich Angst habe, nehme das lange Lederband mit dem kleinen silbernen Feder-Anhänger, das ich immer trage, und lege es auf meinen Tisch, bevor ich meine Haare anhebe und ihm meinen Hals entgegenhalte. Ich muss ihm vertrauen.

Er zögert. Wahrscheinlich, weil er mich nicht anfassen will. Dann aber nimmt er wieder eine straffe Haltung ein und legt mir das Metall um den Hals. Sein kühler Atem trifft meine Haut und lässt mich schaudern. Als er es mit einem leisen Klicken schließt, wendet er sich augenblicklich von mir ab. So als würde ihm meine Nähe wehtun oder zuwider sein. Nicht nur meine Berührungen.

»Wir gehen.«

Ich verlasse mein Zimmer und trete durch die von Tropfen bedeckten Höhlen hinaus in die tiefe schwarze Dunkelheit. Ich brauche mein Lumen nicht zu rufen. Levyn wird uns hier und jetzt in die Welt der Dämmerung bringen. Zumindest mich. Die anderen sind selbst dazu in der Lage. Sie sind schließlich Drachen. Drachen, die mit ihren Fähigkeiten umgehen können.

Ich schließe meine Augen, als ich höre, wie Levyn neben mir die Hand hebt und sie durch den Wind langsam nach unten surren lässt. Ich blinzle und blicke durch das rötliche Licht auf den Berg und den Wasserfall hinter uns. Alles ist so wie vorher, bis auf den Unterschied, dass es keinen Eingang zu diesem Berg gibt. Levyns Zuhause ist verschwunden.

Ich atme schwer, als die Bäume und der Wasserfall um mich herum verschwimmen und mich Schwindel ergreift. Als ich wieder atmen kann, sauge ich trockene brennende Luft in meine Lungen. Es ist, als würde sie mich von innen auffressen wollen und all die Flüssigkeit aus mir ziehen.

Ich werfe einen Blick zu Levyn, dessen Augen langsam wieder dunkelgrün werden. Seine Gesichtszüge nehmen weichere Formen an. Er ist ... nicht mehr er. Obwohl ich ihn so kennengelernt habe, ist er jetzt ein anderer für mich.

»Du kennst den Plan. Und die Regeln?«, fragt er noch einmal, bevor sein Blick über den rissigen sandigen Boden hin zu einem

Schloss führt. Nein. Zu einem Vulkan. Ein Vulkan in der Form eines Schlosses.

Mir stockt der Atem. Nicht aufgrund der glühenden Hitze, die von ihm ausgeht, sondern wegen seiner Schönheit.

Bräunlich rot wölben sich Erker und Spitzen hinauf in den dunkelroten Himmel. Und in der Mitte der spitzen Türmchen brodelt Feuer. Lava, die Funken und Rauch ausstößt.

Mein Blick fällt auf den Eingang. Ein riesiges Tor, geformt aus feuerspeienden Wesen. Sie sehen so echt aus, dass ich beinahe zurückzucke. Tiefer, dunkler Wald, der kein Laub trägt, erstreckt sich neben uns.

Das Königreich der Feuerdrachen. Und Levyn würde bald ihr König werden.

Ich ermahne mich und nicke Levyn zu, der immer noch auf eine Antwort zu warten scheint. »Das Königreich der Feuerdrachen hat nur drei Regeln.«

»Zähl sie auf!«, fordert Levyn sanft.

Und obwohl ich ihm hier nicht gehorchen muss, atme ich die trockene Luft ein und beginne die Regeln aufzuzählen.

»Niemand außer dem Hüter des Urfeuers darf in das Urfeuer hineinsehen«, beginne ich. Levyn hat mir genau erklärt, wo es ist. Direkt in der Mitte des Thronsaals. Tief in der Erde. In der Magmakammer. »Niemand darf in die Seele des Königs und seiner Familie sehen. Nur dem König selbst ist es gestattet, in eine Seele zu blicken.«

Ich sehe Levyn fest an. Ich habe noch nie in seine Seele gesehen. Nicht so, wie er es bei mir getan hat, als er mich manipuliert hat. Ich schlucke, bevor ich die gefährlichste Regel von allen aufzähle.

»Niemand Niederes darf die Königsfamilie der Feuerdrachen täuschen.«

Nur Levyn ist in der Lage, seinen Vater zu täuschen. Er hat mich eingeschworen, nichts zu sagen. Meinen Mund zu halten. So wie auch Myr und Arya ihren Mund halten müssen, wenn wir nichts gefragt werden. Die beiden, die mit uns gekommen sind. Myr als Vertreter der Wasserdrachen und Arya als Vertreterin der Luftdrachen.

Die Frage, die ich ihm so oft gestellt habe, brennt wieder auf meinen Lippen. In meiner Seele. Täusche ich ihn nicht schon, wenn ich so auftauche? Levyn verneinte es immer wieder. Genau deshalb hat er strengstens darauf geachtet, dass nicht ich mir die Haare oder die Augen färbe, sondern Perce. Die Person, die nicht dabei ist.

»Wenn er dir Fragen stellt, beantworte sie wahrheitsgetreu. Egal, ob dann alles auffliegt. Hast du das verstanden?«

Ich nicke, bevor wir zusammen auf das Vulkanschloss der Feuerdrachen zugehen.

Heißes rotes Licht umgibt mich, als wir durch das grausame Tor schreiten. Die Hitze treibt mir aber keine einzige Schweißperle auf meinen Körper. Wenigstens etwas, das mir beweist, dass ich ein Drache bin. Laut Levyn können nur sie die Hitze des Vulkans unbeschadet ertragen.

Wir treten durch ein weiteres Tor, das Levyn nur mit einer Handbewegung öffnet, und ich würde mich am liebsten an ihn klammern und seine ganze Wärme und Zuversicht in mich aufsaugen. Mit sicheren Schritten betritt Levyn die Wendeltreppe zum Thronsaal. Über mir erkenne ich die Öffnung, das Auge des Vulkans, und unter mir tiefe, brodelnde

Lava. Ich wende meinen Blick ab. Aus Angst, in das Urfeuer zu sehen.

Wir betreten den Thronsaal. In der Mitte das riesige, feurig schäumende Brennen. Die Lava. Sie fließt über den steinernen Boden und hinterlässt kleine Male auf ihm. Zerklüftete, rissige, dampfende Adern, die den Boden zischend verzieren.

Mein Blick wandert wieder hinauf und hin zu dem Thron des Königs. Zu ihm. Levyns Vater, der grausamer aussieht, als ich es mir je hätte vorstellen können. Seine dunkelgrünen Augen funkeln mich böse an. Beinahe verrückt. Sein vernarbtes Gesicht ist zu einem gierigen Lachen verzogen. Neben seinem Thron knien zwei junge Frauen auf Armen und Beinen wie Hunde. Mir stockt der Atem.

Mein Blick wandert umher. Hin zu den unzähligen Wachen. Feuerdrachen, in ihrer vollen Verwandlung.

»Mein Sohn«, fordert Pharys und deutet Levyn, zu ihm zu kommen.

Er greift nach meinem Arm und zieht mich mit sich. Das vertraute Zischen ertönt und lässt mich hörbar aufatmen. Endlich. Endlich berührt er mich wieder. Nach all den Wochen in der Welt der Finsternis, als er mich nur an dem Abend, als er meine Tür herausgerissen hat, kurz berührt hat. Und obwohl Levyn Schmerzen empfindet, brennt mein Herz.

»Ist das ...«

Pharys steht benommen auf und kommt auf mich zu, als wir vor ihm ankommen und Levyn mich auf die Knie zwingt. Der König beugt sich vor mich und nimmt mein Kinn in seine Hände. Hebt mein Gesicht so, dass ich ihn ansehen muss.

»Bist du etwa Elya, der weiße Drache?«

Seine irre Stimme umklammert mein Herz und greift zu. Schmerzhaft. Voller Panik denke ich darüber nach, was ich jetzt antworten soll. Levyn sagte, ich solle bei der Wahrheit bleiben. Aber mein Aussehen weist darauf hin, dass ich kein weißer Drache mehr bin.

Levyn wirft mir einen mahnenden Blick zu, als ich weiterhin nichts sage. »Ja!«, presse ich keuchend hervor.

»Hast du sie ... Ist sie etwa wirklich auf dem Weg, ein schwarzer Drache zu werden?«, fragt er an Levyn gerichtet. Stolz lässt Pharys seine Brust anschwellen und seine Augen glänzen.

»So ist es.« Levyn antwortet nur knapp. Auch das hat er mir erklärt. Sein Vater mag keine großen Reden. Und wenn man es doch macht, erkennt er eine Lüge sofort.

»Das ist faszinierend!«, sagt er und lässt mich los.

Das Tosen und Zischen der Lava hinter mir in dem Loch ist laut und trotzdem höre ich nur meinen dumpfen, schnellen Herzschlag. Ich werfe einen Blick hinter mich auf Arya und Myr, die stumm und mit gebührendem Abstand dastehen.

»Und warum ist sie hier?« Levyns Vater wendet sich ihm mit erhobenen Brauen zu.

Levyn bleibt gelassen. »Sie ist ein kleiner Beweis dafür, wie ernst es mir ist. Die Venandi wollen meinen Kopf. Sie bekommen ihren!«

Pharys lacht krank auf, während Levyns Miene versteinert bleibt. Nur ein leichtes, siegessicheres Lächeln spielt um seine Lippen. »Und dass du hier bist, heißt, dass du den Deal annimmst?!«

»Ja.«

Der König reibt sich die Hände. »Wunderbar. Und sie ist

mein Geschenk?« Er leckt sich über seine alten vertrockneten Lippen und ich muss ein Würgen unterdrücken.

»Pharys!«

Eine Stimme, die Welten zerstören könnte, erfüllt den Thronsaal. Den Höllenschlund, wie Levyn ihn nennt. Eine Frau mit langen schwarzen Haaren tritt ein. Ihre Augen sind abfällig auf Levyn und seinen Vater gerichtet. Ich weiß sofort, wer sie ist. Levyn hat mich vor ihr gewarnt. Seine Mutter.

Sie bleibt stehen und mustert ihren Sohn mit einer Brutalität, die mir sämtliche Flüssigkeit und Luft aus dem Körper zieht. Und dann – fällt ihr Blick auf mich. Ihre Augen funkeln mich bösartig an. So als könne sie mir direkt in die Seele sehen. Aber das darf sie nicht. Es ist eine der Regeln. Nur der König darf es und der ist ganz offensichtlich verrückt.

»Wer bist du?«

Sie weiß es genau. Sie weiß es und fordert mich auf, zu reden. Ich schlucke schwer und rufe mir Levyns Worte in Erinnerung. So wenig wie möglich sagen.

»Elya.«

Sie verengt ihren Blick. »Und was genau bringt dich dazu, diese grässliche Haarfarbe zu tragen? Bist du etwa in meinen Sohn verliebt?«

Ich starre sie ausdruckslos an. »Nein«, sage ich dann langsam und kühl. Meine Worte erfüllen den Raum und treffen mich selbst. Treffen mich, weil es die Wahrheit ist und Levyn mich ansieht, als hätte er eine andere Antwort erwartet. Nicht nur das. Er sieht enttäuscht aus.

»Nein ...«, wiederholt sie. »Und warum bist du hier?«

»Levyn hat mich dazu gebracht mitzukommen.«

»Also bist du freiwillig hier?!« Sie hebt ihre akkuraten Brauen.

»Sieht ganz so aus, oder seid Ihr blind?«, knurre ich. Ich habe mich wirklich bemüht, nur das Nötigste zu sagen. Aber ich kann nicht. Kann nicht aus meiner Haut.

»Mh«, macht sie und wendet sich wieder ihrem Sohn zu. Ihr Blick verrät mir, dass ich gerade einen großen Fehler gemacht habe. Levyns bestätigt es mir. »Pharys, was sollen diese dummen Spielchen? Schau in die Seele des kleinen Miststücks und begnadige dann deinen Sohn, bevor die Aasfresser kommen und nach deinem Thron verlangen. Aasfresser wie dein lächerlicher Bastard.«

Sie wirft einen Blick auf eine der Wachen und ich kneife ungläubig die Augen zusammen, als ich erkenne, dass er blond ist. Naoyl ist also ein Luftdrache.

»Ihre Seele gehört allein mir!«, knurrt Levyn.

»Beanspruche nichts für dich, was du in unser Haus bringst, Levyn. Ich bitte dich!«

Sie legt ihre Hand behutsam auf seine Wange, streicht mit ihren dünnen Fingern darüber und setzt sich dann auf den Thron. Levyn zuckt zusammen, als würde er Schmerzen empfinden. Sie wedelt mit der Hand in Pharys' Richtung und er tritt näher an mich heran.

Nein! Er darf nicht in meine Seele sehen!

Ich schaue mich panisch um, als endlich das Lumen vor mir erscheint. Versteckt vor allen anderen.

Ihr könnt Eure Seele verschließen. Eure Fantasie. All Eure Erinnerungen!, sagt es.

Aber wie? Wie soll ich das machen? Wie soll ich meinen Kopf vor so einem mächtigen Mann verschließen? Levyn kann mir nicht helfen. Er darf genauso wenig in die Seele eines anderen sehen oder mich so sehr manipulieren, dass sein Vater nur das sieht, was er sehen darf, wie jeder andere hier – außer dem König.

»Sie ist mein Eigentum!«, schallt Levyns Stimme durch den Raum.

Seine Mutter keucht panisch auf, während der irre König einfach nur lacht. »Du hast sie zu deiner Sklavin gemacht? Den weißen Drachen?«

Er wirkt beinahe beeindruckt. Ich hingegen bin verwirrt. Was soll das heißen?

»Ja«, sagt Levyn tonlos. Steht einfach nur da, als wäre das nichts.

Arya knurrt hinter mir bedrohlich.

»Was heißt das?«, wage ich mich kopflos vor.

Levyns dunkle Augen richten sich entschuldigend auf mich. Und in diesem Moment weiß ich, dass er wirklich etwas mit mir gemacht hat. Aber was soll das sein? Und wie hätte ich das nicht mitbekommen sollen?

Ich sehe mich irritiert um. Versuche in Levyns Blick nach einer Antwort zu suchen, aber er dehnt den Moment aus. Genießt förmlich die Belustigung und Anerkennung seines Vaters und die Erstarrung seiner Mutter.

Ich blinzle und dann, ganz plötzlich, fällt mein Blick auf eine der jungen Frauen, die neben dem Thron hocken. Ihre Köpfe nach vorn geneigt, abgestützt mit den Unterarmen auf dem heißen Vulkanboden.

Erst kann ich nichts fühlen. Kann nicht begreifen, was ich da an ihren Hälsen sehe. Als mir endlich bewusst wird, was sie sind.

Meine Hand wandert zu meiner eigenen Kehle. Aber dort ist nichts. Dann schnipst Levyn und das kalte Metall erscheint unter meinen Fingern. Mein Körper beginnt zu beben, zu zittern. Heiße Enttäuschung klettert meine Kehle hinauf, während meine Finger das Metall um meinen Hals packen und abzureißen versuchen.

»Was ...« Meine tränenfeuchten Augen wandern zu Levyn. Und als ich seinen kalten Gesichtsausdruck sehe, stoße ich einen zorn- und schmerzerfüllten Schrei aus.

Ich weiß ganz genau, dass er mich nur schützt. Dass das hier der beste Weg war. Aber es tut so weh. Mein Verstand hat nichts mehr zu sagen, denn alles, was ich spüre, ist Schmerz. Und diese Erinnerungen, die mir das Herz brechen. Mich zu einem Monster machen.

»Wie konntest du nur!«, brülle ich. »Du hast mir ein Halsband umgelegt, mich angeleint wie einen räudigen Hund!«

Ich stehe auf und gehe auf ihn zu. Um ihn zu schlagen. Zu töten. Doch bevor ich bei ihm ankomme, hebt er seine Hand. Er hebt einfach nur, ohne große Mühe, seine Hand und ich erstarre in meiner Bewegung. Er lächelt süffisant.

»Und sie wusste nicht einmal etwas davon!«

Der König klatscht in seine Hände, als würde er gerade bei einer besonders lustigen Komödie zusehen. Ich wende meinen Blick nicht von Levyns Augen ab. Er soll den Hass darin sehen. Soll sehen, dass ich in diesem Moment entscheide, ihm noch schlimmere Qualen beizubringen als er mir.

»Knie nieder!«, sagt er gelangweilt, und während ich mich bemühe, nicht zu gehorchen, reißt der steinerne Boden bereits meine Knie auf.

Er hat gesagt, dass dieses Ding mich beschützt. Hat meine Einwilligung eingeholt, es mir anzulegen, und ich dummes Ding habe ihm vertraut. Schon wieder! Mein Herz pumpt Gift durch meine Venen. Mein Verstand schreit mich immer wieder an, dass er mich nur beschützen wollte. Aber ich kann nicht. Kann nicht auf ihn hören.

»Können wir uns jetzt den wichtigen Dingen zuwenden?«, fragt Levyn an seinen Vater gerichtet.

»Nein!«, ertönt die kalte Stimme seiner Mutter. Sie steht auf, sieht erst ihren Sohn und dann mich skeptisch an. »Ich lasse mir nicht vorschreiben, von wem ich die Antworten bekomme, die ich will, und von wem nicht.«

»Du kannst sie nicht manipulieren, Mutter. Sie gehört mir. Sie ist mein Eigentum. Ich beherrsche sie!«

Levyns Worte reißen eine klaffende Wunde in mein Herz.

»Willst du seine Sklavin sein?«, fragt sie belustigt.

»Nein!«

Was ist das für eine Frage? Wer will das schon?

»Wie hat er deine Zustimmung zu diesem Bund bekommen? Hat er dich bedroht?«, hakt sie weiter nach und reißt damit eine weitere Wunde nach der anderen in meine Brust. Vor allem, weil ich antworten muss. Wahrheitsgetreu.

»Er hat mich getäuscht«, presse ich zwischen zusammengebissenen Zähnen hervor.

Sie lächelt breit. »Also weißt du gar nicht, was genau er mit dir gemacht hat?!«

Ich schüttle den Kopf, weil ich kein weiteres Wort herausbringe.

»Nasha, komm zu mir!«

Augenblicklich erhebt sich eine der jungen Frauen, die neben dem Thron gekniet hat, und eilt auf die Königin zu. Meine Lippen beben und platzen beinahe vor Wut.

»Reiß dir die Haare aus, Kleines!«, befiehlt die Königin.

Sofort beginnt das Mädchen an seinen Haaren zu reißen. Mein Blick weitet sich. Immer mehr Strähnen fallen zu Boden. Ich starre auf sie. Auf die blutige Kopfhaut, die sie sich mit herausgerissen hat, und muss würgen.

»Ihr seid ein krankes, bestialisches Monster!«, knurre ich die Königin an.

Ich höre, wie Myr hinter mir in Kampfstellung geht, und sehe, dass Levyn unruhig wird.

Die Königin ist wie versteinert, bis sie ganz plötzlich in schallendes Gelächter ausbricht. »Du denkst, das ist grausam?!« Ihr Gesicht verzieht sich zu einer noch schrecklicheren Miene. »Reiß dir das Herz heraus, Nasha!«

Die Zeit steht still. Ich wünschte, das würde sie wirklich. Ich wünschte, ich würde meine Fähigkeiten aufrufen können und sie retten. Aber das Mädchen, Nasha, reißt bereits an seiner Haut herum. Krallt seine Fingernägel hinein, während seine Augen Hilfe suchend, weinend und voller Panik auf mich gerichtet sind.

»Nein! Stoppt das!«, schreie ich und wende meinen Blick ab, als das Mädchen es durch die erste Hautschicht schafft.

Levyns Mutter kommt auf mich zu und reißt an meinen Haaren, sodass ich hinsehen muss. Ich winde mich unter ihrem Griff. Winde mich so lange, bis sie lachend meine Haare loslässt und ich auf das Mädchen zustürme. Ich greife nach Nashas Händen, blicke in ihre leeren Augen und flehe sie an aufzuhören. Aber sie ist von einer fremden Macht geleitet. Von der Königin. Und ich habe keine Chance.

»Du musst das nicht tun!«, bemühe ich mich, zu ihr durchzudringen. Aber sie starrt nur leer zurück. Kratzt mich, faucht. Bis sie mich mit einem heftigen Tritt von sich stößt und ich schmerzhaft auf dem Boden aufkomme.

Die Königin lacht. »Sieh dir ruhig an, was du heraufbeschworen hast! Sieh zu!«

Niemand hier macht etwas. Niemand. Auch ich nicht mehr. Mir sind die Hände gebunden. Als hielte die Königin sie mit einem unsichtbaren Band zurück und meinen Kopf nach oben, damit ich dem Mädchen mit starren Augen dabei zusehen muss, wie es langsam und qualvoll stirbt. Sich mit fremden Fingern die Haut vom Leib reißt. Seinen eigenen Brustkorb aufbricht und wie in Zeitlupe zu Boden fällt, bevor es das Herz, das es bereits umfasst hält, herausziehen kann.

Stille. Grausame Stille tritt ein. Bis die Königin gelangweilt von mir weicht und mich anlächelt.

Ich bin erstarrt. Kann nichts fühlen. Es nicht begreifen. Überall ist Blut. Blut und Tod.

»Ich kenne deine Gabe, weißer Drache. Und noch bist du genau das. Der weiße Drache. Du bist in der Lage, Licht zu beeinflussen. Zeit. Du bist imstande, deine eigene Zukunft zu sehen. Also sag mir, Kind, wirst du wirklich ein schwarzer Drache sein?«

Ich starre sie an. Fassungslos. Hilflos. Alles, was ich jetzt noch will, ist, hier wegzukommen. Weg von dem Leichnam des Mädchens vor mir auf dem Boden. Ich habe keine Ahnung, ob sie lügt oder ich das wirklich kann. Aber selbst wenn. Wie soll ich das machen?! Ich konnte nicht einmal die Zeit anhalten, um dieses Leben zu retten. Ein Leben, das meinetwegen genommen wurde.

Und ich werde genauso sterben. Ich werde ihr nicht die Wahrheit sagen können, obwohl mein inneres Ich sie wahrscheinlich kennt. Und das wäre eine Täuschung.

Das Lumen erscheint vor mir. Es zuckt kurz, bevor es meine innere Stimme hört. Mein Flehen, es möge mir helfen. Und als ich schon glaube, dass das Lumen verblasst, rast es in mein Gesicht und nimmt mir die Sicht. Ich blinzle und dann sehe ich mich. Eine andere Version meiner selbst. Schwarze Haare. Hellblaue Augen. Dunkelgraue Schuppen. Neben mir sitzen zwei Wölfe. Ein schwarzer mit weißen Augen. Ein weißer mit schwarzen Augen. Über mir leuchtet ein greller runder Mond.

Meine Sicht verschwimmt, bevor ich es wirklich begreifen kann, und Levyns Mutter erscheint wieder vor mir. Sie kommt immer näher. Näher und näher. Ich habe Angst vor ihr. Ja, furchtbare Angst. Aber ich werde sie töten. Vielleicht wird es dauern. Vielleicht muss ich davor wirklich erst ein schwarzer Drache werden. Aber sie wird durch meine Hand sterben.

»Ja. Das werde ich.«

Arya keucht hinter mir auf. Ob vor Angst, dass ich lüge, oder weil sie Furcht vor der Wahrheit meiner Worte hat, weiß ich nicht. Alles, was ich jetzt noch sehe, ist Levyn, der mich ansieht, als wäre gerade seine Welt zerbrochen. Levyn, der mir ein metallenes Halsband umgelegt hat. Mich getäuscht hat. Mein Vertrauen erneut ausgenutzt hat. Das herzlose Wesen, das er nun einmal ist und wohl immer sein wird. Auch wenn er es nur getan hat, um mich vor ihren Manipulationen zu beschützen. Er hätte mich fragen können. Hätte ehrlich sein können. So wie er es versprochen hat.

Ich halte seinen Blick. Sehe die stumme Entschuldigung in seinen Augen.

»Dann lass ihn jetzt den Schwur leisten, Pharys!«, sagt Levyns Mutter gelangweilt und lässt sich wieder auf den Thron sinken. »Und Naoyl. Besorg mir gefälligst eine neue Sklavin. Die alte ist ...« Sie wirft einen Blick hinab. »... unpässlich.«

Unpässlich. Die grausamen Worte hallen in meinem Kopf wider. Levyn hat auch nur danebengestanden. Wofür ist er so mächtig, wenn er nicht einmal ein Mädchen davor retten kann, sich selbst das Herz herauszureißen?

»Und diese Narren sollen mir aus den Augen gehen«, weist sie Naoyl zusätzlich an, zeigt auf Myr, Arya und mich. »Sie sollen irgendwo anders warten!«

Als ich mich zu Myr umdrehe, verdreht er leicht seine Augen. Kann er sich das überhaupt erlauben? Hat er nicht gerade dasselbe gesehen wie ich?

»Sie bleiben!«, bestimmt Levyn mit einem herablassenden, angewiderten Blick auf seine Mutter. »Genug der Spielchen. Brandmarkt mich und dann gehen wir. Alle zusammen!«

Sie hebt ihre Augenbrauen, aber bevor sie etwas sagen kann, verwandelt sich Pharys. Die roten Schuppen um seine Augen glühen bedrohlich. Er packt Levyns Oberteil, reißt es nach oben und speit Feuer auf seine rechte Hüfte. Levyn verzieht keine Miene. Nichts.

Pharys zieht ihn zum Loch hin, packt am Rand hinein und greift sich etwas von der Vulkanerde. Er murmelt Worte, die ich nicht verstehe, und dann schmeißt er das dunkelrote Pulver, die Erde, in die brennende Wunde. Sie erlischt zischend und zurück bleibt ein rötliches Mal, das Levyn auf ewig an dieses grausame Königreich binden wird.

14. Kapitel

Mit voller Wucht erwischt mich die Erkenntnis, als ich meine Augen aufschlage. Erreichen mich die Erinnerungen. Auch daran, wie Levyn mir befahl zu schlafen und ich in seine Arme gesunken bin.

Ich schlucke und spüre das Metall an meinem Hals. Wie konnte er nur? Nie zuvor habe ich mich so elend gefühlt. So benutzt. Ich kann kaum atmen. Jede Faser meines Körpers ist erfüllt von drückendem Schmerz.

»Lya?«

Ich zucke zusammen, als ich Levyns Stimme höre. Richte mich auf und rücke in meinem Bett weiter nach hinten.

»Verschwinde!«, brülle ich wütend.

»Levyn, ich habe dir gesagt, du sollst nicht in ihr Zimmer gehen!«, schreit Arya, während sie wutentbrannt meine Tür auftritt und auf ihn zustürmt. »Du hast kein Recht —«

»Sie hat mir doch keine Wahl gelassen!«, schreit Levyn. »Sie hat sie provoziert! Ich musste es tun! Sie hätten in ihrer Seele nicht nur gesehen, dass all das eine Täuschung war! Mein kranker Vater hätte viel schlimmere Dinge gesehen! Dinge, die sie umbringen können!«

Er ist so außer sich, wie ich ihn nie zuvor erlebt habe.

»Jetzt bin ich auch noch schuld, dass du mich hintergehst

und mich zu deiner Sklavin machst?!«, entgegne ich voller Wut. »Nimm mir dieses Scheißteil ab und verschwinde aus meinem Leben!«

»Das ...« Er atmet schwer. »Das kann ich nicht!«

»Was soll das heißen, du kannst es nicht?! Nimm es mir ab!« Ich spucke vor Fassungslosigkeit.

Arya mustert mich so mitleidig, dass ich begreife, dass er die Wahrheit sagt. Er kann es mir nicht abnehmen. Er kann es einfach nicht.

Ich will ihm böse Worte an den Kopf werfen, aber da ist ein Gefühl in mir ... das mich anschreit.

Er ist dein Herr.

Ich weine bittere Tränen. Er hat mich zu seiner Sklavin gemacht. Wie lange wird es dauern, bis mein kompletter Verstand ihn als seinen Herrscher annimmt?

»Nimm es ab!«, schreie ich wieder und wieder. Reiße an dem Ding herum, bis meine Nägel blutig werden. »Arya!«, wende ich mich verzweifelt an sie. »Nimm es ab! Bitte nimm es ab!«

Ich weiß, woher diese Panik kommt. Sehe immer wieder Jasons Gesicht und diese Klinge vor mir. Aber ich kann mich nicht beruhigen.

»Ich kann es nicht, Lya«, flüstert sie tonlos.

»Nein!«, schreie ich.

Erinnerungen schießen durch meinen Körper. Metall. Kaltes Metall. Ich muss es loswerden. Ich muss! Ich schlage wild um mich. Stehe auf, greife mir alles, was ich finden kann, um es aufzubrechen. Ich spüre die Klinge an meinem Hals, als wäre sie wirklich wieder da. Jasons Klinge. Dann gehe ich zu Levyn. Falle vor ihm auf die Knie und flehe ihn an, es abzunehmen.

»Bitte.« Immer mehr nasse Perlen verlassen meine Augen. »Levyn. Bitte.«

Er kniet sich zu mir auf den Boden und berührt ganz sanft meine Haare. »Ich kann es nicht, Lya. Ich … Ich wollte dich nur beschützen.«

Seine Stimme ist rau und ehrlich. Und ja, ich habe schon im Vulkan gewusst, dass er es nur getan hat, um meine Seele vor seinem Vater und seiner Mutter zu schützen. Ich weiß es, verstehe es. Aber er hätte es mir sagen müssen. Hätte …

»Du hattest kein Recht, das über meinen Kopf hinweg zu entscheiden!«, sage ich mit gebrochener Stimme.

Kurz ist es, als würde nicht Levyn vor mir stehen, sondern Jason. Kaltes Eisen an meinem Hals. Ich presse meine Lippen zusammen und wimmere.

»Hätte er in deine Seele gesehen, Lya, hätte er festgestellt, dass sie nicht nur aus einem Teil besteht. Und hätte ich dich eingeweiht, hätte meine Mutter bemerkt, dass das nur ein abgekartetes Spiel ist, und dich weiter mit Fragen gelöchert!«

Als ich ihn ansehe, blickt er traurig zurück. Schwarze Schatten wabern in seinen Augen.

»Du hast versprochen, ehrlich zu sein, Levyn. Also lass mir jetzt meinen Zorn. Ich wusste sowieso, dass all das ein abgekartetes Spiel ist. Diese eine Lüge mehr hätte ich ihnen auch noch vorspielen können.«

Ich atme tief ein und aus. Es ist nicht nur dieses Teil – auch wenn es mich an Jason erinnert. Es ist die Tatsache, dass er mich wieder ausgeschlossen hat. Dass ich dieses eine Mal dachte, ich würde vollkommen zu ihnen gehören, aber es doch nicht tat. Das ist es, was mich wirklich enttäuscht und zornig macht.

»Und was soll das heißen, dass meine Seele nicht nur aus einem Teil besteht?«

»In dir ist seit deiner ersten Verwandlung auch noch die uralte Seele des weißen Drachen.«

Levyn sieht kurz zu Arya, die den Raum verlässt und die Tür hinter sich schließt. Ein stummer Befehl.

»Wie ... Wie geht dieses Ding je wieder weg?«, frage ich.

»Ich kann es erst lösen, wenn ich König der Feuerdrachen bin. Sklaven hält nur unser Königreich. Diese Bräuche gibt es nirgendwo sonst. Die Königsfamilie ist in der Lage, sich Sklaven zu nehmen. Sie aus dem Dienst entlassen kann aber nur der König persönlich.«

»Geh!«, presse ich hervor.

»Lya!«, bittet er mich. Aber ich will ihn nicht mehr sehen. Vor allem jetzt nicht, da der Schmerz und die Enttäuschung noch so tief sitzen.

»Ich ... brauche nur ein bisschen Zeit.«

»Ich wollte ...«

»Ich weiß, warum du es getan hast, Levyn. Aber ich werde die Dinge, die du tust, um mich zu beschützen, nicht gutheißen, solange du mich nicht ... nicht als Teil von alldem hier anerkennst. Als Vertraute. Denn solange du mir nicht voll und ganz vertraust und meine Enttäuschung nutzt ... hast du auch mein Vertrauen nicht verdient!«

Er nickt und geht.

* * *

Die nächsten Wochen vergehen, ohne dass Levyn und ich ein Wort miteinander wechseln. Ich möchte nicht mit ihm reden und er hat ganz offensichtlich Angst, dass ihm doch ein Befehl herausrutschen könnte. Er will mir beweisen, dass er es zu meinem Schutz getan hat. Dass er mich niemals als seine Sklavin halten würde. Und eigentlich weiß ich das auch. Aber ... Ja, aber. Dieses Aber kriege ich selbst kaum zusammen. Es ist einfach zu viel. Und ich habe zu sehr daran geglaubt, dass er ehrlich ist. Ich hätte dieses dumme Ding angenommen. Hätte mitgespielt – wäre er nur ehrlich gewesen.

Ich trainiere viel. Das meiste, was ich lerne, ist allerdings Kämpfen. Myr scheint mittlerweile auch die Hoffnung verloren zu haben, dass ich mich verwandle.

Als wir an dem Nachmittag bereits zwei Stunden lang Kampfsport trainiert haben, fällt neben mir klirrend ein Schwert zu Boden.

»Myr, ich kann nicht mehr!«, sage ich entnervt, drehe mich um und blicke in Levyns Augen. Mein Herz schlägt sich beinahe durch meine Brust. Er grinst mich süffisant an.

»Zu müde, Albino?«

Ich greife ohne ein Wort nach dem Schwert und stelle mich kampfbereit auf. Leugnen kann ich es nicht. Sein Anblick löst etwas in mir aus und lindert den Schmerz, weil ich ihn trotz allem vermisst habe. Aber da ist noch etwas anderes in mir. Wut und der Drang, ihm zu beweisen, dass ich es wert bin, eingebunden zu werden.

»Wenn ich gegen dich kämpfen kann, werde ich nie zu müde sein!«, fauche ich.

Sein Grinsen bleibt, während er das Schwert bedrohlich kreisen lässt und – zuschlägt. Seine Klinge knallt laut auf meine. Er drängt mich nach hinten, aber ich stoße ihn von mir, drehe mich, so wie Myr es mir gezeigt hat, und schlage zu. Ich treffe Levyn am Arm. Und die Wut in mir wächst, als er wissend lacht, während das Blut durch seinen zerschnittenen schwarzen Longsleeve auf den Boden tropft.

Ich bin nicht dumm. Ich weiß, dass ich Levyn niemals hätte treffen können.

»Kämpf verdammt noch mal richtig!«, knurre ich.

Er verzieht anerkennend das Gesicht. »Wenn du das willst.«

Schläge prasseln auf mich ein. Nur mit Mühe kann ich sie abwehren und dabei vor Levyn flüchten und gleichzeitig auf ihn losgehen. Er ist so schnell. So stark. Nie müde. Nie ausgepowert. Er kommt wieder auf mich zu, und bevor er zuschlägt, wandert mein Blick an ihm hinunter und ich frage mich, ob er auch in anderen Hinsichten so ausdauernd ist.

Ich erstarre bei meinen Gedanken. Er erstarrt in seiner Bewegung. Ein verschmitztes Grinsen legt sich auf seine Lippen.

»Hast du gerade meine Gedanken gelesen?!«, frage ich fassungslos.

»Nein, aber dein Körper hat für sich gesprochen. Ich spüre mehr als andere Wesen. Sehe mehr.«

Wut kocht in mir hoch. »Du ... Du hast mir dieses Teil angelegt, als wäre ich dein Haustier!«

Seit Wochen haben wir nicht mehr darüber gesprochen und jetzt sage ich es, wie es ist. Sage, wie ich mich fühle.

»Ich habe dich beschützt. Du hattest dein Mundwerk wieder mal nicht unter Kontrolle, Lya!«

»Gib mir nicht die Schuld!«, schreie ich und gehe wieder und wieder auf ihn los. Schlage wieder und wieder zu. Aber es ist, als würde ich gegen eine Wand aus Schildern kämpfen. Ich schlage so lange, so unerbittlich, bis mein Arm schwach wird. »Du hast mich zu dem gemacht, was ich nie wieder sein wollte!«, spreche ich die Wahrheit aus. Ich höre ihre Grausamkeit in meinen Ohren.

»Zu was habe ich dich gemacht?«

»Zu jemandem, der anderen gehorchen muss! Du hast zugesehen, wie ich sterbe! Wieder und wieder. Du hast ... Du hast mir dieses Ding an den Hals gelegt.« Ich greife nach dem Metall, während mein anderer Arm, mit dem ich das Schwert in der Hand halte, schlaff und resigniert herunterhängt. »Als wäre ich eine Bestie, die man zähmen muss! Dabei weißt du es! Du kennst meine Gedanken. Du spürst oder liest sie. Was auch immer. Und ich habe es dir gesagt, als du in meinem Bett geschlafen hast! Du weißt, dass ich mich wie eine Bestie fühle, dass ich mich selbst für ein Monster halte! Du kennst meine Erinnerungen! Du selbst hast mich damit gequält! Du wusstest es und hast es mir trotzdem umgelegt!«

Meine Stimme zittert. Sie wimmert. Aber sie ist stark. Bleibt stark.

»Du bist kein Monster, Lya. Das Monster hier – bin ich.«

Ich weiß nicht, was ich dazu sagen soll. Weiß es einfach nicht. Weil ein Teil von mir ihn für genau dieses Monster hält. Und aus lauter Verzweiflung spreche ich etwas aus, das ich tief in mir vergraben habe.

»Ich weiß, wie du riechst, Levyn. Ich weiß, wie es sich anfühlt, wenn du in meiner Nähe bist! Ich kenne dich, obwohl ich dich nicht kennen sollte. Und das alles ist mit Schmerz und

Hass verbunden. Und mit dem einen Moment, der mein Leben zerrissen hat. Mit meinem ersten Tod!«

Er sieht mich nur an. Immer noch. Als würde ihm das, was ich gesagt habe, die Sprache verschlagen.

»Bitte sag mir einfach, dass du nicht da warst!«

»Wovon redest du, Lya?« Seine Stimme ist ein tiefes, düsteres Knurren.

»Von dem Tag, als mir die Kehle aufgeschlitzt wurde.«

Er schweigt. Er – schweigt. Schweigt.

Das Wort hallt immer und immer wieder in meinem Kopf nach. Die Stille erdrückt mich. Tötet mich.

Ich stoße einen animalischen Schrei aus.

»Beruhig dich!«

»Wag es nicht, mir zu sagen, wie ich mich zu verhalten habe!«, schreie ich und spüre, dass ein Teil von mir gehorchen will. Aber ich bin mächtiger. Mächtiger als ein Stück Metall, das er mir umgelegt hat. »Du hast mir gar nichts zu sagen!«, brülle ich voller Zorn. Ich kann meine Gefühle und Gedanken nicht mehr ordnen. In mir ballt sich so viel Wut und so viel Scham zusammen, weil ich spüre, wie das Tier in mir herausbrechen will, dass ich kaum noch atmen kann.

»Lya, es ist nicht so, wie du denkst.«

»Sei still!«, brülle ich. Versuche einen Ausweg aus meiner unbändigen Wut zu finden.

Mir entfährt wieder ein zorniger Schrei. Meine Nägel bohren sich in meine Handflächen und ich spüre das Brennen um meine Augen.

»Du hast keine Ahnung, wer ich bin!«, schreie ich aus vollem Halse und spüre, wie eine unbändige Kraft Besitz von mir ergreift. Mein Rücken pocht fürchterlich, aber ich nehme den Schmerz kaum wahr. Viel schlimmer ist der in meiner Brust. Diese Enttäuschung. Aber vor allem das unerbittliche Gefühl der Scham. Scham darüber, dass er weiß, was für ein schlechter Mensch ich wirklich bin, wenn er an dem Tag da war. Dass er meine schlimmsten Geheimnisse kennt, weil er in meinem Kopf herumwühlen kann, wie es ihm beliebt. Und wahrscheinlich sogar weiß, dass ich jeden Tag den Menschen vermisse, der mich getötet hat.

»Elya, bitte beruhig dich!«, raunt Levyn und greift nach meiner Schulter.

Ich schlage seine Hand mit einer solchen Kraft weg, dass er zu Boden fällt.

Mit einem erneuten Aufschrei spüre ich, wie etwas durch meinen Rücken stößt – und ohne nachsehen zu müssen, weiß ich genau, was es ist.

Flügel.

Ich schließe meine Augen, versuche zu begreifen, was mit mir geschieht. Aber alles, was ich spüre, sind Macht und Wut. Macht, die ich loswerden will. Sie erdrückt mich und meine Seele. Kitzelt in meinen Fingerspitzen. Ich will ihn töten. Einfach nur töten. Ihm seine Finsternis und diese Welt nehmen.

Ich schließe meine Augen und rufe all das Licht, das mir zur Verfügung steht. Um mich herum erscheinen unzählige Lumen. Sie werden ihn vernichten. Ich werde ihn vernichten.

»Nein! Lya!«, schreit Levyn und schließt seine Augen.

Ein Brennen zuckt durch meinen Kopf und ich spüre noch den Aufprall auf dem Boden, bevor meine Sicht verschwimmt und Jason vor mir steht.

»Du musst sterben.«

»Nein!«, schreie ich und bemühe mich, wieder in der Realität anzukommen. Raus aus dieser Manipulation von Levyn. »Hör auf damit!«, knurre ich und öffne meine Augen. Ich bin stärker als er.

Im Augenwinkel erkenne ich Arya und Myr, die hereinstürmen, mich aufhalten wollen. Ich muss nur eine Hand heben und sie kleben an der Wand. Keiner kann mich jetzt noch aufhalten.

Dann hebe ich meine Hand vor Levyn und drücke zu. Sein Gesicht wird rot und er ringt nach Luft. Und das alles, obwohl ich einen guten Meter von ihm entfernt stehe. Er hebt seine Hände und versucht sich gegen die unsichtbare Macht an seinem Hals zu wehren. Aber er hat keine Chance.

Voller Hass sehe ich dabei zu, wie Levyns Lippen blau anlaufen. Seine Augen sehen mich flehend an.

»Elya! Du bringst ihn um!«, krächzt Arya neben mir. Aber es ist mir egal – bis ich plötzlich spüre, dass auch mir die Luft ausgeht. Ich ersticke, weil Levyn erstickt.

Ich lasse meine Hand sinken und sehe dabei zu, wie Levyn keuchend auf die Knie geht. »Mach das nie wieder! Und halt dich aus meinen Gedanken raus!«, knurre ich bedrohlich, während auch Myr und Arya sich von der Wand lösen. Myr zieht mich vorsichtig zu sich, während Arya nach Wunden an Levyn sucht. Doch der hebt lächelnd sein Gesicht zu mir.

»Geht doch.«

Er wirft einen Blick auf meine Flügel und die Schuppen um meine Augen. Das hat er erreichen wollen? Dass ich mich verwandle? Dafür hat er sein Leben aufs Spiel gesetzt und …

Erst jetzt wird mir klar, dass Levyn nicht verwandelt ist. Dass er sich nicht gewehrt hat. Nicht verteidigt.

»Aber noch eins, Lya ...« Er richtet sich auf. Seine Stimme ist ein leises, raues Knurren. »Du hast recht. Du solltest dich für den Menschen schämen, der du gerade bist. Der du bist, seit wir aus dem Königreich meines Vaters zurückgekehrt sind. Aber nicht wegen all der Gedanken, die du hast. Nicht, weil du einen Menschen vermisst, der dich getötet hat. Nicht, weil du gehässig bist und Mädchen als Schlampen abhakst, die du nicht einmal kennst. Du solltest es, weil du jemandem, der dir immer und immer wieder bewiesen hat, wie loyal und treu er dir gegenüber ist, dir immer wieder die Chance gegeben hat, dich zu erklären, dich so lange beschützt, dass du es nicht einmal bemerkt hast, nicht die Möglichkeit gibst, sich auch zu erklären! Es gibt eine Zeit für Frieden, ja. Eine, in der solche Spielchen angebracht wären. In der all dein Zorn und all deine Wut einen Platz hätten. Aber jetzt ist Zeit des Krieges, Lya. Und alles, was ich tue, ist, dich und diese ganze Welt zu beschützen. Verzeih, wenn ich manchmal zu Mitteln greifen muss, die dir nicht in den Kram passen!«

Mit diesen Worten dreht er sich um und geht. Und mein Herz bricht, als mein Zorn sich ein wenig legt, mein Verstand zurückkehrt und ich die Wahrheit in seinen Worten mit voller Wucht zu spüren bekomme.

* * *

Ich bearbeite innerlich meine Pro- und Contra-Liste, während Myr mehr Bier bestellt. Heute hat sich auch Tym zu uns gesellt. Perce ist wie immer bei den Erddrachen.

»Auf einer Skala von eins bis zehn ...«, murmle ich an Myr gewandt, der genervt die Augen verdreht.

»Bitte nicht wieder das!«

»Auf einer Skala von eins bis zehn ... Wie recht hatte Levyn mit dem, was er da gesagt hat?«

»Ist das überhaupt ein korrekter Satz?«, wirft Lucarys ein. Er ist zwar sonst immer still, aber heute redet er bereits zum zweiten Mal. Von Arya weiß ich, dass Myr eine Ausnahme bei den Wasserdrachen ist. Sie kommunizieren normalerweise eher stumm miteinander.

»Woher soll ich das denn wissen? Ich kenne doch nur Levyns Erzählungen und deine Heulereien«, meckert Myr und winkt eifriger, als würde ihn dieses Gespräch so viele Nerven kosten, dass er es keine Sekunde länger ohne Bier aushält.

»Er hat dir davon erzählt?«

»Na ja, ich habe ihn gefragt. Der hat ne Laune verströmt, das war nicht mehr feierlich«, beschwert er sich und nimmt der Bedienung das Bier ab wie ein Verdurstender.

»Was hat er erzählt?«

»Du warst doch dabei, Lya.«

»Ja, aber warum war er so sauer?«, hake ich weiter nach.

»Er war sauer, weil du nervig warst. Weil du nie auf ihn gehört hast und ständig in Gefahr warst. Dann war er sauer, weil er so tun musste, als würde er Fylix gehorchen. Weil er dir so viele Hinweise gegeben hat und du sie nicht verstanden hast. Er hat sogar diese rothaarige Hexe zu dir ans Haus gebracht, damit du abhaust und er Fylix erzählen kann, du wärst ihm entwischt.«

Ich hebe meine Brauen. »Und warum hat er mich nicht einfach so gehen lassen?«

Myr fasst sich demonstrativ an den Kopf. »Weil Fylix ihn spüren kann. Ihn riechen kann. Fylix war der Wahrer der Feuerdrachen. Der höchste Soldat des Heeres. Er verhört Gefangene. Und warum? Weil er Lügen riechen kann.«

»Levyn ist viel stärker!«, wehre ich ab. Wahrscheinlich nur, weil ich nicht sehen will, dass Levyn der Gute ist und war.

»Wie oft habe ich dir jetzt schon erklärt, dass Levyn seine Macht in der normalen Welt nicht benutzen darf? Nicht seine volle Macht. Willst du vielleicht auch noch eine Auffrischung darüber, was die Venandi sind? Und wozu sie imstande sind? Dass sie die Herrschaft haben und es Drachen nur erlaubt ist, ihre Macht zu benutzen, wenn es darum geht, einen Menschen zu beschützen?«

»Ist ja gut«, murmle ich. »Aber er hätte mich einweihen können. Ihr hättet es gekonnt.«

Ich sehe Tym an, der nur die Brauen zusammenzieht.

»Ein Drache, der zur Hälfte Mensch ist, muss sich aus sich selbst heraus verwandeln. Muss es selbst herausfinden. Wir sind mit alldem aufgewachsen. Wir haben es selbst begriffen. Sehr früh. Du aber nicht. Und Levyn und auch wir haben dir die Zeit dafür gegeben und dir den Rücken frei gehalten.«

»Ist ja gut«, brumme ich wieder. Tief in mir will das Gefühl einfach nicht weichen, dass sie ein Spiel mit mir gespielt haben. Dass sie wenigstens ein bisschen ehrlicher hätten sein können.

Das Getuschel, der laute Gesang und die Gespräche um mich verstummen. Ein dunkler Schleier legt sich über den kläglich beleuchteten Innenraum der Schenke.

Ich runzle die Stirn und sehe mich um. Die Menschen um

mich herum stehen von ihren Plätzen auf und knien nieder. Als ich zur Tür sehe, erkenne ich den Grund für ihr Verhalten.

Levyn macht eine abwehrende Handbewegung, um zu zeigen, dass sie sitzen bleiben dürfen. Dann entdeckt er mich. Unsere Blicke treffen sich und die Zeit scheint stillzustehen. Er kommt auf uns zu. Lucarys macht ihm sofort seinen Platz frei und holt sich einen neuen Stuhl.

Es dauert eine ganze Weile, bis die Drachen um uns herum wieder anfangen miteinander zu reden. Wenn auch gedämpft.

»Was ist? Passt euch meine Anwesenheit nicht?«, fragt Levyn mit kühler Stimme in die Runde, während die Bedienung, die zuvor noch vor Selbstbewusstsein gestrotzt hat, ihm zitternd ein Bier bringt. Er bedankt sich, während sie zehnmal knickst. Auf so ein Verhalten könnte er bei mir lange warten. Metallenes Halsband hin oder her.

»Was machst du hier, Levyn?!«, fragt Myr bedrohlich und leise.

Levyn hebt seine Brauen. »Darf ich in meiner eigenen Welt nicht mehr in eine Schenke gehen?«

»Nicht, wenn du dafür den Firefall verlässt, der verhindert, dass deine Fährte aufgespürt werden kann!«, faucht er zornig.

»Ich mache, was ich will, Myr. Du kennst mich lange genug, um das zu wissen!«

Seine Stimme lässt keine Widersprüche zu. Er trinkt langsam von seinem Bier und lässt Myr nicht aus den Augen.

»Ich habe einen Auftrag für dich und Lady Nachtragend da drüben.«

Ich pruste. Nachtragend? Ich habe ein gutes Recht, sauer zu sein.

»Und der wäre? Und warum besprechen wir den nicht zu Hause?«

»Die Tafel wird heute Nacht darüber informiert«, erwidert Levyn knapp.

»Du hast alle Mitglieder der Tafelrunde zusammengerufen?«

Levyn nickt Myr zu, bevor sein Blick auf mir landet. »Noch sauer, kleiner Albino?«

Ich verdrehe genervt die Augen und wende meinen Blick ab. Was auch nicht viel besser ist, denn als ich die Mädchen in diesem Raum sehe, wird mir speiübel. Sie alle blicken fasziniert und verliebt zu Levyn. Ihrem schwarzen Herrscher.

»Geh zu einer von ihnen und spiel deine Spielchen, Levyn. Sie sehen so aus, als würden sie sich nichts mehr wünschen, als dass du sie ansiehst und deine dummen Sprüche bringst!«

»Aber gerade habe ich nur Augen für dich, Elya.«

Mir stockt der Atem und ich bestrafe meinen Körper innerlich für diese dummen Gefühle, die er in mir auslöst. Vor allem das Gefühl zwischen meinen Beinen. Aber viel schlimmer ist es, dass er auch mein Herz erreicht. Meine Seele.

»Du wirst zusammen mit Myr in die Stadt des Wassers gehen. Du bist so weit.«

»Was? Nein, bin ich nicht!«, platzt meine Angst aus mir heraus.

Eigentlich habe ich mir nichts mehr gewünscht, als endlich von hier und vor allem ihm wegzukommen und mich nützlich zu machen. Aber ich fühle mich schwach. Und möchte nicht mit diesem Teil um den Hals dort auftauchen. Aber vor allem will ich nicht weg von Levyn. Nicht, wenn wir so zueinander stehen. Auch wenn ich große Schuld an der Situation trage.

»Myrs Familie interessiert sich nicht für diesen bestialischen Brauch der Sklaverei. Du musst dir keine Sorgen machen.«

Ich funkle ihn böse an, weil er mit Sicherheit schon wieder meine Gedanken gelesen hat. Dieser Mistkerl.

»Die Regeln kennst du?«

Ich nicke. Obwohl ich ein paar schon wieder vergessen habe. Keines der Drachenvölker ist so akribisch wie die Wasserdrachen. Dieses Regelwerk kann man unmöglich komplett auswendig lernen.

»Myr wird dich zu seiner Familie mitnehmen.«

»Schön«, sage ich gelassen, vielleicht um meine anfängliche Angst wieder wettzumachen. Um mich stark aussehen zu lassen. Aber insgeheim wissen alle hier, dass ich schwach bin. Stark sein kann, ja. Aber eben nur, wenn Levyn mich zur Weißglut bringt.

»Ich möchte, dass du das Lumen befehligst, mit dir zu kommen und mir täglich Bericht zu erstatten.«

»Das wird es niemals tun!«, wehre ich ab. Sie hasst Levyn und diese Welt. Allein, ohne mich, würde sie hier nie auftauchen.

»Sie wird es, wenn du es befiehlst. Sie stehen unter deiner Kontrolle, Lya.«

»Genauso wie die Schemen, als sie ohne dein Wissen Licht meiner Lumen gestohlen haben?!«

Meine Stimme ist bissig und neutral. Damit ich ihn treffen kann. Aber wie immer bleibt seine Miene gelassen.

»In zwei Tagen geht ihr. Myr, bei der Versammlung werde ich dir mehr Informationen geben.«

»Was für eine Versammlung? Und werde ich auch teilnehmen?«, gifte ich und verschränke beleidigt die Arme vor meiner Brust. Levyn will mich also schon wieder ausschließen.

»Die Tafelrunde, also das Bündnis der Welten, besteht aus den sieben Vertretern ihrer Welt. Levyn – die Finsternis. Ich für die Wasserdrachen. Arya für die Luftdrachen. Naoyl für die Feuerdrachen. Perce für die Erddrachen. Tym für die menschliche Welt. Und Lucarys für die Welt der Dämmerung.«

Ich hebe meine Brauen, während Myr spricht und Levyn zornig das Gesicht verzieht. Ihm ist klar, was ich da heraushöre.

»Ich bin auch eine Vertreterin!«

Levyn lacht leise, während Myr irritiert zwischen uns hin und her sieht. »Um an der Tafel sitzen zu dürfen, Lya, gehört mehr dazu, als sich einmal zu verwandeln und den Herrscher der Finsternis fast zu töten!«, fährt er mich zornig an.

»Wie werde ich ein Mitglied?«, wende ich mich an Myr.

Er verzieht den Mund. »Du musst schwören, für diese Welt, und nur für diese Welt, und niemals für dich selbst zu sprechen. Indem du diesen Schwur ablegst.«

Ich blinzle. »Dann schwöre ich das!«

»Ganz so einfach ist es nicht«, ertönt wieder Levyns Stimme. »Ein Teil deines Geistes muss sich abspalten und nach außen treten. So, dass nur der Teil in dir zurückbleibt, der für deine Welt spricht.«

»Und wie geht das?«, frage ich aufgeregt. Wie können sie mich einfach ausschließen? Ich habe genauso ein Recht, an dieser Tafelrunde teilzunehmen, wie sie alle.

»Du musst es eben wollen«, antwortet Myr und grinst mir verschmitzt zu. »Du legst deinen Schwur ab und dann wissen wir, ob dein Geist sich abspaltet und du einen inneren Greifvogel erhältst oder nicht.«

Skeptisch blicke ich mich um. Warte darauf, dass jemand loslacht, weil sie mich nur auf die Schippe nehmen. Aber sie alle sehen mich ernst an. Einen inneren Greifvogel? Was soll das bedeuten?

»Dann möchte ich das machen«, sage ich, ohne wirklich zu verstehen, was da eigentlich passiert und warum ich es will.

»Schön«, brummt Levyn. »Dann sollten wir los. In einer Stunde treffen die anderen ein.«

Er erhebt sich, während ich einige Sekunden brauche, um zu realisieren, dass er eingewilligt hat. Das Grinsen auf seinen Lippen allerdings zeigt mir seine wahren Beweggründe. Er denkt, dass ich nicht in der Lage sein werde, meinen Geist zu spalten. Und wenn ich ehrlich bin, hat er wahrscheinlich recht. Ich habe keine Ahnung, wie das gehen soll und was es bedeutet. Trotzdem erhebe ich mich ebenfalls und gehe zusammen mit Myr zurück, während die anderen mit Tyms Hilfe fliegen. Leider kann auch er mir nicht sagen, wie genau es funktioniert. Nur, dass es entweder passiert oder eben nicht.

Mein Magen verkrampft sich. Was habe ich mir dabei gedacht? Ich kenne die Welt des Lichts nicht einmal. Wie also soll ich einen Schwur ablegen, dass ich für diese Welt spreche?

Als wir im Firefall ankommen, steht Levyn bereits an einem runden Tisch. Das Zimmer, in das Myr mich geführt hat, kenne ich nicht. Aber außer Fackeln an den Steinwänden und diesem runden Tisch mit acht Stühlen gibt es hier nichts.

Myr hat mir einmal erklärt, dass Levyn hier nur dieses Licht und die Fackeln zulässt, weil er so viele Drachen hergeholt hat. Er selbst und die Schemen können auch in der Dunkelheit sehen. Andere Drachen nur dann, wenn sie verwandelt sind.

Levyn legt ein schweres altes Buch auf den Tisch und sieht

mich fordernd an. Ich trete näher, beruhige meinen Atem und das Zittern meiner Glieder, als ich die Blutflecken darauf erkenne.

»Wenn du das willst, musst du schwören, deine Welt an erste Stelle zu heben. Immer wenn es zu einer Situation kommt, in der du entscheiden musst, wird sich dein Geist spalten und du wirst für deine Welt stimmen. Nichts kann diesen Schwur brechen.«

Ich nicke. Mein Herz pocht laut und regelmäßig gegen meine Brust und in meinen Ohren.

»Der Vorsitzende wird dir in deine Brust schneiden, dort, wo dein Herz liegt, und das Blut wird auf das Buch tropfen. Wenn sich dein Geist spaltet, nimmt das Buch dein Blut an. Andernfalls bildet es einen Schutzschild und stößt es ab wie Wasser Öl.«

Als ich Geräusche hinter mir höre, drehe ich mich um. Perce, Arya und Levyns Bruder, den ich im Vulkan bereits gesehen habe, treten herein und stellen sich hinter ihre Stühle. Lucarys, Tym und Myr tun es ihnen gleich, während Levyn gegenüber von mir steht und mich mustert, als hoffte er, ich würde es mir noch einmal anders überlegen. Aber ich bin mir sicher. Ich nicke ihm kaum merklich zu, bevor er auf den Tisch deutet.

»Geh hoch!«, befiehlt er, und obwohl es mir widerstrebt, auf diesen Tisch zu klettern, tue ich es. »Knie dich vor das Buch.«

Ich presse meine Lippen zusammen und knie mich direkt vor Levyn, das Buch zwischen uns. Er hebt seine Hand und berührt meine Haut am Kragen meines Shirts. Ganz langsam zieht er es in der Mitte nach unten, bis die Stelle zwischen meinen Brüsten, dort, wo mein Herz liegt, frei ist. Ich spüre seine Berührungen. Spüre sie auch noch, als er mich längst nicht mehr berührt, und weiß tief in mir drin, dass uns so vieles aneinanderbindet. Dass unsere Seelen auf irgendeine seltsame Art verbunden sind.

Levyn nimmt ein Messer, dessen Griff wunderschön verziert ist, und setzt die kalte Klinge an meine Haut. Bilder tauchen vor mir auf. Angst und grausame Furcht, die ich damit verbinde. Aber bevor ich Panik bekommen kann, sieht er mich an. Zieht meinen Blick auf sich und formt stumm mit dem Mund »Ich bin da«.

Mit bebenden Lippen nicke ich und spüre diese Sicherheit, die er mir gibt. Das Gefühl, vollständig und stark zu sein. Und dann schneidet er mir in die weiße Haut und deutet mir, mich über das Buch zu lehnen. Ich tue es und bin ihm plötzlich so nah, dass ich seinen Atem auf meinem Gesicht spüre. Das Blut tropft monoton auf den Einband des Buches. Stille tritt ein und – nichts passiert.

Minuten oder Stunden vergehen. Mein Blut tropft und tropft, aber das Buch nimmt es nicht an. Immer wieder fließt es an ihm hinab auf den Tisch, bis ich plötzlich ein schreckliches Ziehen in meinem Kopf spüre. Ich sehe hinauf zu Levyn, dessen Augen leicht zucken, als er begreift, was passiert.

Etwas in mir wehrt sich. Ein starker Teil meiner selbst, der sich nicht spalten will. Der Teil, der mich nicht aufgeben will, um das Wohl meiner Welt an erste Stelle zu stellen.

Ich kneife die Augen zusammen, als der Schmerz so schrecklich wird, dass ich meine, mein Kopf würde jede Sekunde explodieren. Und als ich meine Augen wieder öffne, sehe ich sie. Die Vögel auf ihren Schultern.

Neben Levyns Gesicht thront ein schwarzer Rabe. Mein Blick wandert weiter zu Arya, auf deren Schulter wie bei allen anderen eine Nebelkrähe sitzt. Sie unterscheiden sich kaum von Levyns Raben, nur dass sie grau statt schwarz sind.

Als ich gerade wieder Levyn ansehen will, reißt mich etwas auf meinen Rücken. Ich pralle durch eine unsichtbare Kraft heftig auf das Holz des Tisches. Mein Körper verkrampft sich. Mein inneres Ich schreit. Es schreit, als würde jemand es umzubringen versuchen. Als würde ich mich selbst verlieren. Ein unerbittlicher Kampf meines Geistes, der mir körperlich alle Sinne raubt. Ich spucke Blut. Hustend und voller Angst, daran zu ersticken. An meinem eigenen Ego zu ersticken. Meine Brust hebt sich und mein Rücken knallt wieder auf den Tisch. Wieder und wieder. So lange, bis mein Verstand aufgibt. Bis er mich und sich selbst aufgibt und etwas in mir reißt. Der Schnitt schmerzt, als hätte Levyn mir in die Brust gestochen. Meine Seele weint. Windet sich. Bestraft mich mit Kälte. Und dann steigt etwas aus ihr heraus. Ein helles Scheinen, wie ein Geist. Mein Geist. Ein Teil davon erhebt sich und spannt seine Flügel.

Ein weißer Rabe.

15. Kapitel

Ich öffne meine Augen, richte mich auf, steige von dem Tisch herunter und gehe zu dem Stuhl, den Myr mir hinstellt. Meine Augen sind fest auf den weißen Raben auf meiner Schulter gerichtet.

Keiner sagt etwas. Levyn legt das Buch stumm in die Mitte des Tisches und deutet uns dann, uns hinzusetzen. Stramm folgen wir seinem Befehl.

»Ich werde Myr und Elya in zwei Tagen nach Acaris schicken, damit sie dort weitere Verbündete finden. Es besteht zwar die Chance, dass dort jemand die Information weitergibt, dass Lya weiterhin ein weißer Drache ist, aber das ist unerheblich. Mein Vater hat mich bereits begnadigt und meine Folge auf den Thron durch einen Feuerschwur besiegelt. Hat jemand Einwände?«

»Wozu ist das gut?«, fragt Naoyl und sieht Levyn misstrauisch an.

Er vertritt die Feuerdrachen. Die Drachen, die wir betrogen haben. Natürlich ist er skeptisch. Aber er wird wissen, dass es für seine Welt das Beste ist, wenn Levyn König wird.

»Die Wasserdrachen sind sehr verbunden mit dem weißen Drachen. Alle weißen Drachen vor dir waren Wasserdrachen. Sie haben also eine Geschichte. Lya wird dort mehr Anklang finden als sonst einer von uns. Selbst Myr nicht. Die Wasserdrachen haben es leicht, sich aus alldem herauszuhalten. Ihre Wasserstädte wurden bislang nie angegriffen. Sie sind geschützt.«

Naoyl nickt zufrieden.

»Was passiert mit den Venandi? Sie herrschen über die Welt des Lichts und werden immer mächtiger.«

Die Stimme, die meinen Mund verlässt, gehört zwar noch zu mir, aber sie klingt anders. Emotionslos.

»Um die Venandi zu besiegen, brauchen wir Verbündete. Wenn wir den König auf unsere Seite ziehen und die Wasserdrachen uns bei dem Kampf unterstützen, haben wir einen riesigen Vorteil. Die Venandi können sich nicht verwandeln. Wir können sie aber auch nicht durch Manipulation besiegen, weil sie die Meister der Manipulation sind. Wir müssen sie also mit den Kräften unseres Elements schlagen und dafür sorgen, dass sie nicht wegrennen können. Dass keine Welt mehr sicher für sie ist. Haben wir die Wasserdrachen auf unserer Seite, besitzen wir eine Truppe im Inneren der Welt der Dämmerung. Bei allen anderen Elementen werden wir auf Granit beißen. Die Feuerdrachen kriegen wir nur durch eine Täuschung dazu, uns zu unterstützen. Aber so, wie ich mein Volk kenne, werden nicht viele von ihnen kämpfen, wenn es darauf ankommt. Die Luftdrachen sind noch nicht so weit. Arya und Tym sind dran. Aber sie haben sich schon bei dem ersten Kampf gegen die Venandi rausgehalten. Perce versucht ihr Möglichstes bei den Erddrachen. Ihr Vater ist einer. Aber auch die wollen lieber in ihrem Dschungel vor sich hin dümpeln, als irgendetwas zu unternehmen. Also ist unsere erste Anlaufstelle die Stadt des Wassers.«

Ich nicke Levyn zu.

»Es ist von äußerster Wichtigkeit, dass du alles dafür tust, sie davon zu überzeugen, dass wir gute Absichten verfolgen. Verstanden?!«

Ich nicke wieder.

Er presst seine Lippen aufeinander und sein schwarzer Rabe erzittert kurz, als würde er sich gegen Levyns folgende Worte wehren. »Vor allem Tharys zu überzeugen ist sehr wichtig. Den Thronfolger.«

»In Ordnung.«

»Gut. Noch jemand?!« Er sieht sich an der Tafel um, aber alle schweigen. »Dann dürft ihr gehen.«

Damit erheben sich alle am Tisch. Auch ich, geleitet von einer fremden Macht. Sie legen ihre rechte Hand an ihr Herz, und als ich es ihnen nachtue, verschwindet der weiße Rabe und mein inneres Ich verschmilzt wieder mit mir.

Es ist ein so starkes Gefühl, eine so starke Seele, die in mich zurückkehrt, dass ich aufkeuche und mich am Tisch festkralle, um nicht umzukippen.

»Du gewöhnst dich daran«, raunt Levyn mir zu, während die anderen den Raum verlassen.

»Können wir reden?«, wage ich mich vorsichtig vor.

Er leckt sich nachdenklich über seine Lippen. »Dann rede!« Er nimmt das Buch vom Tisch und räumt es in eine kleine Kiste.

»Warum hast du zugelassen, dass ich ein Mitglied der ...«

»Des Bündnisses der Welten«, wirft er ein.

»Genau. Warum hast du zugelassen, dass ich eine von euch werde?«

»Weil ich es niemandem verwehren darf. Das darf nur das Buch«, sagt er tonlos und kühl.

»Das, was du gesagt hast«, versuche ich das Gespräch auf das zu lenken, was ich eigentlich will. »Dass ich mich für den Menschen schämen sollte, der ich im Moment bin ...« Meine Hand wandert zu dem Ring um meinen Hals. Levyn folgt ihr mit seinen Augen. »Du hast recht. Du wolltest mich beschützen. Und du konntest mich nicht einweihen, weil deine Mutter es sonst herausgefunden hätte. Aber ...«

Er hebt erwartungsvoll seine Brauen.

»Du verheimlichst mir so viel. Ich habe das Gefühl, ständig ausgeschlossen zu werden, und immer wenn ich glaube, alles zu wissen, stolpere ich wieder über etwas und ... falle.«

Er beißt unruhig an seiner Unterlippe herum. »Ich würde dir gern alles erzählen, Lya. Aber das kann ich nicht. Meine Welt verbietet es mir. Der Eid, den ich ihr geleistet habe. Jedes Mal, wenn ich vor der Wahl stehe – meine Welt oder das, was ich persönlich für richtig halte –, spaltet sich mein Geist, und was übrig bleibt, entscheidet sich für meine Welt. Ich würde zu vieles in Gefahr bringen, dich und damit diese Welt, wenn ich dir alles sagen würde. Ich bin einfach nicht berechtigt, es zu tun.«

»Aber warum sollte es diese Welt in Gefahr bringen, wenn ich endlich eingeweiht werde. In alles?!«

»Lya ...« Er kommt einen Schritt näher. »Bitte akzeptier es einfach. Du wirst das alles irgendwann verstehen. Aber heute ist nicht dieser Tag.«

Ich atme schwer. »Du hast gesagt, dass in mir ein Teil der Seele des weißen Drachen ist. Was heißt das?«, frage ich zittrig. Mein Körper wehrt sich immer noch gegen die Vorstellung. Würde am liebsten wegrennen.

»Nichts. Nur, dass diese Seele in dir ist und ...« Er stockt. »Und sie ist sehr wertvoll. Würde jemand diesen Teil deiner

Seele nehmen, würde er auch etwas von deiner Macht nehmen und benutzen.«

Wieder berühre ich den Ring an meinem Hals.

»Das habe ich dir bereits gesagt.«

»Also vier Monate?«

Er nickt.

»Und du wirst mir nichts befehlen? Es nicht noch einmal tun?«

»Lya ... Ich würde niemals etwas tun, was du nicht willst, wenn es nicht um dein Leben geht. Du hast meine Mutter überaus wütend gemacht. Du –«

»Ich bin schuld, dass sie tot ist.« Meine Stimme ist rau. Und Levyn weiß sofort, wen ich meine. Das Sklavenmädchen.

»Nein. Das bist du nicht. Ich weiß, dass Nasha Naoyls Geliebte war. Meine Mutter hat seit sehr langer Zeit einen Grund gesucht, ihn genau damit zu verletzen, ohne dass mein Vater sie aufhält«, sagt er beschwichtigend. Das Gefühl von Schuld bleibt aber. Vor allem Naoyl gegenüber wächst sie ins Unermessliche. Er muss mich hassen.

»Und warum hat Naoyl nichts getan? Warum hast du nichts getan? Niemand?«

»Meine Mutter und mein Vater sind ein ausgesprochen gutes Team. Während das Mädchen sich ... Während sie starb, hat mein Vater all die Personen im Raum manipuliert, die etwas dagegen getan hätten.« Er geht hinter dem Tisch hin und her, verschränkt dann wieder seine Arme und wendet sich mir zu.

»Und er ist stärker als du?«

In seinen Augen blitzt Schuld auf. Und da habe ich meine Antwort.

»Nein. Das ist er nicht. Aber ... wüsste jemand, wie viel Macht ich besitze, wüsste es mein Vater ... Abgesehen davon hätte ich wahrscheinlich jeden in diesem Raum getötet, hätte ich sie eingesetzt. Einschließlich dir, Myr, Naoyl und Arya.«

Mein Herz pocht unruhig. Eigentlich will ich ihm nicht verzeihen. Will, dass er das Monster ist, für das ich ihn noch ein paar Wochen zuvor gehalten habe. Dann aber erinnere ich mich an seine Worte, als er mir die Kette umgelegt hat.

Es wird dich beschützen. Nicht einsperren.

Entsprach das der Wahrheit?

»Wird es mich wirklich nicht einsperren?«, frage ich mit belegter Stimme.

»Nein«, antwortet er knapp.

Ich mustere seine schmale, starke Statur, die von einem engen dunklen Mantel umgeben ist. Er reckt seinen Hals, als würde er große Lasten tragen.

»Ich werde dich nie einsperren, Lya. Auch wenn alles dagegenspricht. Ich habe mich gegen Fylix gewehrt. Aber ich musste sehr vorsichtig sein. Und diesen dummen Ring habe ich dir nur provisorisch umgelegt. Hätte ich ihn nicht zeigen müssen, deine Seele nicht vor ihm verschließen müssen, dann ... Erst in dem Moment habe ich das Band zwischen Herr und Sklavin zugelassen.«

»Kannst du mich dann wenigstens von der Pflicht erlösen, dir nie widersprechen zu dürfen?«

Er lacht leise und heiser. Es ist ein echtes Lachen. Eines, das ich viel zu selten an ihm sehe. »Ich erlöse dich von diesem Gesetz, Elya«, sagt er dann leise und bedächtig.

»Sag irgendetwas!«

»Etwas sagen?«, hakt er irritiert nach und sieht mich mit erhobenen Brauen an.

»Etwas, worin ich dir widersprechen kann.«

Er presst die Lippen zusammen, um ein erneutes Lachen zu unterdrücken. »Also, Lya ...« Er kommt langsam auf mich zu. »Mal schauen, ob du mir wirklich widersprechen kannst.« Er kommt gespielt bedrohlich näher.

»Ohne mich zu manipulieren!«, ermahne ich ihn.

Er grinst schief und steht so schnell vor mir, dass ich ihn kaum habe rennen sehen. Er drängt mich nach hinten, bis ich mit dem Rücken gegen die Steinmauer pralle und er sich rechts und links von mir abstützt.

»Ich bin wirklich ziemlich gut aussehend, sehr intelligent. Mächtig. Und überaus begehrenswert. Nicht wahr, Lya?!«, schnurrt er und funkelt mich herausfordernd an.

»Vielleicht in deinen feuchten Träumen!«, entgegne ich und stoße einen erfreuten Laut aus. »Nein, bist du nicht!«, sage ich noch einmal ausdrücklicher.

Er lächelt, als wäre ich ein kleines Kind, das gerade ein neues Spielzeug bekommen hat. »Du solltest jetzt ein wenig schlafen.« Er stößt sich von mir ab und geht zur Tür.

»Und du willst kein Sklaventreiber sein? Mich ohne Essen ins Bett schicken und dann noch bestimmen, wohin ich wann gehe?! Vergiss es!« Ich stapfe an ihm vorbei, während er mir immer noch dieses Lächeln zuwirft.

»Und wo genau willst du hin?«

»Na ja. In die Küche.«

Er lacht hinter mir, folgt mir aber, weil er so gut wie ich weiß, dass ich keinen Schimmer habe, wo die sich befindet.

»Lya!«, ermahnt er mich immer wieder, wenn ich falsch abbiegen will. Aber er macht es, ohne mich zurechtzuweisen.

Als ich die Küche dann endlich und mit einigen Hinweisen von Levyn finde, bleibt er lässig im Türrahmen lehnend stehen, während ich alles nach etwas Essbarem durchsuche.

»Wenn Tyla dich hier erwischt, wird sie dir die Ohren langziehen.«

»Ich habe Hunger«, entgegne ich, als wäre das eine Generalentschuldigung.

»Wie wäre es, kleiner Albino ...«, er kommt auf mich zu, »wenn ich dir Pancakes mache? So als kleine Wiedergutmachung. Wie in alten Zeiten.«

»In Ordnung«, murmle ich und setze mich auf einen der Stühle.

Wir schweigen, während Levyn den Teig zusammenrührt und dann eine Pfanne erhitzt. Beinahe fühle ich mich, als wäre ich wieder zu Hause. Als wäre meine Welt wieder die normale Welt von damals. Aber als ich darüber nachdenke, wird mir bewusst, dass ich das hier um keinen Preis mehr aufgeben würde. Ja, vielleicht habe ich mich gegen all das hier gewehrt. Vor allem, weil ich immer noch das Monster bin, das seinen besten Freund getötet hat. Nicht getötet. Ihn zerfetzt. Und auch wenn ich nicht weiß, ob das wirklich so war, beweist mir das alles und auch, was ich mit Levyn machen wollte, dass ich genau dieses Monster bin.

»Ich habe Angst«, murmle ich nach einer Weile.

Levyn legt gerade die Pancakes auf einen Teller und sucht nach Schokosoße und Sirup. »Wovor?«

»Davor, das Gefühl zu verlieren, das ich hier habe, wenn ich in der Stadt des Wassers bin«, gebe ich zu.

Levyn stellt die beiden Tuben vor mir ab und lehnt sich auf die Theke. »Und was für ein Gefühl ist das?«, raunt er mit zusammengezogenen Brauen.

»Es fühlt sich ... nach zu Hause an.«

Er mustert mich. Meine Augen, meine Lippen und das Pochen, das seine Blicke an meinem Hals auslösen.

»Ich ... Ich weiß nicht, woran es liegt, dass ich mich vorher nie zu Hause gefühlt habe. Und das hier ist die Welt der Dunkelheit. Sollte ich mich nicht in der Welt des Lichts zu Hause fühlen?«

Er räuspert sich und streicht sich dann nachdenklich über seine Stirn. »Das ist nicht verwerflich, Lya. Und du weißt nicht, ob du dich in der Welt des Lichts vielleicht sogar ein wenig mehr zu Hause fühlen würdest.«

Ich denke kurz über seine Worte nach, obwohl ich weiß, wie es wirklich ist. Solange Levyn nicht da wäre, würde ich mich dort nicht so heimisch fühlen. Denn er ist es. Trotz allem ist er mein Zuhause. Als würde dieses Band zwischen uns, dieser Fluch, unseren Seelen gegenseitig die Heimat geben, die wir brauchen.

»Wenn du mich ansiehst ... siehst du dann mich oder ... den weißen Drachen?« Eigentlich wollte ich *Lyria* sagen, aber mein Mut reicht nicht aus. Allein diese Frage brennt ausgesprochen in meinen Augen. Aber Levyn erkennt sofort meine eigentlichen Worte.

»Du hast nicht viel von Lyria«, wehrt er ab. Etwas blitzt in seinen Augen auf. Etwa Trauer? »Ihr seid komplett unterschiedlich. Nur ganz selten, wenn du den weißen Drachen in dir sprechen lässt, erinnerst du mich an sie. Dann, wenn ich mich mit dir verbunden fühle. Mit der Seele des weißen Drachen in dir.«

Ich muss mich zusammenreißen, nicht zu schreien. Also ist all die Verbundenheit, die er mir gegenüber spürt, immer nur mit der Seele des weißen Drachen und damit mit Lyria verbunden? Warum kann es nicht sein, dass er sich einfach mir gegenüber verbunden fühlt?

»Ich lebe nur von Erinnerungen, Lya. Ich kann das, was du spürst, nicht fühlen, weil alles, was mir geblieben ist, die Erinnerung an die Gefühle von damals sind. Und die verbinde ich nun einmal mit Lyria.«

Händeringend suche ich nach Dingen, an die ich denken kann, damit er den Schmerz nicht in meinen Gedanken liest. Aber als ich seinen Blick sehe, weiß ich, dass es zu spät ist.

»Es tut mir leid.«

»Das muss dir nicht leidtun. Ich will nur ... Für mich bist du ein Freund. Natürlich hasse ich dich auch ab und zu. Aber ich fühle etwas und ... es ist schwer zu verstehen, dass du das nicht fühlst.«

Er sagt nichts mehr dazu. Und so esse ich stumm die Pancakes, bevor ich mich in mein Bett verabschiede.

Levyn begleitet mich noch bis zu meiner Tür, und als ich sie gerade schließen will, ertönt noch einmal seine Stimme: »Und übrigens, Lya, hast du mir schon am ersten Tag hier widersprochen. Als ich dir sagte, die Welt der Finsternis wäre ehrlicher und reiner. Die Pflicht, mir nicht widersprechen zu dürfen, habe ich dir schon in dem Moment abgenommen, als wir hier angekommen sind.«

Am liebsten würde ich weinen. Das Gefühl, dass Levyn etwas in mir auslöst, ich aber nicht bei ihm, tut weh. Ja, es zerreißt beinahe meine Brust. Und ich kann nichts dagegen tun. Kann ihn nicht ändern und meine Gefühle auch nicht. Vielleicht ist es gerade deshalb gut, dass ich mit Myr in die Stadt des Wassers gehe. Vielleicht werde ich dort genug Abstand bekommen, um Levyn mit der gleichen Kälte gegenüberstehen zu können, wenn ich zurück bin.

* * *

Mitten in der Nacht werde ich von einem seltsamen Gefühl geweckt. Als würde mich etwas bedrohen. Ich stehe auf, verlasse mein Zimmer und gehe durch die feuchten, tropfenden Höhlen. Meine Schritte hallen von den steinernen Wänden wider und die Schatten meines Körpers tanzen durch die lebendigen Tropfen hin und her.

Als ich an dem kleinen Ess- und Besprechungsraum angekommen bin, stutze ich. Durch die einen Spalt geöffnete Tür dringen Myrs und Levyns gedämpfte Stimmen an mein Ohr.

»Die Nornen? Bist du dir sicher?« Myr klingt besorgt.

»Sicher bin ich mir erst, wenn wir da sind. Aber die Feynen haben gespürt, dass etwas nicht stimmt.«

Levyn räuspert sich, während ich näher an die Tür trete.

»Du kannst dich gern dazusetzen, Lya.«

Ich weite erschrocken meine Augen und schlucke Steine. Aber jetzt so zu tun, als wäre ich gar nicht hier, würde nichts bringen, also lege ich meine Hand auf die kühle Tür und schiebe sie langsam auf.

Levyn betrachtet mich ohne Groll und deutet mir dann, mich zu setzen. Auf Myrs Lippen bildet sich ein kleines Lächeln, während ich Platz nehme.

»Wovon redet ihr?«

Levyn verengt seinen Blick. »Die Feynen, eine Unterart der Luftdrachen, haben uns berichtet, dass ...« Er sucht offensichtlich nach dem einfachsten Weg, mir das ohne viele Worte zu erklären.

»Dass sie die Verbindung zu den Nornen verloren haben«, wirft Myr ein.

Ich blinzle irritiert.

»Die drei Nornen sind die ältesten Feynen. Sie haben neben den Seher-Kräften der Feynen auch ... Sie bestimmen das Schicksal eines jeden Menschen«, erklärt Levyn weiter.

»Sie bestimmen das Schicksal? Auch unseres? Das der Drachen?«, hake ich mit bebender Stimme nach.

»Jein. Sie legen für uns ein Schicksal fest, das sehr schwammig ist. Es bleibt uns überlassen, wie wir dieses Schicksal erreichen und wie es dann wirklich aussehen wird.«

»Und ... was ist mit ihnen?«

»Sie erhalten ihre Kraft vom Yggdrasil, dem Weltenbaum – dort leben sie auch und bewachen eine der drei Quellen des Baumes. Die Urdquelle. Urd ist auch der Name einer der Nornen. Urd, das Schicksal und somit die Vergangenheit. Ihre Schwestern sind Verdandi, die Gegenwart, und Skuld, die Zukunft. Die Feynen ziehen ihre Kräfte ebenfalls aus der Urdquelle und somit aus dem Yggdrasil. Aber dafür brauchen sie die Verbindung zu den drei Nornen ... und die ist abgebrochen. Was aber auch bedeutet, dass der Weltenbaum eventuell ungeschützt ist. Die Nornen begießen ihn nämlich täglich mit dem Wasser der Urdquelle, um ihn so zu schützen.«

»Aber warum sollte ihnen jemand etwas antun? Und wie sollen sie nach Thule gekommen sein?«, wirft Myr ein. »Thule ist die Insel, auf der der Weltenbaum steht. Aber Thule ist geheim. Das einzige Wesen, das Zutritt hat, ist ...«, erklärt er an mich gerichtet.

»Ich«, sagt Levyn ganz ruhig. »Meine Seele ist die einzige, die Thule zugänglich machen kann. Die Seele des schwarzen Drachen.«

»Aber du warst ganz offensichtlich nicht da«, brummt Myr.

Die Tür hinter mir schließt sich mit einem leisen Klicken.

»Was werden wir in dieser Sache unternehmen?«

Aryas kühle, weise Stimme lässt mich zusammenzucken. Engelsgleich, aber verdammt bedrohlich, geht sie an mir vorbei und stemmt ihre Hände auf dem alten Holztisch ab.

»Wir müssen nach Thule und nachsehen, was passiert ist.«

»Denkst du, jemand hat sie umgebracht?«, frage ich völlig in Gedanken versunken. Ich habe längst begriffen, dass ich mit alldem hier klarkommen muss. Es hat keinen Sinn mehr, mich ständig über diese übermenschlichen Dinge zu wundern.

»Es ist möglich. Die Urdquelle ist sehr mächtig. Sie kann Schicksale verändern und ...« Levyn fährt mit den Augen meine Haare entlang. »Man sagt, dass sie so rein ist, dass sie alles, was aus ihr trinkt, weiß macht.«

»Weiß? Also weiß im Sinne von weißer Drache?«

»Nicht ganz«, raunt er und fährt sich mit seinen schmalen Fingern über seine Lippen. »Du besitzt die Kraft des Lichts. Licht an sich ist rein und weiß und ... würde jemand aus der Quelle trinken, könnte es sein, dass diese Person einen Teil dieser Macht erhält. Und es könnte sein, dass die Person ihre Seele damit in Reinheit hüllt. Sie würde nicht wirklich rein werden, aber sie würde so erscheinen und dadurch Grenzen, Schutzmauern und Tore, die durch genau diese Eigenschaft geschützt werden, passieren können. Durch die man nur gehen kann, wenn man eine reine Seele hat.«

»Aber ...«, stottere ich und verziehe nachdenklich den Mund. »Warum kannst nur du auf diese Insel?«

»Der Yggdrasil besitzt drei Wurzeln, die jeweils in einer Quelle enden. Eine ist die Urdquelle. Eine andere der Mimisbrunnen, der vom Mimir bewacht wird, einem männlichen Wesen, das die Zukunft vorhersagen kann und auch ein begabter Schmied sein soll. Die dritte Quelle ist die Hvergelmir, die unsere Welten mit Wasser versorgt. Und sie ist die Heimat der Schlangen und ... des Nidhöggr. Also des schwarzen Drachen.«

Wieder kann ich nur blinzeln.

Arya räuspert sich vernehmlich. »Was gedenken wir in dieser Angelegenheit zu unternehmen?«, fragt sie nun ausdrücklicher.

»Wir werden nach Thule gehen und herausfinden, was passiert ist.«

Mit diesen Worten erhebt Levyn sich. Myr tut es ihm gleich und Arya stellt sich auf, als würde sie Welten zerfetzen können.

»Komm«, sagt Levyn an mich gerichtet.

Ich sehe ihn wie erstarrt an. »Ich ... Ich darf mitkommen?«

»Ich höre deine Gedanken, Lya. Also weiß ich, dass das hier sonst in einer riesigen Diskussion enden wird.«

Meine Brauen schießen in die Höhe. Ich habe doch noch gar nicht darüber nachgedacht, mitkommen zu wollen.

»Ich kenne dich ein bisschen, kleiner Albino.«

Mehr sagt er nicht, sondern geht auf die Tür zu, öffnet sie und hält sie auf, bis auch wir hindurchgegangen sind.

»Hör auf, in meinem Kopf herumzuspuken«, flüstere ich ihm zu, als ich an ihm vorbei hinaustrete. »Und danke.«

Er hebt nur gelassen einen Mundwinkel und wartet dann vor meiner Zimmertür, während ich mir etwas anziehe.

Als wir hinaus in die Finsternis treten, spüre ich seinen Atem ganz dicht an meinem Nacken. Eine Gänsehaut legt sich über mich und lässt mich erschaudern.

»Festhalten«, flüstert er, berührt ganz sanft meine Hand mit seinen kühlen Fingern und hebt mich mit einem Flügelschlag in die Luft. Offensichtlich wollte er auch dieser Diskussion entgehen, denn er weiß genau, dass ich mich normalerweise nicht durch die Lüfte tragen lasse. Trotzdem wehre ich mich nicht. Spüre den kühlen Wind der Finsternis in meinem Gesicht und durch meine Haare wehen. Spüre Levyns Hände, die mich fest umfassen. Höre ihr Zischen. Und bevor ich einwenden kann, dass Myr oder Arya mich tragen sollen, spüre ich weichen Boden unter meinen Füßen.

Levyn atmet schwer, aber er wirkt nicht so verwundet wie sonst.

»Alles in Ordnung?«, frage ich, als ich ihn neben mir in der Dunkelheit höre.

»Drachen heilen sehr schnell, wenn sie verwandelt sind«, sagt er mit normaler Stimme. Trotzdem höre ich ein wenig Schmerz heraus. »Wir sind an der Quelle Hvergelmir. Hier bekommen wir Zugang zum Weltenbaum.«

Ich verenge meinen Blick und konzentriere mich auf das Gefühl, das ich bei meiner Verwandlung hatte. Glaube daran, dass ich es kann. Wenige Sekunden später spüre ich die Schuppen durch meine Haut brechen. An meinen Augen und meinen Unterarmen. Sofort liegt die gerade noch stockdunkle Umgebung in einem ganz leichten, weichen Licht da. So als hätte ich eine Nachtsichtbrille der Menschen auf.

Vor uns erstreckt sich eine riesige Lichtung mit einem kleinen See, der von gigantischen schwarzen Bäumen umrahmt wird.

Ich sehe zu Levyn, der einfach nur dasteht und mich beobachtet, dann hebt er eine Hand und schießt mit einer lockeren Bewegung dunkle Schatten in den Himmel.

Mein Blick wandert hinauf. Fassungslos sehe ich dabei zu, wie sich ein heller Riss durch die Finsternis zieht. Wie ein greller Blitz, der aber nicht wieder verschwindet. Sein Licht scheint auf den kleinen See und erst jetzt erkenne ich, dass unzählige kleine Bäche von ihm in den Wald hineinlaufen.

»Lya?«

Blinzelnd drehe ich mich zu Levyn, der, genauso wie Arya und Myr, bereits wieder seine Flügel ausgebreitet hat.

»Bereit?«

Ich nicke und schon packt er mich und schießt mit mir hinauf. Die Dunkelheit wandelt sich in helles, strahlendes Licht. Ein warmes Licht. Eines, das meine Brust mit Leben erfüllt.

Als wir landen, beginnt sich erst nach und nach alles um mich herum aufzubauen. Schemenhaft erkenne ich einen riesigen Baum, der immer deutlicher wird und dann in seiner ganzen Pracht vor mir steht. Umgeben von Licht und kleinen glänzenden Tieren, die wie Schmetterlinge um ihn herumfliegen. Im riesigen grünen Geäst erkenne ich einen großen Adler, der uns ansieht.

Meine Kehle ... Mein Mund ... Alles wird trocken, als ich diese gigantische Schönheit vor mir sehe und sich nach und nach weitere wunderschöne Bäume und Blumen aufbauen, als würden sie durch die kleinen fliegenden Sterne erschaffen werden und sich Stück für Stück zu ihrer ganzen Pracht zusammensetzen.

Während ich immer noch mit großen Augen dastehe, greift Levyn wieder nach meiner Hand und zieht mich mit sich, hin zu dem Baum. Seine Haut zischt und tatsächlich ist es das Einzige, was mich daran glauben lässt, dass das hier echt ist.

Als wir beim Stamm des Baumes angekommen sind, legt Levyn seine andere Hand auf die raue Rinde und schließt seine Augen. Ich mustere die dunkle Maserung, die sich zu bewegen scheint. Als würde sie fließen. Als würde sie in Levyn fließen und ihn nach seiner Seele absuchen.

Ein Knacken lässt mich zusammenzucken. Levyn nimmt seine Hand vom Yggdrasil und zieht mich ein Stück mit sich zurück. Sein Blick ruht auf dem Boden neben dem Stamm des Baumes, aus dem sich langsam und knackend eine der Wurzeln erhebt. Aus ihr fließt glänzend helles Wasser, bis sich ein Zugang bildet. Eine Öffnung, wie die einer Höhle.

Ohne ein Wort zieht Levyn mich weiter, hinein in die Höhle. Nein ... keine Höhle. Eher eine Grotte, in deren Innerem ein glitzernder See liegt.

Mein trockener Mund öffnet sich automatisch. Es ist so wunderschön, dass ich am liebsten in ihn eintauchen würde. Mein Herz erfüllt sich mit Licht. Mit Wärme. Mit ... Liebe. Doch dann festigt sich Levyns Griff, als hätte er seelische Schmerzen. Und beinahe ist es, als könnte ich sie spüren.

Ich sehe hinauf und folge dann seinem starren Blick. Mir stockt der Atem und die Wärme, die ich gerade noch gespürt habe, weicht erbarmungsloser Kälte, als ich drei wunderschöne Frauen im Wasser treiben sehe. Tot. Ihre hellen Haare fließen wie schäumende Gischt um ihre Köpfe im Wasser und enden in ihren zarten, fast durchsichtigen Flügeln, die glanzlos an ihren Rücken hängen.

Levyn lässt mich los. Seine Wut prickelt in der Luft. »Nein!«, sagt er plötzlich und springt in das Wasser. Schwimmt zu ihnen und dreht ihre leblosen Körper herum.

Erschrocken halte ich mir die Hand vor meinen Mund und unterdrücke einen Schrei, als ich ihre bleichen Gesichter und die leeren Augen sehe.

»Skuld ...«, haucht Levyn mit gebrochener Stimme. Nie zuvor habe ich ihn so gesehen oder gehört.

Ich will auf ihn zugehen, aber als ich einen Schritt nach vorn mache, berührt Myr mich an der Schulter und hält mich zurück. »Da muss er jetzt erst mal allein durch, Lya. Es mit sich selbst vereinbaren.«

Schluckend nicke ich Myr zu, der seine Hand auf mir ruhen lässt, als ich wieder zu Levyn sehe. Er schwimmt gerade zu den beiden anderen Frauen und dreht sie ebenfalls um, um ihre Augen zu schließen.

»Sie haben ihm vor ein paar Jahrhunderten geholfen. Das hat er ihnen nie vergessen. Und ...« Myr seufzt betreten. »Er hat ihnen damals seinen Schutz zugesichert.«

»Wie konnte das passieren? Wie konnte hier jemand hereinkommen?«, knurrt Levyn plötzlich und steigt aus dem Wasser. »Wer war das?«

Er sieht uns an, als hätten wir die Antworten parat. Als würde er sie aus uns herausprügeln, wenn es sein muss.

»Levyn ...«, sagt Myr und wagt sich vorsichtig einen Schritt vor. »Wir werden die Person finden, die dafür verantwortlich ist.« Er bleibt vor ihm stehen.

Levyns Mund verzieht sich immer wieder zu einem Knurren. »Hier kann niemand rein!«, schreit er Myr an.

»Offensichtlich schon.«

Levyn packt Myr am Kragen seiner schwarzen Uniform und schubst ihn meterweit nach hinten. »Halt die n...«

»Es reicht!«, unterbricht Arya ihn. »Du trauerst. Das ist in Ordnung. Und wenn ihr zu Hause seid, könnt ihr euch prügeln, damit es dir danach besser geht. Jetzt ist dafür aber keine Zeit.«

»Levyn!«, ruft Myr zornig und wischt sich den blutigen Mund ab.

Levyn allerdings würdigt ihn keines Blickes.

»Levyn!«, wiederholt Myr. »Levyn! Herrscher der verdammten Finsternis!« Seine schwarzen Augen wandern bedrohlich zu ihm. Myr zieht zischend die Luft ein. »Das alles ... Die Angriffe der Venandi. Die der Anguis. Das hier ... Du weißt genauso gut wie ich, dass nur eine Person dazu fähig ist.«

»Nein!«, ist alles, was Levyn dazu sagt, bevor er wieder ins Wasser geht und die drei Frauen herauszieht.

Es dauert eine Weile, doch dann lösen sich auch Arya und Myr aus ihrer Starre und helfen ihm, sie an das Ufer zu legen. Ich sehe ihnen stumm dabei zu, wie sie als Team agieren – und plötzlich bin ich mir sicher, dass sie schon seit Jahrhunderten zusammengehören müssen.

»Arya und ich kümmern uns um ihre Bestattung und um Nachfolgerinnen. Bring du bitte Elya nach Acaris und ... Bring sie einfach weg von hier.«

Levyns Stimme klingt so gebrochen und trotzdem schwingt nichts als Stärke in seinen Worten mit. Finsternis, die mich umhüllt. Ja, die mir sogar Sicherheit gibt.

»Ich ...«

»Bitte, Lya. Hör nur dieses eine Mal auf mich und versuch nicht, mit mir zu diskutieren. Bitte.«

»Ich werde gehen, wollte ich sagen. Und ...« Ich gehe einen Schritt auf ihn zu und greife nach seiner Hand. Schatten tanzen in seinen Augen, als er sie gebrochen auf mich richtet. »Es tut mir leid.«

»Es ist nicht deine Schuld.«

»Es muss nicht meine Schuld sein, damit es mir Leid zufügt, Levyn.«

Er blinzelt und starrt mich ein paar Sekunden einfach nur an, bevor er seine Lippen aufeinanderpresst und nickt. »Ich werde so schnell wie möglich wieder ...« Er stockt und sieht auf seine zischende Haut hinab. »... zu euch stoßen.«

»In Ordnung«, flüstere ich und verlasse mit einem letzten Blick auf ihn zusammen mit Myr die Grotte.

16. Kapitel

Dieses Mal lasse ich es zu, dass Myr fliegt und mich mitnimmt.

»Praktisch, wenn man einen Drachen bei sich hat, von dem man sich alle Fähigkeiten nehmen kann«, hat er gesagt, bevor er mich hochgenommen hat und wir zusammen in die Luft gestiegen sind.

Meine Angst ist immer noch da. Ja, selbst jetzt, da ich mich verwandelt habe, ist sie da und greifbar. So greifbar, dass ich den Schwindel immer wieder unterdrücken muss.

Wir fliegen in dem rötlichen Licht der Dämmerung an riesigen Gebirgen vorbei. Myr hat mir erklärt, dass wir einen kleinen Umweg in den Norden nehmen müssen, um nicht am Vulkan von Ignia vorbeizufliegen. Die Feuerdrachen stehen nicht auf unserer Seite, also sollen sie auch nicht wissen, was wir vorhaben.

»Achtung!«, ruft Myr mir zu und deutet auf einen der Berge.

Als wir noch ein Stück weiterfliegen, erkenne ich es. Aus dem Berg ragt ein riesiges Schloss heraus, das aus dem Fels geschliffen wurde. Wie viel Aufwand muss das gewesen sein?

Mein Mund öffnet sich, als der polierte Stein das rötliche Licht reflektiert und das Schloss wie einen glühenden Palast aussehen lässt.

»Luftdrachen«, erklärt Myr, was ich mir bereits gedacht habe.

Ich mustere die kleinen Häuser um den Palast herum, während sie immer kleiner werden und dann hinter uns verschwinden.

Nach einer ganzen Weile erreichen wir endlich den Norden. Der Boden unter uns ist übersät mit Seen. Als Myr landet, sehe ich mich irritiert um. Nichts deutet auf eine Stadt hin.

»Du ... Du musst dich jetzt verwandeln«, murmelt Myr neben mir und geht auf den See vor uns zu. Sein Ende kann ich nicht erkennen. Als wäre er unendlich groß. Er glitzert selbst noch am Horizont, hinter dem der rote Himmel brennend hervorragt.

Wir haben lange darüber geredet, wie ich es schaffen könnte, die Wasserstadt zu erreichen, ohne mich zu verwandeln. Noch haben die Venandi meine Fährte nicht, was uns einen Vorteil verschafft. Jetzt könnten sie sie bekommen. Zwar ist keinem von uns wirklich klar, ob sie meine Fährte überhaupt aufnehmen können, weil sie sie nach meiner Verwandlung im Wald direkt vor ihnen auch nicht hatten. Aber die Möglichkeit besteht. Doch das Risiko müssen wir eingehen.

Ich schließe meine Augen und bemühe mich nach dieser Macht in mir zu rufen.

»Geh ein wenig ins Wasser«, schlägt Myr vor.

Ich schließe zu ihm auf und spüre, wie das Wasser durch meine Stiefel an meine Füße und Beine wandert. Schwer atmend denke ich an diese toten Frauen zurück. Wie sie im Wasser schwammen. Aber ich muss das hier schaffen. Muss die Nornen und ihren Tod für einen Moment vergessen.

»Stell dir einfach vor, wie du Wasser atmest. Wie du hindurchschwimmst, als würde es dich tragen. Als ...«

Myr stockt, während ich das Brennen um meine Augen und an meinem Hals spüre.

»Ja ... Na, dann mal los!«

Ich gehe weiter ins Wasser. Weiter und weiter. Die Kiemen an meinem Hals schreien danach, benutzt zu werden. Sauerstoff in sich aufzunehmen. Als nur noch mein Kopf trocken ist, spüre ich ein fürchterliches Brennen an meinen Beinen und dann wachsen sie zusammen. Werden eins. Eine riesige Flosse, die mich trägt und meinen Kopf hinunter ins Wasser zwingt.

Ich blinzle ein paarmal, bis ich alles erkenne. Das Wasser um mich herum. Myr, der neben mir schwimmt. Mit einer blauen Flosse statt Beinen. Seine Augen sind umrahmt von blauen Schuppen, während meine, genauso wie meine Flosse, weiß sind.

Myr schwimmt vor, während meine Kiemen arbeiten. Es fühlt sich wie atmen an. Ganz normal. Als hätte ich nie etwas anderes getan. Das kühle Wasser hüllt mich ein. Lässt meinen Körper schwerelos tanzen.

Wir schwimmen tiefer und tiefer. Bis sich unter uns eine Stadt aus dem Boden des Sees erhebt. Ich starre fassungslos hinab. Ein gedämpftes bläuliches Licht erhellt die Wasserstadt. Sie ist riesig. Tausende kleine weiße Gebäude mit blauen Fensterläden erstrecken sich vor uns. Die größeren besitzen steinerne Säulen, die wie gigantische Wächter die Hauseingänge bewachen. Am Ende, ganz hinten, ragt ein riesiger Palast hervor, wie ein Tempel zwischen den Bergen.

Als wir weiterschwimmen, erkenne ich eine Kuppel, die sich um die Stadt bildet, als würde sie sie beschützen. Darunter gehen Drachen auf den Straßen entlang. Sie sind nicht verwandelt. Da begreife ich, dass diese Kuppel eine Art Luftblase ist. Ich traue meinen Augen kaum.

Als wir am Grund ankommen, schwimmt Myr zu einem kleinen Tor, das nur aus Wasser besteht. Ein verwandelter Wasserdrache hält davor Wache und nickt Myr zu, während wir passieren.

Myr fragt mich stumm, ob ich bereit bin, dann nimmt er meine Hand und zieht mich hindurch. Kurz fühlt es sich an, als würde ich ersticken, bis das Brennen wieder auftaucht und meine Lungen Luft einsaugen. Myr steht bereits auf seinen Füßen, während sich meine Flosse nur langsam wieder auflöst und ich wie ein gestrandeter Fisch auf dem Boden liege.

»Alles in Ordnung?«, fragt er und lächelt mir aufmunternd zu, während er mir seine Hand entgegenhält.

Ich nicke atemlos und spucke Wasser.

»Fürs erste Mal gar nicht übel.«

»Gar nicht übel? Ich bin geschwommen wie eine verdammte Kaulquappe!«

Myr bricht in lautes Gelächter aus. Es dauert einen Moment, aber dann stimme auch ich ein und nehme endlich seine Hand, um mich zu erheben.

»Du bist ein Unikat, Lya«, sagt er immer noch lachend und führt mich durch die Straßen der Wasserstadt. »Das ist meine Heimat. Acaris«, sagt er mit geschwollener Brust.

Ich mag Myr schon lange, wegen seiner Art, Freude zu teilen. Immer das Positive zu sehen. Aber jetzt ist es, als hätten sich diese Eigenschaften verdoppelt. Mit glänzenden Augen weist er mir den Weg durch die Gassen, die aussehen wie ganz normale Straßen, nur dass sie nicht betoniert sind, sondern aus Sandstein gefertigt. Genauso wie die kleinen Häuschen, die allesamt wie Tempel aussehen. Trotzdem ist Myrs Blick irgendwie getrübt. Als würde ein Teil von ihm hierhergehören, ein anderer aber schon lange nicht mehr.

»Man kommt hier nicht rein, wenn man kein Wasserdrache ist, oder?«

Myr nickt. »Außer man hat einen bei sich, dem man die Fähigkeiten stibitzen kann. Oder der König lässt es zu.«

Ich lächle und sehe mich weiter um, während uns ständig Menschen mit schwarz-blauen Haaren entgegenkommen und Myr grüßen. Sie alle kennen ihn.

Wir gehen weiter, bis wir einen belebten Marktplatz passieren und vor dem Palast anhalten.

»Müssen wir uns erst vorstellen, bevor wir zu dir gehen?«, frage ich und mustere die Stände, an denen Brot, Käse und Dutzende andere Dinge verkauft werden, als wären wir hier in einer ganz normalen Stadt.

»Da drin wohnt meine Familie, Lya.«

Er deutet auf das Schloss aus Diamant, das von einer blau glänzenden Aura umgeben ist, als wäre es nur eine Illusion.

»Du bist ...« Ich starre ihn fassungslos an.

»Der jüngste Sohn des Königs«, vervollständigt er und lächelt mich wie ein kleiner Junge an, der gerade erfolgreich einen Streich gespielt hat.

»Und das hättest du nicht irgendwann mal erwähnen können?«

Er zuckt mit den Schultern, während er auf die riesige prächtige Tür zuspaziert. »Es ist nicht wichtig. Ich habe keine besondere Stellung und den Thron wird Tharys eines Tages besteigen. Ich bin nur der Sohn eines Mannes, der zufällig ein sehr großes Haus hat.«

Ich schüttle lachend den Kopf und folge Myr hinein in das prächtige Schloss. Die Wände sehen aus, als wären sie aus glänzendem Eis gefertigt, und auch der Boden ist so rein, dass man sich in ihm spiegelt. Wir laufen an Wachen vorbei, die sich leicht verneigen, als sie Myr erkennen, bis wir in einen Thronsaal kommen.

Die Throne sind ebenfalls aus dem Material gemacht, das wie tausend Diamanten schimmert. Auf ihnen sitzen ein dunkelhaariger Mann und eine blauhaarige Frau. Ihre Haare sind so blau, dass ich ein paarmal blinzle, um sicherzugehen, dass es keine optische Täuschung ist. Sie fließen tanzend um ihre Schultern, als wäre sie von Wasser umgeben.

»Nyla, Dad. Das ist Elya«, stellt er uns vor, als wären wir gerade in einem ganz normalen Haus und stünden vor zwei ganz normalen Menschen.

»Es freut uns sehr, dich kennenzulernen«, haucht die Frau mit einer wunderschönen melodischen Stimme und deutet dann auf ihren Gatten. »Auch Thyron freut sich.«

Thyron allerdings gibt keinen Ton von sich. Er mustert mich, als wäre ich der Untergang dieser Welt. Seiner Stadt. Acaris.

»Myr, sei so lieb und zeig Lya ihr Zimmer. Wir feiern heute Abend ein Fest und haben noch einige Vorbereitungen zu erledigen.«

Ich verkrampfe mich, als mir klar wird, dass ich nicht einmal Hallo gesagt habe. »Ich freue mich, Euer Gast sein zu dürfen«, sage ich also schnell und etwas überstürzt, was der Königin ein kleines Lächeln entlockt. Aber es wirkt falsch.

»Macht euch bereit und erscheint dann beim Fest, meine Lieben«, weist sie an, erhebt sich und verschwindet.

Die Augen des Königs sind unerbittlich auf mich gerichtet. Aber er sagt auch dann nichts, als Myr mich an meinem Ärmel hinauszieht. Als befände er sich in einer Art Trance.

»Komm, wir suchen dir ein paar trockene Klamotten. Wie ich die Königin kenne, liegt dein Outfit für heute Abend bereits auf deinem Bett.«

Ich bekomme kaum ein Wort heraus. Das alles hier erschlägt mich. Wie konnte ich mein Leben so lange leben, ohne all das hier zu kennen? All die Schönheit, verborgen vor der menschlichen Welt.

Myr führt mich gläserne Treppen hinauf, bis wir in einem großen Korridor ankommen. Alle Räume und Flure werden von blau leuchtenden Fackeln erhellt. Die Wände sind gläsern, glänzend. Aber leer. Keine Bilder, keine Dekoration. Nichts. Aber das ist auch nicht nötig. Die verschiedenen Fasern des Materials glänzen und schlängeln sich in schimmernden Farben an den Wänden, der Decke und dem Boden entlang. Ich kann mich kaum sattsehen. Aber das alles wird von meinen Erinnerungen und der Vorstellung, was Levyn gerade durchsteht, durchbrochen.

»Werden wir über den Weltenbaum und die Nornen reden?«, frage ich Myr gespielt beiläufig und gehe weiter.

Er verengt seinen Blick. »Fürs Erste nicht. Acaris ist nicht sicher. Nicht sicher genug, um hier über solche Dinge zu reden. Levyn regelt das. In Ordnung?«

Ich nicke und verliere mich kurz darauf wieder in der leuchtenden Wand neben mir.

»Lya!«

Verdutzt sehe ich zu Myr, als er mir eine blau glänzende Tür aufhält.

350

»Das ist dein Zimmer. Und – o Wunder! Da liegt ein Kleid für dich. Lucarys wird unsere Sachen wohl erst morgen herbringen. Er ist nicht gerade bekannt dafür, auf Festen die Tanzfläche unsicher zu machen.«

»Du aber schon, oder wie?!«

»Klar, also reservier mir einen Tanz!«

Er zwinkert mir zu, während ich an ihm vorbei in mein Zimmer gehe. Als ich mich gerade umdrehe, um ihn zu fragen, wann wir bei dem Fest sein müssen, schließt sich bereits die Tür.

Ich verziehe den Mund und sehe mich in meinem Zimmer um. Die gleichen Wände wie überall, und obwohl diese Fackeln auch hier blau leuchten, bin ich mir fast sicher, dass das Material des Gemäuers auch aus sich heraus leuchtet.

Ich schreite zu meinem Bett – ein normales Bett aus massivem Holz – und betrachte das weiße Kleid, das darauf liegt. Natürlich. Der weiße Drache trägt ein weißes Kleid. Ich mustere es von oben bis unten. Die glitzernde Seide, die so dünn ist, dass ich jetzt schon friere.

Ich sehe mich weiter um, bis ich eine Tür zu einem Bad entdecke. Als ich eintrete, stockt mir der Atem. Alles hier funkelt tiefblau. So wunderschön, dass ich mir sicher bin, dass alles hier aus reinem Saphir gefertigt wurde. Ich schlucke schwer und überlege einen Moment, ob man sich hier drin überhaupt waschen darf. Wäre mir nicht so kalt in meinen nassen Klamotten, hätte ich es lieber unberührt gelassen. Stattdessen gehe ich auf die Badewanne zu und hebe den silbernen Wasserhahn. Das warme Wasser fließt hinein und leuchtet durch den Saphir blau. Es ist so wunderschön, dass ich es anstarre, bis ich mich endlich wieder sammle, mich ausziehe und in die

Wanne steige. Die Hitze umhüllt mich und wandert in meine Glieder.

Warum hat Myr mir nie erzählt, dass er so aufgewachsen ist? Etwas Vergleichbares habe ich in meinem ganzen Leben noch nicht zu Gesicht bekommen.

Ich wasche meine Haare und meinen Körper, warte noch einen Moment, bis ich komplett aufgewärmt bin, steige aus der Wanne und greife mir einen weißen Bademantel. Als ich wieder vor meinem Bett stehe und das dünne weiße Kleid anstarre, atme ich schwer. Zitternd ziehe ich es mir über und mustere mich in dem blau verzierten Spiegel, bis ich durch ein Klopfen an der Tür zusammenzucke.

»Die Königin möchte, dass ich Euch die Haare mache«, sagt ein schüchternes Mädchen und tritt ein, als ich nicke.

»Du kannst mich gern Lya nennen«, erwidere ich und setze mich vor die Frisierkommode.

»Was für eine Frisur möchtest du, Lya?«, fragt sie vorsichtig und beginnt meine noch feuchten Haare zu kämmen.

»Etwas ganz Normales?«, stelle ich eine Gegenfrage.

»Die Königin mag normal nicht.«

Und damit beginnt sie, mir eine aufwendige Hochsteckfrisur zu zaubern, die so gar nicht zu mir passt. Normalerweise trage ich mein bleiches Haar offen oder in einem Dutt. Hauptsache, keine Aufmerksamkeit auf das hellgraue Haar ziehen.

Das Mädchen legt mir noch ein wenig Schminke auf, bevor es sich verabschiedet. Kurz nach ihm tritt Myr ein und pfeift, als ich mich zu ihm umdrehe.

»Sei bloß still!«, brumme ich und verziehe den Mund.

»Was? Du siehst hinreißend aus, Lya!« Er wirft einen anerkennenden Blick auf das dünne Seidenkleid, das für meinen Geschmack einen viel zu großen Ausschnitt besitzt.

»Ich sehe aber nicht mehr nach mir aus.«

»Ja, stimmt, das graue Mäuschen, das du sonst darstellst, bist natürlich viel eher du.«

Er lacht und ich werfe ihm einen bösen Blick zu, bevor ich den Arm ergreife, den er mir hinhält, und mit ihm hinunter in den Ballsaal trete. Der Diamant, aus dem die Wände erbaut sind, ist mit blauem Saphir gesprenkelt und leuchtet in all seiner Pracht. Hier gibt es keine Fackeln, was meine Vermutung bestätigt, dass das Material aus sich heraus genug Licht hervorbringt.

»Myrian!« Ein älterer Mann kommt auf uns zu und klopft ihm auf den Rücken. Dann ergreift er meine Hand und küsst sie. »Der weiße Drache beehrt uns. Ich wollte es ja nicht glauben!« Er grinst und mustert mich immer und immer wieder.

Ich lächle benommen zurück. Ich kann nicht damit umgehen, wie etwas Besonderes behandelt zu werden. Früher wurde ich anders behandelt, weil ich unter all den Toten zusammengekauert im Wald gefunden wurde. Und jetzt ... Jetzt behandeln sie mich mit Anerkennung, für etwas, das ich mir bisher nicht verdient habe.

»Kann ich dich unter vier Augen sprechen?«

Myr wirft mir einen fragenden Blick zu.

»Geh nur. Ich hole uns etwas zu trinken«, murmle ich ihm zu und suche mit den Augen den Raum nach einer Bar ab, während die beiden verschwinden.

Ruhig atmend gehe ich auf die eiserne Bar zu und bestelle zwei Gläser Diamantsekt, wie der Barkeeper ihn nennt.

»Sei vorsichtig damit.«

Eine raue Stimme streichelt mein Ohr. Ich drehe mich um und blicke in leuchtend grüne Augen. »Warum?«, entgegne ich und greife nach den beiden Gläsern.

»Einst schenkte ein weißer Drache den Wasserdrachen ein Licht, um ihre Zugehörigkeit zum Volk der Wasserdrachen zu verdeutlichen. Ihre zweite Heimat zu erhellen. Der König und die Königin erbauten ein Schloss aus Diamant und Saphir, gemischt mit diesem Licht. Um Acaris und das Innere des Palastes zu erleuchten. Und etwas von dem Licht befindet sich auch in diesem Sekt«, erzählt er leise und lächelt mich mit seinen weißen Zähnen an. Erst jetzt wird mir klar, dass es auch auf den Straßen hell war. Nicht so hell wie am Tag der menschlichen Welt, aber ein gedämpftes blaues Licht hat überall geschienen.

»Kein Wunder, dass ich hier so freundlich empfangen wurde«, sage ich und mustere seine große Statur, die dunkelblauen Haare und diese stechend grünen Augen. Er ist wunderschön. Anders, ja. Anders als jeder Mensch. Aber wunderschön. Vor allem die schwachen blauen Muster, die die Haut um seine Augen schmücken, lassen meinen Blick verweilen.

»Meine sogenannte Mutter hat eine Vorliebe für schöne Dinge.«

Ich stocke. Seine Mutter? Also ist er Myrs Bruder? Und was genau meint er mit *schönen Dingen*? Sollte das etwa ein Kompliment sein oder bezog er sich auf das Kleid?

»Ihr seid also der Thronfolger?«, frage ich nüchtern und reiche ihm eines der Gläser, bevor ich an meinem eigenen nippe. Es ist, als würde mich ein Licht von innen wärmen. Die Macht des Sekts steigt in meinen Kopf und zaubert ein Lächeln auf mein Gesicht.

»Der bin ich«, bestätigt er und reicht mir seine Hand, an der ein silberner Ring mit einem großen blauen Saphir steckt. »Tharys.«

»Lya«, entgegne ich.

Er lächelt sein wunderschönes Lächeln und nippt dann an seinem Glas. »Mein Bruder hatte schon immer einen ziemlich guten Geschmack, was Frauen betrifft.«

»Keine Sorge, Bruderherz. Wir sind nur Freunde. Also halt deinen Acaris-Charme nicht zurück«, mischt sich Myr ein, tritt zu uns und nimmt einen Sekt des Barkeepers entgegen. »Ich würde nur allzu gern dabei zusehen, wie du dir die Zähne an Elya ausbeißt. Wäre ja mal was Neues, bei all den Frauen, die dir sonst sofort zu Füßen liegen.«

»Myr!«, ermahne ich ihn mit einem bösen Blick und entferne mich ein wenig von Tharys. Seine Aura ist kaum zu ertragen, so machtvoll wirkt er.

»Keine Sorge, da spricht nur der Neid aus ihm.«

Myr lacht laut auf, während mein Blick immer wieder zu den zarten Musterungen an Tharys' Augen wandert.

Ich trinke weiter an meinem Sekt, um etwas zu tun zu haben. Tharys mustert mich belustigt, während der Sekt meine Sinne immer mehr vernebelt.

»Das ist übrigens der Vertreter der Menschen«, flüstert Myr mir zu und deutet auf einen blonden Mann.

»Wie ist er hierhergekommen?«

»Es gibt Wege«, raunt er und sieht dann wieder seinen Bruder an. »Passt du einen Moment auf Elya auf? Ich habe ... Dinge zu tun«, wendet er sich an ihn und lässt uns zurück, ohne auf eine Antwort zu warten.

»Ich brauche keinen Babysitter. Du kannst gern ...« Ich sehe mich um. »... herumspazieren.«

»Herumspazieren?«, wiederholt er belustigt.

»Tharys Acaris!«

Eine wütende Stimme erklingt hinter mir. Ich drehe mich um und blicke in die zornigen Augen einer jungen Frau. Ihre Arme hat sie in die Seiten gestemmt. Wahrscheinlich, um ihrer Wut noch mehr Ausdruck zu verleihen.

»Emylia«, quittiert Tharys ihr Auftauchen.

»Was soll der Quatsch?«

»Ich unterhalte mich gerade, Emylia.«

Tharys' Stimme klingt genervt. Was ich nachvollziehen kann. Das dunkelhaarige Mädchen sieht wirklich anstrengend aus.

»Ist mir so was von scheißegal! Du hast mich einfach so sitzen lassen.«

»Emylia ... Ich sage es dir noch dieses eine Mal. Ich unterhalte mich gerade.«

Mein Herz schlägt hart gegen meine Brust, als seine Stimme bedrohlich an mein Ohr dringt. Und auch wenn ich nicht gemeint bin, bereitet sie mir eine Gänsehaut.

Das Mädchen bebt vor Zorn, geht aber ohne ein weiteres Wort.

»Okaay. Was war das?« Es geht mich zwar nichts an, aber meine Neugier ist zu groß, um mich zurückhalten zu können.

»Das war ...« Er sucht offenbar nach dem richtigen Wort. »... meine Verlobte.«

»Oh. Nett.«

»Wer? Sie oder ich?«, fragt er lächelnd und deutet mir den

Weg zu einem Stehtisch. Als ich mich irritiert umblicke, erkenne ich den Grund dafür. Der Barkeeper hat unser Gespräch ziemlich aufmerksam verfolgt.

»Ihr wart beide nicht gerade nett zueinander«, sage ich, als wir an dem Tisch ankommen und ich mein sprudeliges Zeug abstelle.

»Sie denkt, dass sie einen Besitzanspruch auf mich hat«, raunt er und trinkt etwas.

»Und das hat sie nicht?«, hake ich nach und lausche kurz der melodischen unmenschlichen Musik.

»Verlobungen werden geschlossen, um Macht weiterzugeben. Um zu heiraten und die Blutlinie zu erhalten. Das ist alles.«

»Mehr ist es für dich nicht?« Ich sehe ihn irritiert an. Wie kann man nur so über eine anstehende Ehe reden?

»Es gehört nun einmal dazu. Ich bin der Thronfolger, also werde ich verheiratet. Wen ich liebe oder in mein Bett lasse, ist hingegen nur meine Sache. Und andersrum ist es nur ihre Sache.«

Ich spucke beinahe den Sekt wieder aus. Er sagt es so kühl, so gelangweilt, dass mir beinahe das Herz bricht.

»Und jetzt ist sie sauer, weil ich von unserem Tisch aufgestanden und zu dir gegangen bin.«

»Weil sie denkt, dass du jetzt mich in dein Bett lässt?«

Er zuckt mit den Schultern. »Mir ist egal, was sie denkt. Und so gern ich das Bett mit dir teilen würde, gehe ich davon aus, dass du erstens nicht der Typ Frau bist und zweitens einen Herrn hast.« Er deutet auf den Ring um meinen Hals, den ich völlig vergessen habe. »Ich nehme an, dass es Levyn war, der diesen wunderschönen Hals angeleint hat?«

Ich presse meine Lippen aufeinander. »Es ist anders, als du denkst.«

»Ist es das nicht immer?«, entgegnet er mit einem wissenden Blick. Aber er hat keine Ahnung. »Levyn ist bekannt dafür, sich hübsche Frauen als Sexsklavinnen zu halten. Es wundert mich nicht, dass er dich für sich beansprucht. Hätte sie nicht eine so außerordentliche Kraft gehabt, hätte er es sicher auch um Lyrias Hals gelegt.«

Mein Magen explodiert. Doch die Wut darüber, dass er mich für eine Sexsklavin hält und was er sich anmaßt über Levyn zu behaupten, wird von einer einzigen Frage übertönt.

Lyria. Er kennt Lyria?

»War sie es auch, die euch das Licht geschenkt hat?«, frage ich, um vom Thema abzulenken.

Tharys lacht rau, als ihm klar wird, was ich hier tue. »Nein. Lyria hätte Licht lieber verglühen lassen, als einem anderen ein Geschenk zu machen.« Er seufzt herablassend. »Ich frage mich noch heute, wie man ihr ein Herz herausreißen konnte. Ich war mir immer sicher, dass sie keines besitzt.«

»Du hast sie also geliebt«, stelle ich nüchtern fest, während eine Bedienung in einem blauen Anzug mein leeres Glas gegen ein gefülltes austauscht.

»Lyria hat man nicht geliebt. Man hat sie gehasst oder man war besessen von ihr. Und dein Herr war der Besessenste von allen. Und gekostet hat es ihn sein Herz.«

Ich atme tief durch. Das, was er da sagt, passt nicht zu Levyn. Diese Besessenheit und auch das mit den Sklavinnen.

»Levyn ist nicht mein Herr. Sobald er König ist, wird er dieses Ding von meinem Hals lösen!«, gifte ich.

Tharys verengt grinsend seinen Blick. »Na, wenn er dir das gesagt hat«, ist alles, was seinen Mund verlässt. Und es macht mich wütend. Ich vertraue Levyn. Vertraue ihm mehr als einem dahergelaufenen Prinzen, den ich nicht kenne. Denn tief in meinem Inneren weiß ich, dass Levyn mein Freund ist und mir nie schaden würde. Keiner Frau.

Wir schweigen und ich suche den Raum nach Myr ab, kann ihn aber nirgends finden.

»Wollen wir ein wenig frische Luft atmen gehen?«

»Du willst mit mir spazieren?«, frage ich mit zusammengeschobenen Brauen.

»Ich mag diese Art Veranstaltung nicht. Ich habe mich blicken lassen. Das reicht. Und jetzt möchte ich von hier verschwinden. Mit dir oder ohne dich.«

»Ich ... Ich muss bei Myr bleiben«, stammle ich.

Tharys wirft einen prüfenden Blick auf die Menschenmenge und winkt dann. Ein paar Sekunden später taucht Myr neben mir auf. »Verziehen wir uns?«

Myr nickt seinem Bruder eifrig zu. »Ich dachte schon, du fragst nie!«

17. Kapitel

Im dämmrigen, bläulichen Licht gehen wir durch die Straßen von Acaris. Die Bewohner singen und feiern. Myr hat mir erklärt, dass es hier so üblich ist zu feiern, wenn die Königsfamilie feiert.

»Hier geht die coolere Party«, hat er unseren Ausflug erklärt.

Die Straßen werden immer voller, was wohl ein Zeichen dafür ist, dass wir bald da sind.

»Tharys und ich haben uns früher immer ins Pub geschlichen, wenn die Alte nicht hingesehen hat«, lacht Myr und schiebt mich vor sich her. Er scheint zu merken, dass sich mein Fluchtinstinkt breitmacht.

»Redest du gerade von eurer Mutter?«, frage ich mit hochgezogenen Brauen.

»Naa! Unsere Mutter wäre wahrscheinlich mitgekommen. Die blauhaarige Pedantin ist unsere Stiefmutter«, erklärt er und weicht meinem Blick aus.

Ich ärgere mich, dass ich Myr so selten nach persönlichen Dingen gefragt habe. Es ist, als würde ich ihn erst jetzt richtig kennenlernen.

»Hier entlang, Prinzessin des Lichts«, weist er mich an, als ich beinahe an dem Pub vorbeilaufe.

Im Inneren ist es stickig und warm. Musik, die der irischen sehr ähnlich ist, schallt von der kleinen Bühne, auf der ein Mann mit Gitarre sitzt, zu uns herüber und die Menschen singen und tanzen dazu.

Tharys und Myr werden natürlich sofort erkannt, aber keiner macht Anstalten, sich zu verbeugen oder sie ehrfürchtig anzusehen. Sie grüßen die beiden, als wären sie alte Freunde, während wir auf einen freien Tisch zusteuern.

»Lieber Gott, bitte lass Keryla Dienst haben!«, fleht Myr und legt seine Hände aufeinander. Mir entfährt ein Kichern, während Tharys belustigt den Kopf schüttelt.

»Keryla ist seine Jugendliebe«, erklärt er und zwinkert mir zu. Mein Magen kribbelt unruhig.

Um uns herum wird es voller. Sosehr die Leute Tharys und Myr normal behandeln, haben sie auf die Mädchen hier dennoch eine extreme Wirkung. Genauso wie Levyn auf die Mädchen in der Welt der Finsternis. Scheint wohl verlockend zu sein, sich einen Platz in der Regierung zu erflirten. Manche der Mädchen tragen ihre Schuppen, als würden sie damit ihre Fähigkeiten demonstrieren wollen.

Ich verenge meinen Blick, als ich braune Schuppen unter den blau schimmernden erkenne. Ein Erddrache. Sie ist hübsch. Schlammblond und sehr schlank. Ich beiße unruhig auf meiner Unterlippe herum, während ich sie mustere. Sie nimmt es nicht einmal wahr. Ihre Augen sind starr auf Tharys gerichtet, der neben mir unruhig wird, als er sie ebenfalls entdeckt. Sie lächelt. Ganz offensichtlich kennen sie sich.

»Hier leben Erddrachen?«, frage ich und sehe dabei zu, wie er sich nur schwer von ihrem wunderschönen Anblick lösen kann.

»Hier kann leben, wer will. Acaris ist eine beliebte Stadt«, sagt er ziemlich kurz angebunden.

Das Mädchen kommt näher. Ich werfe ihr einen unauffälligen Blick zu, meine Augen weiten sich allerdings, als ich sehe, dass sie kein Kleid trägt. Ihr Körper ist nur von braunen Schuppen bedeckt. Wie ist das möglich? Ich dachte bisher, dass Schuppen ausschließlich an den Händen und um die Augen wachsen.

»Geh ruhig«, flüstere ich Tharys zu, als sie erwartungsvoll stehen bleibt.

»Nicht heute. Heute gehört meine Aufmerksamkeit dir«, entgegnet er und richtet seinen Blick wieder auf mich. Seine grünen Augen durchbohren mich beinahe. Mein Herz pumpt laut.

»Sie würdest du aber in dein Bett bekommen«, werfe ich ein.

»Glaub mir, Lya, ein Abend mit dir ist mehr wert als eine Nacht mit ihr. Es wäre nichts Neues.«

Ich schlucke. Tharys ist für jeden ersichtlich kein Lamm. Aber verübeln kann ich es ihm nicht. Sicherlich wissen all diese Mädchen, dass er verlobt ist und sie niemals heiraten wird. Schon im Mittelalter war es sehr beliebt, die Geliebte des Königs zu sein. Es hat sich nichts geändert. Und so dauert es noch eine ganze Weile, bis sich das Mädchen wieder entfernt und mit anderen Männern redet.

»Erzähl mir etwas über dich«, fordert Tharys.

Ich erzähle ihm nur das Nötigste. Von meiner Mom, unserem Umzug und dass ich dann Levyn und die anderen kennengelernt habe. Keiner hat es für nötig empfunden, mich einzuweihen, wie viel Tharys weiß. Hätte ja auch niemand damit rechnen können, dass ich gleich am ersten Abend mit ihm hier sitzen würde.

»Und was ist Levyn, Herr der Finsternis, für dich?«

»Ein Freund«, entgegne ich automatisch. »Er ist anstrengend. Aber er ist ein guter Freund.«

»So? Das ist … schön zu hören.«

Ich erwidere seinen Blick ohne ein Wort. Tharys ist geübt darin zu flirten. Frauen schöne Augen zu machen. Aber bei mir wird er mit seinen Sprüchen nicht weit kommen. Ich bin kein kleines Mädchen, das einem Kerl verfällt, nur weil er sein Interesse bekundet. Dieses Interesse hat er ganz offensichtlich an neunzig Prozent der anwesenden Damen.

Seine stechend grünen Augen lassen nicht von mir ab. Und dieser Blick ist es auch, der meinen Magen flattern lässt. Nicht seine Sprüche oder seine lässige Art, obwohl er der Thronfolger ist. Nein, es ist die Art, wie er mich ansieht. Mich und nicht das, was ich nach außen trage.

»Wie macht sie das mit den Schuppen?«, frage ich, um von der seltsamen Stille abzulenken.

»Sie ist ein Erddrache. Erddrachen können sich tarnen. Und sie benutzt es, um … aufreizend auszusehen. Viele Erddrachen tragen Schuppen statt Kleidung.«

»Also kann ich das nicht?«

Er verengt seinen Blick und sieht mich prüfend an. »So, wie ich deine Kräfte spüre … kannst du so einiges.«

Ich beiße mir auf die Zunge. Wie ist es möglich, dass er meine Kräfte spüren kann?

»Keryla arbeitet nicht mehr hier. Kannst du das fassen?«

Myr, der mit drei Bier von der Bar wiederkommt, schüttelt ungläubig den Kopf.

»Ich weiß, sie arbeitet jetzt im Schloss.«

»Ach, danke für die Info, du Vollidiot!«, beschwert sich Myr, während Tharys wieder seinen Blick zu dem Erddrachenmädchen schweifen lässt. Ein dummer, kindischer Teil in mir fühlt sich gekränkt oder was auch immer. Es verleitet mich dazu, das Bier in einem Zug auszutrinken. Es fühlt sich an, als wäre sie eine Bedrohung, obwohl sie das nicht ist.

Myr zuckt kurz zusammen und wirft mir einen irritierten Blick zu, bevor er ihn zu dem Erddrachenmädchen schweifen lässt und dann beinahe beschämt zu Boden sieht. Hatte er etwa auch etwas mit ihr?

»Kommen wir mal zur Sache. Bist du hier, um wieder Überzeugungsarbeit zu leisten, und hast diesmal Elya als Verstärkung mitgebracht?« Tharys sieht Myr ernst an.

»Wärst du der König, müsste ich das alles nicht machen. Aber unser Vater mit dem jungen Ding an seiner Seite rafft einfach gar nichts. Hauptsache, er sitzt gemütlich auf seinem Thron und überlässt die Welt sich selbst.« Myr fährt sich genervt durch seine kurzen dunklen Haare.

»Ich verstehe euren Plan immer noch nicht so ganz. Egal, wie viele Drachen ihr auf eure Seite zieht, die Venandi sind stark, Myr. Sie sind Drachenjäger und ein einzelner ist in der Lage, Hunderte Drachen gleichzeitig zu manipulieren.«

»Deshalb gehört das Erlernen des Fantasiebeherrschens zu Levyns Trainingsplan.«

Nachdenklich sehe ich mich wieder um. Ich will nicht mit ihnen über Levyn und seine Pläne reden, aber auch nicht so wirken, als wäre ich ein dummes Mädchen, das keine Ahnung von alldem hat. Wobei mein Gefühl immer stärker wird, dass ich nicht einmal einen Bruchteil weiß.

Meine Augen wandern über ein paar Drachen am Tresen. Einer von ihnen tritt nach hinten und lässt eine Sicht auf *ihn* zu. Meine Brust verkrampft sich. Angst und Scham ballen sich in mir zu einer Faust, die beinahe meinen Brustkorb aufbricht.

»Ich ... Ich muss gehen«, stammle ich und stehe auf. Myr und Tharys unterbrechen ihr Gespräch und mustern mich verwundert.

»Was ist los, Lya?« Myr steht auf und sieht sich um.

Eine längst vergessene Erinnerung strömt in meinen Kopf und hinterlässt Bilder, die ich nie wieder sehen wollte.

»Nichts. Ich bin müde.«

»Ich rieche deine verdammte Angst, Lya! Also – was ist los?!« Myrs Augen funkeln düster. Die Haut um seine Augen bewegt sich unruhig.

»Beruhig dich!«, zische ich.

Er schüttelt den Kopf. Bedrohlich. Und auch Tharys' Gesicht verzieht sich voller Mordlust.

Spinnen die?

»Ich erzähle es dir, wenn du mir versprichst, dich zurückzuhalten!«, flüstere ich und schiebe ihn an der Brust zurück auf seinen Platz.

Er nickt mit verkrampftem Kiefer.

»Mit dem Kerl dahinten an der Bar war ich sozusagen mal befreundet. Ich bin einfach nur geschockt, dass er ein Drache ist.«

Das ist nur ein Teil der Wahrheit. Er war ein sehr guter Freund von Jason und ich ... ich hatte mein erstes Mal mit ihm. Eigentlich hatte ich sogar eine Weile etwas mit ihm. Aber das geht Myr und Tharys mit Sicherheit nichts an.

»Was ist noch passiert?!«, verlangt nun Tharys. Die Zeichen um seine Augen werden dunkler. »Wir riechen dich, Lya!«

»Ich ...« Ich nestle an meinem Oberteil herum und setze mich wieder. »Er war sehr eng mit Jason befreundet. Und Jason ...«

Ich wage es nicht, es auszusprechen, und sehe stattdessen Myr an. Ihm habe ich bereits erzählt, dass Jason mich umgebracht hat. Er weiß auch, dass ich mich an sonst nichts erinnere. Geglaubt hat er mir trotzdem.

»Jason hat sie umgebracht«, erklärt er meine Angst. Seine Stimme klingt kalt und gelassen. Aber in ihm brodelt es.

»Hat er etwas damit zu tun?« Tharys kommt mir verdammt nah. So nah, dass ich seinen betäubenden Geruch riechen kann. »Hat er was damit zu tun?!«, wiederholt er.

Mein Körper bebt. Ich will lügen, damit die beiden nicht auf ihn losgehen, als hinter mir sein lautes Lachen ertönt und mich in der Zeit zurückwirft. Er muss etwas damit zu tun haben, wenn er ein Drache ist. Das kann kein Zufall sein.

»Ich denke schon.«

»Du bleibst sitzen!«, ist das Erste, was Tharys zu Myr sagt, bevor er selbst aufsteht. Bedrohlich und raubtiergleich geht er auf ihn zu. »Kyvas!«

Seine Stimme lässt den kompletten Raum verstummen. Selbst der Musiker hört auf, seine Lieder zu spielen. Die Zeit steht still. Am liebsten würde ich im Erdboden versinken. Warum tut Tharys das? Er kennt mich doch kaum.

»Tharys!«, erwidert der Angesprochene irritiert. Dann fällt sein Blick auf mich und er scheint zu begreifen, denn langsam, aber sicher entfernt er sich rückwärts vom Tresen auf die Tür zu.

»Wag es!« Tharys' Stimme klingt nicht mehr menschlich.

Kyvas bleibt stehen und sieht uns abwechselnd an. Wie gern würde ich die Zeit zurückdrehen.

Tharys geht auf ihn zu, packt ihn im Nacken und schleift ihn an unseren Tisch. »Geh auf deine Scheißknie und sag uns, ob du etwas mit ihrem Tod zu tun hattest!« Um Tharys' Augen haben sich blaue Schuppen gebildet und seine Augen glühen.

Kyvas tut sofort wie geheißen. »Sie sieht ziemlich lebendig aus«, wagt er sich vor.

»Was hast du in der sterblichen Welt bei Lya gemacht?!«, fragt Myr voller unterdrücktem Zorn, als Kyvas wieder hochkommt.

»Zufall.«

»Verarsch meinen Bruder noch einmal und ich reiße dir dein Scheißherz heraus, du Bastard!«

Ich weite meine Augen. Mit Tharys würde ich mich lieber nicht anlegen.

»Ich und ein paar andere sollten für ihren Schutz sorgen«, gibt er ängstlich zu.

Tharys deutet dem Musiker weiterzuspielen, damit nicht jeder mitbekommt, was hier vor sich geht, und wendet sich dann wieder Kyvas zu. »Wer hat dich damit beauftragt?!«

»Na, wer wohl?!«, giftet er. »Der schwarze Herrscher höchstpersönlich.«

»Levyn?!«, stoße ich atemlos hervor.

Kyvas sieht mich gehässig grinsend an. Als er sich über seine trockenen Lippen fährt und lasziv die Augenbrauen bewegt, rammt Tharys ihm die Faust in den Bauch, hält ihn aber am Rücken so, dass er sich nicht krümmen kann und keiner etwas mitbekommt.

»Antworte ihr anständig!«, knurrt er wie ein Tier.

»Ja, Levyn Leroux, Herrscher der Finsternis!«

Myr lacht laut los, während ich nicht weiß, was ich fühlen soll.

»Nein! Levyn hätte das nie getan!«, sage ich fest. Niemals hätte er jemanden wie ihn zu mir geschickt.

»Du trägst einen beschissenen Sklavenring, weißer Drache! Natürlich glaubst du nicht, dass er dir so etwas antun würde.«

»Antun? Sagtest du nicht, er wollte, dass ihr sie beschützt?« Myrs Augen sehen teuflisch aus, während seine blauen Schuppen nach und nach um sie herum wachsen. »Verpiss dich, oder ich werde dich zerfleischen, wie es Levyn mit Jarys gemacht hat! Das passiert nämlich mit kleinen dummen Jungs, die meinen, ihren eigenen Plan durchsetzen zu können.«

Ich schlucke. Ich habe zwar keine Ahnung, wer dieser Jarys ist, aber ich will es auch gar nicht herausfinden. Mein Kopf pocht laut und brennt mir einen unangenehmen Schmerz in meine Schläfen.

Tharys flüstert ihm noch etwas zu, bevor er ihn gehen lässt.

»Wir gehen nach Hause!«

Myrs Stimme lässt keinen Widerspruch zu. Und auch mir ist die Lust hierzubleiben vergangen. Immer wieder tauchen Bilder von diesem schrecklichen Abend vor mir auf. Aber auch von Kyvas ... Kevin, wie er sich damals genannt hat. Ich war nie verliebt in ihn. Er war einfach der Einzige, der Interesse an mir gezeigt hat, und ich wollte ein einziges Mal dazugehören. Wollte es hinter mich bringen. Etwas, das ich jetzt bereue. Aber es ist passiert und gehört zu mir.

* * *

Als wir wieder im Schloss ankommen, verlässt Myr uns schon im Eingangsbereich. Tharys begleitet mich auf mein Zimmer. Vor der Tür mustert er mich einen stummen Moment lang.

»Es tut mir leid. Ich hätte nicht so aus der Haut fahren dürfen.«

»Ich kann nicht behaupten, dass ich es nicht genossen habe«, gebe ich zu und schenke ihm ein Lächeln. »Ich ... Ich möchte nicht schlafen.«

Tharys grinst mich schief an und dreht dann seinen Kopf hin und her, um nachzusehen, ob sich jemand von dem Fest unten hierherverirrt hat. »Wenn du möchtest, zeige ich dir etwas.«

Ich folge ihm die bläulich erhellten Korridore entlang, bis wir in einen Raum kommen, der noch blauer leuchtet als der Rest. Es ist dunkler.

»Acaris ist umgeben von Wasser. Aber im Inneren gab es früher nie welches. Nur hier.«

Er umfasst meinen Unterarm und zieht mich zu einem kleinen Loch im Boden. So wie bei den Feuerdrachen im Vulkan, nur dass hier Wasser schimmert und keine Glut lodert.

»Es nennt sich das ewige Wasser.«

Er lacht über den Namen und deutet dann auf eine kleine Liegewiese aus Kissen. Wir setzen uns und ich mustere seine weichen Gesichtszüge, während er sich beinahe im Anblick des Wassers verliert.

»Als Kind dachte ich immer, dass dieses Wasser irgendetwas zu bedeuten hat. Als ich erwachsen war, erzählte mir mein Vater, dass es einfach nur Wasser ist. Nichts anderes als das, was uns umgibt. Ich war ziemlich lange sehr enttäuscht.« Er lacht über sich selbst und verschränkt seine Finger ineinander.

»Heute weiß ich, dass es kostbarer ist als alles andere in diesem Palast. Auch wenn es nur Wasser ist, erinnert es uns doch genau an das, was wir sind. Was es ist. Und an die Einfachheit von Dingen.«

»Die Bedeutung, die es für dich hat, zählt«, flüstere ich.

Er dreht sich zu mir und sieht mich an, als käme ich von einem anderen Stern. »Ganz genau.«

»Als Kind hatte ich ...« Ich stocke und lache rau. »... eine Socke meines Dads.« Tharys hebt amüsiert seine Brauen. »Er hat uns noch vor meiner Geburt verlassen und meine Mom hat alles von ihm vernichtet. Sie war ein Teenager. Aber diese Socke hat sie vergessen. Außer, sie hat irgendeinem anderen Kerl gehört. Aber das hätte ich sowieso nicht hören wollen.« Wieder lache ich und lasse mich dabei in das Meer aus Kissen sinken. »Egal, wie wenig mein Vater mich geliebt hat, wie wenig er ein Dad und wie grausam er war – diese Socke hat mir alles bedeutet. Mir Kraft gegeben. Mich gestärkt, wenn ich einen Vater gebraucht hätte. Nach Aufführungen in der Schule habe ich dieser Socke davon erzählt und es war, als wäre mein Dad dabei gewesen. Und eigentlich war es nur ein dummes Kleidungsstück.«

»Eine Socke, die für dich alles bedeutet hat.«

Ich nicke und wieder treffen sich unsere Blicke. Haften aneinander, weil keine Worte mehr nötig sind. Wir wissen beide ganz genau, worüber wir reden.

»Ich komme oft hierher, um mit meiner Mutter zu reden. Sie hat diesen Ort geliebt. Sie meinte, er würde die Stille in deinem Inneren aufsaugen und nur laute Freude zurücklassen.«

»Sie hatte recht«, sage ich und atme die frische, kühle Luft ein. Auch wenn dieses Wasser nur Wasser ist, hat dieser Ort etwas Magisches.

»Ich habe noch nie jemanden mit hierhergenommen«, raunt Tharys und lehnt seinen Rücken gegen das Kissen neben mir.

»Und ich habe noch nie jemandem etwas von dieser dämlichen Socke erzählt«, lache ich.

Und obwohl es sich gut anfühlt, wünscht sich etwas in mir, dass Levyn hier wäre. Dass ich ihm diese Geschichte erzählt und ihn nach seiner gefragt hätte.

* * *

Schlaftrunken werde ich wach. Ein betäubender Geruch steigt mir in die Nase, der mich beinahe wieder einschlafen lässt, bis ich begreife, dass sich unter mir eine warme Brust hebt und senkt. Ich öffne meine Augen und sehe Tharys' schlafende Gestalt. Tharys, von dem dieser angenehme Geruch ausgeht.

Sind wir etwa eingeschlafen?

»Das ist so widerlich, dass ich fast kotzen muss!« Myrs Stimme lässt auch Tharys hochschrecken. »Was habt ihr hier getan?«

»Geredet. Ich weiß, das überschreitet deine Vorstellungskraft, kleiner Bruder.«

»Es wird immer ekelhafter«, erwidert Myr und wirft mir einen skeptischen Blick zu. »Lucarys ist gerade gekommen und er hat eine Nachricht von Levyn für – dich. Und nur für dich. Ausschließlich für Elya!«

Der letzte Teil seiner Aussage klingt, als würde er Lucarys nachäffen. Ich verkneife mir ein Lachen und stehe auf.

»Er wartet in deinem Zimmer. Und schlaf nicht auch noch mit ihm!«

»Halt den Mund, Myr!«, brumme ich beim Vorbeigehen und irre die Korridore entlang, bis ich endlich mein Zimmer finde.

Lucarys steht vor meinem Bett und mustert mich nachdenklich, als ich eintrete. Er hadert mit sich.

»Lucarys?«, frage ich irritiert.

»Levyn will ... Also ... Ich soll dir sagen ...«

»Ja?«

Er verdreht die Augen. »Ich soll dir sagen, dass du nackt und nur mit deinen weißen Schuppen bedeckt um Welten anziehender und schöner wärst als dieser lausige Erddrache.«

Ich weite erschrocken meine Augen. Lucarys verzieht herablassend sein Gesicht und geht.

Blinzelnd starre ich ihm hinterher. Woher weiß Levyn von diesem Erddrachen? Und ...

Zornig wandert meine Hand an den Ring um meinen Hals. Liegt es etwa daran? Dieser dumme Idiot!

Ich knurre, gehe ins Bad, wasche mich und ziehe mich um.

Den Tag verbringe ich damit, allein in einem separaten Raum zu frühstücken. Während Myr mir nur einen kurzen Besuch abstattet, um mir zu sagen, dass er zusammen mit Lucarys durch die Stadt ziehen wird, sitze ich nur dumm herum oder streife durch die Gänge. Ich komme mir fremd vor. Wie ein Luchs, der auf Beutezug geht.

Als ich Tharys' aufgebrachte Stimme höre, zucke ich kurz zusammen.

»Dieses blauhaarige Ding benebelt deine Sinne, Vater!«, knurrt er.

Seine Stimme klingt durch eines der Zimmer an mein Ohr. Ich überlege, was ich tun soll. Ob es besser ist wegzurennen oder zuzuhören. Und entscheide mich für Letzteres. Dabei kann ich ausschließlich einen Monolog von Tharys erhaschen. Sein Vater antwortet nicht.

»Myr hat recht. Und auch wenn ich Levyn nicht leiden kann, hat er ebenfalls recht. Wir müssen uns wehren. Was, wenn sie den weißen Drachen in ihre Hände bekommen? Was, wenn sie ihre Kräfte benutzen oder – noch schlimmer – sie töten und damit alleinige Herrscher der Welt, der Macht werden?«

Ich runzle die Stirn. Mich töten? Levyn sagte, sie würden viel grausamere Dinge mit mir machen. Vielleicht vor allem deshalb, weil sie mich nicht töten können, solange Levyn lebt.

Als es still wird, ziehe ich mich langsam zurück. Ich gehe noch eine ganze Weile durch den Diamantpalast, bis Tharys vor mir auftaucht. Verwundert blinzelnd sehe ich kurz zurück, von wo ich gekommen bin. Wie ist er so schnell hierhergekommen?

»Lust auf einen Spaziergang?«, fragt er atemlos. In seinen Augen tanzen Wut und Trauer unerbittlich miteinander. Ich nicke und nehme den Arm, den er mir hinhält.

Tharys führt mich hinaus aus dem Schloss, zu dem Marktplatz davor.

»Du magst deine Stiefmutter nicht sonderlich, oder?«, frage ich flüsternd, während wir an einem Stand stehen bleiben, der kostbare Stoffe verkauft.

Tharys streicht nachdenklich mit seiner Hand über einen Ballen, bevor er mir einen gekränkten Blick zuwirft. »Sie ist zweihundert Jahre jünger als ich. Sie ist kein normaler Wasserdrache, sondern eine Wassernixe. Das ist ein ...« Er sieht sich nach Zuhörern um, aber keiner stört sich an uns oder unserem Gespräch. »Die Wassernixen gehören zu dem Volk der Wasserdrachen, besitzen aber diese hellblauen Haare und eine sehr ausgeprägte Manipulierkunst. Vor allem, was Männer angeht.«

Ich blinzle, weil diese Beschreibung so gut zu den Nixen und Sirenen der menschlichen Welt passt. Also wieder etwas, das die Menschen als Mythos übernommen haben, das es aber wirklich gibt.

»Früher wurden die Nixen als Beraterinnen eingesetzt. Weil sie in der Lage waren, die Feinde zu manipulieren. Aber ... Na ja, mein Vater hat seine Beraterin geheiratet. Damit haben die Nixen mehr Macht erhalten und Nyla, also meine Stiefmutter, hat hier in Acaris ein Viertel für sie eingerichtet. Dort leben diese komischen Frauen und benehmen sich wie Huren.«

Ich stolpere über seine Wortwahl. Er scheint es zu bemerken.

»Nyla schickt alle einflussreichen Männer zu ihnen. Sie betören sie, horchen sie aus, ziehen sie auf unsere Seite. Das ist ihr Trumpf.«

Er wendet sich von mir ab und bestellt einen blauen Stoff bei der Frau. Eher ein leichtes Türkis. Sie packt ihn für ihn ein, bevor wir weiterschlendern. Weg von dem Markt, hin zu einem kleinen Laden. Als wir eintreten, dringt das monotone Geräusch einer Nähmaschine an meine Ohren und ich muss mich unwillkürlich fragen, wie die hier unten eigentlich Strom erzeugen. Aber als ich die Schneiderin entdecke, sehe ich, dass ihre Nähmaschine nicht mit Elektrizität betrieben wird. Ich lege den Kopf schief, verstehe die Mechanik aber nicht wirklich.

»Hallo, Fyra. Ich ... Ich hätte gern ein Kleid. Für sie.«

Er deutet auf mich und zieht den Stoff hervor. Mein Herz

stolpert kurz. Deshalb hat er diesen Stoff gekauft? Ich sehe beschämt zu Boden, bevor die eisblauen Augen der jungen Näherin auf mir landen. Ist sie etwa kein Drache?

»Ich muss Maß nehmen«, sagt sie kühl und lässt ihren Blick an mir hinabwandern. »Komm!«

Sie steht auf und schiebt mich hinter einen Vorhang. Einen sehr dünnen Vorhang, durch den ich Tharys immer noch erkennen kann.

»Zieh dich aus!«

Ich presse meine Lippen aufeinander, folge aber ihrer Anweisung und entledige mich meiner schwarzen Kleidung, bis ich nackt vor ihr stehe.

Ich wage es nicht, zum Vorhang zu sehen. Nachzusehen, ob Tharys immer noch dasteht und viel zu viel von mir erkennen kann.

Sie nimmt Maß. Warum sie das nicht machen konnte, als ich noch angezogen war, ist mir schleierhaft. Aber ich halte still und bemühe mich, nicht zu zucken, wenn sie das kühle Maßband um meine Haut legt. Schließlich geht sie durch den Vorhang hinaus und dann landet mein Blick doch auf Tharys. Seiner ist aber allein auf meine Augen gerichtet. Etwas wie Hunger steht in ihnen. Trotzdem lässt er seinen Blick nicht hinabwandern. Er sieht nur mich an. Mein Gesicht und meine Augen. Ein leichtes Lächeln spielt um seine Lippen und trotzdem erkenne ich die Anspannung in seinem Gesicht. Sehe, wie schwer es ihm fällt, nicht hinabzublicken.

Fyra kommt wieder und wirft den türkisfarbenen Stoff über mich und endlich kann ich wieder atmen. Genauso wie Tharys, der zischend die Luft einsaugt.

»Kommst du?«, richtet sich Fyra an ihn.

Er tritt langsam und bedächtig ein.

»Wie hättest du es gern?!«

»Das entscheidet Lya ganz allein. Ich muss schließlich nicht damit herumrennen, sondern sie.«

Er zwinkert mir zu. Mein Herz pocht unruhig, während es ein Brennen in meine Brust pumpt. Ein angenehmes Brennen.

»Ich ... Ich fand das andere Kleid sehr schön. Das weiße.«

»Das war auch von mir«, sagt Fyra selbstsicher und beginnt sofort den Stoff abzustecken. Als sie fertig ist, bittet sie Tharys, wieder draußen zu warten.

Erneut wage ich einen Blick zu ihm, als sie mir den Stoff vom Körper zieht. Er hat mir den Rücken zugewandt. Also ein Gentleman. Ich lächle amüsiert, während ich mich wieder anziehe und zu ihm hinaustrete.

»Heute Abend lasse ich es ins Schloss bringen.«

Damit verabschieden wir uns und treten wieder hinaus auf den Platz, der von dem bläulichen Licht des Schlosses erhellt ist.

»Zeigst du mir das Nixen-Viertel?«

Er bleibt stehen und bedenkt mich mit einem nachdenklichen Blick. »Ich halte mich normalerweise fern von ihnen.«

Ich nicke schnell und schüttle dann sofort den Kopf. »Ja, nein. Es war eine dumme Idee.«

Natürlich ist er ungern da. Was habe ich mir dabei gedacht? Seine verhasste Stiefmutter ist eine von ihnen.

»Ich zeige es dir«, beschließt er und reicht mir wieder seinen Arm.

»Wir können auch etwas anderes machen ...«, murmle ich

schuldbewusst. Würde Myr mich nicht allein zurücklassen, würde ich gar nicht erst auf solche Ideen kommen. Hätte ich gewusst, dass ich hier nur als Aushängeschild fungieren soll, wäre ich gar nicht erst mitgekommen.

Tharys lässt sich nicht mehr von seinem Vorhaben abbringen und so schlendern wir die kleinen Gassen entlang, bis wir in ein Viertel kommen, das an Schönheit nicht übertroffen werden kann. Einige der Häuser hier sind ebenfalls mit Diamanten und Saphiren verziert worden und strahlen ein betörendes Licht aus. Eine junge blauhaarige Frau schlendert mit einem Mann im Schlepptau an uns vorbei. Ich erkenne ihn sofort wieder. Er hat gestern mit Myr geredet. Was macht er hier?

Nach einer Antwort brauche ich nicht lange zu suchen, als ich Myr höchstpersönlich aus einem der Häuser herausstolpern sehe. »Lya? Was machst du hier?«, fragt er irritiert und kommt auf uns zu.

»Die Frage ist ... was machst du hier?!«, gifte ich bei der Vorstellung, dass er sich hier sonst was holt.

»Die Nixen auf unsere Seite ziehen? Was sonst?«, entgegnet er gelassen, während hinter ihm auch Lucarys erscheint. »Leider wurden wir aber gerade rausgeschmissen.« Myr kichert belustigt und dreht sich dann zu einem großen bläulichen Gebäude um. »Kommt ihr mit?«

»Da rein?!«, hakt Tharys mit erhobenen Brauen nach.

»Ja, Bruder. Und bevor du rumheulst: Du bist der Thronfolger. Du darfst machen, was du willst. Auch nackt durch eine Lagune spazieren.«

Ich verziehe den Mund.

»Ich habe ganz vergessen zu erwähnen, dass es auch hier

Wasser gibt, seit meine tolle Stiefmutter an der Herrschaft ist.«
Er deutet auf das Gebäude. »Das ist die Lagune. Ein künstliches
Wasserparadies für diese ... Gestalten.«

»Jetzt werd mal nicht herablassend. Sie haben ihre Vorzüge.
Bis auf Nyla. Die hat nichts, was ihre Schwestern zu bieten haben«, lacht Myr, legt seinen Arm um mich und zieht mich mit
sich zu dieser Lagune. »Ich hoffe, du trägst sexy Unterwäsche,
wenn du meinen Bruder weiter betören willst«, raunt er mir
amüsiert zu. Aber er wirkt nicht ehrlich.

Ich schlage lachend gegen seinen Oberarm, während wir
durch die riesige Eingangshalle schreiten. Die Wände sind
mit Glas oder Diamant bedeckt. Hinter den Scheiben fließt
leuchtendes eisblaues Wasser.

»Hey ho. Habt ihr einen Bikini für meine wunderschöne Be-
gleitung?«, fragt Myr, als wir an einer Art Rezeption ankommen,
hinter der eine blauhaarige Schönheit steht und mich herablassend und auch ein wenig überrumpelt mustert. Wahrscheinlich
bekommen sie hier nicht oft Damenbesuch.

Ohne ein Wort verzieht sie sich in einen kleinen Raum und
kommt mit einem blauen Bikini zurück, der mit Schuppen verziert ist.

»Perfekt«, ist alles, was Myr dazu sagt, bevor er mich weiter
in das Innere und hinein in eine Kabine schiebt. Ich ziehe meine
Klamotten aus und den Bikini über. An manchen Stellen besteht
er aus einem durchsichtigen Stoff, sodass er angezogen aussieht, als würden nur Schuppen Teile meiner Brüste und meiner
unteren Region verschleiern. Blaue Schuppen. Wie ein Wasserdrache.

Ich gehe aus der Kabine und breche in lautes Gelächter aus,

als Myr in einer schuppenbesetzten Badehose vor mir steht. »Ist das dein Ernst?!«, bringe ich zwischen meinen Lachern hervor.

Er dreht sich und präsentiert mir seine schmale Badehose in all ihrer Pracht. »Komm, gib's zu, Lya. Ich sehe hinreißend aus. Wenn nicht sogar betörend.«

»Das würde mich nicht mal betören, wenn du der letzte Drache auf dieser Welt wärst!«, kichere ich und halte mir die Hand vor den Mund, um nicht wieder in einen Lachanfall auszubrechen.

Lucarys erscheint komplett angezogen neben uns. Ich habe mir schon gedacht, dass er sich nicht in einer solchen Badehose blicken lässt. Als Tharys aber zu uns tritt, verbietet mir mein Körper das Atmen, weil es sonst ein viel zu lautes Nach-Luft-Schnappen geworden wäre. Er trägt eine enge dunkelblaue Hose, deren Schritt erst kurz über den Knien liegt. Oben weit und nach unten hin immer enger.

»Woher zum Teufel hast du die?«, fragt Myr, während er mir den Rücken zugekehrt hat und mit seinen Pobacken wackelt.

Ich presse meine Lippen zusammen.

»Ich bin der Thronfolger und habe ihnen gesagt, dass ich dieses Ding nicht anziehe.« Er wirft einen angeekelten Blick auf Myrs enge Badehose und mir entfährt ein erneutes Lachen. Tharys sieht mich grinsend an. »Mir gefällt es, wenn du lachst«, raunt er und ich kann nicht verhindern, dass meine Augen zu seiner starken Brust und seinem definierten Bauch wandern.

»Dann mal los!«, fordert Myr, streckt die Arme nach oben und bewegt noch einmal lasziv seine Hüften, bevor er eine Tür aufstößt und sich vor uns die Lagune auftut.

Überall liegen, stehen oder schwimmen Nixen herum, singen und lachen, während Männer danebensitzen und zusehen. Sie alle tragen diese dämlichen Badehosen, die genauestens erahnen lassen, was sich darunter verbirgt.

Wir passieren ein Wasserloch nach dem anderen, umgeben von Felsen und Sandbänken sowie wunderschönen Wasserpflanzen, bis wir an eine kleine Felslandschaft kommen. Ich blicke hinauf und starre an die Decke, die wie der Nachthimmel aussieht. Bis auf den kleinen Unterschied, dass Millionen von Sternen so sehr leuchten, dass die Lagune in einem wunderschönen Licht daliegt. Einige der Becken sind aus leuchtendem Saphir gefertigt und erhellen das Wasser.

»Sieh an. Die Königssöhne und deren Lakai beehren uns.«

Mein Blick fällt auf die wunderschöne junge Frau, die das gesagt hat. Ihre türkisfarbenen Haare fließen wellenförmig um ihr zartes Gesicht und eine Flosse schmückt ihre Beine. Blaue Schuppen umarmen ihre Augen und Hände, bis hinauf zu ihrem Unterarm. Majestätisch liegt sie auf dem Felsen und sieht mich an.

»Und der weiße Drache. Es muss schon eine große Bitte sein, mit der ihr hergekommen seid.«

Ihre Stimme klingt herrisch und melodisch. Ich verliere mich beinahe in ihr und auch Myr und Lucarys sind nicht mehr in der Lage zu sprechen. Nur Tharys bleibt kühl und herrisch.

»Du weißt genau, was mein Bruder von dir will, Alyabell«, sagt er ruhig und gelassen. Gelassener als sonst. Vielleicht, um ihr zu beweisen, dass ihre einnehmende Aura keine Wirkung auf ihn hat.

»Und wieder werde ich ihm sagen, dass die Königin meine

Herrin ist. Daran ändert auch unsere fünfzigjährige Nachbarschaft unter der Erde nichts.«

Fünfzigjährige Nachbarschaft? Meine Augen weiten sich. Was soll das heißen? Und wie alt ist Myr?

»Nyla? Die Frau, die dir deine Stellung in deinem Volk gestohlen hat, indem sie den König bezirzt hat und euch dann zwang, eure Heimat aufzugeben, um hier in dieser künstlichen Lagune zu leben?!«

Ihre Augen verengen sich bei Tharys' Worten. »Das Menschenreich hinter uns zu lassen war keine Bürde, Tharys«, erwidert sie monoton. Aber eine Lüge schwingt darin mit.

»Die Nixen hatten ihre Heimat in der Welt der Menschen. Du kennst sicher die zahlreichen Geschichten über die verunglückten Seefahrer«, erklärt Tharys mir.

»Das ... Das sind wahre Geschichten?!«

Alyabell macht eine wegwerfende Handbewegung. »Die Menschen stellen uns gern als bestialische Mörderinnen dar, die Seefahrer besungen haben, um ihre Schiffe zum Kentern zu bringen. Eigentlich haben sie aber alle überlebt und ziemlich gern Zeit mit uns verbracht.«

Ich runzle die Stirn, wage es aber nicht, ihr zu sagen, dass sie das nur wollten, weil sie manipuliert wurden.

»Ich weiß, was du denkst. Dass wir uns diese Männer zurechtmanipuliert haben und sie unsere Sklaven waren. Möchtest du ihre Fürsprecherin werden, da du ja selbst eine von ihnen bist?«

Ich weiß sofort, dass sie auf mein metallenes Halsband anspielt, entgegne aber nichts. Es reicht, dass Levyn und ich wissen, dass ich nicht seine Sklavin bin.

Der Gedanke an ihn schmerzt auf eine seltsame Art und Weise. So als ... als würde ich ihn wirklich vermissen. Unvollständiger sein, seit ich von ihm getrennt bin.

»Vergnügt euch ein wenig in meiner Lagune, denn mehr bekommt ihr nicht«, sagt sie melodisch, aber herrisch.

»Du meinst ... Nylas Lagune. Sie ist doch die Herrscherin der Nixen. Nicht wahr?«

Tharys' Worte treffen sie wie Pfeile. Genau das, was er damit erreichen wollte. Und obwohl sie ganz starr bleibt, erkenne ich die Wut in ihren Augen.

»Ihr könnt anschleppen, wen Ihr wollt. Auch den weißen Drachen. Ihr könnt Eure Giftpfeile, geformt aus vernichtenden Worten, auf mich abschießen, Tharys. Aber Ihr werdet meine Unterstützung nicht erhalten.«

»Was, wenn ich euch euer Zuhause wiedergebe?«, verhandelt er.

Alyabells Augen werden schmal und ein süffisantes Lächeln malt sich auf ihre Lippen. »O Tharys. Glaubt Ihr wirklich, dass ich Euch abkaufe, dass Ihr und dieser finstere Herrscher mir zurückgebt, was Frauen ihre Männer kostet? Dass Ihr mich je zurück in die Welt der Menschen lasst? Der Menschen, die Ihr so unbedingt zu beschützen sucht? Ich falle weder auf Euch noch auf den schwarzen Drachen herein. Auch wenn er sich das letzte Mal viel Mühe bei der Überzeugungsarbeit gegeben hat.«

Ich bleibe stumm, während mir ein Stechen durch die Brust zieht. Ich kann mir denken, dass sich Levyn hier unter diesen betörenden Nixen wirklich wohlgefühlt hat. Arbeit und Vergnügen zu mischen passt zu ihm.

»Ich freue mich auf den Tag, an dem die Venandi euch in die

Knie zwingen werden. Und ihr auf ebendiesen darum fleht, dass wir euch retten!«

Mit diesen Worten wendet Tharys sich ab und zieht mich mit sich auf eine der Sandbänke, weit weg von Alyabell. Myr und Lucarys lösen sich nur schwer von ihrem Anblick, folgen uns aber. Doch bei Myr kann ich neben dem Schimmern, ausgelöst von ihrer betörenden Stimme und Schönheit, auch Trauer sehen. Eine Vergangenheit, die ihn noch jetzt verletzt.

Wir lassen uns in dem kühlen Sand nieder. Während ich immer wieder die wärmenden Sterne anstarre, sieht Tharys ständig zu Alyabell.

»Es hat keinen Sinn. Sie ist —«

»Sie wird auf unserer Seite stehen«, fährt Tharys Myr ins Wort.

Ich verziehe irritiert das Gesicht. »Wie kommst du darauf?«

»Das mit den giftigen Pfeilen aus Worten war ein versteckter Hinweis.«

»Wie soll das ein Hinweis sein? Und worauf?!«

»Es war auf Nyla bezogen. Darauf, dass sie offensichtlich unseren Vater mit vernichtenden Worten vergiftet. Wir müssen also erst dieses Problem lösen, bevor wir die Unterstützung der Nixen erhalten. Außerdem muss Levyn herkommen. Sie hat deutlich gemacht, dass sie Gefallen an ihm gefunden hat.«

18. Kapitel

Der Ausflug zu den Nixen sollte auch in den nächsten beiden Wochen der einzige Überzeugungsfeldzug sein, bei dem ich Myr zur Seite stehen durfte. Meine Laune sinkt von Tag zu Tag, während ich mich immer öfter frage, warum er das macht. Warum er mich ausschließt. Wenn ich es von jemandem so gar nicht erwartet hätte, dann von ihm.

Lucarys und er sind ständig unterwegs, während Tharys Tag und Nacht damit beschäftigt ist, seine Stiefmutter zu verfolgen, um herauszufinden, wie sie seinen Vater vergiftet. Und obwohl er die meiste Zeit im Schloss herumschleicht, ist er der Einzige, der mir Gesellschaft leistet. Immer wieder treffen wir uns in dem Raum des Wassers und er erzählt mir von dem, was er herausgefunden hat. Lucarys und Myr hingegen werden immer schweigsamer. Es scheint nicht so zu funktionieren, wie sie sich das vorgestellt haben. Aber auf meine Hilfe wollen sie weiterhin verzichten.

Als ich nach einem langen Abend im Pub, bei dem Lucarys und Myr kaum ein Wort verloren haben, in mein Zimmer zurückkehre, liegt ein Kuvert auf meinem Bett. Ich mustere das gräuliche Papier und die Handschrift darauf.

Elya.

Allein dieses eine geschriebene Wort ... mein Name ... lässt mich
aufatmen. Ich weiß sofort, zu wem diese Handschrift gehört,
reiße den Brief auf und lese, was Levyn geschrieben hat.

*Lya. Tharys hat mir einen langen Brief geschrieben, der mich
misstrauisch zurücklässt. Wenn der König wirklich von seiner
Frau vergiftet wird, bist du dort nicht mehr sicher. Ich weiß,
dass du mich für ein Monster hältst, aber ich habe dir nie
einen Grund gegeben, an meiner Loyalität dir gegenüber Zweifel
aufkommen zu lassen. Also bitte vertraue mir. Halt dich von der
Königin fern. Misch dich nicht ein. Bleib nicht länger als nötig.
Ich werde auch Myr einen Brief zukommen lassen und hoffe, dass
sie nicht abgefangen werden. Ihr müsst aus Acaris verschwinden!
Nyla hat mehr Macht, als du dir vorstellen kannst. Sie hat ihre
Macht der Manipulation so lange geschliffen, bis sie eine eiserne,
scharfe Klinge geworden ist, die nicht einmal der Ring von dir
fernhalten kann. Komm ihr nicht zu nahe. Meide sie. Verschließe
deinen Geist, und wenn es nötig ist, teile ihn, damit sie nicht an
dich herankommt. Zeig die Stärke, die du besitzt. Lass sie raus,
koste es, was es wolle. Du kannst sie besiegen. Du kannst diese
ganze Welt besiegen, Lya. Wenn du nur daran glaubst. Wenn du
beginnst, so sehr an dich zu glauben, wie ich es tue.*

Levyn

Ich lese den Brief wieder und wieder. Versuche mich vor den
Gefühlen zu schützen, die langsam meine Kehle hinaufwan-
dern. Ein Brennen umfasst sie und erdrückt mich beinahe. Und

obwohl ich Angst und Furcht spüren sollte, ist da nur *ein* Gefühl. Nur *ein* Satz, der immer wieder in meinem Kopf nachhallt. Levyn glaubt an mich und meine Stärke.

Meine Tür wird aufgestoßen. Ich muss nicht hinsehen, um zu wissen, wer dort steht.

»Hast du auch einen bekommen?«

Myr stellt sich neben mein Bett und sieht auf das Papier in meiner Hand.

»Er will, dass wir gehen.«

Er sagt es, als wäre es eine Frage an mich. Die Bitte, zu entscheiden, ob wir es wirklich tun. Und da taucht wieder der letzte Satz in meinem Kopf auf und ich entscheide mich, endlich das zu sein, was ich tief in mir bin.

»Wir bleiben hier und vernichten dieses Miststück!«, sage ich und sehe in Myrs Augen, die mich voller Anerkennung und Vergnügen anglitzern.

»Wird aber auch Zeit, weißer Drache.«

* * *

Ich folge Myr durch den Palast der Wasserdrachen. Sein Zuhause. Er beschreibt jeden Winkel in jedem Detail. Sagt mir genau, wo ich hingehen soll, wenn es gefährlich wird. Als wir einen Korridor erreichen, wird er ganz still und legt einen Finger an seine Lippen.

»Das ist ihr Zimmer«, flüstert er mir beinahe tonlos zu und deutet auf einen hell erleuchteten Raum.

»Ich werde sie dazu bringen. Und dann erhaltet ihr ihren Sternenstaub.«

Mir stockt der Atem, als ich ihre glasklare Stimme aus dem Zimmer zu uns dringen höre. Myr verzieht sein Gesicht. Sie will meinen Sternenstaub hergeben? Was soll das bedeuten? Ich gehe einen Schritt weiter. Denn eigentlich kann es nur bedeuten ...

Wie erstarrt erhasche ich einen Blick auf eine weiße Gestalt, die im Zimmer der Königin steht. Eine Venandi. Und ich erkenne sie sogar. Sie war es auch, die uns im Wald angegriffen hat.

Ich weiß nicht viel über diese Drachenjäger. Nur das, was Levyn mir erzählt hat. Aber es genügt, um sie alle zu hassen. Mich selbst dafür zu hassen, dass sie meine Welt für sich beanspruchen. Sie und mich bedrohen! Unser aller Welten bedrohen.

Ein Brennen durchzuckt mein Gesicht.

»Lya!«, ermahnt Myr mich und zieht mich von der Tür zurück, womit er auch meine Verwandlung unterbindet. Aber die Schuppen wollen sich weiter durch mein Gesicht bohren. »Sie dürfen dich nicht riechen!«, knurrt er, während meine Schuppen wieder verschwinden.

»Sie haben mich bisher nicht gerochen. Oder meine Fährte aufgenommen. Also können sie es wahrscheinlich gar nicht!«

»Doch, das können sie!«, erwidert Myr. »Ich weiß, wie das ist, Lya. Ich hatte als Kind große Schwierigkeiten mit mir und meinem Inneren und habe mich deshalb ständig verwandelt, wenn ich wütend war.«

»Wie hast du das in den Griff bekommen?«, hake ich nach und bemühe mich, meinen Zorn wegzuatmen.

»Levyn hat mir geholfen, mich zu finden. Und ich werde dir

dabei helfen, dich zu finden. Aber jetzt musst du dich entscheiden, die Wut runterzuschlucken.«

Mit zusammengepressten Lippen nicke ich und lasse mich von ihm nach unten ziehen. In der Eingangshalle stehen auch Tharys und Lucarys, die uns skeptische Blicke zuwerfen. Lucarys wirkt angespannt.

»Verdammt. Ich hätte auf Levyn hören sollen!« Myr spricht eher mit sich selbst, als er mich unten angekommen loslässt. »Diese dreckige Nixe arbeitet mit den Venandi zusammen!«

Tharys entfährt ein Laut, der das Schloss beben lässt. Lucarys wirkt nicht überrascht.

Ich schließe meine Augen und versuche zu erkennen, was an alldem hier nicht stimmt. Tharys beobachtet Nyla seit Wochen. Und trotzdem hat sie nur jetzt eine Venandi zu Besuch? Ausgerechnet jetzt, da ich vor ihrer Tür stehe? Sie wirkt zu kalkuliert, zu klug, als dass das ein Zufall sein könnte. Vor allem würde sie doch nie ihre Tür offen stehen lassen, wenn sie einen Drachenjäger empfängt.

»Sie wollte, dass wir es wissen. Dass ich es weiß«, murmle ich in Gedanken versunken.

Die Blicke der drei Männer liegen fragend auf mir.

»Und warum?«, zischt Myr, der sich die Haare rauft, um sich selbst dafür zu bestrafen, Levyns Befehl missachtet zu haben.

»Ich weiß es nicht.«

Nachdenklich verziehe ich meinen Mund. Bemühe mich, herauszufinden, was sie damit bezweckt. Was das alles ändert. Und als ich das kühle Metall an meinem Hals spüre, begreife ich es.

»Woher wusste Levyn das mit dem Erddrachen?«, wende ich mich an Lucarys.

Seine buschigen dunkelblauen Augenbrauen heben sich leicht. »Er ... liest deine Gedanken. Das weißt du doch.«

»Auf diese Entfernung?!«, frage ich laut. Zu laut, denn Tharys legt seine Hand an meinen Rücken und schiebt mich in einen der unten liegenden Räume. »Liegt es an diesem Ding?!«

»Mann, Lya!« Myr tritt vor. »Wir alle haben es gespürt, verstehst du? Alle Mitglieder der Tafelrunde haben gespürt, dass du dich von einem Erddrachen-Mädchen bedroht gefühlt hast!«

Ich weite meine Augen. »Was?« Schamesröte tritt in mein Gesicht. Dank Myr muss Tharys kein Mitglied des Bündnisses der Welten sein, um jetzt auch Bescheid zu wissen. Deshalb hat Myr mich im Pub auch so seltsam angesehen.

»Wir spüren gegenseitig, wenn die Welt eines anderen bedroht wird. Damit wir sofort reagieren können. Du bist neu. Und schickst eben manchmal ... Bedrohungen, die keine echten Bedrohungen sind, durch dieses Bündnis zu uns.«

»Soll das heißen, dass alle davon wissen? Alle anderen sieben Mitglieder?!«

Myr und Lucarys nicken mitleidig. Am liebsten würde ich im Erdboden versinken.

»Nyla will sie hierherlocken! Will Levyn hierherlocken!«

»Was?!« Myr sieht mich an, als hätte ich den Verstand verloren.

»Verstehst du nicht, warum sie nach Wochen des Spionierens genau jetzt mit offener Tür mit einer Venandi spricht? Sie ... Sie lockt sie her!«

Myr erstarrt. Genauso wie Lucarys. Jetzt, endlich, begreifen auch sie es. Begreifen, was ich getan habe. Dass ich sie alle hierherhole, weil die Venandi meine Welt bedroht. Weil Nyla es tut. Nur um sie alle in die Finger zu kriegen.

»Schick Levyn eine Botschaft durch das Bündnis, dass wir in Sicherheit sind!«, schreie ich Myr panisch an.

Er presst seine Lippen aufeinander. »Das kann ich nicht, Lya. Wir können es nicht benutzen, wie es uns gerade beliebt. Sie empfangen nur Bedrohungen.«

»Aber ... Aber Nyla hat etwas vor, wofür sie Levyn und die anderen hierhaben will! Wir müssen sie warnen!«

»Es ist zu spät. Dieses Bündnis ist uralt und hat seine eigenen Regeln. Drachen, Menschen und andere Rassen der Welten haben es gegründet, um diese zu schützen. Es ist ein Urinstinkt. Ein Instinkt, der sie hierherholt«, sagt Myr.

Lucarys nickt betreten. »Auch ich habe es gespürt, Elya. Und ich habe gespürt, dass es diesmal eine echte Bedrohung ist.«

Ich schlage mir die Hand vor mein Gesicht und unterdrücke einen Würgereiz. Diese widerliche blauhaarige Nixe hat mich benutzt, um Levyn – sie alle – in eine Falle zu locken.

»Ich ...« Mir versagt die Stimme. »Es tut mir leid.«

»Was kannst du dafür?«, fragt Myr und kniet sich zu mir, als ich vor ihm auf den Boden sinke. »Hättest du es nicht gesagt, hätte ich nicht einmal begriffen, was sie wirklich will. Und sie hätte ihren Willen bekommen, Lya. Auch ohne dich.«

Ich glaube ihm kein Wort. Fühle mich so schuldig wie nie zuvor in meinem Leben. Aber woher hätte ich es wissen sollen? Warum hat mir keiner davon erzählt? Trotzdem hätte ich die Situation wahrscheinlich als Bedrohung wahrgenommen und sie unabsichtlich an alle anderen Tafelmitglieder des Bündnisses geschickt.

»Wir müssen ... Wir brauchen einen Plan«, nuschle ich, während ich mich bemühe, die Fassung zu wahren.

»Ich habe einen Plan.«

Tharys' Stimme lässt mich erschaudern. Weil er so lange nichts gesagt hat und weil er so sicher klingt, dass ein wenig Hoffnung zurückkehrt.

»Wir werden Nyla mit ihren eigenen Waffen schlagen.«

* * *

In den nächsten Tagen verhalten wir uns genau so, wie Nyla es nach ihrer Manipulation erwarten würde. Aufgewühlt, panisch und ängstlich. Sie soll nicht wissen, dass wir begriffen haben, was sie erreichen will. Obwohl wir das wahrscheinlich auch nur im Ansatz tun. Denn was sie genau vorhat, wenn Levyn und die anderen hier eintreffen, wissen wir nicht.

Nicht einmal wirklich klar ist, ob die anderen bereits hier sind. Normalerweise müssten sie nicht mehr als zwei Tage unterwegs sein. Aber da die Venandi an Levyns Fersen kleben, kann es gut sein, dass er Umwege fliegen muss. Und ein Wasserdrache muss immer an seiner Seite sein, damit er dessen Fähigkeit nutzen kann.

Tharys besucht noch einmal die Nixen. Aufgrund der Gefahr, dass er entdeckt werden und Nyla begreifen könnte, was er da versucht, geht er allein und bei Nacht.

Ungeduldig laufe ich in meinem Zimmer hin und her, bis er endlich eintritt. Er sieht sich prüfend um, bevor er zu mir kommt und mir einen ernsten Blick zuwirft.

»Alyabell hat nicht viel preisgegeben«, raunt er und berührt meine Schulter.

Normalerweise hätte ich sie weggezogen. Ja, normalerweise

bin ich ein Mensch, der Nähe ungern zulässt. Aber Tharys ist mir mittlerweile so vertraut, so nah, dass ich seine Nähe als etwas Gutes empfinde. Sie in mich aufsauge.

»Aber sie hat mir verraten, dass Nyla wirklich mit den Venandi zusammenarbeitet und ihnen die Welt des Lichts versprochen hat, wenn sie ihr Levyn überlassen.«

»Levyn?«, hake ich unsicher nach.

»Ja, sie will ganz offensichtlich die Welt der Finsternis für sich beanspruchen.«

»Aber warum sollte sie das wollen?«

Ich blinzle. Natürlich mag ich es in Levyns Zuhause. Aber diese Welt ist dunkel und voller Schatten.

»Hat Levyn dir von den Anguis erzählt?«

Ich hebe meine Brauen. Das hat er natürlich nicht. Aber ganz plötzlich, so unerwartet wie eine riesige, gischtspeiende Welle, schwappt eine Erinnerung in mein Bewusstsein.

»Die Anguis kommen, renn weg!«

Es ist Levyns Stimme, die durch meinen Kopf hallt. Meine Knie werden weich, als ich so unvermittelt an diese Nacht erinnert werde.

»Er war da«, flüstere ich und starre ins Leere. Ich nehme nicht einmal mehr Tharys wahr. Ich sehe nur noch Levyn. Diesen Wald. Dieses Ding, das sich über den Boden zu mir geschlängelt hat, und Jason ... Jason, der mir die kalte Klinge an den Hals hält und mir die Kehle aufschlitzt. Aber anders als zuvor sehe ich jetzt auch Levyn über mir. Sein trauerndes Gesicht. Spüre, wie ich etwas in mich aufsauge. Die Seele des weißen Drachen. Und ich höre, wie er mich Lyria nennt.

Ich keuche, als ich mich endlich erinnere. Aber dort hört die

Erinnerung auf. Dort ist sie vorbei. Immer noch weiß ich nicht, was mit Jason passiert ist.

»Was ist los?«, fragt Tharys fürsorglich und streicht mir sanft über meine Wange.

Ich sehe ihn an. Verstehe zum ersten Mal wirklich, was mich so sehr an ihn und seine grellgrünen Augen bindet. Er belügt mich nicht. Er verheimlicht mir nichts. Und gerade in dieser Sekunde wird mir bewusst, welches Ausmaß Levyns Geheimnisse annehmen. Er war da. War in der Nacht da, als Jason starb. Und ich starb. Er hätte es jedem sagen können. Hätte verhindern können, dass ich mich wie eine lebende Leiche oder eine Verrückte fühle.

Das Metall um meinen Hals beginnt zu glühen. Nicht so, dass es mich verbrennen könnte. Eher wie ein warmer Schauer, der die Eiseskälte aus meiner Seele vertreibt.

Ich blinzle, als ich begreife, was das bedeutet.

»Levyn ... Er ist da.«

* * *

»Ein Maskenball?!«

Fassungslos betrachte ich Myr, der mir gerade die Nachricht überbracht hat.

Gestern bereits habe ich sie gespürt. Levyns Ankunft. Aber er ist nicht aufgetaucht. Nicht bei mir und auch nicht bei ihm.

»Das ist einer ihrer schlauesten Schachzüge«, knurrt Myr. »Du wirst gezwungen sein, einen Teil deiner Macht zu nutzen, um die Schuppen um deine Augen zu tragen.«

»Das kann ich nicht!«, stoße ich hervor und werfe einen Blick zu Tharys. Wahrscheinlich, weil er es sonst immer ist, der eine Lösung findet. Aber er sieht mich genauso ratlos und zornig an wie Myr und Lucarys. »Ich bin noch nicht so weit. Ich kann meine Macht nicht kontrollieren. Kann nicht nur Schuppen wachsen lassen. Du weißt doch, was das letzte Mal passiert ist!«

»O ja, daran erinnere ich mich gut. Nie zuvor hat jemand Levyn dermaßen den Arsch aufgerissen.« Er lacht kurz, fängt sich dann aber wieder. »Lya ... Du hast dich gegen Levyns Rat gestellt und wolltest hierbleiben. Weil du daran glaubst, dass du es schaffen kannst. Also ... Tu es!«

»Wie soll das gehen? Wie soll ich ihr gegenüberstehen? Wissend, dass sie irgendetwas plant, und diese unbändige Wut zurückhalten, die meine Macht in mir hervorruft?!«

Ich schreie ihn aus vollem Hals an. Aber eigentlich gelten diese Schreie, all diese Wut, nur mir selbst und meiner Unfähigkeit.

»Lya!« Tharys tritt auf mich zu und legt seine Hände um meine Schultern. »Hör auf, immer nur darüber nachzudenken, was du nicht kannst! Es sind Schuppen! Mehr nicht! Das schaffst du!«

Seine Stimme dringt zu mir durch und beruhigt mich ein wenig. Aber die Angst bleibt. Dieser blöde Maskenball soll schon heute Abend stattfinden. Wie hat sie das nur so lange vor uns geheim halten können? Und warum zeigt sich Levyn nicht? Warum nicht? Gerade jetzt ... brauche ich ihn.

»Mach es!«, befiehlt Tharys und tritt einen Schritt von mir zurück. »Lass dir Schuppen wachsen.«

Ich sehe mich fragend um, aber alle starren nur erwartungsvoll zurück, also schließe ich meine Augen und konzentriere mich auf sie. Konzentriere mich auf das Aussehen der anderen Drachen, wenn sie mit ihren Schuppenmasken herumlaufen. Und tatsächlich spüre ich nur wenig später ein leichtes Brennen. Ich fühle, wie die Schuppen durch meine Haut wachsen, und öffne erfreut meine Lider. Aber ich sehe in entsetzte Gesichter.

»Was?!«, frage ich in die Runde und werfe vor allem Myr einen bösen Blick zu.

»Sind diese Lumen schon die ganze Zeit da?«, fragt er mit erhobenen Brauen.

Ich sehe mich irritiert um und starre in Leere. Hier sind keine Lumen. Mein Lumen war noch nie hier in dieser Welt. Wie kommen sie also darauf?

»Hier sind keine Lumen.«

»Doch, Lya. Sie umgeben dich!«

Ich sehe mich wieder um. Starre an mir hinab, drehe mich sogar um. Aber da ist nichts. Keines der vertrauten Lichter.

»Warum kann ich sie nicht sehen?«

»Weil sie ganz offensichtlich dein inoffizieller Schutzschild sind und nicht wollen, dass du es weißt«, wendet Lucarys gelangweilt ein. »Die Dinger haben echt einen starken Willen.«

»Zeigt euch!«, befehle ich und Dutzende kleine Lichter tauchen um mich herum auf. »Was zum Teufel tut ihr hier?!«, fahre ich sie an, während die anderen skeptische Blicke tauschen.

Hier sind Venandi, Herrin.

Die Stimme ist mir nicht vertraut, trotzdem wende ich mich zu einem der Lichter und sehe es fragend an. »Wie viele?«

Hunderte.

Mir stockt der Atem.

»Was sagen sie?«, fordert Myr.

Ich sehe langsam und mit vor Schock geweiteten Augen zu ihm auf. »Es sind Hunderte. Hunderte Venandi hier in eurem Königreich.«

Myr ballt seine Hand zu einer Faust und rammt sie gegen die Wand. Immer und immer wieder.

»Können sie dich schützen und trotzdem unsichtbar bleiben, wenn du die Schuppen um deine Augen trägst?«, fragt Tharys.

Ich sehe hinab.

Nein.

»Nein«, wiederhole ich ihre Antwort.

»Deshalb dieser Maskenball. Deshalb verlangt sie, dass du dich verwandelst. Sie will diesen Schutzschild loswerden.«

Tharys fährt sich nachdenklich durch sein geschmeidiges Haar.

»Aber woran liegt das?«, fragt Lucarys. Er gehört sonst zu der stillen Sorte. Doch seine Stimme und auch sein Blick zeigen mir, dass es die Lumen sind, die ihn zum Sprechen bringen. Sie faszinieren ihn.

»Wenn ich mich verwandle, ziehe ich Kraft aus der Welt des Lichts. Damit mache ich das sichtbar, was diese Welt aus der Welt des Lichts in sich birgt«, gebe ich die Antwort des Lumen wider.

»Und warum konnten sie sich vor dir verbergen?«

Ich sehe wieder hinab. »Weil ich mich innerhalb des Schutzschildes befunden habe. Dort, wo meine Macht nicht nach außen strahlt.«

»Ach ja«, macht Myr zornig. »Also entweder verpissen sie sich und du bist schutzlos, oder du darfst dich nicht verwandeln und bietest Nyla damit die perfekte Angriffsfläche?«

Ich weiß, worauf er anspielt. Eine der Regeln dieser Welt besagt, dass Feste so gefeiert werden müssen, wie die Königsfamilie es wünscht. Ganz offensichtlich feiern die hier viele Feste, wenn das sogar ins Regelwerk wandert.

»Aber was wäre so schlimm daran, wenn Nyla meine Lumen sieht?«

»Ist das dein Ernst, Lya?!«, fragt Myr entsetzt.

Tharys kommt wieder auf mich zu und wirft mir einen liebevollen Blick zu. »Lumen sind ...« Er beißt sich auf die Unterlippe. »Sie sind so wertvoll, dass jeder einen von ihnen will. Nicht nur vor Nyla darfst du sie nicht zeigen, Lya. Eigentlich vor niemandem. Sie würden sie jagen.«

»Meine Lumen jagen?!«, knurre ich.

Wut flackert in meiner Seele, während sich die Lumen dichter an mich drücken. Ich würde nicht zulassen, dass ihnen etwas geschieht.

»Sie werden verschwinden. Dann bin ich eben ungeschützt«, sage ich ausdrücklich. So, dass niemand etwas dagegen einwenden kann.

»Und dann bekommt sie deinen Sternenstaub. Und damit die Venandi und ...«

Ich berühre vorsichtig Tharys' Hand. »Sie werden meine Fährte früher oder später aufspüren und abspeichern, Tharys. Ob jetzt oder irgendwann – sie haben nichts gegen mich in der Hand. Ich habe nichts getan, was es ihnen erlaubt, mich mit sich zu nehmen. Sie sind an ihre eigenen Regeln gebunden.«

»Mir gefällt das alles nicht«, raunt er dicht neben meinem Ohr.

Ein warmes Gefühl erfüllt mich. Breitet sich in meiner Brust aus und lässt mich leicht lächeln. Aber das alles schließt nicht dieses dumme kleine Loch, das durch Levyns Abwesenheit entsteht.

»Verschwindet von hier. Und kommt erst wieder, wenn es hier sicher ist.«

Die Lumen zucken, als sie sich gegen meinen Befehl wehren wollen. Aber dann verschwinden sie.

Myrs Augen sind glasig, als er mich ansieht. »Du hast echt keinerlei Ähnlichkeit mit Lyria. Nicht im Geringsten«, sagt er und lächelt mich kläglich, aber beeindruckt an. »Sie hätte all ihre Lumen geopfert, wenn es für sie von Vorteil gewesen wäre. Und du ... du bringst lieber dich selbst in Gefahr.«

Ich presse meine Lippen aufeinander und atme tief durch. »Ich glaube, heute habe ich endlich einen Anlass, das Kleid zu tragen, das du für mich hast machen lassen«, sage ich an Tharys gerichtet und zwinge mich zu einem Lächeln.

19. Kapitel

Ich schmücke meine Augen mit meinen weißen Schuppen, nachdem die Angestellte meine Haare an den Seiten geflochten und sie zu einem weißen Pferdeschwanz hat auslaufen lassen. Meine Augen und ihre Umrahmung strahlen mich hell an, während der türkisfarbene Stoff sich von mir und meiner blassen Erscheinung abhebt. Aber ich bin schon lange nicht mehr das Albino-Mädchen von damals. Diesmal habe ich es sogar zugelassen, dass sie mir dunkle Schminke um die Augen und türkisfarbenen Lidschatten aufträgt. Ich werde mich Nyla stellen. Auch wenn ich sie kaum kenne. Wenn sie öffentlich nie einen Groll gegen mich gehegt hat, hat sie durch mich meine Freunde hierhergerufen. Sie in eine Falle gelockt. Wenn das nicht ihre eigene Falle sein wird.

Ich trete aus meinem Zimmer hinaus in den leuchtenden Flur, bis ich vor dem Korridor zu ihren Gemächern kurz haltmache und auf eine Frau starre, die vor der Tür steht.

Levyns Mutter. Ich erkenne sie, obwohl die roten Schuppen um ihre Augen sie anders aussehen lassen. Sie lächelt nur, als sie mein Erscheinungsbild sieht. Eine Geste, die mir beweist, dass sie wusste, dass ich immer noch ein weißer Drache bin. Aber das war ihr egal, denn alles, was sie herausfinden wollte, war, ob ich ein schwarzer Drache sein werde.

Ich gehe weiter, als Nyla aus ihrem Zimmer tritt und zusammen mit der Königin in meine Richtung läuft. Ich will ihnen nicht begegnen. Will sie meiden, weshalb ich einfach weitergehe. Aber schon erklingt ihre singende Stimme hinter mir.

»Begleitet Euch Tharys nicht nach unten? Ich meinte, ihr hättet es euch gegenseitig angetan.«

»So, und ich war der Meinung, mein Sohn hätte es ihr angetan«, lacht Levyns Mutter verächtlich.

Ich beiße die Zähne aufeinander. Sie spielen mit mir. Natürlich. Sie wollen mich wütend machen. Tharys hat mich davor gewarnt. Im Vulkan habe ich keinen Anlass dafür gegeben, sie glauben zu lassen, ich könne Levyn leiden. Ehrlich gesagt, habe ich ihn sogar kurzzeitig für diesen Ring gehasst, den er mir umgelegt hat.

»Ich halte mir gern einige Optionen offen. Sonst werde ich noch so verbittert wie Ihr. Mit einem Mann auf Ewigkeit verbunden, der jedem Rock hinterherschaut. Da nutze ich doch lieber meine Freiheit.«

Levyns Mutter funkelt mich dunkel an. Aber ich lasse es an mir abprallen. Lasse sie und ihre dummen Sprüche an mir abprallen. Ich bin stärker als das. Muss es sein.

»Elya.«

Tharys' Stimme lässt mich aufatmen. Endlich. Er steht unten an der Treppe und mustert mich mit glänzenden Augen. Schon vor ein paar Wochen hat er seine Verlobte in ein benachbartes Königreich geschickt. Sie war der Meinung, es sei meinetwegen. Aber ich kenne seinen eigentlichen Grund. Egal, wie sehr er es hasst, an sie gebunden zu sein – ihre Sicherheit ist ihm wichtig.

»Komm«, raunt er mir zu und zieht mich in einen Raum, bevor die Königinnen am Treppenabsatz angekommen sind.

Ich sehe mich um. Mustere die blau scheinenden Wände, bevor mein Blick auf ihm landet.

»Alles in Ordnung? Hast du es unter Kontrolle?«, fragt Tharys und sieht mich nachdenklich, ja beinahe besorgt an.

»Ja. Ich schaffe das«, murmle ich und will gerade wieder hinaustreten, als er meinen Arm packt. Mein Herz steht still, als sich seine Finger in meine Haut graben und ich seinen Atem dicht neben mir spüre.

»Ändert sich etwas zwischen uns, sollte er heute Abend auftauchen?«

Ich weiß sofort, wen er meint, und höre die Bitte in seiner Stimme. »Warum sollte sich etwas zwischen uns ändern, Tharys?«, umgehe ich seine Frage.

»Weil ihr ... Myr hat mir erzählt, wie ihr zueinander steht.«

Ich spitze die Lippen. »Also hat er dir gesagt, dass wir nur Freunde sind«, stelle ich fest.

Tharys sieht mich an, als würde ich etwas verheimlichen. Aber tue ich das? Was ist das zwischen Levyn und mir? Ein Fluch, der irgendeinen Reiz auslöst. Mehr ist da nicht. Zumindest versuche ich mir das immer und immer wieder einzureden. Mir vor Augen zu halten, dass Levyn mich nicht will. Dass er nur diesen blöden Teil in mir liebt ... den weißen Drachen. Das, was von Lyria in mir lebt.

»Ich ...« Er stockt, presst die Lippen zusammen und kommt dann näher. »Ich will dich, Lya. Ich will dich nicht nur in meinem Bett. Ich will ... Ich will einfach nicht, dass du mit ihm mitgehst. Will, dass du hierbleibst. Bei mir.«

Ich ziehe scharf die Luft um mich herum ein. Bisher habe ich mir keine Gedanken darüber gemacht, was es für mich und Tharys bedeuten würde, wenn ich wieder gehe. Aber so war der Plan. Ich sollte niemals für immer in Acaris bleiben. Auch wenn diese Stadt und vor allem Tharys es mir schwer machen, hier je wieder wegzuwollen. Doch ein viel größerer Teil in mir will zurück zu Levyn.

Ich verscheuche den Gedanken.

»Was heißt das, du willst mich, Tharys?« Ich funkle ihn skeptisch an. »Dass ich deine Mätresse sein soll? Dir im Bett und für Gespräche zu Diensten stehe, während du eine andere heiratest, deren Leben ich gleich mit ruiniere?!«

»Du weißt, dass ich sie nicht liebe.«

»Das ändert rein gar nichts!«, fauche ich.

Schlagartig muss ich an die letzten Wochen und all unsere Gespräche denken. An all die Verbundenheit, die ich mit ihm gespürt habe. Und ja, da war auch eine Anziehungskraft, die niemand von uns je leugnen könnte. Aber ich habe keine Gefühle für ihn. Nicht die Art Gefühle, die er verdient hat. Denn jedes Mal, wenn ich bei ihm bin, sehne ich mich nach Levyn.

»Sie weiß, dass ich die Verbindung löse, sobald ich König bin.«

»Ach, weiß sie das?!«

»Ja, Lya! Das alles ist ein hübsch aufgeführtes Schauspiel. Sie liebt mich genauso wenig wie ich sie. Aber wir spielen unsere Rollen.«

Ich schlucke. Ich schlucke sogar sehr schwer, als die Ausrede, weshalb ich mich all die Wochen vor ihm und dieser Anziehungskraft verschlossen habe, wegfällt.

»Und das sagst du nicht nur, um mich rumzukriegen wie all die anderen?«

Er schließt seine Augen und schnauft. »Benehme ich mich dir gegenüber so, als wärst du eine von vielen, der ich eine Lüge auftische?!«

Ich bleibe stumm. Weil meine Antwort Nein wäre. Weil ich weiß, dass Tharys mich nicht anlügt. Mir nie etwas verschweigt. Aber ich. Ich tue es. Verschweige ihm, dass sich in mir nichts regt. Nicht so, wie ...

Er kommt näher. Seine große Statur umhüllt mich beinahe, während er mich gegen einen Tisch hinter mir drückt und meine Hüfte so weit anhebt, dass ich mich daraufsetze. Seine Hände streichen von meiner Hüfte hinauf zu meiner Taille und weiter und weiter. Ich erschaudere.

»Ändert sich etwas zwischen uns, wenn er auftaucht?«, fragt er noch mal. Diesmal klingt er aber fordernd und zornig.

»Nein!«, sage ich und sehe in seine grün glänzenden Augen, die sich ein wenig erhellen. Die Schuld drückt mit ihren kalten Fingern mein Herz zusammen, als ich begreife, dass das eine Lüge ist. Dass sich alles verändert, wenn Levyn wieder da ist. Ob ich will oder nicht. Aber meine Gefühle werden sich durch Levyn nicht ändern, denn ... das, was ich für Tharys empfinde, ist anders. Es ist ... Er ist eine Ablenkung. Und ich hasse mich dafür.

»Was willst du, Lya?« Seine Stimme ist rau und tief.

Ich beiße mir auf meine Unterlippe. Denke nach. Ich habe mir keine Gedanken darüber gemacht, was ich will. Was ich von Tharys will. Diese Welt hat mich erschlagen. Mich in sich aufgesogen und alles aufgefüllt. Levyn hat mich ausgefüllt. Aber ich muss ihn loswerden. Ich muss, weil ich Levyn verletzen würde und mich selbst.

»Dich.« Das Wort verlässt meinen Mund, ohne dass ich etwas dagegen tun kann. Ohne dass ich wirklich nachdenken kann. Aber ich fühle es. Fühle, wie sich der Schmerz in meiner Brust ein wenig löst, als Tharys immer näher kommt. Er drängt sich zwischen meine Beine und legt seine Hände an meinen Rücken, um mich näher an sich zu ziehen.

»Was willst du?«, wiederholt er.

Ich keuche. Ich weiß, was er von mir hören will. Weiß, dass er mich nicht küssen wird, wenn ich es ihm nicht sage. Meine Haut glüht.

»Bitte sag es!«, fleht er und drückt meinen Körper fester an sich.

»Ich will, dass du mich küsst«, flüstere ich in sein Ohr. Ich habe keine Zeit, um noch weiter zu denken. Schiebe den winzigen Gedanken beiseite, dass ich wünschte, Levyn auch so nah sein zu können, ohne dass er Schmerzen hat.

Tharys packt meinen Nacken und zieht meinen Kopf zu sich. Drückt seine Lippen auf meine und küsst mich, als müsste er einen Durst stillen, der sich über Wochen aufgebaut hat. Ein Ziehen fährt durch meine Brust und meinen Bauch hinab, bis ein stechender Schmerz zwischen meinen Beinen mehr verlangt. Mehr will. Einfach nur Nähe will.

Seine Finger berühren mein Bein, schieben den edlen Stoff immer weiter hinauf. Ein Kribbeln durchfährt meine Schenkel und wieder zu der Stelle, die leicht schmerzt. Seine andere Hand wandert zu meiner Brust. Unersättlich küsst er mich und stöhnt, als sich meine Hüfte ihm entgegendrückt.

Ein fürchterliches Brennen lässt mich aufschreien. Ich stoße ihn von mir und kralle meine Hände in das Metall um meinen Hals. Feuer. Unbändiges Feuer verbrennt meine Haut. Doch kaum ist es aufgetaucht, verschwindet es auch schon wieder.

»Es ... Es tut mir leid«, sagt Tharys und fährt sich benommen über sein Gesicht.

»Es liegt nicht an dir«, murmle ich und sehe mich um. Suche nach *ihm* und dem Grund dafür, dass sein Ring um meinen Hals mich beinahe umgebracht hat. Ich schließe meine Augen. Zorn flammt in meinem Inneren auf. Dieser ...

»Elya?!« Myr erscheint in der Tür und starrt uns an, als würden wir gerade nackt aufeinanderliegen. »Kommt ihr oder ...«

Er redet nicht weiter. Gut, ansonsten hätte ich ihm wahrscheinlich meine Faust ins Gesicht gerammt.

Bevor wir hinausgehen, werfe ich Tharys ein warmes Lächeln zu. Hoffentlich hat er begriffen, dass es nichts mit ihm zu tun hatte. Oder hatte es doch etwas mit ihm zu tun? Ich kann nicht leugnen, dass ein Teil in mir froh über dieses Brennen war.

Wir laufen in den großen Festsaal, der wie immer wunderschön geschmückt ist. Der einzige Unterschied ist heute, dass das Licht der Wände nicht ganz so hell strahlt und alle Anwesenden schuppige Masken um ihre Augen tragen. Blicke verfolgen mich, während wir uns an einen Tisch setzen. Blicke, die alle meine weißen Schuppen anstarren. Sie förmlich in sich aufsaugen, als würden sie erst jetzt wirklich glauben, dass ich der weiße Drache bin.

Myr besorgt uns drei Wasser. Lucarys ist nicht anwesend. Er befindet sich auf der Terrasse direkt neben dem Thron, um uns warnen zu können, wenn über sie Venandi hereinkommen.

»Wir verhalten uns ganz normal«, flüstert Myr mir zu.

Ja, ruhig. Das hat er mir in den letzten Tagen mehr als einmal gesagt. Und mehr als einmal wollte ich einfach, dass wir von hier verschwinden. Aber wir hätten die anderen nicht warnen können, weil sie sich uns nicht zu erkennen geben.

Ich sehe mich um. Und wenn ich ehrlich bin, tue ich es mit der Hoffnung, Levyn hier irgendwo zu entdecken. Aber er ist nicht da. Langsam beginne ich, an diesem Gefühl zu zweifeln, das ich vorgestern hatte. Warum sollte er sich im Verborgenen halten?

Myrs Blick trifft mich. Er erkennt sofort, nach wem ich suche, und hebt nur seine Brauen. Er sieht vorwurfsvoll aus.

»Was ist?«

»Such nicht nach ihm, wenn du ihm dann doch nur wehtust, Lya.«

Meine Kehle schnürt sich zu. Myrs Worte treffen mich. Treffen mich mehr, als ich geahnt hätte.

»Ein Tanz?«

Tharys hält mir seine Hand hin. Ich ergreife sie mit einem letzten schuldigen Blick zu Myr und lasse mich auf die Tanzfläche ziehen, während meine Augen immer wieder zu Nyla huschen. Was hat sie vor? Was soll dieses Schauspiel?

Tharys hebt eine Hand. Ich tue es ihm nach, so wie er es mir einige Tage zuvor gezeigt hat. Ohne uns zu berühren, halten wir unsere Hände in einem kleinen Abstand voneinander entfernt und drehen uns. Erst die eine Hand, dann die andere.

»Lächle ein bisschen, Lya.«

Ich ziehe meine Mundwinkel in die Höhe und hoffe, dass er damit zufrieden ist. Er greift nach meiner Hüfte, hebt mich hoch und setzt mich wieder ab. Dann verbeugen wir uns voreinander, und als ich gerade von der Tanzfläche gehen will, hebt ein dunkelhaariger Kerl neben mir seine Hand. Ich verziehe den Mund. Natürlich. Dieses Bäumchen-wechsel-dich-Ding hat Tharys mir auch erklärt.

Ich hebe meine Hand ebenfalls und drehe mich um, als mich die dunklen Augen treffen. Mein Herz versetzt mir einen Stich. Mein Magen explodiert. Am liebsten hätte ich geschrien. Ja, ein Teil von mir wäre ihm sogar am liebsten um den Hals gefallen, würde er sich nicht an mir verbrennen.

»Hat die Lady noch einen Tanz übrig?«, fragt er mit gedämpfter, amüsierter Stimme und hebt seine Brauen, die umgeben von schwarzen Schuppen sind. Er scheint noch nicht lange hier zu sein, denn erst nach und nach begreifen auch die Drachen um uns herum, wer neben ihnen steht.

Levyn lässt sich nicht beirren. Er sieht nur mich an.

»Wenn Ihr allein mit mir auf der Tanzfläche tanzen wollt«, entgegne ich gespielt gelassen.

Er kommt näher. Sein Duft und diese Verbundenheit zwischen uns hüllen mich ein wie ein warmer Mantel. »Mit dir werde ich immer tanzen wollen, Lya«, raunt er kratzig und jagt mir damit eine Gänsehaut über den Nacken.

Ich nicke höflich und nähere meine Hand seiner. Wir drehen uns umeinander, lassen uns aber nicht aus den Augen, als wären wir Raubtiere.

»Warst du das?«, frage ich heiser und hebe ganz leicht meine Brauen.

»Ich weiß nicht, wovon du redest«, gibt er gelassen zurück. Aber das süffisante Grinsen auf seinen Lippen verrät ihn.

»Du verbrennst mich jetzt also?«

»Du lässt es dir jetzt also von Tharys besorgen?!«

Ich schlucke heiße Spucke. »Ich lasse es mir von niemandem besorgen!«, fauche ich und verenge meinen Blick, während sein Grinsen stärker wird.

»Es war der Ring. Nicht ich, Lya. Du hast deinen Herrn betrogen. Dafür musstest du zahlen. Davon gehe ich zumindest aus.«

»Also verpflichtest du mich mit diesem Ding doch!«, zische ich mit zusammengebissenen Zähnen, damit alle umstehenden denken, wir würden nur stumm tanzen.

»Gedulde dich noch drei Monate und dann kannst du es im ganzen Schloss mit ihm treiben, kleiner Albino.«

Mir stockt der Atem. »Bist du hergekommen, um mir hinterherzuspionieren?!«

Levyn entfährt ein leises Lachen. »Sicher nicht. Aber deine Gedanken konnte ich im gesamten Schloss hören. O Tharys. Küss mich! Besorg es mir so gut, wie du das mit deinem Babyface eben kannst.«

Ich starre ihn fassungslos an, während er einfach weitergrinst.

»Komm, Lya. Du bist doch ein wenig mehr wert, meinst du nicht?«

»Als was?«

»Als dich mit ihm von mir abzulenken.«

Ich öffne meinen Mund, um ihm etwas zu entgegnen. Aber ich kann nicht. Kann nicht, weil ich nicht in der Lage bin, ihm zu widersprechen.

Er beißt sich belustigt auf seine Unterlippe, bevor er mich an der Hüfte packt und hochhebt. Ein Zischen ertönt. *Das* Zischen.

Und obwohl ich es verabscheue, es hasse, habe ich es vermisst. Seine Berührung auf meiner Haut, die wahrscheinlich fast so sehr brennt wie meine auf seiner.

Als er mich wieder absetzt, wünschte ich, er würde nicht loslassen. Auch wenn ich mich dafür selbst schlagen könnte.

»Zügle deine Gedanken, Lya. Ich höre mit. Schon vergessen?«

Er zwinkert mir lasziv zu, verneigt sich, und bevor er gehen kann, kommt er mir wieder ganz nah.

»Ist das mit den Nornen geklärt?«, lenke ich schnell ab und fühle mich dabei ziemlich plump.

»Ich habe Nachfolgerinnen eingesetzt. Ja.« Seine Stimme klingt belegt. Trotz all der Zeit. »Eins noch, Lya ...« Sein Blick verfinstert sich. »Ich will sehen, was Kyvas mit dir gemacht hat. Ich muss es, um zu wissen, wie ich ihn töten werde.«

Ich starre ihn an. Also haben sie alle auch diese Bedrohung gespürt. »Er hat nichts getan!«, wehre ich ab.

»Wenn es so ist, gib mir die Erlaubnis, es durch eine Manipulation zu sehen.«

»Nein!«, widerspreche ich zischend, ohne meinen Mund richtig zu öffnen.

»Lya, er ist hier. Und ich werde ihn zerfetzen.«

»Das ist etwas übertrieben. Meinst du nicht?!«, entgegne ich mit erhobenen Brauen, während er wieder anfängt, mit mir zu tanzen, damit das alles hier ganz normal aussieht. »Schön, sieh in meine Erinnerung. Dann wirst du sehen, dass nicht er in dieser Nacht da war, sondern du!«

Er hebt seine Brauen.

»Falls er mit Jason zusammengearbeitet hat, dann ... wirst du das nicht in meinen Erinnerungen lesen können.«

»Ich ... habe dich nur beschützt.«

»Ich weiß«, flüstere ich. Es ist die Wahrheit, denn all die Erinnerungen an ihn sind mit Sicherheit verbunden.

Ein seltsames Gefühl zuckt durch meinen Kopf, lässt mich taumeln. Levyn fängt mich auf und hält meinen Körper fest an sich gedrückt, als ich blinzelnd wieder in der Realität ankomme. Seine Haut zischt unruhig. Sein Blick ist nach unten gerichtet.

Ich presse meine Lippen aufeinander und versuche zu verhindern, dass Tränen aus meinen Augen brechen, weil Tausende Erinnerungen auf mich einprasseln.

»Was ist los?«, fragt Levyn und mit seinen Worten wird alles um ihn herum dunkler. Ich spüre seine finstere Wut.

Ich sage nichts. Levyn sagt nichts. Er streicht ganz vorsichtig über meine Wange und mein Ohr, dann nimmt er meine Hand und dreht mich, als würde das alles zu unserem Tanz gehören.

»Etwas greift meinen Geist an«, sage ich schwach.

Levyns Blick wird dunkler. Immer dunkler.

Ich sage nichts. Scham überrennt mich und dieses Brennen in meiner Kehle, das sie verschließt. Levyn bewegt zwei Finger nach vorn, als würde er jemandem eine Anweisung geben. Schwache Schatten wandern über die Drachen hinweg, hin zu den blauen Wänden, und das Gefühl verebbt. Diese Gefühle verebben, die diese Monster in mir ausgelöst haben. Venandi.

»So etwas wird nie wieder passieren. Nicht, solange ich lebe.«

Blinzelnd sehe ich ihn an, während ich versuche, meine Stimme wiederzufinden.

»Kannst du wieder stehen? Ich werde den Kindergarten jetzt beenden und herausfinden, was sie will.«

Ich nicke.

»Ich bin die ganze Zeit bei dir.«

Mit diesen Worten verneigt er sich und geht. Ich will ihm nachgehen. Ihm nachrufen. Ihn fragen, ob er einen Plan hat. Aber er geht einfach und ich stehe wie angewurzelt da. Bemüht, die Erinnerungen zu verscheuchen.

»Auftritt Levyn.« Tharys' Stimme klingt zornig und belegt.

»Lass uns an den Tisch gehen«, murmle ich ihm zu, winke dann aber Myr zu mir, als wir ankommen. »Hast du ihn gesehen? Weißt du, was er vorhat?«

»Nein, aber ich denke, wir müssen ihn nicht mehr fragen ...« Er deutet mit seinem Kopf zum Thron, vor dem Levyn steht.

»Nyla!«

Ich erstarre zusammen mit allen anderen Drachen. Die Musik stoppt.

»Wie schön, dich bezauberndes Wesen wiederzusehen. Ich habe gehört, du wolltest mich gern hier haben.«

Ich weite meine Augen. Ist er verrückt geworden?

Nyla sieht auf Levyn hinab. Zorn liegt in ihrem Blick. So viel unbändiger Zorn, dass ich mir sicher bin ... Sie haben eine Vergangenheit.

»Ich wollte gern wissen, was es mit dem weißen Drachen auf sich hat. Denn ... Sie ist weiß. Laut den Berichten Eurer Mutter, Herrscher der Finsternis, soll sie sich bereits in einen schwarzen Drachen verwandeln.«

Levyn stockt. Kurz huscht sein Blick zu mir und ich erkenne das Entsetzen in seinen Augen. Er hat etwas übersehen. Etwas, das er erst jetzt begreift.

»Sie hat sich zurückentwickelt. Ein kleiner Rückschlag, den ich schon geregelt bekomme.«

»Zurückentwickelt?«, belächelt Nyla ihn und steht auf. Wie eine Raubkatze geht sie eine Stufe hinab. Näher zu Levyn.

Ein Teil in mir will zu ihr rennen und sie anschreien, von ihm wegzugehen.

»Levyn ... Wir kennen uns so lange. Und ich habe lernen müssen, wie es ist, von dir belogen zu werden. Glaub mir, ich erkenne es.«

Dass sie ihn plötzlich duzt, zeigt ganz eindeutig, dass das Schauspiel jetzt ein Ende hat.

»Das hast du lange Zeit nicht.«

Der Raum um uns herum ist so still, als wäre niemand hier. Und sie reden auch so, als gäbe es nur sie.

»Was denkst du, was du in ihr findest? Lyria?« Sie lacht so laut, dass es von den gläsernen Wänden widerhallt. »Lyria ist tot. Deinetwegen ist sie tot. Und dieses kleine dumme Mädchen da drüben wird sie niemals ersetzen können. Also erklär mir, Levyn Leroux, was willst du mit ihr?!«

Ich werfe einen Blick auf den König, der wie versteinert danebensitzt. Ob sein Geist überhaupt noch existiert?

»Ich habe das Bündnis aus einem bestimmten Grund erscheinen lassen.«

Sie hebt zwei Finger und deutet ihren Wachen hereinzutreten. In ihren Armen winden sich Arya, Perce, Tym und Naoyl. Mein Blick fällt auf die Terrasse neben dem Thron. Lucarys hat sie nicht in ihre Finger bekommen. Ein Vorteil auf unserer Seite.

»Lya!«

Mein Name aus ihrem Mund lässt mich schaudern. Es ist ein Befehl. Ich folge ihm und trete langsam und bedacht auf sie und Levyn zu. Ich spüre seine Blicke. Sein Flehen wegzurennen. Aber ich ignoriere ihn.

»Eure Majestät?!«, entgegne ich kühl.

»Ich habe gehört, dass Ihr mit den Regeln dieser Welt mehr als vertraut seid, weißer Drache«, sagt sie kühl.

Ich nicke einfach nur.

»Schön. Dann wisst Ihr ja auch, dass eine dieser Regeln darin besteht, dass die Vorschriften der anderen Königreiche hier aufgehoben sind.«

Ich verenge meinen Blick. Ich erinnere mich an die Regel. Aber was bringt es ihr?

»Also steht Ihr aktuell nicht unter Levyns Schutz. Das Ding um Euren Hals ist wertlos.«

Aber ... Hat es mich nicht gerade erst verbrannt? Wie kann es da seine Wirkung verloren haben.

»Guter Gedanke, weißer Drache. Es war aber nur eine kleine Demonstration meiner Macht.« Sie tippt sich belustigt gegen ihre Stirn. »Das ist alles nur in deiner Fantasie passiert.«

Ich beiße die Zähne zusammen. Warum habe ich nicht daran gedacht? Warum habe ich diese eine dumme Regel übersehen? Jetzt ist meine Seele offen für sie und ich wünsche mir die Macht dieses Dings zurück, für das ich Levyn wirklich kurzzeitig verachtet habe.

Levyn verkrampft sich voller Zorn.

»Ich habe Lust, meine Macht auf den Prüfstand zu stellen. Ihr seid doch so mächtig, wie alle sagen, oder, Elya?«

Ich schlucke schwer und sehe mich um. Entdecke Levyns Mutter. Aber sie ist es nicht, die Myr und Tharys davon abhält, einzuschreiten. Die Aryas, Perces und Tyms Schreie zum Erliegen gebracht hat. Nein. Es sind die Venandi. Ich spüre sie. Spüre, wie sie auch meinen Geist benebeln wollen. Mich manipulieren wollen. Aber sie haben keinen Zugriff.

Ihr seid ihre Herrscherin.

Ich erschrecke, als ich das Lumen höre, es aber nirgends sehen kann. Wie hat es sich meinem Befehl widersetzen können?

»Wisst Ihr, Elya, es gibt da eine uralte Sage. Möchtet Ihr sie hören?«

Ich nicke, ohne es zu wollen. Ohne es selbst steuern zu können.

»Schön. In der Sage heißt es, dass Lyria nicht der geborene weiße Drache war.« Sie klatscht aufgeregt in die Hände. »Nein, Lyria hat sich auch nie so verhalten. Sie hat sich die Seele des weißen Drachen genommen.«

Genommen? Ich stutze, als ich endlich begreife, was sie vorhat. Wie sie die Venandi auf ihre Seite bekommen hat. Sie will der weiße Drache sein. Sie will mir die Seele des weißen Drachen nehmen und …

»Schön zu sehen, wie der Herrscherin des Lichts ein Licht aufgeht.« Sie lacht über ihr eigenes Wortspiel.

Ich muss mich ermahnen, nicht loszuschreien. Aber bin das überhaupt ich? Oder werde ich gerade manipuliert?

»Das Schöne daran ist, dass Levyn dann die Frau lieben muss, die er so sehr verachtet. So sehr, dass er ihr fast ein halbes Jahrhundert lang vorgespielt hat, sie zu lieben, nur um dann einen Mordanschlag auf sie zu verüben.«

Mein Blick wandert irritiert zu Levyn. Warum sollte er gezwungen sein, sie zu lieben?

»O nein! Hat er es dir etwa nicht erzählt?!« Wieder schlägt sie voller Vorfreude in die Hände.

»Nyla!«, ermahnt Levyn sie knurrend. Es kostet ihn viel Kraft zu sprechen.

»Was denn? Ich erzähle doch so gern Geschichten. Also lass mich!«

Sie redet wie ein kleines beleidigtes Kind, was mich noch mehr Hass empfinden lässt. Diese Maske, die sie trägt, diese Fassade, widert mich an.

»Der schwarze Drache ist dazu verdammt, den weißen Drachen zu lieben. Also, nein. Nicht ihn. Nicht dich. Nur den Teil in dir. Nur diese kleine uralte Seele des weißen Drachen. Die liebt er.«

»Nyla!« Levyns Stimme wird lauter.

»Was kann ich denn dafür, wenn du dem armen Mädchen nicht die ganze Geschichte erzählst?«, richtet sie sich an ihn.

Er knurrt wie ein angeschossenes Tier.

»Aber Achtung! Jetzt wird es erst so richtig spannend.« Sie macht eine künstliche Pause, während sie auf der Treppenstufe hin und her läuft. »Der schwarze Drache hat kein Herz. Das weißt du sicher. Kaum zu überhören, wenn man an seiner Brust liegt. Lyria hat mit all ihren Intrigen dafür gesorgt, dass es ihm herausgerissen wird, und ihn somit dazu versklavt, niemals wieder lieben zu können. Aber die Geschichte hat einen Haken. Denn der schwarze Drache ist in der Lage, sich von dem Herzen des weißen Drachen zu nähren. Er saugt es in sich auf. Liebt den weißen Drachen mit all dem Herzen, das er seiner Geliebten entzieht. Bis nichts mehr davon übrig ist und sie zum schwarzen Drachen wird.«

Mein Herz pumpt Gift durch meine Venen, und obwohl ich es nicht glauben will, *ihr* nicht glauben will, weiß ich, dass sie recht hat. Weiß, wie oft ich das Gefühl hatte, in seiner Nähe schwächer zu sein. So als würde ich einen Teil an ihn verlieren.

Ich schließe meine Augen. Wenigstens das ist mir noch vergönnt.

Nyla kommt näher. »Und jetzt rate mal, wie Lyria wirklich gestorben ist. Wer es wirklich war, der ihr das Herz genommen hat. Wer sie so lange ausgesaugt hat, bis ihre Verbindung gekappt war und ... Und dann hat dein Liebster hier ihr den Todesstoß verpasst. Schnick.« Sie schnipst mit den Fingern. Ich zucke unmerklich zusammen. »Wobei ... Ist er überhaupt dein Geliebter? Denn so, wie ich das wahrgenommen habe, hast du noch einen Zweiten am Haken.«

Sie winkt Tharys zu sich. Alles in mir sträubt sich. Lehnt sich gegen diese unbändige Macht der Venandi auf. Aber ich bin zu schwach.

Ihr seid ihre Herrscherin, ertönt wieder die Stimme des Lumen in meinem Kopf. Ja, aber wie soll ich sie beherrschen? Wie?

Es bleibt stumm.

Nyla schreitet auf Tharys zu, der sich wie eine Marionette neben mich stellt.

»Lya ... So ist es nicht gewesen!«, raunt Levyn mir krampfhaft zu.

Ich werfe ihm einen Blick zu. Sehe in diese dunklen Augen, die mir so vertraut sind. Aber sind sie es seinetwegen oder wegen dieser uralten Seele in ihm? Er hätte es mir sagen müssen. Hätte mir erzählen müssen, wie es wirklich war. Alles erzählen müssen. Jetzt habe ich keine Ahnung mehr, was echt ist.

»So, und zum krönenden Abschluss, Elya, weißer Drache: Wird der weiße Drache dunkel, so erwacht er zum Herrscher der Elemente. Wenn die Seele des weißen Drachen also schwarz wird, herrscht die Person, in der diese Seele lebt, über alle Elemente. Über jede Welt.«

Ich starre sie an. Starre in ihre eisblauen Augen und ihr schönes Gesicht. Viel zu schön für dieses grausame Lächeln darin.

»Das hat er dir sicher auch nicht gesagt. Und meine liebe Freundin hier«, sie deutet auf Levyns Mutter, »hat ihren Mann überredet, Levyn zu begnadigen. Wir wussten, dass Levyn dich mit nach Ignia in den Vulkan schleppen wird. Und uns war egal, ob er diesen dummen Ring um deinen Hals gelegt hat. Denn eine Frage der Königin hat gereicht, um zu erfahren, was wir erfahren wollten.«

»Wirst du ein schwarzer Drache sein«, wiederhole ich die Frage. Denke an das Lumen, das sich gesträubt hat, mir die Zukunft zu zeigen. Deshalb waren wir da. Nur deshalb. Und ich habe es nicht bemerkt. Keiner von uns hat es bemerkt.

Nyla nickt beeindruckt. »Aber die Erzählungen über deinen Aufzug waren wirklich überaus amüsant. Das muss ich dir lassen. Augen und Haare gefärbt. Süß. Wirklich süß.«

»Sei still!«, knurre ich sie an. Sie hebt nur ihre Brauen.

»Kommen wir zur Sache. Ich lasse dir gleich eine faire Wahl. So wie wir sie auch den Nornen gestattet haben.«

Mir stockt der Atem. Also hat sie die Nornen am Weltenbaum getötet? Sie und ... wer?

»Dass dein Blut heilende Kräfte hat, weißt du ja bereits«, redet sie unbeirrt weiter. »Deine Freundin Perce hat uns davon berichtet. Ich werde also gleich Levyn und auch Tharys tödlich verletzen. Was du wahrscheinlich noch nicht weißt, ist, dass du nur einen von ihnen retten kannst. Dein Blut kann nur einmal heilen. Es braucht eine ganze Weile, um sich wieder zu regenerieren. Wählst du das Leben von Levyn, stirbt Tharys und mit ihm die Welt des Lichts. Denn heute Morgen haben die Venandi ihn zu ihrem rechtmäßigen Herrscher ernannt.«

»Das können sie nicht!«, fauche ich und bemühe mich, alles andere zu verdrängen. Alles, was diesen wunderschönen, doch gleichzeitig so hässlichen Mund verlässt.

»Natürlich können sie das. Sie herrschen über deine Welt, Süße.«

Mein Kiefer knackt vor Zorn. Das können sie nicht.

Doch, sie können.

Die Stimme des Lumen klingt gebrochen.

Habt ihr nichts davon gewusst?, frage ich es in meinen Gedanken.

Ihr?

Mir stockt der Atem, als mir klar wird, dass das Lumen, mein Lumen, heute Mittag nicht da war. Dass es ...

Die Lumen haben sich den Venandi angeschlossen.

Ihre Stimme klingt verletzt. Ängstlich. Diese Lumen heute Mittag waren also nicht zu meinem Schutz da. Nein. Sie haben uns die ganze Zeit überwacht und unsere Pläne weitergegeben. An sie und die Venandi.

Ich werfe einen Blick zu Tharys. In seinem Gesicht steht Unglauben geschrieben. Er wusste es nicht. Keiner von uns hat es begriffen.

»Um wieder zum Punkt zu kommen ... Wenn du aber Tharys' Leben verschonst, wird Levyn sterben, und du ... ja, du stirbst mit ihm, Lya. Aber nicht die Seele des weißen Drachen.«

»Und was wird aus Eurer Verbindung mit Levyn? Wenn Ihr ihn tötet und damit mich, um mir die Seele zu nehmen?«

Sie lacht kalt. »Ich habe nicht von ihm gesprochen, sondern von der Seele des schwarzen Drachen. Mir wird langweilig.«

Wieder winkt sie jemanden zu sich. Als ich die Dolche in den Händen der Männer sehe, ballt sich in mir eine grausame Macht zusammen. Ich muss etwas unternehmen. Muss die Zeit stillstehen lassen.

Schmerzen durchzucken meinen Körper. Benebeln meine Sinne. Spielen Bilder ab. Bilder von Jason. Und ...

Nein! Ich bin ihre Herrscherin. Sie ...

Und als ich gerade die unbändige Macht in mir aufkeimen spüre, während die Männer die Klingen an Levyns und Tharys' Brust heben, zuckt mein Kopf.

»Nein!«, schreie ich. Nicht zu den Männern mit der Klinge. Nicht zu Nyla. Nein. Ich schreie meine Seele an. Wehre mich. »Nein!«

Als würde sich ein Riss durch mein Herz ziehen, spaltet sich meine Seele. Ich winde mich. Schreie sie an, zu bleiben. Ich weiß, was das heißt. Weiß, wofür sich mein Geist entscheiden wird, wenn all meine Gefühle in dem weißen Raben verschwinden und nur das Wohl meiner Welt zurückbleibt. Und Nyla weiß es auch. Sie wusste es die ganze Zeit. Es war Teil ihres Plans.

»Bitte nicht!«, schluchze ich und starre zu Levyn. Ich darf ihn nicht verlieren.

Und dann erkenne ich den weißen Raben. Beinahe gelassen sehe ich dabei zu, wie die Männer zustechen. Wie die Körper der beiden zu Boden fallen. Wie sie dort liegen. Im Sterben liegen.

Ich starre den weißen Raben an. Dann sehe ich hinab zu

Tharys und knie mich vor ihn. Nyla lacht. Ich hebe meine Hand und starre in Tharys' schmerzverzerrtes Gesicht. Blaue Schuppen schlängeln sich um seine Augen und als er mich riecht, wachsen seine Reißzähne. Wie in Trance lege ich mein Handgelenk an seinen Mund. Mein Rabe zuckt. Wehrt sich. Aber in mir ist nichts mehr übrig.

»Nein!«

Aryas Schrei kommt bei mir an. Aber er dringt nicht zu mir durch. Ich muss sie beschützen. Muss meine Welt beschützen. Muss sie retten.

Tharys beißt zu. Saugt das Blut in sich auf. Das Lebenselixier.

Als er fertig ist, blinzle ich und der weiße Rabe verschwindet. Meine Seele kehrt zurück. Und zerreißt in tausend kleine Teile, als ich mich langsam zu Levyn umdrehe. Er hustet Blut. Er …

Ich wende mich von Tharys ab. Mein Herz brennt wie Feuer. Und als ich gerade aufstehen will, um zu ihm zu rennen, ihn doch noch irgendwie zu retten, versagen meine Beine. Schmerzen. Blut. Ich huste Blut. Ich stemme mich auf meine Ellbogen und robbe immer weiter und weiter. Die Welt um mich herum steht still. Levyn darf nicht sterben. Er kann nicht sterben. Ich kann ihn nicht verlieren.

Voller Qualen reiße ich meinen Körper weiter voran. Bis ich endlich bei ihm ankomme. Bis ich in seine dunklen Augen sehe und begreife, was ich getan habe.

Schwach hebt er seine Hand und berührt meine Wange. Ein Zischen ertönt. Und als der Schmerz versiegt und ich diese Kälte spüre, weiß ich, dass Levyn jetzt stirbt. Dass ich jetzt sterbe.

»Nein!«, wimmere ich und spucke Blut. »Nein!«

Mit rot verschmierten Händen fahre ich über sein kantiges

Gesicht. Seine gerade Nase mit dem winzigen Höcker, den man nur sieht, wenn man weiß, dass er dort ist. Seine wunderschönen Lippen.

Er öffnet seinen Mund. Will etwas sagen. Aber ganz plötzlich weichen die Schatten aus seinen Augen. Weicht das Leben aus ihnen. Alles, was er war, verschwindet, als wäre es nie da gewesen. Mein Herz bricht, kurz bevor es aufhört zu schlagen.

20. Kapitel

Ich blinzle. Mein Geist taumelt, bevor ich etwas erkennen kann. Bevor ich die rote Flüssigkeit erkennen kann, in der ich liege. Das kalte, bleiche Etwas unter mir.

Meine Augen weiten sich und ich hebe meinen Kopf. Nyla schreit entsetzlich auf und weicht einen Schritt von mir zurück. Ich kann nur Levyn anstarren. Seinen toten Körper unter mir.

»Nein!«, schreie ich und berühre sein kühles Gesicht. Sehe in seine starren Augen. Seine Haut zischt nicht. »Bitte nicht!« Ich brülle wie ein Tier. Schlage auf seine Brust ein. Er muss zurückkommen. Was tue ich hier, wenn er tot ist? Wie ist das möglich? Er darf nicht tot sein! Es muss wieder zischen!

»Ist er ... tot?!« Aryas Stimme bricht. Sie steht immer noch weit entfernt. Zu weit entfernt, um diesen schrecklichen Anblick sehen zu können.

Meine Lippen beben. Meine Augen brennen. Ich versuche mich zu verschließen. Versuche so zu tun, als würde er noch leben. Als würde er jede Sekunde hier hereinspazieren und einen seiner dämlichen Sprüche von sich geben.

Aber Levyn bleibt stumm. Sein Körper und sein Geist bleiben stumm. Und ich ... ich sitze einfach nur da und starre in seine seelenlosen Augen. Mein Herz bricht. Wieder und wieder und wieder. Als würde jemand hineingreifen und es in seine Einzelteile zerlegen.

Kopfschüttelnd drehe ich mich zu Nyla um. Ihre Augen sind zwar immer noch geweitet, aber ich sehe nicht die Angst in ihnen, die sie haben sollte. Sie hat ihn getötet. Sie hat mich Tharys retten lassen, während Levyn gestorben ist. Meinetwegen. Ich habe ihn sterben lassen und stattdessen Tharys gerettet.

»Du!«, knurre ich und drücke mich auf meine Füße. Gehe auf sie zu. Wachen stürmen herbei, als sie begreifen, dass sie keinen Zugang zu meiner Fantasie bekommt. Aber es ist längst zu spät. Das Brennen um meine Augen lässt die Schuppen in meiner Haut hervorstoßen. Ich hebe meine Hände. Eine kleine, kaum merkbare Bewegung, die sie alle zurückwirft.

»Venandi!«, schreit Nyla. Sie schreit um Hilfe. Sollen sie kommen. Sollen sie alle kommen und spüren, wie groß mein Zorn ist. Wie unheilbar meine Seele verletzt wurde. Ich werde ihre Seelen mit meinem kleinen Finger zerquetschen.

»Du!«, sage ich wieder. Und hebe meine Hand. Sie wird durch eine unsichtbare Macht vom Boden gehoben. Atemlos berührt sie die unsichtbaren Hände um ihren Hals. »Du hast ihn mir genommen!«, brülle ich animalisch. Schmerzen durchströmen meinen Körper, als riesige weiße Flügel aus ihm hinausbrechen. Als sie mit einer solchen Wucht zuschlagen, dass alle Drachen in meiner Nähe vom Boden gerissen werden.

Ich werde sie töten. Und ich werde es langsam tun. Sehr langsam. Also lasse ich sie wieder fallen.

»Bisschen spät, um deine Kraft zu entdecken«, zischt sie. »Jetzt ist der hübsche kleine Herrscher der Finsternis bereits tot.«

Ihre Worte zerreißen meine Lungen. Ich lasse sie gegen die Wand prallen, hebe meine Faust und ramme sie in den Boden unter mir. Der Diamant reißt.

Die Drachen um mich herum fliehen. Venandi betreten den Raum. Weiße Gestalten, die mich umzingeln. Ich lasse meine Hand wieder auf den Boden schnellen und reiße einige von ihnen in die Tiefe. Mir selbst breche ich ein Stück des blauen Diamanten heraus und gehe auf Nyla zu. Sie wimmert. Ihr Körper ist vollkommen verstellt. Ihre Arme und Beine hängen in seltsame Richtungen von ihrem Körper. Ich hole aus.

»Lya!«

Ich zucke zusammen. Vor allem, weil es Tharys' Stimme und nicht die von Levyn ist.

»Lass sie leben!«, bittet er mich.

Myr tritt an meine Seite. Die Venandi, die gerade noch dachten, sie könnten mich, den weißen Drachen, besiegen, flüchten. Zumindest die, die noch leben.

Ich drehe mich zu Myr um und sehe in seine gläsernen Augen.

»Wir brauchen Informationen.« Tharys' Stimme klingt in meinen Ohren wie ein lautes Echo meiner Schuld. Tharys. Nicht Levyn.

Ich nicke Myr zu, während er langsam meine Hand nimmt und meinen festen Griff löst. Der Diamant fällt zu Boden und mit ihm mein Schock. Meine Wut. Zurück bleibt nur zerfetzende Erkenntnis.

Mit zitternden Schritten gehe ich wieder auf Levyns Leichnam zu. Knie mich vor ihn und lege meine Hand auf seine Brust. »Ich wollte das nicht«, schluchze ich und sehe dabei zu, wie meine Tränen auf seinem Gesicht landen. Sehe, wie meine Haare uns wie ein Kranz umgeben. Graue Haare. Dunkle Haare. Keine weißen. »Du solltest leben! Nicht ich! Du solltest es sein!«

Ich presse die Lippen zusammen und unterdrücke weitere Worte. Es sind so viele. So viele, dass sie mich zerstören würden, müsste meine Stimme sie nach außen tragen.

Vorsichtig beuge ich mich weiter über ihn und küsse seine kalten Lippen. Berühre seine Haare und seine Haut und wünsche mir dieses Zischen zurück. Wünsche mir ihn zurück.

Ich küsse ihn wieder und wieder. Küsse ihm die Tränen von den Augen und Wangen. Nehme sie in mich auf, als wären sie alles, was mir jetzt noch von ihm bleibt. Keiner meiner Freunde traut sich, mich aufzuhalten. Mich von ihm zu reißen. Bis Arya vortritt.

»Lya. Lass ihn gehen.«

»Ich kann nicht!«, schluchze ich und lasse meine Hand an seiner Brust liegen. Küsse ihn wieder.

»Lya, bitte!«, fleht sie voller Trauer und Panik.

»Ich kann ihn nicht gehen lassen! Hörst du?!«, schreie ich sie an. Fauche wie ein wildes Tier, das seine Beute zu beschützen versucht.

Sie alle sehen es. Sehen, dass ich dunkler und dunkler werde. Ich kann es spüren. Spüre, wie meine Seele von bösen Schatten umgeben ist, die immer näher kommen. Ich will es nicht. Will dieses Herz nicht, wenn Levyn tot ist.

Ich küsse ihn wieder, als plötzlich etwas unter meiner Hand schlägt und Levyn den Kuss ganz zart erwidert.

Ich bin so geschockt, dass ich mich kaum rühren kann. Meine Brust ist erfüllt von Schmerz. Von einem so schrecklichen Schmerz, ausgelöst von Glück. Und etwas anderem. Ich sauge ihn förmlich in mich auf. Sein Leben. Oder ist es er, der mein Leben in sich aufnimmt?

Dann hebe ich meinen Kopf und sehe in sein Gesicht. Sehe, wie er blinzelt und mir ein leichtes Lächeln zuwirft.

»Da muss ich also erst sterben, damit du mich küsst.«

Mein Herz explodiert. Doch dann erkennt er meine Augen. Meine Haare. Sieht es.

»Es ... Es tut mir so leid«, wimmere ich.

»Es war nicht deine Entscheidung«, raunt er schwach, doch seine Worte kommen nicht bei mir an. Haben keinen Wert für mich. Die Schuld erdrückt mich mit all ihrer Grausamkeit. Ich habe ihn sterben lassen. Ich habe ihn sterben lassen. Levyn. Levyn, der immer für mich da war. Der mir so oft das Leben gerettet hat. Und als er meine Hilfe brauchte, habe ich ihn sterben lassen.

»Wir ... Wir müssen zurück«, krächzt er und setzt sich auf.

Die anderen sehen nur fassungslos dabei zu, wie er einfach so von den Toten erwacht und uns alle erwartungsvoll ansieht.

Meine Welt dreht sich. Baut sich neu zusammen. Aber sie heilt nicht. Ich heile nicht. Meine Brust heilt nicht.

Levyn mustert mich, bevor er seine Hand auf meine Brust legt. Kein Zischen ertönt. Nichts.

»Der ... Der Fluch.«

Als Levyn es auch begreift, als ich die Erkenntnis in seinen Augen sehe, bleibt mein Herz stehen.

»Ich kann dich berühren.« Er hebt seine Hand und legt sie an meine Wange, bevor er sie in meinen Nacken wandern lässt und mich zu sich zieht. Seinen Kopf heftig an meine Brust legt.

Ich wende mich von ihm ab. Was tut er da?

»Lya ...« Seine Stimme ist schmerzverzerrt. Ich kann Hass in seinen Augen aufblitzen sehen. Hass auf sich selbst. »Ich muss weg von dir ... Ich muss ...« Er atmet schwer und steht unruhig auf. Läuft hin und her und lässt mich in dem Blut sitzen. Was muss er? »Ich werde eine Lösung finden!« Er brüllt es hinaus. Sagt es, als wäre es ein Versprechen, das er selbst mit seinem Tod halten wird. »Ich werde es dir zurückgeben!« Seine schwarzen Augen sehen mich voller Trauer an und dann begreife ich es ...

Ängstlich lege ich meine Hand auf meine Brust. Aber da ist nichts. Kein Herzschlag. Kein Herz. Nur Leere.

Ich habe es gespürt. Habe gespürt, wie er wach wurde und ich ihn beinahe ausgesaugt hätte. Wie ich mich von seinem Herzen ernährt habe, so wie er einst von mir.

»Ich will mitkommen«, sage ich mit gebrochener Stimme. Sie hallt grausam durch den Raum, und als ich meine dunklen Haare auf meiner Brust betrachte, begreife ich, dass es nicht Levyn ist, der mir nie verzeihen wird, sondern ich. Ich habe ihn getötet. Ihn sterben lassen. Und jetzt habe ich ihn zurückgeholt ... Indem ich ihm alles von meinem Herzen gegeben habe. Und jetzt will er mich nicht mehr bei sich haben.

»Lya.« Ein leises Flehen. Und mir musste erst das Herz genommen werden, damit ich begreife, dass es diese Stimme ist, nach der sich mein Herz die ganze Zeit am meisten gesehnt hat.

Ich blicke hinab auf das Blut, das uns umgibt. Und dann wieder zu Levyn. In die dunklen Augen, die von Schatten umgeben sind.

»Wenn ich eine Lösung gefunden habe, komme ich zurück zu dir!«

»Ich will mitkommen. Lass mich nicht allein!«, sage ich wieder. Wimmernd. Flehend. Weinend.

Levyn sieht mich an, als würde ich ihm gerade seine Seele entzweibrechen. Und in diesem Moment, in seinem und in meinem Blut, stirbt ein Teil von mir für immer.

ENDE von Band 1

Zwei Herzen in Gefahr

Sandra Regnier
Die magische Pforte der Anderwelt
336 Seiten
Taschenbuch
ISBN 978-3-551-31687-5

Sandra Regnier
Das gestohlene Herz der Anderwelt
352 Seiten
Taschenbuch
ISBN 978-3-551-31708-7

Die unterirdischen Gassen Edinburghs sind für die 16-jährige Allison nichts weiter als eine Touristenattraktion. Bis sie bei einer Führung mit ihrer Schulklasse aus Versehen eine mysteriöse Pforte öffnet und unsägliches Chaos anrichtet. Denn von nun an heftet Finn sich an ihre Fersen, der zwar verdammt gut aussieht, aber leider ziemlich arrogant ist und obendrein behauptet, ein Elfenwächter zu sein. Er verlangt von Allison, das Tor zur magischen Welt wieder zu schließen. Doch wie soll sie das anstellen, wenn sie noch nicht mal an die Existenz von Elfen glaubt?

www.carlsen.de

Finstere Bedrohung!

Laura Kneidl
Herz aus Schatten
464 Seiten
Klappenbroschur
ISBN 978-3-551-31692-9

Seit Jahrhunderten wird die Stadt Praha von dunklen Kreaturen bedroht. Sie lauern in den Wäldern und gieren nach dem Blut der letzten verbliebenen Menschen. Als Bändigerin ist es die Aufgabe der 17-jährigen Kayla, die Stadt vor den Ungeheuern zu schützen. Mit ihren Fähigkeiten gelingt es ihr, einen Schattenwolf zu zähmen. Doch dann geschieht das Unfassbare: Der Wolf verwandelt sich in einen jungen Mann. Er kann sich nicht an seine Vergangenheit erinnern und immer wieder kommt seine monströse Seite zum Vorschein ...

www.carlsen.de

Eine Liebesgeschichte, die unter die Haut geht

Ewa A.
**Die Monde-Saga
Band 1: Unter den drei Monden**
560 Seiten
Taschenbuch
ISBN 978-3-551-31762-9

Die 19-jährige Kadlin ist die einzige Tochter des Stammeshäuptlings der Smar. Obwohl sie dem Stammessohn der herrschsüchtigen Ikol versprochen ist, geht sie dennoch wie alle anderen Mädchen zum Sonnenfest und umgarnt dort den Mann, der ihr Schicksal noch wenden könnte: Bram, den stattlichen Kriegersohn des Feindesstamms. Allerdings läuft nicht alles nach Plan und ehe Kadlin sich versieht, muss sie als Knabe verkleidet flüchten. Dabei landet sie ausgerechnet in Brams Trainingslager, wo junge Krieger auf ihre Mannesprüfung vorbereitet werden ...

CARLSEN

www.carlsen.de